大伴道子短歌集成

ARC アルク出版

大伴道子短歌集成　目次

静夜

目次

夜の苑

明窓

目次

目次

道

一人静

鈴鏡

第一部

目次

目次

目次

浅間に近く

目次

目次

目次

羅浮仙

第一部

目次

目次

たれゆゑに

蕩漾の海

目次

真澄鏡

目次

秋露集

第一部　むらさきしきぶ

目次

目次

静夜

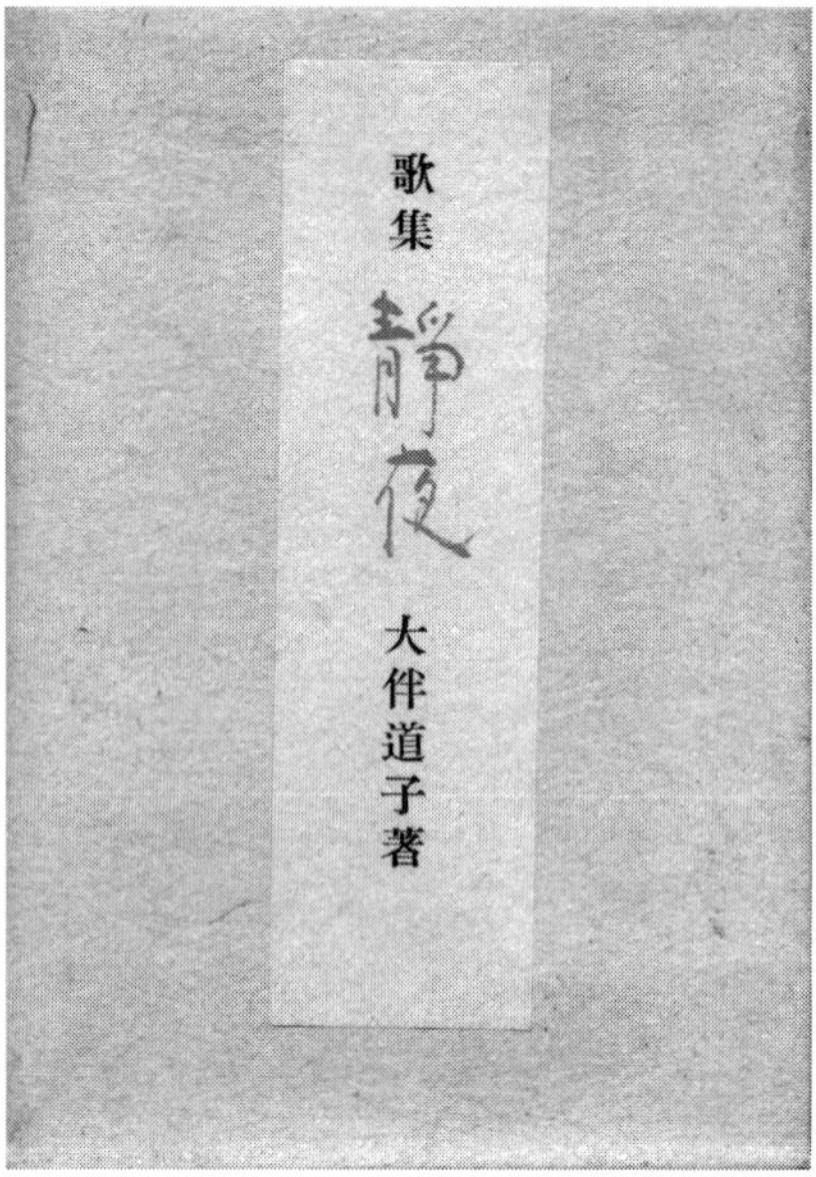

第一歌集　四四六首収録
一九五三年九月一日
日本歌人発行所
四六判型貼函付　二〇〇頁
題簽　吉井勇

序

大伴道子夫人は、いつごろから歌を作られたのであらうか。くはしくは何も存じをらぬが、この集の後記には、「二十五年間に書きのこして来た数千の歌の中から、云々」と、作者みづからの言葉がある故、既に久しい経験を持たれてゐることが分る。けれども、夫人が日本歌人に加はられたのは戦後であり、したがつて、それ以前の作品は、この集の草稿を手にするまでは、私は全く知るところがなかつたのである。しかも、戦前に於ける、その長い期間の作品は、この集ではわづかに片鱗を示す程度にとどまり、他は殆んどことごとく割愛されてあるため、その間に如何様の作品が作られ、又、如何様の道を経て来られたかは、知る由もないのである。

しかし、巻頭の辺りに次のやうな作品がある。

君は世の風雲の児よむさし野の露のいのちのわれにふさはず
夜は蜘蛛ひるは蜻蛉のあそぶ家草深くして君住まぬ家
泣きわらひかなしき人の世にまじる事に耐へ得でひとり生くるも
明日の日は何を思ひて生きゆかむ夜更けてひとり思ひ煩ふ
自嘲にも似たる心にはかなみし世なれど今はすてがたきかな

「むさしの」と題する中の数首であるが、昭和七年雑誌スバルに掲げられた、これは作者の最も早い頃の作品である。とりわけ秀れてゐるとは言ひ難いけれど、初期の作品としては、技術も巧みであり、言ふべきところも言ひ得てをり、なかなか鮮かに美しく歌ひあげられてゐると思はれた。しかし、これらの作品は、言ふまでもなく新詩社風乃至スバル風の、若しくは吉井勇氏風の発想と声調を有つものである。

スバルから出発せられた作者として、このことは極めて自然である。感受性の強い人であるなら、尚更大きく感化を受けるが、これは決して悪いこととは言へないだらう。けれども、作者はスバルに初め一、二回作品を出された他は、以後二十年間、いづれの結社にも関係せず、もちろん師にもつかれず、絶えて作品は発表せられたことはないのである。発表することに目的があるのでなく、ただ作品にしておくことだけが大事であつた。歌はないではゐられない心と同時に、歌つておかなくてはならないとする心の二つであつて、それが何の故であるかは、作者自身にも定かに見極め難いほどに、極めて複雑な環境にありながら、ひたすら純粋な心の世界を生きて来られたのであつた。作品そのものの文学性や芸術性は、この故に余り顧る余裕も尠く、したがつて又、時代の変遷、歌界の推移などともおよそ無関係に、その長い歳月を支へる歌の知人さへなく、黙々とおのれ一人の道を歩んで来られたのである。作品はそれをよく物語つてゐるが、これがだいたいこの集以前の作者の姿であつた。

戦後、日本歌人に同じられるやうになつて、作者の歌風も漸く変貌の兆が見える。

誰か世に悩みなき身のありやなしわが空しさの中にあるもの

閑古鳥さへ来鳴き栖むわが胸は閉さんも憂し破れ障子を

目を伏せて遠きを思ふいく度か繰り返し来し己がおろかさ

樹の肌をなでつ、われはいつくしむ御身は心深く在さむ

よし切の啼き過ぎてゆく水の上せきれい一羽跳躍の前

母上よよくこそ耐へてと涙のむ子よかなしみは深きこそよし

かの廊に声高らかにわれを呼ぶ楽しき夏の風吹きいづる

自由に随所から拾つてみたが、これらは既に新詩社風のものとは大いに違つて来てゐるやうである。尤も作者は意識的にその影響から脱却しようとされてゐるのでない。本筋はやはり新詩社風だが、その上に日本歌人風を新しく加味し、それの融合調和を心掛けながら、作者自身は不知不識の裡にいつの間にか一つの歌風を作りあげて来られたやうである。

沈黙の砂上楼閣の賢夫人秋の野にして涙ながせり

はるばるとまなこ細めて来し方を見つめて居れど何も見えねば

水底の汚水の桶の苔よりも暗きおもひにうちよどむもの

一しづくの水の流れを見てありぬ心つくづく怒りてあれば

あまたなる造花の中に埋れてわれさへかなし造花なる日は

火を消して月にぬれたる縁に坐しいにしへびとのごとく涙す

ひたすらに無垢なりし日のこほしさよかの時われに光ありし世

これらの作品は、もはや新詩社風などといふものでない。作者独自の歌風を形成してをり、それは日本歌

人の中にあつても、かなり鮮かに目につく方である。いづれも作品は作者の人間や生活の深い悲しみと歎きの情から発し、或はそれにつながる心の種々相が歌はれてゐるにかかはらず、作品そのものは、みな非常に美しい。或る時はヒステリックに、或る時は大袈裟に、又或る時は身振り沢山に、わめいたり叫んだり、激したり沈んだりしてゐるものさへ、どことなく華やかな色あひや匂ひがするやうである。作者がさういふ人なのか、さういふ歌風の故なのか。恐らく双方一つであらうが、いづれにしても、日本歌人の他の閨秀に比べて、作者は特に抒情的で、さうしてロマンチックな歌風の持主だと思はれる。

さて、大伴夫人の作品を語るべくして、その歌風を若干言ひすぎたやうだ。しかし、それを言はないでおくと、人はその華やかな外側の美に眩惑され、又は反対にそれを忌否する心から、まことの作者を誤解するやも知れぬという杞憂を考へたが故であつた。尤も戦前のことは臆測しないとしても、戦後、日本歌人の同行となられて以来、殊にここ数年間の作者を見てゐるとその歌に対する考へ方や、態度は非常に積極的になられてゐる。何としてでもよい作品を作りたい、と念じるのは誰しもながら、作者の場合は、他は捨てて顧ずとも、今は歌にすべてを託し、ただこの一筋に縋らうとする、激しい熱情を注がれてゐること。傍目にも悲痛といふ他なく、をりをりに私は胸を熱くしたほどである。それ故、かりそめにも物数奇な心から、軽々に見逃されてはならないとして、つい贅言を費すことになつたのである。

しかし、作者大伴夫人は、世俗の意味の歌人とか歌界とかには、全く無縁の気持でをられるやうだ。たとひ歌集を上梓しても、その作品を以て世に問ふなどの思ひは、念頭にもないことのやうである。ただ作者自身として、この歳月の心の様々な遍歴のあとを、一冊の家集に記しとどめておきたい、といふ、はかなくも切ない念願以外にないのである。読む相手、即ち読者のことなどは、一向に予想せられてゐるのでなく、先づ作者自身を納得させるべく、自身に示すための証拠品を持ち出した如き形である。消極に似て、実はなかなかきびしく、しかもやさしい心がまへであるやうに思はれる。純粋な、心の美しい人でなければ、此の如き態度は持し得られないのではなからうか。この集に関しては、私は単にその歌風の所縁を言ふにとどめて、作者及び作品自体の内実を多く語らなかつたけれど、この集の真価値を賞讃する評家は、いづこにか必ずあると私は信じてゐる。

前川佐美雄

昭和二十八年五月吉日

白菊

昭和六年——昭和二十三年

白菊

いく秋を憂きつゆ霜に耐へて咲くかをりめでたき苑の白菊

かなしさよ心は清く高かれと父がのこせし白菊のはな

むさしの

君は世の風雲の児よむさし野の露のいのちのわれにふさはず

夜は蜘蛛ひるは蜻蛉のあそぶ家草深くして君住まぬ家

武蔵野の草の露をばふみながらかなしき事をしばし忘るゝ

霜はれてうすもゝ色の山茶花にかそけき秋の陽かげたゞよふ

泣きわらひかなしき人の世にまじる事に耐へ得でひとり生くるも

明日の日は何を思ひて生きゆかむ夜更けてひとり思ひ煩ふ

自嘲にも似たる心にはかなみし世なれど今はすてがたきかな

しらたま

ふた度は心ゆるさじゆるすまじこのしらたまの心ひとつを
傷つきぬ心をつくし身をつくしつくす限りを欺かれつゝ
いつの日ぞ女心のたふとさを知ります時のありやあらずや
袖ひぢてつたなく別れ言ふ人に哀れはかけよむさし野の風
語らねば人は知らねどその胸に涙を秘めし人やいくたり
つらからむ哀れ笑みつゝ白玉の露をやどしてものを言ふとき
秋は来ぬ世のくさぐさのわづらひをよそに見なして澄める大空

吾子

若き子の思ひをきけといふ如く青空高く木蓮の咲く
沛然と雨降り来なり行軍にゆきける吾子は寒くやあらめ
山茶花のこゝだく咲ける野中道吾子の日毎を踏み通ふみち
提灯をさげて草野にしのびゆくくつわ虫をば採るといふ子と
身の丈に余る芒の中を行く子の口笛を耳に追ひつゝ
岩がにを集めて遊ぶ子の側に青大将が長き舌吐く
宿題のかたへに蜂の巣を置きて楽しめる子よ明日は十四か

ふと開く子の玩具箱なつかしやわがいとけなき日をば見しごと
人形の着物と鏡と白粉とをんなの涙秘めし小函よ
いとせめて涙少くあらしめと十二の吾子の行末おもふ

杉の若芽

生まねども吾が子のごとき思ひして胸にその子の思はるゝ日よ
その子にも父にて在す人と知る青空の如き無辺のおもひ
日は移り月は進みて又いつか忘られゆかむ今日のおもひよ
その子また大人びて世を知る時しわがこの涙おろかとならむ
何気なく杉の若芽を手に摘めばほろにがき香のなつかしさかな
いとけなき日のまゝごとに手の指を木の芽のあくに染めしかなしみ

白椿

平手もてはからずも打たる如くなる事にも慣れて来は来つれども
人に見する涙はもたじ切なさもかなしさも哀れ極まれるとき
もゆるものやうやく冷えて静かにも秘めごとをきく乱れさへなく
一瞬にまた子を二人加へたるこの家妻のこゝろの重き
いまははや心しづかに見て居りぬ多情多恨の糸の乱れを

この絆もつるゝ事のなかれかしその子の母等心ふかきか
由々しくも君が愛でにしひとの上に行末ながき幸を祈らめ
その昔君も若かりきわれも又おさげの少女いとけなかりし
やぶ蔭にひともと咲けり白椿心ひかれて手を触れば落つ
わが珠はいのちに代ふるわが珠はかなしやくもる磨けどもまた

梅花

うめのはなかをるあたりに立寄れば心のちりも今は消ぬべく
いく度かかなしき事に逢ひしかどわが心なほ濁らず悲し
美しき月よとあらぬさまにいふまなうらあつき面をそむけて
思ひ深く生きむとするやわれは世に交りがたきを身にしみて知れり

姫小草

いく年を日蔭かづらの姫小草その子に送る慰めの文
いまだ見ぬその父上を憧れて十九の少女の秘めし文はも
その文をうち驚かずわが読めばおどろく人は幸ひのひと
集ひ寄ればかなしからずやおん子等は七人の母ゆ生れし子等なる
なれ等みなよきはらからとなれかしかとかなしき母は思へるぞ子よ

泣けばとて泣けばとて消ゆるよしをなみわりなき涙にこゞる冬空

慈悲心鳥

もろもろのかなしみのまゝ山下る断腸といふ胸のうちなる
山ふかく慈悲心鳥も啼くといふ光七いろ山明けてゆく
ほろにがき山独活の味や忘られね山うぐひすの啼きわびしさよ
ゆるしてと泣きたるひとの涙をばえやは忘ると胸にをさめぬ
あなあはれむごときとみたる荒神もいまの涙にいつはりはなく
いく度か己れを殺すならはしも流石に今日はかなしかりける
ほろほろと落つる涙もぬぐはずにひと夜ねむらず夜は尽きにつゝ
さとされてほとほと泣きぬ所詮みなわが身が負へる業のたぐひか

烈日

あゝ誰か思はざりしよ日の本の空に敵機のかけ巡る日を
われさへや男の子なりせば天かける機に打のりて共に征かむを
吾が子等は珠玉のごとくめでたくも生ひ立ちにけり涙あふるゝ
たぐひなき香りゆかしき花よりもなほたぐひなく生ひし子等はも
かなしみの遂のきはみにうち耐へてわれは真如の月を仰がむ

吾子等よ今日は共々夕餉すれど明日はかりがたし吾等がいのち

泥水を呑み雑草を喰みながらすざまじき秋を過す覚悟ぞ

米なくて斃れし兵を思ふとき涙わりなし一碗の飯

終戦

由々しくもラヂオの前に立たれたる至尊のみ声に民はみな哭く

あゝラヂオ玉音送る一瞬に大和島根は嗚咽にむせぶ

皇居さへ焼けたまひしと聞く時よあなと惧れて泣かぬものなき

初秋の月さやけくぞ松に照る戦ひ果てし国のくままで

月を仰ぎ国土見つめておもふことあなや変れる国のさまかな

わだつみ

わだつみに散りし学びの友のため慰霊の映画つくる子等はも

いとし子等大わだつみのふところにとこしへ母の夢を見給へ

明日なき日いのちの火もて見つめたるカンバスに塗る母の俤

友の為夜もいねず汝がもゆる眸よあやまりのなき明日を見給へ

不羈

刈萱が世を捨てしにもなぞらへむ悩みのために子は家を捨つ

静夜

年ごとに光失ひゆくわれに春はかなしと告ぐるうぐひす
もゝ色の花を見てさへ吾子思ふ親を捨てたる不羈の子なれど
雨のごと降る敵意にも苛酷にもわれ耐へむとす汝を思へば
汝行きて四面楚歌なるこの母は痩身ひとり荒野に立てり
かなしみの涙の壺をまた一つ抱き添へたり如月二十日
かなしみのいく山川を越え来り胸裂くるおもひの今日も又生く
幸ひはなきものと知るしかはあれなほしばし生きむ子等を思ひて
いとけなき日のめぐし子よもろ腕に抱き死なむと思ひしいく度
こと更に雨さへしげく降り出づるこの夜半をいづくの岸に迷へる
かくもあれかくはあれなと思ふこといまは空しく胸にひそめり
いつの日か汝と楽しく過すべくはかなき夢を母は忘れず
スカートにいと好もしき布地をばあてなき汝をあてに購ふ
純情のこゝろのゆゑの叛逆を母はうべなう時は至りぬ

鏡の中

つゆ草

いつ咲きていつ散る花かかそけくも夕かげに咲く露くさの花
はかなさを身に知りつゝも頰よせて柱によれば夢のひゞきよ
侘しさよいのちあるものこの時に明日を言はざりかなしみもちて
われもまた今日還るなき道をゆくこの一日の永久のかなしみ
幸福といふ言葉あり人間のかなしき胸にふかく棲みたる

たれゆゑに

たれゆゑに夢のとこ夏色淡くうきふし多き身をば咲けるや
たれゆゑにいく年月の涙をばこの海中に育ちし珠か
見渡せばうべなひがたきくさぐさよわが守るものはわれの定めむ
美しき一つを守り墻をおくこの叛逆を人知らざらむ

この時を無我の境にひたりつゝ美しきものをわが渇仰す
たれゆゑにあゝ誰ゆゑに身をひとつ燃ゆる荒野の残照に染む
来し方は言はじうらまじかにかくに今のおもひは人にゆるさじ

運命

神ならばいと美しく織りなさむこの運命の綾なす糸を
運命はきびしかりけり一点のゆるぎもあらでむくい来りぬ
血と涙しぼりつくして見つめたる細き寂しき一すぢの道
誰か世に悩みなき身のありやなしわが空しさの中にあるもの
これもみなおん自らがつくりなす運命なれと知る時あるや

戸の内

つゆだにも汚れゆるさじ此処のみはわが宝玉を秘めし戸の内
所詮世に生きて一つの思ひゆゑいのち賭くれば障害もなし
うち超えしうき世の城砦身一つに貫かむものは胸に秘めおく
切なけれあまりに空の青きゆゑ又あまりにも明るきがゆゑ
美しき心となりて今日は寝む世の争ひの道のかたへに

女

青空に白雲のごとくのこりたるゆめのむくろか今朝見たる月
女てふいのちも壊れいまのこる骨にひゞけるかなしみばかり
肉体は目のなき蝶のさまをしてうき世の風に吹かれつゝ舞ふ
月光と共に起き伏すひとり寝のひとりすがしき廃墟なる妻
閑古鳥さへ来鳴き栖むわが胸は閉さんも憂し破れ障子を
いのち此処に四十三年哭きぬれて山茶花のはな白き秋なり

放生会

はうじやうゐ小鳥は空に放たれぬ羽根なき鳥はいかになすべき
放たるゝ日もなき如く忘れたり己が翼のありやなしさへ
目を閉ぢて鳥のゆくへは見ざりけり楽しきは誰よ涙あふるゝ
飛ぶすべも唄はむ術もなきまゝにかなしく餌をば啄みて居む

真実

真実は一つなるもの秋の野の深山路ふかきりんだうの花
見渡せば寂しからずや荒れ果てし花なき野辺かこの園のうち
いないなと叫ぶ女の真実はかなしき女の涙にすぎず

触れざれば崩るゝ事もなからましいく年かこの危ふきに生く

目を伏せて遠きを思ふいく度か繰り返し来し己がおろかさ

天空

人おそる手術の台に身と心われは楽しき死のゆめも見つ

何となき心豊けきおもひしてわれは薬の香に充たされぬ

運ばるゝ清潔の部屋心まで澄みわたりゆく手術の台に

塵ひとつとゞめぬ清き手術室こゝにわれあり浄められつゝ

きざまるゝメスの触感淡ければ美しき今のしゞまを思ふ

いとはしき病根を去るいとはしきわが運命の苦を去るに似る

いかばかり苦しからましかくまでによくぞ耐へしと博士おどろく

耐へがたき悲哀を耐へし心にはオペレーシヨンのしゞまも楽し

いきづまるオペレーションのしゞまより心厳しき待つ子等が胸

たゞ一人手術の部屋に運ばれてすがすがしきと人には言はじ

腹を断つメスの浄さに除かるゝ肉の汚れよ叛逆に似る

肉体の苦を断ち除くメスの冴えむしろゆだねむ心の苦をも

この時を生くる重荷ものぞかれてわれ安らかに死に陶酔す

静夜

清きメス一号肉にふれしとき悲哀の血みな君に流るゝ
心あらばわが身にふかき絆をも今日の抜糸と共にと願ふ
くづほるゝ腰の弱さをやうやくに起きて坐りて三歩あゆめる
多かりし過去の苦痛ものぞかれてこゝに生きたる身は誰が為に
大いなる不安の後の大いなるよろこびなればと子等涙ぐむ
いまもなほ手術の台にある如き心澄みたる清らけき日々
この廊は暗しと言へる声きこゆあめつち暗き真夜中一時

信濃

落葉松《からまつ》の林の朝は明けにけり人よ小鳥のごとく来たまへ
われ此処にありと如くに朝露に四ツ葉クローバみどり清しき
燃ゆる火の消ゆるも知らぬわが胸を此処に見るかな浅間のふもと
燃え尽くる事なき山か大浅間黒き雨降る焼石のみち
霧流れ落葉松の道と絶えたり野菊ま白くたゞゆれてをり
樹の肌をなでつゝわれはいつくしむ御身は心深く在さむ
荒れ果てし山の庵よわが庭は径さへもなく小鳥遊べり
人見ればおびゆる心山に来てわれは木の間をさまよへるなり

誰が為に色美しく咲く桔梗芒ケ原の一もとのはな
おん涙こゝにそゝぐと思ふまで山の時雨に濡るゝ心よ
又の夏来む約束はなし難し霧よこの身はうたかたにして
音もなく霧降りかゝる窓ちかく夏鶯の澄みとほるこゑ
岩にさす陽のかげりにも思はるゝ今日のいのちの清き安らひ
病み上り世塵を避けて十五日朝の霧にも心ひかるゝ

からまつ

蕭条と林を深くからまつに夕雨降れり山も煙れり
からまつの直なる林の奥ふかく光流るゝあたらしき朝
半面に夕べのしゞま片よせて林は朝の陽ざしきらゝか
去年のまゝ置きわすられし苔のせてぽつねんと立つ山の燈籠
露わけてからまつ林過ぎゆけばもろこし畑遠き山裾

街道

街道はひとすぢつゞく陽照り道此処過ぎゆけば群馬板鼻
田に草を取る人へふと目を合せ走り過ぐれば鴻の巣の里
手拭の白き明るさ黒曜の眸の笑むひとの紺の絣に

静夜

腰あげて窓に笑みたるひとなればわれも笑みたり楽しき眸かな
窓近く青田の中に立つ人の手をばやすめて上げし眸のいろ
のぼりゆく碓氷峠のいく曲りふと渓ふかき鶯のこゑ
馬一駄荷をふり分けてのぼりゆく道に木槿の花をこぼして
色も濃くなでしこ咲けり信濃路の熊の平の駅の岩山
峨々として切り立つ岩根それとなく風にゆらぎて咲けりなでしこ
信濃路や燃ゆる浅間を空に見てしみじみ恋し越路なるひと

山風

叛くもの欺くものゝ心さへ時にさびしき山風のおと
さやさやと風に散り来る楓の実プロペラのやうにくるくる舞ひて
窓に来てわれを見つむる小鳥の目その目かなしき生き疲れし日
今日も来て昨日の小鳥降りたてり林はゆらぐ一樹さへなく

いかづち

さびしさを打とゞろかすはたゝ神はたゝめくさまに胸もはれ行く
いかづちのはためき怒るさまもよし今わが胸のうづまける時
人間に生れし事の疑ひもかなしく胸に解けず寝る夜よ

見渡せば道もなき野に行き昏れていく度か死を思ひ来し世よ
いまさらにわれに道をば説くならばわれは答へむわが道行くと

火の山

火の浅間今日もたなびくうす烟麓に立てば砂山のごと
地に哭くや岩に叫ぶや遠山の白根かすみて渡る風音
火の岩を噴きて荒びて天明の地をゆるがせし浅間の怒り
たまゆらに埋めつくされて一村は今見はるかす熔岩の原
鬼押出の黒き熔岩に身をよせて心哀しき山鳴りをきく
奇怪なる黒き熔岩いく方里鬼押出の遠きかなしみ

旅

よし切の啼き過ぎてゆく水の上せきれい一羽跳躍の前
生きの日の今日も一日よ稲穂垂れ鈴鹿の山にかげる陽のいろ

悲願

美しきゆたけき心持つ子等の母への悲願胸いたき日よ
ゆく道も還らむ道も茨なり悔いも涙も血に染める秋
いつしかに心去りゆく子等を見て胸裂くる日よわれ又言はず

母上のおん哀れなりと子等泣けりわれはもすでに涙渇れたり
いのちもてさとさば悟り賜ふべし時に子が言ふ何決意して
たまゆらを吾の見えねばもしやとて胸つかるゝよと子等言ふ哀れ
母上よよくこそ耐へてと涙のむ子よかなしみは深きこそよし
怒り得ず言ひ得ず礼を崩さざる子が胸ぬちも燃えてやは居む
火よりなほあつき涙を怒りつゝわれ人間のいのち口惜しき
若ければ清きひとすぢ求むるをうべなふ母の胸も切なし
辛かりき母と子の胸貫きて言ふ限りなき涙なりけり

とこなつ

美しきゆめのまゝにぞ別れ来しふかきおもひの清きまなざし
いのちよと胸に映して来しゆゑにきゆるときなき幻ひとつ
忘れざりそのほゝゑみもおん声も千里の外に逢はで過ぐるも
君がためわれもかしこき政治家になりぬよ今日は偽りも言ひ
いく日をあかずながめしものを言ふものを思へるその深き眸を
白檀の扇を胸にしばしわがいのちたふときおもひの時よ
君がためすこやかならむと思ふ日よかの日の帯を取り出だし見る

かの廊に声高らかにわれを呼ぶ楽しき夏の風吹きいづる

なでしこの胸にかなしきこの日頃幸福といふはこの花のいろ

はるかなる想ひ

ふと時に思ひ入るなり手をとめて空の青さにはるかなる想ひ

いつの日を消ゆる想ひか知らねどもあめつちのごとく胸に栖むもの

そのみ声いづくともなく聞え来《こ》と天の不思議を願へるものを

水浅黄澄む青空の色に似る花の朝顔ひとつ咲く朝

芙蓉（大宮御所へ参り上りたる日をおもひて）

秋来れば皇太后の大庭に咲ける芙蓉の清しさおもふ

にび色の宮廷服を召されたる大宮様の笑みのやさしさ

見上げまつるみ髪《ぐし》の霜もなかなかに民が知らざる大宮の道

み机と人形ひとつ謁見のせまき御間の赤き敷もの

廊きしみ御間に近き花芙蓉敗れて御所の廻廊せまき

太后へ陛下が贈らす御孝心その御菓子を伏して頂く

夫人よと呼ばれて惧れ眸上ぐればたゞ胸あつきおん優しさよ

山の秋

双子山夕かたまけて霧ふれば泣きたき心君をおもひて

美しき日本の秋に生ひ立ちてわが寂しさもとらへがたなし

秋一日

黄に敷けるいてふ落葉の外苑を心あつくも車駆くる日

あゝ黄なるいてふ散り敷く外苑の秋美しとおもひしも今日

いちめんにたゞ黄に染めり外苑の並木よ道よこの秋一日

千万の言葉に言へぬ思ひをば秘めつゝ今日を散るいてふかな

秋の雨そぼ降る雨の外苑にいてふひと色黄に散り積みて

思ふことそのひと言も言ひ難き世の不可思議を今にして知る

あゝ此処は安きいこひの場ならねど心をかくす保護色のあり

ことごとく散りつくしたる裸木に何の思ひのありと思へず

雁来紅

春の山

木がくれにあちこち咲けり山つゝじ伊豆の山路に春たけにけり

言ひさしてふとつぐみたるその時の言葉を今もきかまほしけれ

くしけづる髪一すぢの末までも浄くあらむと願ふこの朝

いつしかに胸にとめたる夢ひとついきづく時を春はめぐりぬ

美しと言ひて仰げり春の月よりそふ人は幻にして

新緑のまばゆく五月空はれてこゝに在る身のそぐはぬまでに

何をもて人の心をつなぐべき楽しきかなや空を飛ぶ雲

跫音

ドア一つへだてゝ人の在るを知る重く閉せる掟の扉

千貫の重みをもちて閉したるドアがへだつる十尺の距離

静夜

十尺をわづかへだてし人ながら逢はず帰れば千里にも似る
目を閉ぢて心ひそかに聞かむとす風音ならぬかの跫音を
おもむろにまなこを閉ぢてわれは見るいのちの外のいのちなるもの
癒えし身に癒えぬ心を秘めながら冷たき廊に今日一人立つ
わが胸の空洞めがけ吹き入るゝ風ありきこゆいのちもの憂し

長月

沈黙の砂上楼閣の賢夫人秋の野にして涙ながせり
描かむと渓に降りゆく藤色の蕚紫陽花の一もとゆゑに
一点が狂へばすべて狂ひゆくそのことわりを知らしめむとす
家といふ牢屋のうちに囚はれて夢見るは何雁もわたらず
わが魂は還る空ありわが心棲む胸ありと誰にかは言ふ
秋なれば身も細りしと告げやらむうれしき事をきかまほしくて
たまゆらをはるけきものゝ通ひ来て幻こゝにいきづくおもひ
コスモスの打伏すさまの美しさ寄りて描かず人を想へり
なつかしさ今日もおん眸のほゝゑみがわが魂を切なく呼べる
すでにして身に十字架を負ひながら見る夢なればとこしへも見む

ふみしだく露の草にも仰ぎ見る空にも充てりいのちなるもの

輪廻

思ひつゝ眸あぐれば君もまた見まもりしものをやはらかく解く
あな呼吸あめ地の間にひゞかひて歓びあへるたまゆらと知る
由々しかる思ひの末を知るゆゑに苦しく物を語らざるなり
いのちひとつ生くるに難きかなしみを波繰返し今日も哭くかに
おそろしき輪廻とおもふたじろがず波のまさごを洗ふをば見つ
おどろかず見つめて眸静かなりまさごよゆめよこのうたかたよ
胸に抱くゆめの若さは身の秋にやがて散るべき紅に似る

陽の色

豊かなる伊豆の稲田のみのりはや安らけき日の秋の陽のいろ
よごれなき仔牛の眸なり秋小田の日向の土手のいとしき眸なり
咲きのこる桔梗ひともと色も濃く哀れや秋のふかきなげきす
伊豆の宿南の縁の日だまりに蝮一匹うづくまり居し
毒の蛇おそろしきよと立ちさわぐさはあれ生きていまだ小さし
わが縁のあたゝかければうづくまりおぢおぢとしてねむるがの蛇

蝮さへわが縁に来て寄る時よいとしかりけりいつはりびとよ

凝視

さまざまの思ひを語るひとの眸が無言のまゝにわれを見つむる
かなしめど歎けど空の深さにてさゆるぎもなき凝視とおもふ
嘲りの人の眸色もかなしくて白亜の廊に歩みためらふ
立ちつくし逢ふも逢はぬもかなしくてこのまゝ此処に消なまくおもふ
うちいでゝ叫ぶことなき胸の火に染みて燃えたつ山の紅
あまりにもおもひやつれし人に逢ひはかなき事も思ひ見る世よ
あめつちの広き限りをある如くいまだうつろふ時をもたざる
空低く声もとゞかず地に落つる雨に濡れたりつはぶきの花
真実の涙一すぢ見むがためこの身の怒り静かなれかし

流雲

花あやめこき紫のかなしみを静かに咲けり怒らであらむ
花あやめ女のもてるかなしみをみなことごとく咲ける花かな
明日はまた如何なるゆめをつゝむらむ夕あかねして昏れなづむ空
流れゆけよ消えて忘れて大空に雲のたぐひにまかす心よ

人も憂しわが身も生くる世も憂しとしみじみ空に放心のとき

年輪

青桐は音なく育つ年輪にわが来し方の思ひきざみて
はるばるとまなこ細めて来し方を見つめて居れど何も見えねば
身の細り心の細りふと胸にまざまざと見る引潮のあと
いく年か過ぎぬ寂しく今日もまたいのちを送る黒き水引
細りゆくいのちおそれず眸を見れば青く澄みたり鏡の中に
身をもちて何をか言はむ言はねどもわが魂のつくる雰囲気
美しきもの丶高さに今日きくはむしろ冷たき科学者のこゑ
ひと時をわがぬぎ捨てし衣の上に心のむくろを見る心地する
心にくき色の調和におどろきて織りたる人の深さおそる丶
おとろへし肉体をもて何を見る美貌といはむこ丶ろの姿
罪障を自ら見つ丶ゆく道にうれしきほどの清謐の朝
すぎゆけばはるかなる日よ昨日のと〻めがたきを哀惜のこゑ
さんげすといふ事もなし一すぢの犠牲のみちに叛く日の眸よ
あらはなる叛逆の眸を見てとりて心さいなむ時もこそあれ

水底の汚水の桶の苔よりも暗きおもひにうちよどむもの
まのあたりありのままにまに見しものはまた一人の堕ちてゆく道
叛逆の心もちつゝ保つなり皮膚のみが知る今日の平穏
純にしておとしめられし月日をばはなむけとして立ちゆかんとす
この時を無我の境にひたりつゝ美しきものをわが渇仰す
基礎もなく柱もあらず屋もなしわがさゝへたる空中楼閣

幻の鐘

おん名をば訪づれし人の中に見てはやてのごときもの胸を過ぐ
逢はざれどおんこゝろ胸に通ひ来てまた生くる日の力をば得つ
秀麗の富士に対へる心地するすがしき人に逢ひしは誰ぞ
ことつぶさにわれに告げかし尋ね来てかのひと何と言ひのこせしや
かゝるひと訪づれしとふきく時よ火をのむ心地のあつき胸なる
逢はねども尋ね来たりしみこゝろを知るのみ今日の陽の輝ける
くり返し心に問へど逢はなくてふかきおもひの渦となりゆく
美しき現実ながらたまゆらを空しき時の廻転のあり
美しきひと訪づれし黄昏と幻の花こゝに咲くとき

それとなく静かにドアに触れてみぬ夕べを君のかくせしかとも
二年の幻の鐘鳴り出づる忘れたまふなと撞く人あれば
あなとのみ血はことごとく二年のおもひのゆゑにくづほれしかな
あくまでも空におもひて過ぐる身かなぎさにのこる波のあしあと
わすれてはならぬおん名よさやさやとカンナを渡る初夏の風

山梔

山梔の白の一輪夕暮の人待つ部屋に清しさのあり
花ならば胸に抱きて香をきかむまなこを閉ぢてきくは何なる
澄み清き初夏の風ふく朝にへだゝりもちてわが身を置けり
火をよびていかづち空にはためくに走りてゆけば晴れし空なる

西片町

西片町かの日の胸のときめきを今日降りしきる雪に埋めむ
何思ひ居たりし人か卓上のスイトピーの花静かに咲ける
この時をのこるいのちの夢なべて神のおん手にさゝげまつらむ
そのゆめに汚れあらすな今日こゝに集ふ集ひも君のゆゑなる
燭の灯も花のおごりもこの集ひわれは言はねど知る人や知る

しみじみと優しきひとにうち対ひあゝ美しき心となりぬ
美しき君に逢はむのたくらみが今日わがつくる午餐のつどひ
一国を司どるべき宰相のおごりに似たるたくみとぞ思へ
何事も言はでしみじみ笑ふ眸のそのふかさをば胸に抱かむ
知る人は知れりとごとくさりげなき言の葉われに言ふ人憎き
一言を別れの廊にさゝやきしそのひと言の今日もきこゆる
西片町今日は人なく光なく色あせし窓の花の一鉢
うしろ髪ひかれつゝわがゆく道の今日の歩みも乱れがちなる

不二

仰ぎ見る清しさなれば富士の山わが憧れて胸に抱ける
仰ぎ見る人の心ぞ美しき富士はすでにも時しらぬ山
生きてあり月の光の冷たさを夕やみこめて咲く月見草
陽を惧れ冷たき夜を咲く花の色さへ香さへ月に似通ふ
一しづくの水の流れを見てありぬ心つくづく怒りてあれば
あきらかにわれは心に叛くぞと叫ぶ日のなき牢の内なる
天日のあきらけき日を窓あけて死ぬことのなき叫びを言はむ

仮装して生き通したる昨日を心に嗤ふ泣き声のする

雁来紅

なつかしさいく月ぶりにこの廊の長きを歩むわれの足音

花咲けり日も輝けり月も澄むこのあめつちに君在るかぎり

秋来《く》てふ雁がね渡る夕空に君の便りはいつか開くべき

人恋へば秋とゝのひしわが庭に雁来紅も火の色にもゆ

よしあしを人ごとゝして言ふ時よわれも狂はぬさかしらも言ふ

危ふしと胸の奥にて叫ぶこゑきけばとてわがよしもなき身よ

あぶなさも罪も掟も知りつくすわれ自らが運ぶ歩みよ

目をふたぎ耳をおほひて偽りの笑顔に耐へし日への訣別

若き日は意地に耐へたり耐へぬまで心渇きて水を恋ひゐし

断崖の危ふきは知れ淵ふかき水の清さに心ひかれぬ

冬の月

子と共に哭きしおもひもなつかしく極月の夜を月は輝く

こみ上ぐる涙は人に見せねども仮面のかげに崩れゆくもの

ゆるすまじこの清らけき身と心一生《よ》つらぬき欺かれつゝ

静夜

おそるものなき身とならむ寒の朝富士に積む雪厳しさ極まる
うからどち多きにまじりたはむれつ心は孤り虚空の寒さ

若葉の風

いち早く空にこぶしの花咲けりまなうらあつき人のまなざし
運命のひとつを胸に抱くときかなしみさへや此処に輝く
砕かれず汚れずありぬ内なるはわれのみ知れる光なすもの
それとなく経にし世の波語りきく昨日別れし人のごとくに
やはらかき若葉の風に触れしかないたみ果てたる落花の後に
そのまゝに言はざりき世のかなしみに触るゝ思ひと知れば言はざりき
刺すごとくわれの瞳の中をよむくるしきものに今日も追はるゝ

花

あまたなる造花の中に埋れてわれさへかなし造花なる日は
生き難き世になづめども香をこゝに集めて咲けり八重の山梔
かなしみはあふれゆきつゝ胸に閉づつめたき眸は山梔の辺に
かなしめば花の色さへひえびえとおのが心を見せて花咲く
声のみてふと見いでたり幸福といふゆめ一つ白き山梔

ゆめさへや寥々として自らを疑ひながら見て居るものか

松風

年月は知らず夕雲流れ行くはるかなる野路の風の音かな
松風はうちにこもれる年輪のゆめを叫ぶや今日もかなしく
一いきに上りつめたり山上にいきつめてきく松風の音
いのちあるやあらずや永久を流れつぎうれひもしらに澄める水音
松の風梢に鳴れば年月のうれひを語る叫びかときく
いとしさよ泣かず叫ばず春秋を無言にしげり太りゆく幹
あらはなる根にいく年の風を耐へ雨に洗ひし白き樹の幹
山頂におもひあふるゝ身を一人うつゝともなく松風をきく
山路にくづをれて咲く百合の花お羽黒一つすいととまれり
匍ひのぼる虫をはらひて立上るひとりのひとはみ手も触れざり
まぎれなき松の音とは知りながら空に向ひて何問はむとす
世の憂さを美しき身にある限りこえ来し山の松風の音
汚してはならぬ心ぞたまきはる命にかけて人にゆるさず
白刃を胸にあてつゝ孤りなる嶮しき日々の道も言はざり

寸前

めしひ鳥おのがめしひを打忘れ語ればかなし色なき世かな
又われを失ひ果てぬ空洞《うろ》をすぐ風のみしたしわが胸のうち
かき集めいく年月の悔恨を青透く脈の中に流せる
今日見れば昨日の花は色あせぬ明日を知らざる傲りの前に
後はなく心のすべて傾けて水のやうにも従ひゆくか
流れては行方しらざる空のはて霧のやうにも風のやうにも
泣くといふ楽しきしぐさを我知らず渇きたる目は骨に徹りて
泣くことも忘れて心細りゆく骨にひゞきて口惜しき日々

夜の苑

憂悶

ある限りみなことごとく奪はれてなほのこるべし国の山河よ

おとろへのしるき朝をやうやくに神の召しなばゆかむと思ふ
こゝにして何の哀惜身をふかく流れよどめるその黒き水
あゝつらき涙もてこゝに築きたる古城といはむわれの住居は
言ふ事は正しく言はむいのちもて累卵の座は危ふしとこそ
われひとり真偽をまさに見つくしていづれともなき憂悶に生く
寥しさよ美しきもの清きものみなことごとく風に散りゆく

いのち

生きてある人のおもひのはかなさを涙かくして見送りしかな
見返へれば一途のいのち火のごとくまことを燃やす身ぞ哀れなり
ふと胸をよぎりし疑問に立どまり仰げば空はなほ碧かりき
いつの日かわが手にとりし盃に盛れるは毒か火かしらざりき
このこゝろ聖の珠も及ぶまじかく誇りつゝわが磨く珠
人やいふいのち知らずのたはけもの魔のこゑきゝてわれ笑ふなり

道

去年の風昨年の白雲みな過ぎてわが来し道はいく千里なす
碧々と高き空ゆく流雲のうつくしさこそ憧れて見む

たゞしゆけばきはめむものはいづくにぞこゝにはあらじ澄む青空は

おのれひとつ匡《ただ》すを得ざる身をもちて統ぶるといふは偽りあらむ

法掟《のりおきて》いともかしこく定めけりいよいよおもひふかくせむため

一点の瑕瑾ゆるさず居る時よ月さえざえと澄むよ秋空

夜の苑

神などは世になきものと子がわらふ神はあらねど神はあらねど

交配のいく年月を経ればとて遂に不変のこの花白き

いく年の疑ひあらぬ姿なり月かゞやけば清し夜の苑

緋のカンナ月の光の夜の苑にひるのうれひをかくすすべなく

火を消して月にぬれたる縁に坐しいにしへびとのごとく涙す

前栽の花のゆらぎに眸をやれば夜をふき渡る風のやさしさ

池の面のきらめく光月の夜を空に一尺魚はねあがる

くづすべき時も身もなきたゝかひの今日もわれ泣く月の光に

絽の衿

かき合す白き絽の衿胸ぬちのたぎちは見せぬ白き絽の衿

ひそやかにたゝみ廊下を歩み寄る人の気配に歌の帖閉づ

あけの花

あけの花おろかに咲ける楽しさかわれは女にあらぬ身を生き
胸ぬちに女ひそみて泣く日あり生きの日になきおろかなるこゝゑ
こゝに冷えこゝに寂しき香のみなる咲かず色なき花を示さむ
おろかなりおろかなり今日もいくたりの女の泣けばひとり寂しき
あさましさわれに泣き来る女等の心や何ぞわれに言葉なし
神ならず多感の身をば黙しつゝ自ら言はず世の寂しさは
われに来て女等泣けりあゝわれは誰に歎かむ泣きてよるべき

雑草

田の畦のあら草の中ひとむらの曼珠沙華咲くかなしき怒り
茫洋と稲田はてなき稔りの日ほたる草畦に色あざやかに
世にいでて高くは言はねひそやかに雑草のはなこよなき色よ
記すべしいつかは此処に人間の血の赤々とむせび泣きしを
すでにして過ぎし組織の外に立つこの夕暮のわが言葉なり

執心

幼な子よその汚れなき眸をこえて愛の深さにいだかむおもひ

静夜

すぎゆきしものへいつまでもまなこ細めこの執心を移す事なし
女てふ心となりてよらしめよ蔦くれなゐの庭の青石
重ねたる悔いに涙の流るゝをコスモスの花静かに手折る
いまはたゞ波のまにまに船出だすいづれの岸かわれ示すなし
何をもてわれは示さむ示すべしいのちのうちより取り出だすもの
ひたすらに無垢なりし日のこほしさよかの時われに光ありし世
ほろりと胸に溢れし涙たまゆらを心ゆるみてすぎゆきの音

後記

一冊の歌集を世に送り出すについて、これも亦一つの事業である事を、つくづく感じさせられました。

はじめ、一九五二年の春に、歌集を出してはといふお話しを先生から伺ひ、出すなら初秋がよいとの事で、私も亦季節のうちの一番好きな初秋に、本の出来る楽しみから万難を排して、急に永年のおもひの実現への準備に取りかゝりましたが、さて原稿を整理して見て先づ最初に非常な困難に遭遇し、次いで題の事、表紙の事と、いざ自分で本を出すとなると、何気なく見過してゐた事が、いちいちつき当る問題となつて来て、雑事多く煩瑣な主婦の身にはなかなかの努力が必要でありました。

最初は、自分が残したいと思ふ歌だけ、選り出せばよいといふ軽い気持でしたが、先生の御意見など伺ふにつれて益々迷ひ出し、根本から考へをおきかへてやりなほす必要を感じたのは秋も深くなる頃でした。二十五年間に書きのこして来た数千の歌の中から、世に出して愧ぢないものを自選する事の難さも知り、初秋といふお約束の日も過ぎ、露深い庭の白菊のたわゝな姿を見つめて居ると、身にしみてわが貧しさが思はされたりしました。

はじめ「たれゆゑに」と題しましたのは、一寸よりどころがあつて、百人一首の「みちのくのしのぶ文字摺りたれゆゑに」からとつたのですが、どうも小説の題のやうでもあり、いろいろとかんばしくないといふ意見も出て、はじめの私の気持からは思ひがけない「静夜」といふ題になりました。

思へば歌集を出すなど〻いふ事は、私の境遇からは想像も出来ない事で、二十五年間身の細るおもひで詠んだ歌の数々は、不自由な中からよくかうしてたゆまずに詠み続けられたもの、と親しい人たちまで驚いた程で、いつかは本にしてといふ已み難い欲求はもつて居ましたが、今かうして苦心して、めまぐるしい生活の規則の中にきざむ思ひの時をさいてペンを持つとき、夜といへど昼といへど持つ事なき静けき心を、ただこの数分に集めてつゞる静夜のうた、かへつて私にはふさはしい題のやうに思へて来ました。

こ〻に私のはじめての歌集を出すに当り、心より心配して頂いた親しい人たちに厚く御礼を申します。

なほ又、このたどたどしいあぶな気な私の歩みを遠くから静かにあた〻かく、お励ましお力添へ下さいました前川先生御夫妻のお言葉に常に力づけられながら、今たどりつく思ひでこ〻に後記を書く事の出来ました事を、はるかに奈良の空に感謝しつ〻、筆を擱きます。

一九五三年　梅ほころぶ日に

大伴道子

明窓

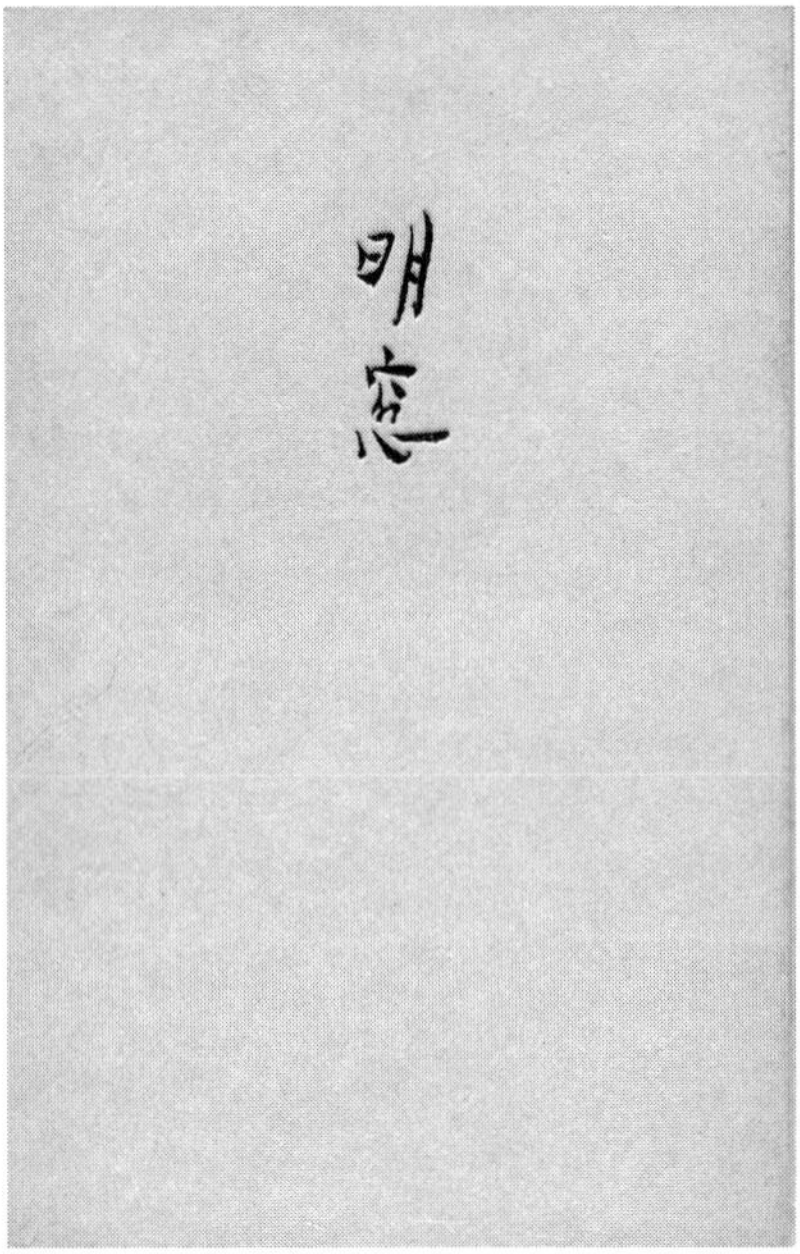

第二歌集　五三二首収録
一九五八年十一月三日
日本歌人発行所刊
四六判型貼函付　二二八頁
題簽　前川佐美雄

歌集明窓序歌

吉井勇

うつし世に女《をみな》と生れ道けはし君の歌見てふと思ふこと
君が歌の底に流るるひとすぢの強さに触れて心おどろく
浅間嶺《あさまね》をながめて君が歌おもふころともなれば秋深むらし
大いなる自然のなかに生きたまへ醜《しこ》の人の世歌にのがれて
虚無《きよむ》もよし孤独もよしとわれ思ふすぐれし歌のみなもとなれば

明窓

白梅（昭和二十八年）

ほころびし白梅のはな細き枝にその秘められし香のにくきまで

いづくにか美しきひと棲みて居む白梅のはなほころび匂ふ

よぶことも久しくなりし人の名にすがらむとするもいたみ深き日

何事をここにかをるや手折りし来し一枝のはなのかくにほひたつ

嫋々

音もなく来てまた去りし光なりたちまちわれの声もとぎるる

嫋々とながるる楽の音もきこゆ青き光の夜をすきとほり

哀惜かはた執著か今日もまた永き歴史の中に座を占む

新らしき音をたてよと召されたる楽師のごとくもわがおもふこと

何ものか光の中をよぎりゆくいくいく十万のうづを捲きつつ

旅路

遠くより見給ひて居る父上よわが足もとの過誤をまもりて

ふり返り見る時空はあかあかと何に染みたるわがあつき胸

父母ありて涙もあまく花つぼみ美しき子はおさげ髪して

八千草の露をなげきし弟のうたもちりぢり遠き山川

四十五年をたどりし道の嶮しさに思ひ至りてひとりいねつつ

内省

魔術師のごとくおかれしかたはらの黒きレースの薄き手袋

あくまでも姿崩さず居たりけりはげしき言葉はうけとりしまま

警笛をならして四辻過ぐれども納得しがたき思ひのこりて

変心を余儀なくされて居る街で赤と青との切りかへをする

折々は換気のごとく目のくまを夢が通りすぐる会議の時間

ふと軽く言ひし言葉がいつまでも胸にささりてわれをさいなむ

内省のきびしく来たるいたみなりネオンの青が目にしみとほる

鏈《くさり》

とらへ来ていく年の日々むなしくも繋ぎ忘れし家畜小屋なり

おそれあれば名乗りはあげず美しき家畜の鏈もつ手みつむる
繋がれて智慧のかぎりを笑へどもかなしみは遂に流れてゆかず
ものの錯誤《みだれ》の容赦もあらず足もとの黒き土また削られてゆく
木片にすがりつきつつ波に浮く小さき虫ほどよるべもあらぬ

対象

仕合せを祈り来し子も世に背き隷属の位置なほ占むるもの
この家のながきならひにこもりしをわが目に春の花咲かぬ苑
いつしかも生きむかなしみ手の荒れも誰につくさむ今日の真実
今のこの不協和音がかもし出すえたいの知れぬ家の明るさ
美しき花の咲く日を思ひつつしまひておかむ今日のかなしみ
祝はれて嫁ぎゆくひとかなしみの道のはじめとしるしはせなく
花かざしつつむベールの白きほどいといつかしき人妻のみち
漆喰にぬりこめられし家霊ありて古くうごかずわれに抗ふ

うづ（昭和二十九年）

流されてそのままながれゆきにけり苦衷に散りし花びら一つ
うづめむにすべなき胸の深淵によるべもなげに打ち寄する波

空洞の深さははかり難くしてわが蒼白の意志おびえつつ
花びらのひとつが水に落ちしごとわが浮び居る渦のさ中に
見知らざる光のうづに身を浮けてはかなきおもひきはまり知らず
寂しさはいよいよふかく不測にて身の内側を領して棲めり
寥々として身をふかく侵しゆくわが想念のゆくへを思ふ
めくるめく集ひを離れ片隅にわれ萎え易き花束を抱く
胸を灼くあつき酒なりわが孤独つどひのうちに見さだめて居り
まぎるるによしなき胸におつるものうづのさ中に光りつつ消ゆ

春の景

野の草につくしの萌えを見し日よりかなしみ胸に溢れてゆけり
満身に春の陽浴びて佇めりいたき心は歩みかねつつ
散り易き桜花やさしき装ひにさざめけり春はかくはかなくて
かつてこの身の内過ぎしかずかずの切なくあつき人のためいき
亡びゆくいのちひとつの悲しみになづみてききぬ梟のこゑ
裏山の松吹く風にうちまじり闇につかれしふくろふのこゑ
春風に散る葩《はなびら》の音きこゆいく年かはることのなき景

起伏

人間のこころひとつは言ひ難し手にとれば汚れ易き木の花

人の世の道のしるべも朽ちはててかしこにひとのさまよふすがた

かくれゆき昨日はすでに忘られぬ目には見えねどうらひびくこゑ

ゆたかなる起伏をもてば山の夜にひとりをいねて飽くこともなし

花筐

春の日の言葉は花にあづけたれ古き垣根に倚りてみるゆめ

言葉もつ洗ひ浄めし手をみつめ何を語れるみ手かとしばし

ぽつかりと泰山木の花咲けり口をつぐみて居むと思ふ日に

いきどほり知らずがほには包めどもさながら花の匂ひこぼるる

いつの世のいつの時かは知らねども人等たのしく花摘み遊ぶ

咲かざりし花のつぼみを手にとりてひらけば哀れ淡《うす》きくれなゐ

並木茶屋あぢさゐの花さはに植う水色の精の棲める家らし

とめどなき人の流れにふとおちしめくるめく中の一点の青

幻の木

形なきわれの心よ悩みなきひとには知れず厚きとしつき

閉されし扉はかたく鍵もたぬ身がわだ中の魚の眸をもつ
帚木は幻の木と語りつつある時さびしき女のこころ
美しき月の桂かわが倚れる幻の木か匂へるものを
一輪のバラ饒舌にて説明のわが筆およびなき日々をすぎ

夏山

花一輪に唇あつくくちづけぬ仰ぐま青の夏山のゆめ
山かげの流れのふちに汚れずも水色こゆき蕚あぢさゐの花
流れゆくは涙の川かもろもろの千草のつゆのうれひなぐさに
水の辺のあら草中にひそかなり野あざみの花のこゆきひともと
いく時の推移《すいい》のうへにあづけたる白く清潔なるみ手のさざめき
青空のふかきかなしき閑《しづ》けさに失ひしもののかへりくるこゑ
なでしこのか弱きうすき花すがたこころにとめし夏の夕ぐれ
芳醇の酔はかぐはし名もしらで夏野に消えしゆめをしみあれ

月光《つきかげ》

待ちわびし季節いたりぬ朝露に芙蓉のはなの目に澄みわたる
手に飾る形なき宝石《いし》朝々をかごとかなしく清めすぎたる

言はざりしひとへ寄せたる思慕に似る月の光に濡れしわがかげ
清冽にぬれてかげなすわが頬のにほふおもひはうつしもあへぬ
つくろはず独りを居りぬ夜の月にいつはりなけむと思ふ時の間
白がねの穂を光りつつひとむらの荻にながるる冷えし月光《つきかげ》
列なして雁がねわたるわがゆめのかくのごとくも遠き秋空
支へなき花ならば地に伏して咲く月させばかげ絶え入るばかり

青空の中

人を離《か》れ世を離れ泣きにゆくものか癒しもあへぬ想ひを山に
うづまきて胸にかなしみ湧く朝を花けざやかにゆめを咲きいづ
支へやうもなき美しき仕草なり青空の中よりわれは叫ばむ
とりのこされし山の一夜の静謐に月ひとつわが窓にかかげおく
いつの日か火は燃ゆるならむ死火山の美しさなり人黙し居り
手を握るいくたりの人の眸のうちにわれの見知れるかなしみやある
手をつなぎ唱歌うたひてゆく曠野青空の中ゆよぶこゑのする

翡翠（昭和三十年）

ことさらに祝《ほ》ぐこともなく忘らえしわが生れ日は霜に冴えゆく

妻の日は祝ふことなくすがすがし星輝きてわが四十七
白菊の花一輪を瓶に挿し今日一人をればひそけくたのし
失はぬ誇りのごとく香をたてて白菊のはな咲く季節なり
一本の杉とおもへばそれ自身風雪に耐へてゆく世と知りぬ
かくも世のきびしき中におかれつつやみがたきものは放たれずもあれ
翡翠ひとつ指にささむと思ふなりその色に似るわが秋のゆめ

御遷宮祭

闇ふかく夜気こもらひて地に啼ける虫もはばかる内宮の森
しづこころ衆座の中にかしこみて神いつかしくありと思へり
杉木立衛士の焚く火も消えゆけば神遷ります太古なす闇
絹垣のしづかにゆれてわたらへり闇にこゑなきかしは手のおと
杖に倚れる祭主の宮の緋の袴たいまつの灯におんいたいたし

裸木

たしかめて見るつまらなさ言ひしかど不思議に美しき裸木のうれ
高度もちて苦悩の相《すがた》見て居たりいづれ忿りも時のうつろひ
そつとしておきたき今日の志向をばそそのかすやうに雪降りはじむ

語るよりまさると思へ虫のやうに静かにうすき翅をたためり
今日めくる暦はあらでもちこたふ忘れはつべき日ををしみつつ

秋雨

秋雨の祇園の茶屋にそのかみの雑魚寝《ざこね》を語る妓《こ》の銀のおび
南座に晶子曼陀羅みる夕べ芸妓がかざす紺の蛇の目に
鴨川に三人つどひて雨の日を歌を語らず妓のおびを言ふ
いつかわれ声たてて物を言ふ日あれくるしきしじまの苔寺の庭

道草

遊びすぎ疲れていこふ母のむね明日は忘れむ凧飛ぶ空に
乙女等と心はればれ語るなりかなしみあまたみし夕ぐれに
雲の上の浮城のごとくうかぶなれ霧の中なる山百合のはな
赤とんぼ秋風光る青空にとりあつめんとするわらべたち
野の花を流れにひたしすずろなれ青空たかし野にかへるうた
枯れおつる一葉のかろさ手にもちて示すひとなき秋の夕ぐれ
白菊のいつぱいの花にうづもれてうたたねしたき今日の心よ
たのしさを片手にもちて身の内部《うち》の悲しみをみな忘れむとする

問ひつめられてやや暫くを目路遠き松山ごしの雲に見入りつつ
悔い多く心の底にしづきたる日の敏感にふれし真実
木々の葉のうらわびしくも枯るる野よ胸あたたかきよび声するも

雪夜

今宵一夜無言の雪に埋れて地上典雅の時をつくるや
いと崇《たか》きあきらめの道端正にわが装ひし一夜なりけり
汚れなく夜毎の褥のべられていく年となき清きおきふし
あきらかに空のいづことわかねどもかく美しき雪は生るる
僻村の炉端にいつかうたたねの心の上につもる深雪
親不知《おやしらず》夜のうつつなに過ぎてゆく侘しき灯ともる北国の駅
身に添ひし生活《たつき》のうねり遠のきぬ愛することも憎しみもみな
すでに遠く地上開花の季をもたず退《まか》りてゆけば身は澄みゆくか

片々

水の純度をイオンでたかめ味も香もなき純粋にうんじはじめぬ
ある時は筋をとほしてみたくなりま白き壁を塗りてゆくなり
なまなかに地の濁水にまじりつつ濯がむとする白き衣なり

砕かれし破片いく夜を経たるのち夜空の星とならむやも知れず
受話器の奥にたのしき声をききしよりわれ安らかに起き伏しをせり

放心

はぢらひつその美しき火の鞠を海に投じぬ今日の落日
すばらしき孤独群青威をしづめ夜の黙しの中に入る海
心放ちて見るともなしに見入る空そのひとところのむなしき青さ
口に言ふ悲しみならば救はれむ青き空ほどわが変化《かはり》なき
おそひ来る身の寂しさをそのこととなくそらしつつ今日も生きつぐ

灰

世をむなしビキニの灰の降りそそぐ海にすなどる男の子等の群
あめつちに神がつくりて与へたる愛情《こころ》の外の原爆の雲
声あげて正しくせよと祈れども天の雨さへ清潔ならず
わだつみにいさなどりする海人《あま》が頭《づ》に神を忘れし死の灰降りて
よるべなき子等数多居て見まもれり天にも地にもかへがたきもの
この過誤の来りし歴史うらむとも裂けたる土の還ることなし
救はるる道ひとつだも目に見えずおぎろなき海面わたる雲かげ

女身

おなじ程手にもちかねしかなしみよいたはり合ひて京の町ゆく
現実によび戻されてさむざむと四条の橋の灯に見入りつつ
ことなれる悲しみながら女身もて支へ来りし重さとおもふ
狂人が火を見て走る眸の色もゆめにやぶれし身にあたらしく

危期

女等はいく夜をかこつそらだのみたのみなき世に細りゆく肩
女坂登りゆくとも頂のありやとある日ふとうたがひぬ
いのち細く今日生きてゆく哀しさよ夕街中を雨に濡れつつ
抱へもつかなしみならばいとせめていのちを飾る花束のごと
流さざるなみだたくはへ或時の危期はこえたり勁き女等

黒き百合

木霊等は何の叫びを空にする無尽の地より目ざめつつたちて
見送れば別れの眸なり世の道のあやなす人の列にまぎるる
黒き百合咲くを慄りてありし日よ魔王の相はかく描くべし
敗れたるもののくどきにあらざるも正しきものは危ふきに似る

さりげなくいたみ包めばさらにだに襤褸のこころ輝けるらし
何ひとついさぎよきものなき今の日本の土に生ふる青竹
あさましき鳥の空音はたつるともすでに愱りの時過ぎにけり

花菫

草摘みて余念なき子よわれいつか忘るるともなく忘れ来しもの
こむらさき箱根の山の花すみれわらび摘む子の手をとめて咲く
つくしんぼのこらず摘まむといふ童春の日長の陽もかたぶきて
胸を染め野を染め山をそめてゆく春とは何の色といふべき
この山の春のおそきにまよひつつ霧の中なるうぐひすの声
オルゴールはじめてききぬわが家にかかる優しき時計ありしを
ふたたびさへて来しものかわが手の中に古く重たき一つの意地よ

朝の光

空いつぱいにミモザの花を咲かせたる朝の光よ金色つぶて
何か遠くに正しき人等手とりあひよろこびあへる優しきあした
浅間晴れてしづかに煙ながれゆく山の秘めたるゆめゐがきつつ
平行にうかぶわた雲一片のゆめのやうにも山をこえゆく

陽の中にみじんとなりて飛び散りしわが霊魂をみつめてゆけり

かりそめならぬ腐蝕とどめてもちこたふおし流されて居る時の間も

空も木もみなことごとくわが胸のうちにかすめり一片の雲

山に登りまことを言はむ空とほくひびかふ言葉のひとつを言はむ

残照

いつの日か水満たさるる日もあらむもろ手に抱く玻璃のつぼなる

いのちつき砕け散る日に物象のきらめく砦きづきはじめむ

思慮浅き日はガラス戸の汚れさへ目にきはだちてかなしかりける

意地つよく遠くへ人をゆかしめて手を拱きて見て居るもわれ

残照を身の半面にうけて立つ自信なき日もなほ美しく

枯木立凩と対話の時もすぎ中空《なかぞら》高く夢想に入りぬ

今日の旅明日につづけり個を知らず牧羊はむれなして従ひゆける

手鏡（昭和三十一年）

てのひらのはかなき小さき雛あられいとしきものを思ふ三月

ひたすらに衿を正してわがゆけば春の砂塵もかりそめならず

人ゆけば自信なき野のあら草もふしぎに今日は春の匂ひす

いつくしみ触れずにおきしが日に見えて早春らしき花開くなれ
運ばれてゆくならし季節音もなくゆめのかけらの花にほふ春
一粒の種子のごとくも智恵ひらく女の涙つきずもあらむ
神経のみぢんとなりて駈けめぐるたまゆらふかき眸に見られ居て
あぶなやといふ如き眸をふところに手鏡のごとくしまひておかむ

激流

風よりも雨よりもなほ避けがたくわざはひは来ぬ愛にそむきて
わが隣り常に烈しきもの棲みて崩されてゆく愛の城砦
遠き日のわが悲しみの灯は消えずいのちをつぎて子につたはるか
哀別を誰にうらむにあらねども今日の無情のそこひなすもの
荒筵敷きて寝るにも似たるかな子に別るるとおもひ定めし日
愾りともならぬ哀れは身のまはり百里の距離をもつ人等なる
かなしみを言ふはやさしき花がたみ空しきを持ちていづこにかへらむ
あきらかなる愾りのまなこふかく閉ぢ逆まく流れのおときて居ぬ
今はつめたき塑像のごとし六月の没り陽のあとの杳きわがかげ
今にして何を泣くらむはじめよりこの激流に立たしめしもの

画像

匆忙のひるはまぎれて過せどもやる方もなし夜のくだちにて

世の道のたしかならざる物の象《かげ》おもひつつ子の背《そびら》を見やる

思ひ乱れてこぼつかとみゆ身よまさに化石とならむすべなきものか

まぎるるにすべなき夜よ手を組めば肉うすき胸むら肝哭ける

いく重にもうちて重なりて悲しみのふかき翳なす青葉若葉よ

ちりぢりにゆめも思ひも消え失せて今日を無慙に赤きひなげし

母の居ぬ子よ愛《かな》しけれわらふとき泣くとき更にいとしきわらべ

泣きくれし心一途が描きつづく女童の像は母に似るまで

匂やかにありし少女よ荒野中ひとりゆく辺にも光あふれよ

若かりし母の涙を汲みしゆゑ光求めて子はゆくならむ

思ひ濡れ砕けむ際《きは》をなほ堪ゆるかしこには吾子がいのち求むる

シクラメンの葉を洗ひをれば生きもののいのちのこゑが胸に通へり

たぐひなく匂へる花はそれながらなげきを咲くと母は思へり

ゆるやかに弧をゑがきつつ飛ぶ鳶よすべなく広し六月の空

あぢさゐ

紫陽花の水色ふふむ花の色ふんわりとつどふ花あどけなく

限りある一生をここに耐へむとすかなしみあまた重ねたる土

何かに吸はれてゆくかと思ふ紫陽花の青き花咲く雨の公園

匂ひはじめし森にかぐろき思念ありしじまを吸ひて山のあぢさゐ

わらべ

あかしやの並木のみどり葉さやけくてこだはりしものふと忘れたり

山に来て重たきものは野に放ちわらべと摘みしクローバの花

風のごとくわらべ駈けゆく山径に山つるばらの花の一群

一望の六里ケ原のかすむまで躑躅咲きむれてくれなゐに染む

山径にもん白蝶を追ひてゆく山うどの芽を摘むわらべたち

常住

いつしかに人の噂もかなしみも日を重ねつつうすらぐ時に

なほしかも日毎にまさる濃き藍の空のふかさに思ふ子のこと

家鳩の七羽が雨に巣ごもれば誰にともなしひとりのおもひ

人問へば女のもてるかなしみと言ふより外に説明もなし

身をひとつなほ偽らず生くる地ののこされてある世をおもひつつ
かなしみは今の悲しみとこしへに消えむうらみはのこさじとする
禁断の涙といふもかごとめく思ひにとぢては濡るる間もなき
苦しみて家を離《さか》りてゆきし子よことごとしげの墻をはらひて

黒き種子

碧玉の光あまねくきらきらし泣きたき思ひもしばしまぎるる
腐蝕せるものみな土に埋めたれば花きはやかに色も香もたつ
手のうちの黒き小さきものの種子ゆめを秘して春土におく
この種子の内部《うち》なるゆめの美しさ知るよしもなし人等予期せず
すでに世のかなしみの諸相身に知りてさかしすぎたる女童のまみ

虚実

秋立ちぬ濃きむらさきの朝顔に胸毛を散らす家鳩のむれ
空澄めば言ふこと知らぬ鳥さへも羽毛豊かに身につけて棲む
人の世の虚実の相をみてしよりこの渓流の水のつめたき
水も空もくづれはじめぬその中に人の孤独はつひに変化《かは》らず
何気なくかぼちやの花を見てゆけど戦争も遠い記憶ではなし

山道

濡らさじと裾づまとりて入る傘に花の香たちて冷ゆる山道
木のかげに雨避けて立つここしばしいのちあるもの花とわれとのみ
かりそめに拾ひし杖も山道にすがれば易し山がつめきて
少年のゆめ秋山に色づける栗はまろらにいがをはじきて
法師蟬いとしげく啼けば目ざめたりくるみ育てり日にかげりつつ
山に向ひて心安らぐかの山をいつか超えゆきわれをたづねむ
鈴のごとくまろき実をつけ夏の日を胡桃は青くわが目にあれば

秋景

降りそそぐ光のごとく花咲けり人知らぬ高原の池のほとりに
銀いろに秋雨けむる日を濡れて見にゆかむとす荻枯るる丘
朽ちてゆくものの姿の美しさ心しづめて見むとおもへども
ひんやりと熊ノ平の空気が肌にしみて来る窓のつゆ草の青
夜をひとりバラに向ひて疲れゆくわれの懈怠の時は至らず
さざめきて降りゆくごとしくれなゐのもみぢ葉つめたき渓の流れに
目のうちにしみつきしまうつろひぬいく年をわが描かぬ秋景

ななかまどあけの実つぶらに秋山のうねりの道に標識のごと
君が立つ道の角べも一様の秋となりぬる黄の落葉敷きて
ひと葉一葉かそけき音を立つるなり信濃の山のくれなゐのはぜ

人間像

ひとすぢの願ひにわれのまもり来し君が華燭のけふのうたげに
若き母血の色こゆく秘めながら鳥居くぐりし君が生れ日
はらからはいづくの方に今日君の祝ぎ日をひとり胸あつく居む
おぎろなき地の果空のくまぐまにうつしいだせる人間の像
何ものか凝りかたまりてあふれたれ叫びに似たる声のゆらぎよ
あつき血をさはに秘めたれ清冽の川音たかく流れはじめぬ
川幅は広くゆたけく水音してすがしき天の光の中に
地における障碍あらば天翔り心の川はたゆたひなけむ

志向

愛するもの等生きてあらむと思ふとき心の内部よりうねり来る波
強烈なる意志をもてれば一色の黒き羽毛を著て居る烏
たまさかは心の負荷みなおろしよどみなき川にすすがむおもひ

今日もまたわれの志向にさからひて荒れゆくごとし杳き波音

寓意

折々に寓意のごとく美しき長き水色の橋かかるなり

いくつかの反語を胸に用意して会ふかなしみよふしあはせなる

林よりくるしみ重ね来し人のやすらぎのごとく月のぼりいづ

あいまいに昨日も過ぎぬ今日もまた言ひのこしたる言葉をおもふ

いつはりがいくつ手の中に握られて居るやも知れず手を開きゆく

清濁をあはせて流れゆく川に慊りのさまに石は佇む

塔高く空に光れり疑問符を書きつづけたる眸に光りつつ

懐疑

部屋着などつくらせし今日のかなしみよ心敗れし末ならねども

一すぢの黒髪ほども解明の余地なき時にきびすを返す

はね返る泥しぶきなりわが徒歩の道に折々足袋をぬがしむ

ことごとく生身みじめに思はるる夕べは何の灯をともすらむ

松籟の音ともわかずきこえ来る天のあなたのものの訪づれ

はてしなき生命《いのち》の惧れにおびえつつしきりに暗き夜にまさぐれる

明窓

美しき色とりどりに薔薇咲けばわれの懐疑もなかばうすれぬ

花野

花蔭にたれのおきしかメスひとつ謎とかぬままいく年か経つ
七月の七日に忘れ来し道よたづねあぐねて花野に佇てり
別れゆきし袖に薫れとのこしたるま白き花の名は言はぬまま
みどり濃き帳りを垂れてひとり寝るゆめには人の入るをゆるさず
花の香を胸にとめつつ明日はわれ何を返さむよきものもたぬ
まのあたりおん手の触れし白き花摘まむと思ひ久しくを経ぬ
美しき光の窓を先づあけむくさぐさの言葉きく時間なり
空晴れて山の姿の見え来ればふとわれの手のおきどころなし

独語

ヴェロニカの眸と語りつつ過ぐる日々病床の壁も碧玉のいろ
疲れ来て帰りし夕は独りなる部屋に親しきヴェロニカの像
傷つきし心おぼつかなきまでに襤褸となりし夕昏れの部屋
か細くて扱ひかねし感情の一筋ならず疲れてゆける
魂はそつと片づけやすやすも日向ぼつこをさせておきたし

変らざるもの何あらむ年古りて陶ものひとつ手にとりしまま

水すまし精根つくしまはり居る野路の流れのひそかなる生き

手のゆめ

危懼はなくみどりの車走りゆく空虚ににたる変身のよき

細き手に支へて来たるともしびの自信のごとき緋の曼珠沙華

あめ色に澄めり木の実の汁の酒グラスにみたし灯にすかし見つ

かなしみは手にとりしままに言はざりきすべなきわれの運命《さだめ》とおもひて

消え残るあかねの空よ清潔に洗ひきよめし手をば与へむ

かごとめく言葉おそれてつぐみたる言はぬ思ひをはやよまれ居し

声高く人等示せばわれは手にうすきむらさき野の花の束

重ねられし手のつめたさをはづしたりひらひら散りゆく葩うすき

あざやかに体《たい》を交してほほゑめり沈痛の眸は片づけられて

生きもののかしこき眸色雑念にくづをれ易きわれを支ふる

ブロッコリーのふかき緑が純白の皿にすがしき朝の食卓

空間

人形よかくよぶわれもある時は血潮流れぬかたき表情

おのづから身にふさはしき声もちて虫等季節の配置忘れず
不自然にわれの寡黙になる時を杉しんしんと空にのびゆく
喋々と人等ぞめきにまぎれゆく片時のまを見ゆる蟻塚
くづれさうに抱へて居たる思惟ひとつそつと花屋の窓に佇む
ゆめ渇く夜はおそれつつひたすらに装ひこらす黒き眸の奥
青黒き渦紋となりて宿命の水はよどめりなほ渇きつつ
とめやうもなき夕暮の落下音芯のしんまでひびきてかへれ

白根

月世界かくやと見たり火口池生きもの棲まぬ白き山肌
遠山の風ごうごうと鳴り来れば身は一握の灰燼に似る
嬬恋の牧場《まきば》に群るる牛の背に戻りをおきて過ぐる夏雲
満たさるる時一人なり見知らざる山の雲さへ輝きわたる
鶯のこゑにさそはれ思ひ入る物のはじめの狂ひしときを

野の鶯

目の隈をものかげ移りゆきにけり身うごきもせぬ秋風の部屋
芒原に野の鶯のかくれゆく風音澄みて黒き山並

人間のわざともあらぬ一日すぎむなしき空に浅間を眺む
数々の心をのせてゆく列車青田の中を物語りつつ
やがてまた白萩咲きて馬追ひのなかば来よとのかごとめく文

飛翔（昭和三十二年）

われはいまひとつの夢をすてて来ぬ野あざみの花乱れ咲く野に
いづこにもやる方なくて一本の茎にもえ立つ緋のひがんばな
川水にすがしく洗ひ清めなば心も宝石《いし》のごとく光らむ
ことごとく生身の絆断ち切りてパリへ発つ子よ星清き夜
何よりも断たねばならぬ断ち切りてすがしき愛に心さめよと
母と子の無言に離《か》れゆく雲の上その雲の層より星光りいづ
人の世の生死の道をなほ信じひとつの飛翔空に見送る
星凍る夜空を杳く仰ぎつつパリに寝る子のゆめ思ひ居り

自問自答

解釈の素直にそむく曲り角立ちて戻りてゆくすべもたぬ
胸のうちふかく自問自答して迷はずに子は育ちゆくなり
意志つよき答をもてばためらはず女の道も示されてあれ

石ならば毀りはせなく愛されて千代の苔むして輝くならし
身にふかく歎きのこゑをしづめつつ花屋にゆけば野の花はなく

冬姿

ひたすらに生きてゆく野の冬姿愕然として見て居るばかり
見究めて来しは何なる執拗につきゆけば水の音の冴えゆく

残響

ふさはしき言葉をもちて来る人のある日を待てり無音の林
山うどの花は花火のむくろにて白くかそけく香もなく咲けり
雑沓の四辻にたちてかなしめりわが手の花はいづこに植ゑむ
今もなほ残響ふかく耳にありわれ遠くより花を見て居ぬ
真実を盛るべくみがき来しうつはみなことごとく砕かむと思ふ
急速度に冷えて重たき固体なりもの思ふことをすでに喪失
毀りともあきらめともなしそのままに表情もなく冷えてゆく石
この家にはみ出して居る影かとも夜の壁面の自画像にいふ

低徊

あがらざる気球のごとく無為にして人辞し去りしあとのこだはり

放心のかなたに見ゆるおぎろなき地表のはての黒き花々
燃えつくし何の薪となるわれか曠野の中は遠く夕映え
障碍もいまは無形の石に似て何をこばまむ力もあらず
いましばしわれの奥がに身をひそめ侵さるるなき夢を見て居む
流れゆく日々の沓さの中に居てとまらむとするもゆれやまぬなり
ためす日もためさるる日ももう過ぎて流さるる事の出来ぬ年輪
割り切れぬもの堆くつまれ居てわが解明の声とどかずも

心のゆくへ

限りあればいのちたふとくおもふなり再び重ね合ふ日なき手よ
子はいまし自らの手に支へたる心のゆくへわれに示せり
真実をみたさむ瓶は空のまましんしんと蒼き色にしづめる
今日の日が明けし光を見さだめて毀れた木馬も廻さねばならぬ

秋扇

百日紅一途に夏を咲きつづけまちがひのなき花の色せり
いのちつづく限りを青き空ありて澄みゆく日々に悲しみまさる
うらみごと言ふ日もあらず秋の来て破れ扇は示さでおかむ

秋扇をそのまま静かに閉ぢむとす想ひをたたむ一こまあれば
鳴く鳥のこゑもひそまりぬかそけくも裸形となりしから松の山
わが愾り地上開花の季をまたず秋はそのまま澄みゆくならし
まさびしき火を見つつわが寄らざりき炎《ほのほ》のみだれを惧れしものか
天の河夜空に白く流れゆく風のおとにも波のたつかと

秋のうた

吹く笛も秋の白さにこだまして柿の落葉のくれなゐにおつ
ふしぎにも心優しく目ざむればひとり寝床に秋をうたふなり
目醒むれば神話の少女金色の馬にまたがりわれをまねける
木枯のおと乾きつつ虚空舞ひ地上に堕つる悔いのかずかず
今日もかの丘を照せる燈火《あかり》なり会ふ日もあらぬひとを待つとき
過去の河未来の河へ流れ継ぐいく十万の母の胸より
はらはらとわれの手籠に溢れたる秋の落葉を何に燃やさむ
言ひ古されし言葉ひとつを捨てかねて歩めば明るき落葉黄なる道

枯れゆく

渇きたる心をひとりいたはりて身がまへもなく花描きつづく

水涸れてゆめも色あせゆきにけりいのち溢れて居し時すぎし

一枚の枯葉のごとくかそけくもわれの終りを清しくはせむ

流れゆく風音ひとりききて居ぬはげしきいのちはすでに子等継ぐ

枯れてゆくパリの並木の葉をひとつサス機に託し送り来し子よ

過去の鐘（昭和三十三年）

さくら花すずろに散れば想ふこと優しくなりぬ花の散る庭

芽吹きたるは何の若芽か鮮らしく忘れしわれの窓に光りて

感情のゆき過ぎてしまふ流れにて誰と歩まむこの昏れ方を

仕合せをひそかに想へばいとけなき子が笑ひさへ見え来る時間

われを日々失ふ時に鳴り出づる久しき過去の鐘の音なり

さくら花優しき春の山かげに子が忘れ来しうたのかずかず

新らしき光の下に位置すれば輝く素質にほひはじめぬ

いのちの灯

咲き盛る花の歴史を思考せり疲れはげしき日の底にたち

酷薄の海もひしめく外に居て見れば美しき夢もつ波紋

おもふこと海にしづめてあけの日を藻屑となりし清しきをとめ

美しきひとの一生《ひとよ》をおもふなり由比ケ浜辺をたもとほりつつ
山ふかき山杉のうれ栖む鳥の寥しきこころ見つつ思ひぬ
泉ありて手を濯がむとせし日より心すこしく鎮りはじむ
こと更にあげつらはむもうとまれて愍れみてただ見て居るもわれ
月を亘り日を消しゆきて重ねゆく空しとせなくわがいのちの灯
人妻はまことを言はず灯を消して遂に崩さず虚しき姿勢
眸の奥をひらめき過ぐる何千度その激情よひそかなれかし

慪り

竜神が火を吐きて居る相《すがた》あり機微にふれたる言葉をにくむ
ひたすらに愛しつづけて来しは何冬ばら描きて心はとほし
われも一人の母なれば勁しとひそかにも汝が清き血の慪りを言ふも
久しかる心の衣裳ととのへて須臾にしてわが化身はなやぐ
傷《きず》つかばいかに深きよよそほへる虫の仮死よりなほいたましき
さくら花仕合せうすき妻の座に敷けとしきりに窓に散り来る
悔恨もなげきも言はずあつき身を石に坐れば石も叫ばず
激情は或日ひそかに封ぜられしづけき今日の時きざむなり

かたくなに背をみせて暑き窓わが失楽のうたはうたはず
生き耐へて見つめすぎたりわが孤独道のまぎれや不確かな日々
匂ひなく声なきものは石に似て白磁の瓶とともにおくのみ

杉の雨

身のよごれ洗ひきよめてゆくならむ杉の木立に雨の流るる
横ざまに杉の並木に降れる雨こころよきまで濡るる物象
今日もまた人等は高き階のぼるその足もとの不確かなるに
むづかしき答をもちて歩みたりひとりの力をためさむとして

青き光《かげ》

スカラベは青きかげもつエヂプトの紀元を遠きゆめ秘めし石
幸福の象《すがた》といふもかなしきよ子が送り来し青き古石
エヂプトのとほき文字をきざみたるわが手に青き幸福の虫
山々の起伏の渓に忘られし光のごとくゆめは抱かるる

いのち細く

いのち細く人を想へりきざまるる時のごとくもひねもすひとり
惧れありてうつろのまなこ閉ぢしかどくるしきばかり見え来る気配

人を求めずひとりゆくべき道ならむ紫草の咲く遠き野辺
野薊の色のかなしさ摘み捨てし幼き日々の胸にかへりて

空白

たち消えし炭のごとくもひそやかに終りを閉づるもののすがしさ
ゆめはすでに置どころなく絵の中に片付けられて空白のこゝゑ
寒々とこだまとなりて返り来る所詮こたへるもののなき山
空白の時ま近くもありし空われはゆたかに宇宙の秘話す

内部

うめの花何を匂ふや見る人の色さへ香さへ忘れし家に
不用意に居りし時なり内部《うち》澄みて霧のやうにも湧きくる涙
渇きては独りの部屋にかへり来ぬ拒むものなき白き圏《わ》のうち
聴覚は破壊《こは》されて居ればひたすらに内部《うち》にまなこを見ひらきつづく
間をおきて変色しはじむ現象を孤独の顔が見つつすぎゆく
わが育ちゆく心のありど夕やけの曠野の中のあかねなす雲
いつの日を区切りて捨てし執心か長き黒髪もたぬ女等

果実

いまだわがあたたかき手と知りつつもかの時以来遂に与へず
手の内に秘めて示さずこの光天にも地にも返さでおかむ
手の内のつめたくまろき一つの実花咲きし春の思想《おもひ》はかたく
実りたる果実ひとつを手にとりてかげろふごとし遠き想念《おもひ》よ
壊してはならぬ夢なれ美しく音たつる日にしまひておかむ

冬陽

何事もなく冬陽照りあたたかく子がのり捨てし鞦韆ゆらぐ
いまのしじまに心のゆれを懼れつつかへり見るなと支へて居たる
もの生《あ》るる渦のさ中にしんしんと顕ちくる悲哀われは危く
美しきゆめの国より朝は来ていたはられ居しわれかとおもふ
うつくしき世界を見つめ描きつづくカリフォルニヤポピーのうすき葩

侘助

ゆき昏れて道に立つ日は希求なくかなしきばかり孤独を信ず
灰色の身に重ねむに今のわれふさふは何の色といふべき
春の日にうすき掌合せつつくり返しゆく日々の哀楽

侘助のひとつが咲けり凍る手を陽にかざしつつ遠くの空に
朝鮮の古き小さき茶のつぼに侘助つばきの花ひとつ挿す

春の野辺

手を繋ぎ春の野辺ゆく子の姿美しきゆめを見て居るまひる
何事かいのち溢れて居るごとしかしこにわれは約束もなく
薫りなきしこ草はびこりゆく野辺よ花摘む子等をのこしてはおけぬ
かしこには美しき光あふるるか朝戸出の野辺虹かかりたる

うたげ

うたげなき久しき日々を静謐に生きをつづけて蒼き月明
あまやかす日もなく凝らす真実にきびしすぎたり母と子の道
うたげなき日々は過ぎたれ貧しくも富めりともわれにかかはりはなく
自らの手にともしたる灯をかかげ親しめぬもの入るを拒めり
わがともす心の灯なれひとりなれ偽りあらぬそのくまぐまに

廃址

おのおのにしづめる色のつぼひとつ持ちてゆく列にいつか加はらむ
家ぬちのをどめるをみていでし野に風は正しき方向示す

寒き野を歩みすぎたる心なれば無表情なるいまの現実
おどろかぬ無表情をば人言へりおどろきすぎし疲れは言はず
かの時の寒くつめたくありしこと廃址のうちにふと思ひ出づ

崩るる

砂ほこり汚れすぎたる花の面香をたつることも忘れてしいま
夕焼けがそめたるゆめをいたはりて見つつほほけてわがありしひま
舞ひ納めうたひ納めむ日は知らず今日の扇は子に与へたり
美しき色とどのへて実りたりもはや崩るる日のまへなれば
示されし湿地帯をばこえゆきて光のゆくへ見さだめて居ぬ
肯定も否定もせずに美しき思想を抹らむ壁にゆきつく
浅い意識のままにさまよひ居し時にたちまち春の風塵に舞ふ
いく度か崩れしものをうち建ててさてあとかたもなきわれの道

歌曲

ここはいづこのいかなる国か空高く二人子の笛ひびく朗々
チロルの山々危ふく超えて悲しみのうた鎮め来ぬと文に切なく
絶望の手にすがりたるものの象そのままに遠く春の日のうた

うたごゑはこだまとなりてひびきくる静かに昏るる杳き山より
ほのかにも木の芽のかをる今里鉢ルクサンブウルの子にはとどかず

帰り路

栄光ははかなきものよ虚しさを秘して春の花仰ぐなり
砂の上の楼かも知れずいまだなほ立ちて居る日の心はかなく
個性つよく新らしき芽は育ちゆく身の弱さなど黙して居らむ
帰り路はひとりと知ればくさくらの花もふふみそめたれ

山の家にて

春風の舞ひゆく野辺を見送れば草喰みつかれし牛も佇む
まだら牛つながれし樹の影移り忘れすごせし野の夕鳥
松のはなひしめく若き香にみちて春はくるしきいのち爛漫
松山の岩に坐りておそれありしんしんときこゆものの声ありて
春日なか山のつつじに来て遊ぶ虫を見て居ぬ寸時のしじまを
遠雷に呼応するがに松のうれさわさわ鳴れば蛙なきいでぬ
まれに来てひとりのいのち山におき日毎のよごれ拭はれて居ぬ
きぬた打つ音のごとしも烏来て朝戸をたたく山の離れ家

黒髪

積み重ね来し還らざる黒髪の歴史見つめて居るばかりなる

何か来る日を日につぎて待ちしままわが髪の黒き時間過ぎたり

茫漠とはてしもあらずなりにけり惧れしもののあとかたもなく

おぞましくわれを汚して居たる日よいまの思ひは言ふべくもなし

花の香

何事かうなづきがたき日の中に真実かなしき矢車のはな

身に近き二人のひとを発たしめてわが胸のうごきあつき五十日を

かなしみのゆく手に高く匂ひゐて万朶の花と見ゆるばかりに

夜をこめて独りともせる母の灯よ光たしかにかしこにおよぶ

昨日今日

麦うれて黄にそまりゆく沃野にて昨日は言はぬもののためらひ

装ひの張合ひもなくしわづきし昨日の袷は見るもわびしく

すきとほり昇華の時し至るなれわれはいかりの花束を投ぐ

貪婪にはびこるねたみ抹られ居てかしこはわれのゆく町ならぬ

帆の舟

帆に受けて操る時し匂ひありて風の美醜をここに見さだむ
強く吹く風にあやつる舟の帆の張りある時のまに見ゆるもの
凪いでて帆の舟うかぶ湖の景われはいづれの舟に居るならむ
帆を捲きて帰るはいつの日の景色走りすぎまたうかび来る舟
わがゆめの光る日ありてものがなし夜の景見えて流れてゆける

花すがた

侵されて居し静謐に怒りつつ眠りてし夜のながき暗がり
バラ咲きし家の垣ほに立ちつくしわれはいく日をねむりて居たる
情あらば花はやさしく匂ひたつわがくまぐまやしづこころなし
住み古りし土の匂ひにつながれて澄みたる水を恋ふることなし
歩まねばならぬ道なれ足あとの見えずなりゆく日よ惜しみあれ
わが知らぬ人のごとくもユーカリの巨木立ちて居ぬ熱き砂丘
荒らされて心に花の咲く日なくまぎれて生くる事の切なき
美しきものにやうやく支へられ今日のともしびをかそけくともす
捨てつべきものの多くが囲み居てある日くるしく悲鳴する石

ここに在るわれひとりなりかしこにも独りなる人のただに美しく
パリ祭の夕べをはせるわが思ひに美しき花とどけたまへる

浅間

きりしまく北佐久の野を見つつをれば郭公《かつこう》きこゆ雲の下の町
雲の海の下にしづきし朝の町厚き灰色の層ただよへる
哀楽のはてにかきかむ澄みとほる深山かつこうの朝の遠音を
ほほけたる心にすがし山の雲濃淡の峯ゆわきてながるる
憂きことごと見てしものから一時をほほけて居たき今日のわがまま
今日の光神の思念にまかせたれ野の夏草や渓の水足
失ひをつづけし朝の虚しさに浅間はれたり目にかげりなく
浅間はれて物象の音冴えゆけばすすき穂にいでて露光る野辺
不意にわが聴覚にふれあかつきの閑《しづ》けさの中ゆほととぎすなく
無慈悲なる仮装をとけば皮膚にしむ鳥のこゑなり朝のしづけさ
とび来たる黒き蝶ちひさく手にとまる敵意をしらぬ山の生きもの
子を産みて山に朽ちゆくいきものの仕合せをこはしてはならぬと思ふ
木下道つゆも野草もやさしくして朝を独りのわがたのしさよ

後記

私の歌もまた、悲しき玩具であり、人生に踏みのこして来た、心の道標でございます。

あきらかに、拒否の眉をあげて、木枯の野を見つめつづけ、美しきものを、求めつづけて来た私は、少しつよすぎたやうです。

この世とあの世とをつなぐ、河の流れに沿つて歩きながら、只苦しみだけを滓のやうに身にそめつけてゆく事に耐へられず、うたひつづけてはその苦境の中に、光を見つめて来ました。

五月には若葉の風が、真夏にはカンナが、高らかに生の歓喜をうたひあげ、秋には紅葉が、終焉の美をつくしてくれた自然の大きさの中にだけ、私の友はあつたやうです。一人で生きる事のゆるされない現実で、私の歌は常にひとりを見つめすぎました。永い年月をひとつの流れになづさひがちに生きて、流されてゆく日々の渦の中に鎮りかへる様な孤独を感じながら、わづかに虚無をもちこたへてくれたものが私の歌でございます。

歌にゆきづまると絵を描き、絵につき当つては歌を詠み、そのわざが私の激しい日常のどこにあるか、ほんたうにそれは僅かな空間でございますが、なくてはならない私の孤独の空間でございました。

最初の歌集が出ましてから五年、今ここに第二の歌集を送り出すにあたつて、これが私の人生のただひとつのうたげであつたと、あつい気持で居ります。

いろいろとお力添へを頂きました方々に、心から御礼を申上げます。

特にこの集の為に、吉井勇先生には序歌を前川先生には題字を頂きました。出版については、お忙しい宇野先生にお心くばりを頂いて居ります。ここに厚く御礼申上げます。

昭和三十三年十月

大伴道子

明窓

道

第三歌集　七〇〇首収録
一九六二年五月十五日
甲鳥書林刊
B五判型貼函付　二七四頁

道

たつた一つの道が
そこにあつた
三十五年　歩みつづけた道
いつも私の心の中にある道

一人静

紫草《むらさき》

玉のごとき言葉のひとつわが胸の奥にも声をひそませて棲む

新らしき紙のはじめに先づ書かむいのちのしるしわれのその名を

紫草《むらさき》はその名をふかく根に秘めてかそけく白く花を咲くなり

言葉

身のうちを突きぬけてゆく風の音思慕するものはいでたちにけり

昼と夜の境に一人とどまりて枯れたる今日の言葉を紡ぐ

人間の言葉失ひゆくわれの日の重なれば薔薇ゐがくなり

言葉みな失ひしときさえざえときこえ来るなり星空のうた

空の裾に落ちて輝く赤き陽に今日の言葉をまた思ふなり

花赤ければ

かなしみを孤りの空に放つときこの盤石は花散る匂ひ

万難を排して進む戻りなき今日のいのちの鐘撞かむとし

わが一人の力は小さく歩めども花赤ければ赤しと言はむ

朱

抽斗の奥にたたみし朱よ久し今年も触れずいつか忘れむ

ステンドグラスの窓をのぞけば陽の光メリーランドの海の色なり

朝なぎの海の紺色空の色このむなしさに生き耐へにつつ

海底

海を見し日より魚鱗のよそほひを身につけはじむ愛かも知れず

陽はすでに億万年の地の塩をなめつくしつつ雲にかくるる

流れ去り崩れゆく波濤の渚にて貝は岩間に蓋閉ぢて棲む

ふかみどり音なく澄める海の底いくひろか知らず夢はしづきて

ひしひしと冷たきものの音たててわが運命の底を流るる

白き壁

思ひの底にかそけく鳴りてなりやまぬ昨日より今日へつづく音なり

人の世のかなしみ吸ひし白き壁しみつきしものが匂ひたつ夜

思考

相剋の内部《うち》なる思惟にそむきつつ今日生くるわが影の危ふき
清しきもの陽の片隅に目をこらし明らかに今日の光見て居り
大河のごとく今日流れゆく道の方わが積年の思考まぎるる
思考の底に夜を佇めば人の世に生くるといふも哀しきごとし
身の細りゆくごと影のうすれゆくはかなき事の続く冬なり
仕合せはやさしき声をたつれどもいまだ出合ひの時知らぬまま
花ひらく朝の花苑にいきづけば時鐘がとほく夢を破りぬ

凍野

宿命が澱みてふかき藍色の珊瑚礁なす身のまはりなれ
はてしらぬツンドラの中幻にプルメリアの白が匂ふがごとく
吹雪く日に耳目閉してゆきすぎぬ凍野の中のわが春の道
荒涼の凍野を駆くるわが橇はひた走る今日も北をめざして

冬

時ながくわが乏貧の背後より仏陀のごとく杖鳴らすもの

失ひし両手を天に晒しつつ歎きのうたをまき散らす冬

流れ来る密雲のうた地に滲みて木草のゆめの中に宿りす

はてしらぬ飛翔つづけて密雲の中よりわれはうたひはじめぬ

あく事を知らぬ主体の顚落に懼れを知らぬゆたかなる意志

丈余の土崩されてゆく崩し得ぬわれの孤独は佇みしまま

生きてゆくは空しき事かたうたうと過去崩されてゆく街の角

放心

序列なきゆめがやさしく見えそめて紺色の夜がふかくなりゆく

如月の危期支へもつまなこなり梢は空に春を呼びかく

草丘に重き疲れし足を投ぐ心の起伏にかげる白雲

わが寂しさは

千仭の谷を目がけて急角度落ちてゆくなりわが寂しさは

山といふ山黝々と口あきてある時われは雲にかくるる

言ひ難く言はざりしこと繰返しわが胸は波濤の渚に似たり

浮雲に乗りて居るなりとどまらば深き谷間に落ちむと思ふ

その時に別れの言葉言はむとす夕雲紅く山をこえゆく

一人静

移し植ゑし一人静の草の根にいつ鳴きやみしか小鳥の髑髏
白く軽き小鳥の頭蓋雨に濡れ一人静の細き根のもと
ねむりたる小鳥の霊を抱きよせ一人静はひそやかの花
掌にとれば軽き頭蓋よ空飛びし日のゆめはるか見ゆるごとくに
高空に鳴きて消えたる鳥のこゑ頭蓋掌にのせわがきき入りぬ
野晒しの小鳥のゆめをしづめおき一人静は白くかそけく
生きてなほ虚しきものを野晒しの頭蓋ひとつに永久なる思念
一人静春の小雨に今日濡れて白くかそけき花の穂をあぐ

六月の庭

騒擾の街を見て来し目に哀し紫陽花青き六月の庭
あかつきの空の高みを鳴きわたる五位鷺のこゑは亡き父のこゑ
あかつきの窓を開けば空のうれひ流れて目にしむ紫陽花のはな
傷み易き心に朝の風がしむ今日一日はさはやかにあれ
愛ながく子にとどまりて言はむ日も生きの心の影となりゆく

瞋り

順逆をおしふる人も今なくてかつてなきまで荒廃の道

折々を血潮瞋りて大地打つ全きものはひとつもあらぬ

正邪きびしく鎮めかねたる瞋りにて花に向へば花あつき呼吸す

権威ある言葉に餓ゑて居し時に青くとどろく洋《わだ》のうしほは

敗頽の眸のむなしさの奥に澄む厳しき光《かげ》よ汚れはあらぬ

いづくまでまことを言ひて憎まれむ亡びゆく道の果に澄むこゝゐ

古渡りのオランダの壺前に置きわれの生き来し跡形知らず

砂の上

淋しさがまた落ちてゆく砂の上雨滴しみゆくを見て居るひとり

さまよひて倚りし茶房の卓の上喜怒哀楽を語る吸殻

いわし雲いつかうすれてゆく空を見て居る人の眸も思はるる

いまは遠く明るき海の見ゆる丘わが腰かけをそこに運ばむ

美しきもののかがみに秋を置く心の棚に光る月影

あつき手にあたためしもの皆去りて過誤なき今のこの虚しさを

ななかまど

仕合せはいつ来るならむ明けてゆく窓にうたへる子雀のうた

運ばれし荷物ひとつに子の想ひしみつきてあればいとしきよごれ

夕顔の夜咲く花の白きをば愛づるは何の抵抗ならむ

み仏やよき事もなき現世に無念無想か立ちていませる

野の花を集めて植うるわが庭にななかまど白き花穂つけたる

白鳥

美しき姿に生れ山の湖に孤高の影をうつす白鳥

遠く来てけぶらひはてし昨日の山今日の夕陽は海に沈みて

われもまた移し植ゑたる花のゆめなほ故郷の土に恋ひつつ

秋雨の街

一直線に雲につき入るジェット機の巨体見つむるあつき目の色

雨のデッキ愛する事のきびしさにジェット機がふく排気旋風

わが愛し来し事ながし雨空をつきぬけてゆくジェット機の音

空港に人皆去りしうしろより改めて雨の空に見入れり

西東二人の子等は海の外秋雨の街にわがひとり佇つ

月光

わが耳に白蛇がはけるあつき呼吸ふしぎに月のささやきて過ぐ

魅入られし精かと見れば夕顔の露にとどまる青き月かげ

美しき秘事のごとくは置かれたり黒水仙の香を満す筥

美しき過去にきき入る月の夜は光ことごとく音たつるなり

流砂

口にいづる言葉もなくて佇めりステンドグラスの朝の光に

足もとを流砂のごときが流れゆき眸のみたしかに見て居る光

その眸より秋風吹きて来るならむ蕭々とふかき歎きつたふる

わが去りし後の世界は美しき朝ばかりならむと今思ふなり

火の前に佇たせていのちぎりぎりの絵を描く時のわが目危ふき

桐ヶ谷

桐ヶ谷に人焼く煙のあがるときわれに弟ありと思へり

僅かなる骨となりしを拾ひつつ娙むせび哭く桐ヶ谷の秋

娙哭けば肩に手をおく弟の哀れに白き鬢の目にたつ

かくまでも人のいのちはもろきかと白くかそけき骨拾ひつつ

手枕

半身は血潮通はぬ手をもつと知らざりしゆゑの今日の歎きか
相合はす時なき掌ゆゑ冷たさを秋をそのままふところ手なり
こなごなにガラス砕けしゆめを見ぬガラスに命埋めつくして
さやけさに醒めし手枕装はぬ目にふとふれし空の高さよ
与へられしものなき掌にて編みしゆゑ今日の誇りは孤高に似たり

細雨

音もなく葉を落す雨秋ふかむ山の宿りにひとりをいねて
待つといふ言葉はひとついく度を秋はもみぢの華麗なる宴
かの少年自殺せしてふニュースききてわが血のうちにしづむものあり
わが帰る日にふさはしき細雨来て枯野やさしく煙らひにける
明らかなる別離を知りぬ心象はかげりもあらずためらひもなく

めぐり会ひて

はからざる出会ひ声なき驚きの見えて苦悩のふかきまなじり
流れの渦にふとそれてゆきし子がうしろするどきまなこを母とも知らず
めぐり会ひて四とせの後の子が育ちあつく見送る人ごみの中

苦悶するまみの暗さにふと遭ひてわが血冷えゆくうすき脈搏
とことはに交る事のなき川の流れ二筋見ゆる街角
遠く去りし白き船足帰らざる至福のゆめをのせて憶へり
いくばくもなく花過ぎて幻覚も詩想もすべて風塵の中

砂丘

砂丘は波浪さわだち松風もうち叫ぶなり夜毎おびゆる
おびえつつ営々として潮鳴りのさけびに耐ゆる砂丘の家
いつおそひ来る波浪かと怖れつついのち宿れる砂丘の家
暑さ寒さかかはりあらず風紋はよべの歎きを砂に描くうた
奏でずに秘曲は胸に秘めしまま誰ゆゑにながく砂丘に棲む
われひとりの支へも危ふき夕べにておどめる渦の昏き潮鳴り

道標

堆積の厚きを見つつ硬き掌をひそかに閉づるあまえなき日々
信頼はこの掌の内に閉ぢ涙示さず四季を数ふる
自らの胸に組む手を信じつつながき一生の道標をたつ

落葉

疲れては夜々を眠りぬ来る明日にさはやかに聞く言葉探して

さながらに昨日の如しも絃切れし古りたる琴をならしつづくる

相倚らぬさだめのごとく一語一語支へてわれはながき悲哀す

すでに目も耳も傷つきのこりたる思考の底に澄みゆけるもの

広がりてゆく野の空よいくたりの慟哭のうたうたへる様な

風塵にまみれて遠く見失ふ黄なる落葉を今も思へり

何ひとつ肯かぬ日に霧ふかき街ゆく無数の思考濡らして

余韻

しきりにもよびかくる声きこゆなりわが名いつまで美しからむ

半にて切れし言葉の余韻をば胸にあたため旅にいでしか

白き山吹

汚れなば死なむと守り来し道に子等の瞳もふかくなりゆく

あたたかき言葉交して別れたる春の一日の母娘の出会ひ

四とせぶり遠ぞきて居し母と娘がパリを語りて更くる雨音

放心は神へつづけり白き橋高く架れば虚無わたりゆく

みじめなる燈はともさじわが意志は暗きにも耐ゆ荒きにも耐ゆ
美しく生きゆく事のむづかしき世となりぬ白き山吹咲けり
木葉鴟鵂なく夜の更けに思ふことまことなるもの尠き世なり

飛翔

黙々と作りあげたる白き壁誰の思想をかもし出すとか
陽が照れば夜の悲哀みなかげりゆき天に昇れりなつかしき空
敗頽の壁厚くしていく年をいのちはかなき声返り来る
わがひとり立つ地崩るる夜と昼の境に見たり花々の秘事
陽と月が同居してゐる不可解も見て過ぐるなり濁水の川
飛び疲れ小島に寄らむすべありや持続のほかなき飛翔つづくる
地に帰りまたかなしみを深くしぬ羽搏きつづくる鳥の裔なり

新らしき川

背信がしきりに耳朶うつ宵なれば別離のうたも美しく編む
鮮らしき言葉をきかずありし日に如何なる貌をわれは持ち居し
醜さのいくつを見つつ過したる場所より歩みいづる冬の日
清々と洗ひ浄めし手のうちにいくつのうたをしまひておかむ

説明の言葉不要になりし日よ芒の原を見て居るばかり
焦点がしぼられて居る時ながく黄なるいてふの葉が降りつづく
たくみなる擬音なりしが浅間しく心ほとほとわが鐘を衝く
心にしみて哀しと思ふ事ひとつ遠く冷たき戦争の日に
相ともにうたふ人なく運命の川の岸辺にひとり佇む
わが佇てる沓き地平よきらきらと過去は幻の美しさなり
たしかにも歩める足は地に佇てど内に崩るる一つの歴史
わが内部にかつて死にたる青春の血潮ながるる新らしき川

秋のうたげ

手を振ればうべなひながら人去りぬ秋がそめたる葉はくれなゐに
秋の侏儒はひとりの宴するならむわが窓に来て竪琴ならす
いつさんに光の中にかけりゆき侏儒はゆめの扉を開けしなり
かなしとは言ふべからずと掟せる言葉を秋は忘れたきなり
この家の禁句と知れば美しき悲しかなしと言ふ言葉さえ
諍ひの巷にしげくなりゆくを秋はかそけく歎きつづくる
落ちてゆくものの終りをたしかめて秋は自ら知るものの上に

浄火

言葉尠くあらむと思ふは日毎にて祈りのごとく胸に手をおく
屋根もなくさへぎる天の雲もなし星をかぞへて今日はねむらむ
翔びゆかば無限の空がひらけゆきわが慟哭は虹の色なす
散りはてしけやき巨木のうれ高く浄火のごとく星むすぶ夜
いや更に地に栖む事のかなしみを身にひしひしと数へつつ寝る
美しき花咲きかほる道せまく聖夜コーラス流れゆく宵
ジングルベルのひびきかなしき靄の中に暮れゆく年の潮騒のおと

炎の鳥

炎の鳥

火をふきて炎の鳥の飛ぶさまや風音絶えぬ中空のはて
時に啼き時にはげしく羽搏きて炎の鳥は空の高みに

かげふかき勁き森よりいでしまま空わたり炎の鳥は帰らず
つながれし絆を高く離れつつ飛びゆく空に愛の火をふく
まさびしき時の夕べは漂々と炎の鳥の子をよべる歌
ほとばしるいのちのかげを高くひき炎の鳥は天かけりゆく
胸に灼くるほむら抱けば火をふきて炎の鳥のとべるさまなり

早春

冬椿紅色もこく咲ける渓つめたき朝の光をすひて
春はいつうかがひ入りしわが窓の机の上の桃の花びら
いつよりかわれを逃避の鳥栖みて今日も高貴な羽搏きなせる
思惟の目は重たきかげを曳きながら離りゆくわが姿を追へる

春の逃水

あたたかき陽ざし及べる林道のせまきを行けば辛夷こぼるる
相合はす顔もたぬゆゑかげろふの彼方に消ゆる春の逃水
逃げて消ゆる水の速さのかなしさよ見られてならぬそのうしろかげ
くたびれて言葉忘れてしまひたる言葉なき日を明日は過さむ

陽炎

悲泣する胸をおさへて春土にやさしき草の芽ぶき瞠る

呼称することしきりなる日につつましく目に憩ひありムスカリの青

空と土無縁なる距離の不安にてしきりに花を咲かせて居たる

異質なるものに囲まれ窓のなき部屋より星を数へはじめぬ

紫の菫咲きゐて足もとの土に溢るる春は光りて

ねこやなぎ水ぬるみゆく畔川に銀の毛皮をぬぎはじめたる

山の桜

うらうらと比叡はかすみて散るさくらさざ波寄する湖の岸辺に

いとまなき身をかこちつつ春の日を長等の山の花吹雪く下

細き枝に万朶の花を思ひゐるさくらのゆめを染めてゆく雨

雨の道

只ひとり雨の道ゆく楽しさはわれまだ一人歩む足もつ

雨の道厚き層よりぬけいでて歩む楽しさを濡れてゆく午後

夕ぐれの雨に濡れゆく楽しさに昨日の瞋りは捨ててしまはむ

雨降れば傘さしそへし人の香の匂ふがごとし白き木蓮

梨棚は芽立ちそめたり若みどりひそやかに胸に育つ花かげ

梨花

ながき日を何にあづけしいのちかと春の林に佇ちて歎きぬ
静かなる日にふと耳にきこえ来る声あり白き梨花を想へる
行きつかば必ず会はむあはぬ日も梨花ほの白く夕べを匂ふ
人問はばまま白き夢と言はむとす染めやうもなき一つの記憶
濡れて佇つ梨花の白さに慾念のよごれしづかにはらひ捨てたる
美しきものを綴れる歴史なり梨花咲き散りて春は空しく
君を祝ふ日に着む布地えらび来ぬしづかに暮るる春雨の街
色のよき布買ひ求め帰る路の春の雨にも似たるうるほひ

花咲く時間

乏しき時に内部《うち》にあふるる光なり訣別の辞は土にあまねく
風そよぐ窓にいのちの声きこゆ朝は汚れぬ花咲く時間
爽涼の風を吸ひたり思ひ出はかくのごとくもわが外にあり
呼べば今も真夏の野より跫音のきこえ来るなり青桐の風

志向

ふしぎなる視線にあひてしまひ置くわが宝石の光たしかむ

安住のかげなき日々を支へつつ土にしみゆく言葉いたはる

今宵また何をか捨てに来る人等夥しくも灯の街に入る

人の視線もの憂くはづし雨の中心の底へ落つるものあり

見渡せば過去も未来も黝々とうづ潮のごときわがまはりにて

序章

閉ぢし眸にうかぶ孤独の顔ひとつ浄らかなりし日はそこにあり

あくまでも明るき窓に向きてわれ昨日の歌はうたはぬつもり

一人の歩む道のみのこされて秋は清しき序章を閉づる

踏み入らむ心の牆に秋の夜の蟋蟀のこゑひびき来るなり

倚りがたき白さになりぬ何もかもここに至りて虫のこゑ澄む

落日

徐々にして秋の編曲なされゆくタクトをふれるはわれかも知れぬ

火が燃ゆる野にも山にも巷にも燃ゆるは何の火か知らねども

身の内が炎のごとく燃ゆるなり視野の限りを空の澄む季に

くるほしく炎もえたつ身の病星降る夜々に濡れてしづめむ

いつの日も正しきものはうとまれて烈火のごとし落日のいろ

むらむらと汚れに忿りほむらたてまた身のまはり寂しくなせり

蝸牛

かたつむり家背負はずに来し軽さ今宵は如何なる宿りなさむか

ひとすぢの濁らぬ川に憧れて来し旅の夜に火を上ぐる山

目に澄みて悲哀の相《すがた》見つめたり美しき言葉をここにえらばむ

おしなべて不信となりし野の隅に蝸牛はひとりの殻に眠れり

珠

子と在りてかなしみ合ひし日に足れりたしかにまろき手の内の珠

にがきもの汚れしもの等よどみなき流れの淵に沈みゆきたり

美しき言葉えらびて応答す確固と支へし天稟のまみ

虚偽はなく持ちつづけたる微笑なり慷りの時も悲しみもちて

日々馴れしかなしみいく度解明し見れども空の青きにつづく

空を来し風が運べる花の匂ひ家の深みにわが目閉ぢゐる

なでしこは嶮しき山路はるかなるわが断層に咲ける花なり

濤

生くる身に避け様もなき波動なり渚に佇てるわが細き足

誰をうらむといふにあらねど渚にて救はれしやうに聴く濤の音

一城のあるじのごとき心もて野に描く時をいのち輝く

山に哭き絵に哭き歌に哭きてのちわが顔晴れて人に向はむ

むなしさを打返しつつ岸による洋《わだ》の深みにひそむかなしみ

菊

騒音もちりもしづめて朝靄のふかき未明を白き菊咲く

霧に閉ぢ落葉に埋む山の庭に光りあつむる野路菊の花

翳

悠久の空を仰がむいのちもてまなくらみゐる今日のわが生き

翳ふかき言葉は言はじひしひしと身のうちあつき確信を陳ぶ

すべなしと歎けばいのち残されぬ胸のうろ吹く秋風のおと

三つ巴

海と空と陸とをつなぐ一点にるつぼの火ありて今日も沸れる

三つ巴ひとつたがはば崩るるか今日も地上に生きを支ふる

鍵固き鉄扉排せば空ありぬある日苦しき渇水の池
誰が知れるわが生れし日も哭きし日も大樹は言はずきざむ年輪

虚しき日

見つめ居ればひとりなる日よ沈む陽よわれは虚しき日々をさぐりて
目に見えぬ屋根の重さよ屋根のなき家を思へり陽はかげりなし
おぎろなき砂漠をゆけり落日の美を見し日より逃亡のゆめ
ぬけいでてわが霊魂のさまよへるすがたか夜の野を舞へる蝶
うれしさは渓の流れをききて居し独りの旅の山の寥けさ

証《あかし》

ゆく先のなき道戻る余裕なくひとり夕陽の沈むを見居り
生きて居る証のごとくつよき自我もてば一つの物語りせむ

立秋

秋立つや風澄みてゆくわが庭につくつく法師いま啼きいづる
この夏にかけしゆめみな無縁にて阿寒の文字が涸きて見ゆる
ひそかにも企て居れば網走や阿寒の文字が目に多く見ゆ
底暗き湖に住み馴れ魚等みないのちのあかし蒼き鰭ふる

鏡面

美しきゆめ見て居しがうつそみはゆがめられたる鏡面ばかり

鏡の様に心の映るわが顔はいつそ蔵ひて今日も暮らさむ

おろかなるものの姿を映したる今日の鏡は捨てねばならぬ

異質なる花かもわれは親しまず土をめぐりてかなしみて咲く

意志の壁灰色に塗り方向は言はぬ旅程へ今日歩み出づ

女

しまひ置きし女の言葉いく年かいまだ使はず古りてゆくなり

くたくたに汚れ褪せたる帯捨てず女はかくて生きてゆくべき

重き荷につぶされさうに行く道でなほ言葉なき善意うごきて

美しき火の憤《いか》りあれいかるとも人をそこねず道を汚さず

すでに長く女のもてるよろこびを捨てて来し身に何の挨拶

非業なりしゆめのむくろを流しやる信濃の川にいく度の春

ゆめはいまも

秋の雨灯に飾られし明るさに濡れて入りゆく衣装の店へ

われも女つぶやくとなき淋しさにロープの生地を明るくえらぶ

道

黒のシャポーえらびたる人の手を想ふフランスコレクションの人混みの中
ゆめはいまも美しければはかなしと萩の花散る秋雨の庭

はればれと

はればれとわらひてみたき汚れたる掌を洗ひつつふかく思へり
君の手の汚れなき日に耀きしわが歌ありぬ久しと思ふ
光みな思惟の内部より発光すかく言はむとし口つぐみたり

街角

何事を放棄せし手か知らねどもいつの日よりか燈をともさず
方向は誰が示すや憐れみて見て居るひまに昏れてゆく街
この街の溟濛のうちに満ちて居る禁書かわれを容れぬ隅々
おとなしく居る日にかつて子が佇ちし火の街角の見えて来るなり

新らしき眸

飛翔する外にすべなき夕暮に鳥等新らしき眸をもちはじむ
犇き合ひて何を急げるあとよりは心のしづむ広場もありて
駆けぬけてゆきしままなり楽しげにたまゆらの笑みわが掌に残し

混沌

混沌の中に生きゆく身の重みわれの言葉は亡びゆきたり

黒いベールを被りてゆけりあやめわかぬ乱離の道のつつしみとして

畳々と思考重なり塔のごとく見降せば若きゆめが危ふく

模造真珠のはびこりてゆく辻に佇ちいつの日待たむ溺死者のこゑ

屈折のはげしき一日定着も時も思考も失ひしまま

遠蛙

思ふこと炎のごとき夜に遠く蛙いらだつごとく啼きいづ

遠蛙啼く夜のこころ虚しさよまのあたりなる生の崩壊

一片の腐木のごとし血潮冷えなほ空転の日々に装ふ

あたたかく循る日のなき血が晦く弊履のごとく蹲る日よ

肉体をたづねさまよふ思惟のこゑきく虚しさよ遠蛙啼く

荒廃の扉にくろぐろと何を描く薫らぬ花は身のめぐりなり

血は冷えて魚のごとくも蒼き眸に懐疑ひとつがわが内部に生く

運河

夜の底に流るる運河の音昏くかすかに生くる執着を醒む

表情もなく蹲る昏きかげ死魚の臭ひの蒼き海底

水の底にひとり佇つ夜の耳朶にきくひしめく斃き死魚のためいき

ひっそりとわが内部に死す揺籃に鍵をあづけて移りゆくとき

哀れなる知性かたむけ音のなき車輪を待てり今日の矛盾に

華麗なりし昨日の落日わが内部にひそみて後の夜をすすり泣く

かりそめの時をつなぎて来し糸の尽きむ日にわが道拓かれむ

遠雷

からうじて今日の危ふき目は閉づれ疲れに応ふ遠雷の音

プリズナーが必死の眸もて仰ぐ窓ここにもひとりとらはれしもの

身のめぐり壁なき季に自らの証しのごとく言葉をさぐる

生きると言ふ思ひひとつに経めぐりし起伏の丘にひびく遠雷

いきもの

強靱に繋ぎ置きしが生きものはある夜ひそかに野に逃れたる

喪ひしものの見え来るしづもりにわが旅に出づる日の予覚あり

虚しさが身を占むる夜よ匂ひなき花々飾り埋れてゆけり

ふっつりと灯を消さむ日の仕度してわが身のまはり澄みゆくを知る

虚無すでに心のうちに充ちてゆく明日を言はざるいきものの眸よ
たたかひの力尽きたりわが演技終りたる土に花植ゑたまへ

深淵

見ひらきて一ときがほど覗きゐぬ深淵は何のいきもの棲める
方向を与へてゐたる光消え暗然ときく深淵のうた
異常なる距離もちて見し人の貌かつて知らざる苛烈なわらひ
苛烈なる笑ひがもてる硬き質わが耳底に割るるものあり
戻し得ぬ距離見定めし夜ひとり眠りの底に死を抱きとむ
自らの終りの季を記録せむ灰色の壁厚き内部より

父

心ふかく清しき父は花の散るごとく惜しまれ逝きしを憶ふ
わが父が好みしごとくわれもいま香水を愛づ花の香水
卑怯なるわざはなすなと白刃のくもり払ひて父は訓へき
父の言葉は生きゆく道の折々のわれを導きてあやまりあらず
金銭はいやしきものと訓へられ武士の裔なる誇りとなせし
はるかにも月日流れて世は変り高き明治の気品かくろふ

いつか世は正邪を言はず強弱につきて流るる生きの哀れさ
清しきこと大方亡びゆきし世となりて恋しきは旅の山川
つつましく明るき空の下に生くひとりの道は清々しもよ
五十年はるけく生きてかなしみを告げむと思ふ一人の父よ

冬の旅

詩集
あめつちに何あるならむ燃えさかる炎のごとき母と子の影
美しき詩集を閉ぢて鳥の飛ぶ空の遠方を見つづけ居りぬ
危ふくもこの手ひとつに受けとめて明日はどの様な空の下なる
いつよりか厳しくなりしわが鞭を鳴らしたる日のふかきかなしみ
明暗
駆りゆく紫雲の空の夕べまで仔馬よわれのたどたどしくも

栄光の噂をききぬ明暗のいく重かさなる火の底のうた
むごき日もなほ音たつる清流のすがしさにふれ立ちて居るなれ
言葉みな捨ててしまひし歴史をばふしぎに青き空が記憶せり
わだつみのこゑのごとくもひびき来るものありふかく君にかかはる
乱離なる道にひとすじたつ光そのひとすじに生き耐へにつつ

雲と波と

空ゆけば雲燿きて落日のうたにきこゆる波のふかさよ
青々と波のゆたかな青春を見し眸はれゆく大わだの原
みんなみの洋《わだ》の孤島の珊瑚礁海黝くゆれ光を知らず

アルプスの光（スイス）

アルプスの峯の夕陽の美しさむなしさに哭くその白き峯
いきものの姿もあらず屹立し峯々白く天を呼びあふ
アルプスに雲なく光燿けば鳥も迷ひて飛ぶすべ知らず
とどまりて視入れば山の呼べる声空燦々と夕陽流るる
とどまらば山に死すらむ目に焼きて超ゆればリヴィエラ海のそよ風

地中海

忘却のうたを汀に白く描きくり返しゆく紺碧の波

地中海明るき光海鳥の呼べば心もしばし和みて

金色にミモザ香りてしばらくは極楽鳥のゆめも見るなれ

仕合せはアルプスの山のいつかしく高きがほども遠く美し

地中海めぐりてゆきてシトロンの花咲く丘に虚しき想ひ

アーモンドのやさしき花の開く日にモンテカルロの陽の下をゆく

ローマ

コロセオの廃墟の窓に陽の照ればパウル・クレーの幻想に佇つ

瞠目し古きローマの光さすサンピエトロに仰ぐ高窓

トレービの噴水に来てまなこ閉づコイン投ぐるも熾烈のねがひ

ヴェスビオに斜陽かげりてポンペイの廃墟は遠きゆめに昏れゆく

つくづくと流離のおもひカップチーニ骸骨寺の暗き地下室

冬の旅（巴里）

言葉なく四とせ別離のふかき目がオルリー飛行場に瞠きて待つ

一月の夜寒のパリの石だたみ踏みつつ二人霧に濡れゆく

みぞれ降りてセーヌの河岸の古本屋店閉ぢて枯木てらす街燈
四とせ経て生きの哀しみ深き眸が見つめつくせし死の町の巴里
うち沈み杳く流るるセーヌ河水はかなしく敗頽をつぐ
階暗きアパルトマンの灰色の壁に流離の涙湧く夜
閉ぢこもるアパルトマンの一室に生死超えたる堆積ありて
裏町のレストウランの生牡蠣もワインも久し娘とかこむ卓
生きて来し旅路のパリの夕餉ノートルダムの窓見ゆる店
エトワールの消えぬ火のごとわが思ひ永久消えやらで燃ゆると言はむ
静かなる古き石道娘の家のせまき階段《きだ》ゆく光の底に
年月の四年を距てし出会ひにてオペラ座の灯も夢見るに似る
白鳥が歎きのうたを舞ふ夜のオペラ座は霧に濡れてさざめく
パリの街にセーヌあるごとわが胸に流るる川の音絶えやまぬ

雪野（ドイツ）

地に置きし喜怒哀楽は雲に似て暗く重たき灰色の層
ボンの夜を流るるラインの丈長き荷船灯ともす雪白き国
荷を累ねラインを遠く下る船見て居る時を雪降りつもる

零下十度雪の曠野を群れ遊ぶ緬羊の背丸々として

野を広くケルンの雪に埋もれし土に戦《いくさ》の哀しみをきく

ベルリンの灯を機の窓に見し時に戦《いくさ》の将をふと思ひたり

独裁の暴君果てし場所ときくブランデンブルグ門の東に

シュプレー河静かにいまも流れつぐ楽しからざるベルリンの冬

しんしんと朝の窓辺の明るめば雪を区切りてライン流るる

ケルンより冬の手紙を受取りぬカテドラーレの塔に降る雪

メッカに向きて（イスタンブール）

マホメットの信者が床に頭をつけて祈る姿や貧しくて無我

偶像は仰がじと広き堂の内神も仏もまつらぬ寺院

朝夕に足を浄めてひたすらにメッカに向きて祈る青年

悠久の眸（インド）

億万の未開の人等牛と居て細きはだしの足の勁さよ

道端に牛等と共に地に坐り空悠久の雲を視るひと

神として愛でられ居ればこの国の雌牛静かな眸に人を見る

繁華なる古きデリーの道うづめ牛とはだしの人等悠々

渡り鳥（アメリカ）

カロライナの東の海を天わたりゆく日よ雲の厚き機のゆれ
揺れやまぬは翼かわれの心かと昏き見難き洋の空ゆく
雲抜けて光耀く空に入るノンストップ九百二十五哩
夜を更けてホートマイヤーの君が家に灯はあかあかと輝き居りて

黒き掌（ワシントン）

只ひとり異国の汽車に揺れて喫むニグロがつげるコーヒーの味
ニグロ来てチップ求むる卓の上ペニー貨小さくかなしき音す
身の黒きかなしさを目に光らせてニグロが示す親愛の情
泣きながら黒き掌洗ふ川水にぬぐひ得ざりし少年のゆめ
黒きひと白き服着て食卓にチップを拾ふ掌のかなしさよ
あらあらと皿集めゆく黒き掌よ懐疑の目さへ生きまぎれゆく
物言へば白く光れる歯がかなし黒き笑顔にかげる宿命
目にのこる数々のものをしみつつユニオン停車場の朝を別るる
ポトマック河の薄氷に集ひ居る水鳥寒き如月の朝

雲の上の窓

美しき大海原の上飛べばわがかなしみも雲霧と散れり

雲の上の浮城とおもふ機にあればゆたかなるものよ胸のおもひは

機にあれば翼いとしと思ふなりはるけき海をわたりていゆく

かくのごとく鳥等も翔びて季に移るいとしさ思ふ雲の上の窓

わがゆめの童画見えくるかげりなき海ゆく母艦の白き船足

悲しみの記憶にながきメモリアルアリゾナ艦旗立つ真珠湾

かつてえがきし亡国のゆめいたましきウェーキ島に艦の残骸

人間のあやまち言はず清く澄む青くしづけきパール港湾

サンゴ礁の蒼色ふかき海の色ウェーキ島に陽はかげりゆく

帰路

放たれし小鳥が籠に帰る日よ無量感慨は言はないつもり

美しき国々めぐり人に逢ひつひにかなしき故郷に帰らむ

冬の旅帰り来りて子と共にいのち溢るる目を閉づる夜

語り草ともにたづさへ花の咲く日を待つしばし冬土の上

陽の隅

草原

草原にかをる花々抱きしめいのちとともにうたひつづけむ

はてしらぬ心の草原《はら》の荒廃にさもあらばあれ花かをり咲く

わがながく愛しつづけし花の影ゆめにやさしき香を放つなり

さまよへば草原の花ことごとくわれに優しき歌うたひ居て

胸に手を置きて久しき感動の心よいまの時を刻まむ

勁く居る日の哀しみか支へ得ず夜をひそかに心濡しぬ

林涼しき蔭なす山の草の原に野花菖蒲のこゆき紫

夏野

空見ゆる道にいたれば涼しさのあかしにそよぐ森がつづけり

走りゆく夏野の道は紅百合も水の光も清しき記憶

道

夏雲のわきて広ごる広野にて風がしぶきの形して過ぐ
金銀の美しき紐とり合せ夏野の記憶編みてゆきたし
さわさわと流るる渓の水の音一夜流れて娘のゆめを見し

小鳥

飛び去りし小鳥のごとくをしまれむあした夕べをよき声たてて
候鳥は古巣にかへる季を知れり紫の雲はるかなる島
候鳥の翼ねたまし季に移るかしこき知恵をもたざりしわれ
鳥のごとく清しく世をばたちゆかむ露草つゆにぬれて蒼き野
言ひたきこと小鳥のごとく美しく言ふすべあれば愛されて居む
いつはりの言葉をしらぬ丘ありてひそかに巣立つ愛の小鳥等

道

この道は何と問はれて応へたり人の心に通ふ道なり
戻りなき道ゆゑ辛し明日はなきいのち傾け燃えゆかむとす
露草の青きさやけき花ひとつ咲きのこりたる道があるなり
紫のゆかりの道をいでしより再び知らぬ風のゆく方
かなしきはわれか人かと思へどもわが佇つ道はあやめもわかぬ

道

この道に思ひ出いくつ散りしなる目を閉づる時もみぢ光れり
遠く高くゆめの塔あり靄昏き中にわがゆく道示すごと
うねうねと今日の道あり見つめ居る雲あつき空の下につめたく
嵐吹くわが過ぎし日を子と行きし道に荒れたる風の音して

慟哭

花の根をあふるるばかり手に持ちて胸にひそめる慟哭をきく
うたひ止み鳴きやむ時を知るゆゑに小鳥のごとく羽搏かむとす
蔵ひおく心をそつと取り出して夜は夜露にひしひし濡るる
いくつかの面をかぶりてゆきしゆゑ昨日も今日も泣いて居る心
しまひおくひとりの顔を折々は見たくなる日よ旅を思へり
偽りのなき解答をするゆゑに厳しき音をたつる渓流

あぢさゐ

廃屋の饐えたる臭ひ夕暮の細雨の中の白きあぢさゐ
むらさきの玉の紫陽花ものを思ふ目にあざやかに触れて来るなり
明るみで泣いてはならぬと繰返す言葉忘るる日はなきものか
安息のなき目に見たる紫陽花は青くしづけき花寄せあひて

ミモザの林くろぐろ繁る朝の丘しげり合ふものの姿やさしき
集ひ寄れるあぢさゐひとつあした澄む池の水面に浮べてやりぬ

窓

葉ぼたんの花よりも濃き色見えてたのしき窓に小綬鶏なけり
わかき手に明くる光の窓を入り海より山よりさきはひの風
にほやかに朝の光流れ入る空の言葉の見ゆる窓なり
山里は窓より朝の明くるなり障子にうたふ小鳥等のこゑ
月の窓にをしみて佇てばこだはりし心の奥にひびく清冽
しづけさに障子開けば遠山は白装ひし初雪の窓

灯

時も花も育ちゆく丘の一点に何を守りてまたたける灯か
崩されし構へのうちに沈みたるひそかなる愛に漕ぎいづる舟
所在なく目を放つときふしぎなる澄明があり湖のさ中に
遠く晦き黙契のごとく静けさの海の暮色にすべり入る船
握り合ふ心の手をばたしかめて効るやうに灯を消して寝る

陽の隅

退きてわが身の上にふりそそぐ冷たき雨を見て居りしなり

濡れて居るはわれか人かと思ひ居し汚れてゆけるは雨ばかりなる

濡れはじめし頃なつかしく思ふなり驚く事を今は忘れし

陽の隅のぬくみに集ふ子雀等枯草の霜を見て居るのなり

今日もかくて一日を燃やしつづけむか乏しくなりし薪ををしむ

群衆

背後より見て居れば心のかなしみが見ゆるよ今日も人群の中

争ひて言ふ声はなしかなしみが肩よりしみてゆく人の群

四肢細くいのちの脈の通ふことあきらかにして人静坐せり

目の中に浮びし山湖いく度か消しては描けり虚しき時間

身の内に何か棲ませて居るものか静止のまみの底にきらめく

茫洋の海はなぎさにわがうたは貝一片のむなしき思念

森深く

いたるところ汚れてゆくを歎きつつ物片づけて暮るるいく月

禁じられ居るゆゑ泣かぬ眸はふかくいつか開かぬ女の扉

道

非情とも見らるる勁き眸の奥に木草の花の慟哭をきく
しづけさに歩み入りたる森ふかく木の間がくれに鳥も栖むらし

土

紫の菫咲き居て足もとの土に溢るる春は光れり
さみどりも黄も紅色もことごとく秘めたる土に春はめぐれり
寒椿のくれなゐ置きし朝の土ひそやかに春のめぐる跫音
群鳩の舞ひたつ空に輝きて若き光のあふれゆく土
その土に悲願の種子を蒔きしより春はいく度光をめぐる

手毬唄

葉ざくらのかげまさりゆく日となりてもろ手空しく佇つ影法師
花を植ゑ花を飾りて蔽ひたれ荒れ廃れたる貧しき洞に
わが時の過ぎ来し方のさはになりぬ手毬唄など記しておかむ
支へたる細き手病めり春の日に崩れゆく日も目に見ゆるなり
くづれゆく日よたちまちに影失せてわが永き歴史記すものなし
身の内部《うち》にひそめるものを探りあていたはる眸なり春のあしたに
眸の底を覗きしままに重ねたる手はもの言はずかなしみ伝ふ

掌の内の謎はとかずに花は散り静かに春は昏れてゆくなり
再びを散りたる花は咲かねども土にしみゆく哀惜のうた

五月の空

ぶ厚なる四面の壁につき当りわが思惟は夜々をこだまして来る
わが一生の道の短かきを自覚して歩み出し日にジェット機は飛ぶ
革命の壁と書き居る看板塗りの背にやさしき春陽とどまる
惜しきもの心の外へ放ちやりしみじみをしと今思ふなり
否と言ひてこばめば鞭が鳴るならむ五月の空がすすり哭くなり
慣らされて今日の演技も終りたり心にしみる夕あかね雲
汚さずにしまひおきたる画布ひとつ命終らむ日に染めむため

信濃

信濃

汽笛遠く信濃の山にこだましていまは郭公も啼かない時間

仰ぎ見るくるみのまろき実を透し夏おとろへし深閑の空

一本の芒が枯れてゆく時に野の空青く風わたりゆく

浅間

風さやぎ小松の山に鳥啼けり青空高く松の実を投ぐ

小松山吾と浅間と鶯といのち比べて居る空の下

火の山はいきづく白き煙あげてわが前に五月の空晴れ渡る

手あぐれば浅間も空も近々と顔よせて来る焼石の原

鶯は春の山路に亡き母のこゑのごとくもなつかしく呼ぶ

起伏多く生きて来しなり山ならばたたなはるかげ美しからむ

足もとに野の桜草ひとつ咲くここは言葉のいらぬ国なり
野に佇てばわれに親しきともがらよ小鳥と花と野を駆くる風
もつれたる心の糸もほぐれゆき春の山路に小鳥さざめく
悠久の静けさありて落葉松の林に入れば鳥の啼くこゑ
草土手にすみれ咲き居て何事か屈託もなく春来るごとし

残雪

染め色もなくこぶし咲く残雪の浅間のすそに若芽もゆる日
春の鳥はのこりのいのち惜しみ啼く白きこぶしの花光る山
信濃路にこぶしの花の白きゆゑ古き手袋今日ははづさむ
渓川の音きき居れば間をおきて山鶯が何ごとか言ふ
草に寝て山鶯をききて居ぬむべなる事をわれに言ふらし
落葉積みしながき凍土の解くる日に空より青しムスカリの花
落葉松の疎林に白きこぶし咲く何かほぐれてゆく春の山

雷鳴

けさの空たが悲しみに青く澄む高わたりゆく黝き鳥影
自らの目にたしかむる自画像はかなしき姿しすぎて居たる

すでにわが女亡びて渇きたる土の表を過ぐる雷鳴
うるはしき心映せしあかしにて破鏡が放つ光の曲折
放ちたる小鳥のこゑの変り様心いためてきく母の国

美しき雲

わが旅の残り少き日の朝を鳥啼きわたれば美しき雲
ばら色に空染みてゆく暁よ今日のこの日に何を期待す
さわやかに朝の風音きこゆなりわが行く道よ障りあらすな
緑の野辺に風わたるとき目にしみて生き来し方の道見ゆるなり
野のうたをきく人のごとく鷺降りてひときは明るき水田の緑
今日一日は諍ひなしに過ごさばやと窓開けて朝の空に祈れる
かなしさに雨衝きてゆく時に野の緑匂ふは切なきごとし
目に溢れ胸にあふるる野の緑おびただしくも君にかかはる
道濡れてアカシヤも濡れてわが帰るあしたの雨の道清しけれ

秋の顔

灼熱の燃ゆるかぎりを通り来し夏のうしろの深き澄明
萩咲けばひそまりゆける夏のうた今年もそぞろ虫鳴き出づる

遠く来しが何も手になし朝冷えが去年のごとくもわれを哭かしむ
空見ゆる道にいづれば涼しさのあかしにそよぐ森がつづけり
日輪のおもひにめぐる日まはりの花芯支ふる黄なる花びら
ほととぎす山の辺の秋を忘れずも咲きいでし庭にはやき夕かげ
いのち細く咲きたる色のしづかなり朝露に染む花ほととぎす
乱れたる白萩の枝たわわにて虫棲むらしきわが秋の庭
放心のあした浅間に穂芒のまねけばいつか露ふみゆきぬ
月見草ぽつんと朝の野に残り山並澄める秋来るなり
山萩はかそけく咲けり夏燃えし思ひの夢を散りこぼしつつ

夕映え

夕雲は緋に染まりゆく耀きて山の彼方は美しき国
秋は早く山を超えゆく残照に土手に草喰む山羊白く見ゆ
夕あかね芒光れる野の道で人待ち顔の緬羊《ひつじ》に逢ひぬ
まるまると芒の原に佇つ緬羊《ひつじ》人来る気配に目を細めたり
ひつじ居てわれを迎ふる芒原山くれなゐにもみぢ輝く
坂道ののびゆくはてにつゞく空何か忘れしことあるやうな

草紅葉河原に濡るる雨の日は傘さしてゆく人もやさしき
巾広き空となりゆく林道の木洩れ陽に咲く桔梗のはな
人の世の美しきことば胸にとめ閉づるまなこに紅き夕映え
風のごとく去りゆく日のみ数へつついのち虚しき夕あかね雲

もみぢ

わが視野にのこるもみぢは今日の日も山のしじまに美しく散る
もみぢの林つきぬけてゆけばどこならむ身も染るかともみぢの山に
黄葉紅葉かろくかそけく降りくれば踏む土もなくわれも染みゆく
紅葉の山にとまどひ佇てるハンターに指導の立場自覚する犬
山はもみぢ二人の距離にいく度かかくも華麗なる秋を贈るや
美しき別れなさむはいつの日か紅葉のこらず散る日を待たむ
この山のもみぢのこらず散る日まで見つくし居れば納得なさむ

火の山

山もわれも火を抱く内部霧の野に濡れてつめたく身を佇ちつくす
噴火する山より来たる霧の雨灰をおとしてわが画布に置く
手をひろげ空のこゑきく木々の葉に黝くかかれる火の山の灰

かなしみが黝く焼けたる石となり山の心がいま鳴りひびく

掌《て》にのせて山のこころをきくわれに黝き石魂は角するどくて

美しき緑の野辺を駆けぬけてわがゆく国は火の山のくに

山萩

紅の露こぼるるばかり萩咲ける細き山みちに人を尋ぬる

清らかに萩われもかう咲きめぐる庭よりけむる浅間山見る

窓障子白く閉して軒ふかく萩咲きこぼるる山荘の庭

かなしみをひとりひそかに運び来て火を噴く山の山かげに佇つ

こつんと窓に音して胡桃落つ風つめたさを増す山の秋

山萩のこぼれ咲く道ゆく人の後姿が影絵に似たる

山湖

白鳥は空を泳ぎて朝の月ひとつうかべり山の湖

雉子啼くを露冷ゆる野の朝にきく疎林に白く月のこる空

目の裏のあつきものみな澄みゆけりわれよりいでて野に満つる秋

萩こぼれ山褐色に移行せり地上静止の時もたずわれ

葦ゆらぎさざ波わたる白鳥のしましをありて水冷ゆる朝

去りがたき思ひに居りぬ白鳥とその深きゆゑにしづもれる湖

捨てられし野薊かこみ白鳥のつくる水の輪空にひろがる

雉子一声高啼きたてる落葉松の木もれ陽濡れて光るあしたに

木洩陽

わがゆく手に長き橋あり雨に濡れ渡れば遠き国にゆく橋

山の宿に心豊けき寡婦ありてわが足ながくとどまらむとす

翁《おきな》草紫草の根を分けてわが手に満たす山の木洩陽

秋はもみぢの枝をたわわに手折り来て信濃の空は青しと言ひぬ

かさかさと枯葉を踏みて一株の梅鉢草の花摘みにゆく

夕すげは一夜を咲きて朝つゆにみ山あかねのたはむれの宿

ゆらゆらと露にゆれ居る野路菊の白き小花に明るめる道

つややかに岩かがみ岩にかこまれて今年の夏も短く逝ける

手籠

わづらひの数々こめし手籠もち朝靄の道露に濡れゆく

どの様にゆくべきものか両の手にあまりし荷物もたされて佇つ

その日より言葉はわれに亡びしも胸には燃ゆる花よりも濃き

わが道に哀しみ多く敷き並べ野は美しきかげろふもゆる

凍土ほぐれて山に小草の萌ゆるなり小鳥のごとく鳴くすべほしき

朝の窓

楽しさを小鳥うたへる朝の窓そこより歩みいづる日を待つ

夜がみなうたつてしまふ歌を朝は廃墟のやうに見て居るばかり

人前で泣いてはならずしつとりと夜露にぬれて草は夜を哭く

いつしかも一生を古りてわが歌は泣きつづけたる記録とならむ

さまよへる旅寝と思ふ不確なわれの土よと触れて朝醒む

わが内部に変らぬ顔をひとつもちいく年朝の土にさまよふ

花の匂ひ

かなしみは語らぬ世なり詠むうたのひとつよ永く輝きてあれ

ゆく時はひとりなり霧をかきわけてさしまねきたる青き彗星

こんこんとわが身のまはりに溢れてはしぶきとなりて散りてゆく夢

立止り君がささやくたまゆらをカリフォルニヤの花が匂へる

磐石のごとく君言ふ支へもつわれの手足のかくか細きに

篠つく雨を冒して探しゆきにけり子よ胸あつき日のいくそ度

ふり返る追憶の眸に美しく手をつなぎ来し道も涙も
美しく子と歩み来し追憶を山風の中にかこむ思ひよ
わがままはりの美しき季を記録して花のかこひをめぐらし置かむ

裏街

悉皆屋と書きたる店の看板が頭を去らず京都裏街
傾ける家に支へ木目にたちて地亡地帯のかなしき住家
かすかなる魚焼くにほひ裏街の灯ともし頃の窓あたたかく

不在

人の言はむ言葉が欲しく鉛筆の芯をひねもす削りて居たる
鮮らしき花を飾りてよどみたる家霊のいぶき消して居るなり
寂しさが背骨にしむかかる日をじつと見つむるわがうしろかげ
こはされし頭脳しきりにまとめ居る空しき労を掌に詫ぶ
すべもなき希求とおもふいのちひとつ生くるしるしを高くうたへり
明らかに瞠く目にて神の窓見し日のわれのたしかなるなり
かこまれし壁厚き部屋の内に居てわれは不問の魚の眸をもつ
暗澹と昏るる夕べも瞠きてまことの燈をかかへもつなり

見つめすぎ不在になりしわが言葉あはあはと山茶花のはなの咲く庭

見つめられ

見つめられ見つめて居しはわれにして淋しき顔をしすぎて居たる

装ひて居れどもひとみかげりゆく心のゆめの毀れゆく音

苦しきことの多き灯ともしつづけたり一生はるけく子を想ひつつ

閉したる瞼をなみだ溢れいづ消してはならぬ灯を抱きつつ

独り居る日を楽しきと思ひ居るわれを哀しき性と想へり

山青くわれを招ける信濃路へ心ひかれて何を果さむ

秋来れば

秋来れば身を去りてゆくもののかげ淋しさが胸のうちに鳴るなり

すすりなく胸の中なる少女像泡立つ今日の血汐めぐりて

母子草

草の葉にすだく虫よりはかなくて夏過ぎし日は翅すり合す

移し植ゑし山母子草わが庭に蟋蟀の宿となりて秋なり

さかんなる夏の意想もしづみ来て季節はとらふ物の真実

淋しさの底に身を置き歎かずもわが泉濁ることなくばよし

ほのかにもまどろみのごとき時の来て秋の深さに落ちてゆく思惟
音たててガラスの器砕け落つ死を受とめて居りし時なり
雁渡る影のみ見えて黙々と人も草木も内省のとき

灯のある景色

かきわけて探して居しがたそがれて灯のある景色うるみてありぬ
野の草の紅に染みたる一本よかなしみのうたうたひはじめぬ
日の流れ非情の速度加へたり目にたちて樹々の葉の落つる空
戸の外にうづくまり居る夜の冷えがしのび入るなり思惟の裂け目に
われを待つ枯野の中の指定席空のみ青く眸にうつるなり

曼珠沙華

ひがんばな咲く野の空の澄みゆけば今年も胸の秋風の音
ひまはりの枯れたつ花に遠き日のゴッホの目をば思ひつつゆく
うづまきて風吹く野路に落つる陽よ散りとどまれる葉にあかあかと
いくとせをつめたく経たる道の方秋風はいまもそこより吹くか
すてられぬひとつの忿りにつながれていく年秋を咲く曼珠沙華
苦しみが地底をいでて咲く花の赤きほむらか野の曼珠沙華

道

忿りより切なき目をば手に蔽ひ炎の花の咲く畔をゆく
曼珠沙華咲かねばならぬ地の底のうめき聞えて来る耳かなし
曼珠沙華貧しく群れて裸火を野にともすなり人の憎める

生きて

霜白く置きはじめたる道となるいく年か遠く清しきねがひ
いづくまでゆきて定めむ置どころいたみ疲れし足も心も
灼くるまでもえしまぶたは閉ぢしなりそれより外の事は映さず
人生きてかかる非情も耐ゆるかとひそかにききぬものの崩壊
空光り野に敷く草の枯るる日もかかはりのなき地の厚さなり

別れ

よきものを別れとおもふ胸を占むは汚されざりしうたばかりなる
いたみのみ拭ひがたくものこされてよそよそしくも白き屋壁
はるかなるへだてを語るきびしさに閉ぢて美し唐草の門
流れつづけ流れやまざる大河なり夜は亡びゆきし人の跫音
ふと胸にミモザ練香匂ひ来て霧の中なる美しき顔
木蓮の白く咲く日よ仰ぐ目に仕種やさしく光来る空

何かある眸かと思ひて見らるなれわれはひそかに居るつもりにて

木も草も

木も草も耀き居たる道ひとつわが眸の内に亡びたるなり

ゆれやまぬ心なりしが何ものか亡びたるなり今日の安息

苔

竹むらに秋の陽ざしのひそやかに土に及ばず傾きてゆく

ものの奥のかかるしじまを抱きしめ夢窓国師のかくれ棲みたる

苔生ふる静かなる土山茶花のはなある庭の白き築墻

いく年の静安ならむこはされぬ思想を堆積てみどり濃き苔

雲の上

アルプスの浄き姿に見入りつつ神かもわれをとらへしものは

空を飛ぶ身のたのしさをひそかにすわれは潔き事を愛せり

雲の上にまことの空を見し日より一つのことをわれは信じぬ

何事か見てしまひたるかなしさよ雲の上なるおぎろなき空

人の世にありては思ふ事ならじ雲より高き空の思ひは

花の一枝

片側は陽に照らされて映像は仕合せらしき顔かたちする

捨てられし花の一枝雨に濡るいく年われはこの土に棲み

わが立てる土の渇きを疑ひし日よりきこゆる離脱者のうた

蹠の疲れ気にしていねし夜は素描のごときゆめ見て居たる

厚く固き鉄扉のごとくにふさがれしわが脱出の季を散るもみぢ

離脱者のうたさむざむときこえ来る虚無につづける死の領土より

ゆめ

くたびれて手枕すれば閉ぢし目にパウルクレーの神がささやく

いつぱいの夢をちりばめ少年の像がまことの眸をみつめ居る

夜の庭

高原に風吹きぬけてゆく時よわれは小さく胸に手を措く

毀れ易き城《き》にあり嵐怖れつつ石のしとねに刻む篆刻

生きてゆく空しさせまる夜の庭にあぢさゐ淡き色あつめたる

死火山

ごうごうと鳴る風のこゑ火口より永久のさみしさがふき上ぐるなり

死火山の火口はつぐむ過去のうたありありと蒼き意志示す池

身の芯をつき抜けてゆく死火山の風虚しさを吹き上ぐるなり

わが内部にかくうづまける熱き池鳥も悚れて近づかぬなり

火を噴かば人傷つかむ口つぐみ今日もひつそり寂寥を抱く

をはりに

私が今此処に、たどりついた道、第三の歌集を編み終へて、顧みるとき、第二の歌集は最初の師　吉井勇先生の序歌を頂く事が出来たが、今この歌集は、師の霊前にささげねばならない。惟へば、人の世のうつろひも、飛花落葉のはかなさにひとしい。そのはかない生命を生きて、独りを見つめ、澄みて浄きアルプスの峯々にかがよふ、光にも比すべき高き憧れをもつて、悠久の波間に見ひらく眸が見つめつづけたひそかなる心の灯こそ、私の歌である。歌は私の已むにやまれぬいとなみであり、生命の開花である。

泉のごとく湧きいづる歌であれば、時には高く、時には低き声調であらうとも、常には声なき心の、いつはりなき慟哭であり、ひとつとして私の真実の叫びでないものはない。歌とは、さうしたものと、私自身、師の訓への中にさとり、ことさらに新らしきにこびず古きに執せず、うたひ続けむものと思ふ。

一九六二年四月十七日

大伴道子

鈴鏡

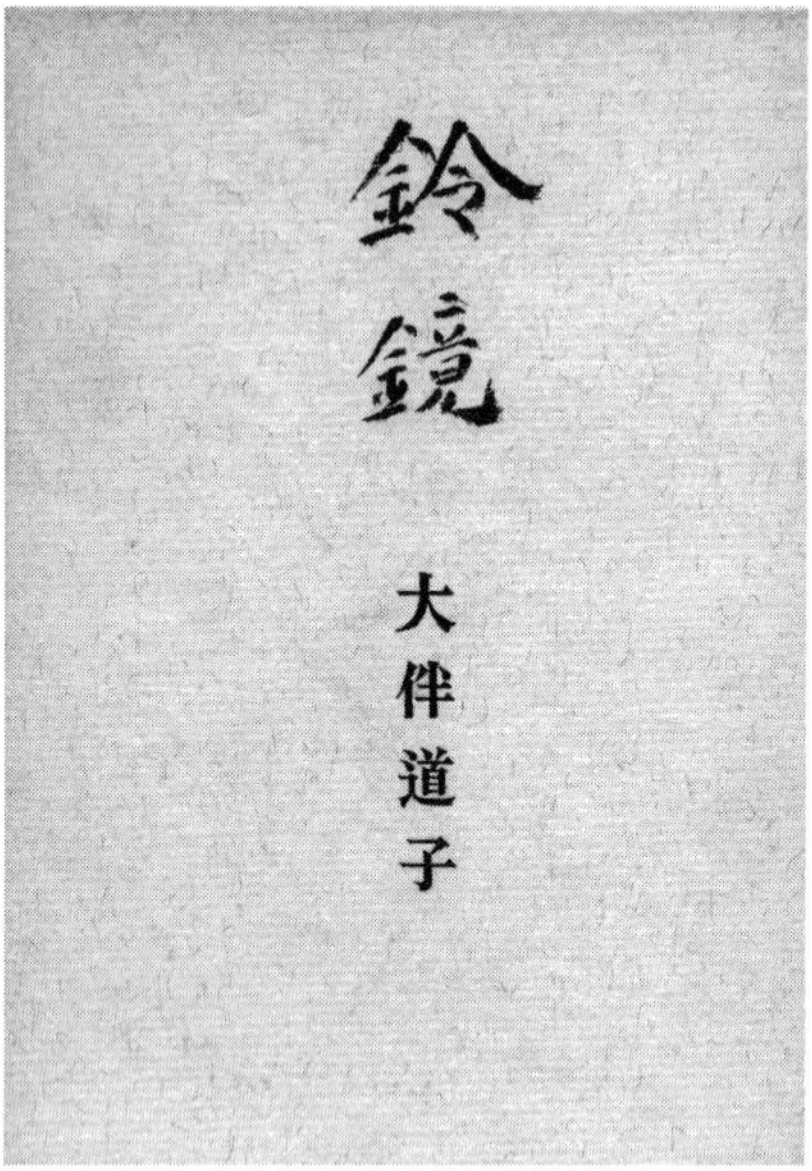

第四歌集　六二三首収録
一九六五年四月二十六日
角川書店刊
四六判型貼函付　二七六頁
題簽　新村出

第一部

噴井の石

ほとばしる噴井《ふくゐ》の石に白き鳥佇《た》てるを見たりかへりみゐたり

招《せう》ぜられゆきたる天《そら》の道の曲《くま》きらきらと虹の橋濡れてゐき

新らしきひとつの歌をくちずさみ生《あ》れし小鳥をそと抱へをりぬ

ひつそりと輝きて死にし爪のいのち夜ゐるこころ重たくなれり

疾走しゆくものに心のするなり今ひと時のかなしみならず

かなしみを見られたくなし野に向きて黒き眼鏡をかけて歩めり

白鷺の化身《けしん》のごとく夜も昼もわれを一途《いちづ》に野に佇たせたき

死と愛と神の住みをるわが内部いたくもひびく琴ひとつあり

母

母となりし日よりかわれにふしぎなる神の言葉のささやかれゐき

鈴鏡

天《あめ》も地《くに》も子のためにありと思ひたるさくらの花の華麗《うらら》なりし日
閉ぢし目に溢るるものを堪へゐつつ母といふ名を清《すが》しくはせし
乏《とも》しさは清《すが》しき位置のあかしなれ燭《ひ》を秉《と》りて思惟《しゐ》の高さにおきぬ
抱く手に心の重みみなかけて祈りし時に子の瞳《め》の澄める

草丘

月のぼる草山見ればここにわれいのちを生きてゐしと思へり
ひとり来てけふも昏れたり草のはらゆふすげの花に野分わたるも
いのちあらばとあふぐ碧落にとぶ雲の白きをいましよぎりゆくもの
泣くこともうちにひそめて日本の女の歴史は重たきにすぐ
ふたたびはかへらぬ道の夕あかね言葉ひとつが輝きてあり

旅人

旅人のはがねの肩に落ちてゆく夜露は鳥の羽毛のにほひ
きすげ咲きて風とよむ野に鳥帰りつばさたたむときわれはねむらむ
ほろほろ鳥の名をあはれみて見に来れば七羽集《つど》ひて餌はみゐたり
アフリカの暑熱の原に生れたるほろほろ鳥見れば胸毛の青き
終りなき祈りの声ときくゆゑに切《せつ》なし秋の夜の虫のこゑ

虫が音

歓帰荘とみづから名づけて建てしかどつひに帰らぬよろこびなりき
夜の床にわが身あらせず歎くとき闇の空とよみ過ぎゆけるもの
よもすがら歎けうたへといふ虫かわれは疲れていつかねむれり
月青き夜を虫のごとく哭きつづけ消《け》ゆく心はたれに告ぐべき
落ちこぼれ露おく花のむらさきのあざやかにして秋ふかみたり

草の実

草の実を拾ふとき遠き子がゑがほふとよぎるなり目の奥の窓
秋冷えの山にひそけく花咲けり山ほととぎすは霧の中より
雷鳴は雨ともなひて野を走り葉をのこしたるみな吹き飛ばす
風のごとく大河のごとく背後より押し流れ来たる昨日もけふも
つひに此処に到りし月日はろけきを秘めし手の指いとしみゐたり

落暉

ふと不意にデリーの熱き夜を思へり足細く黒きはだしの少年
骨ばかりなる痩軀をまとふ一枚の布に懐疑のふかきまなざし
通はざる言葉に見つめしまなざしにわが理解せし生きのかなしみ

光流れ雲ながれ落暉《らくき》かがやけりその美しき天と地との合《あひ》
牛すらに思惟もちたるか地にまろび寝《いね》て空ゆく雲をながむる
ガンヂス川に赤児流すときてよりわれ合掌す夕日入るとき
壁赤きインドの館《やかた》貴人の住みターバン白き番兵のたつ

夜明の橋

霧に沾《ぬ》れし夜明の橋は長くながく一本の道はゆくへも知らぬ
流れゆく水にのりゆく浮草のひとつが今の心にしみき
朝のゆめに長き橋あり海《わだ》のはらの中に架《かか》りてそこに消えたる
血《ち》流せる生命《いのち》が虹の色なして空わたりゆくを夢に見しなり

秋晴れ

君帰るこの日秋晴れ日本の空は青しとふとしも思ふ
甘美なる心をどりをひそませていのちの重き知りしおどろき
くづれ落つる花の終りをおそれたる旋律のなき絃《いと》をにくめり
竪琴《たてこと》にふれたる人のを指にて摘まれし花の歓喜ぞにほへ
青く濃き朝顔のはな薄明のしづもりに咲けばわが歩まざり

栗鼠

草の架《わた》しきりに飛べりとび散れりかかるとき栗鼠《りす》が出でて胡桃食《は》む

尾を立てて思索の栗鼠の眼《め》のなかに山ふきわたる夕風のいろ

ちよろちよろと壁のぐるりを旋《めぐ》りゐてまぎれ入り来しこの小さき栗鼠

遠山《とほやま》は青くひかりて目の中にわれに生きゆく生きものひそむ

潮騒

夜半《よは》にひとりとめども知らに溢《あふ》れくる涙のやむを灯を消して待つ

われは今意志もちてゆく一人の人間なればまなこそらさず

いまは遠く潮騒のごとわが前に運命の扉《と》をあけし日の音

潮騒のおそひ来りて寂しさは壁にひびけりわがひとりの夜

何にすがりこころ重たきわが身をば支へむものか落葉はしきり

怪獣《シメール》のゆゑなき怒り火を噴《ふ》けば怯《おび》えつつ夜を寒くねむれり

不敵なるまなこをせしや口つぐみわれは譲《ゆづ》らむ怪獣《シメール》の前

透きとほる骨骼を自覚《し》りて歩むとき薄命ならむ嘴《はし》赤き鳥

光と影と

ボヘミアン・グラス陳列されてゐてわれは落暉《らくき》の海に棲む魚《うを》

ささやきてゐる赤と青と照明の光の中にふるへて立てり
いつしかにわが裡《うち》に月かげ繊《ほそ》くなりものに怯《おび》えつつ神を呼ぶなり
わが背後にいかなる候者ゐるならむ見破られては窓閉ざすなり
一と房の葡萄を剪りし月の夜のいたみに似たるとほき悔恨

挽歌

伊吹嶺に夕陽とどまり師のみ霊《たま》あまがけりませる日の秋のそら（十一月十九日、吉井勇先生逝去）
訃をききて逢坂山を越え来たり小春日あはき霜月の庭
秋ふかみ散るもみぢ葉もひそやかにみ霊《たま》のうへに零《ふ》りつもるがに
いづくにか心のまなこ開きゐむこの澄む空の明き秋の日（十一月二十一日、古川政記氏葬儀）
葬送の日の空あをし君の眸《め》のなほみひらきてゐむと思へり

ワシントン即事

ワシントンの桜並木をすぎしかば日本人われの思ひかなしき
君が祝ひに地球をなかば翔び来しと握手をぞ交はす涙たたへて
（統合参謀総長レムニッツァー大将令嬢結婚式）
ワシントンの冱《さ》えかへる朝《あさ》をいつかしき無名戦士の墓にまうでぬ（アリントン墓地）
霜ふかき墓地の朝冷えに君が代の奏楽ならず君くやしみぬ（楽器すべて凍りつきぬ）

広き丘にま白きばかり墓碑のならぶアリントン墓地に喇叭ひびけり
捧げ銃の兵士の礼やつつましく花輪を白き墓碑にささぐる
愛国の霊に日本の愛国者いま対面すと大将の叙《の》べつ

狼火

わが前に狼火《のろし》をあげて叫ぶともすでに終りてひらく扉《と》もなし
くりかへし仮空に似たる生涯を花の咲かざる土に起居せり
煉香のみもざ失《な》くして来し街に戻りてゆかむ時はいつ来る
北おろし刃《やいば》のごとく来る街にわれの醜き歩行はじまる（椎間板軟骨ヘルニヤを患ひて）
背を曲げて醜き歩行する冬も苛酷の杖を求めたくなき
背に負へるギプス重たく思ほえばわが生きて来し日もギプス負ふ
寒からむと娘《こ》が送りくれしガウン着て今宵悲しきことは忘れむ
まぼろしに鳴れるしもとが背骨《せぼね》にしひびきて病めり春のゆくころ

春の窓

窓に白く春の雪舞ひてしづけかり遠なつかしく旅の心地《ここち》せる
あたたかに春の雪すこし降りし夜は優しきひとのゐると思へり
仮借《かしやく》なき鞭《しもと》うけとめてすがすがと心に夜の春雪《しゆんせつ》が積む

やすらけき想ひもなくて閉《さ》す窓にひとりがともす灯《あかり》にじめる
雪降りてあしたを不意に清浄《しやうじやう》の国に来しごとく心さやぎぬ

渇き

花蘭を束ねて胸に抱きしめぬこの香《か》うすれゆく時に歌あれ
開花する春なき花を抱きしめて土に何ものもなしと叫びぬ
飲食《おんじき》もわらひも意志の外《そと》にありけふの言葉だに買はれてゐたる
胸ぬちに刺さりし棘《とげ》の多き日は薔薇よりも濃き口紅をひく
人みながものひそみ居る明けの刻かくひそやかに空澄むものか

足袋

再びは帰らずと決意しのこしたる荷物片づけぬ明日発《た》たむ日に
破れたる足袋美しく繕はれ残してありしを誰に告ぐべき
楽しくありし日なく月なく汚れては涙に洗はん妻のみち
哀惜の涙は見せず残したる言葉清めて飛び立つ小鳥
潔《いさぎよ》くひとり発《た》ちゆく美しく生くるに難き母の国をあとに
此処に泣けと残されし娘《こ》が古荷物日日の吐息に繕ひし足袋
いまも苦しくひとり悲しき良き妻とならむ努力も空しかりし日

ひとつひとつたたみ納めし小布にも妻なりし日の優しきこころ

子を抱き悲しみ多き妻なりし傷痕としてのこるアルバム

言はざりし悲しみを襤褸のつぎ跡にしのべば涙胸に零《こぼ》れつ

かくもして尽くせし人の真実もむなしき時の恚りやかなし

人間《ひと》よりもまことの応《こた》へなすものにいのちそそぎて日は過ぎむとす

たたみ納めて人には言はじ一人の犠牲はながく知るよしもなし

目を閉ぢて世の真実のむなしさを惟《おも》ふ夕べにばら紅《あけ》に咲く

ひびき

ひびき合ふ鼓《こ》をたづさへて生きて来し生命《いのち》なりけり距離たしかめず

火のごとくはげしく生きて焦点にひとつの旗のはためくを見き

風前のともしびゆらぐ美しさためらひもなくばら散りにけり

美しき最終《をはり》ねがひて乱さねばつひにはげしく燃ゆることなし

身ひとつにもてる思ひを尽くせども逮《およ》ばざる深き淵と思へり

比喩

疑ひつつゆかねばならぬ水上《みなかみ》に大蛇《をろち》や住める青きいかづち

理解して昆虫は巣に帰りゆく意外にかしこき翅《はね》をたたみて

光りたる昆虫の翅ねたみつつ蛞蝓はぶよぶよの角たててゐる
わが吹かぬ笛抛《なげう》ちて高高と秋の陽ざしにかざす掌《てのひら》
身のめぐりふれ合ふ心失ひし日よりこゑなしわれの孤笛《こてき》は
人いねしひそかなる時をいたはりて爪に紅《べに》さす夜のならはし
夜のいのちひそかに持てば鏡面に冴えゆくわれの黒髪のいろ
人を逃れのがれつづけし野の方《かた》に月のぼるときの月の静けさ

挨拶

空も花も小鳥もなせるわが窓の朝の挨拶を君に贈らむ
船室のあしたにききしさやかなる朝の挨拶は波にとられき
天日の高き国ありて薔薇にほへりかかる内部をわれの憶《おも》へる
何かしらけだるきさま昼言はれたる言葉が遠き空にて鳴れる
かかはりなき言葉のみ耳にささやかれ炎暑の夏をすでに渇けり

インディアンの鈴

鈴四つつなぎて紐にさげてありちりんと鳴るはインディアンの音
ひとつひとつ形も音色《ねいろ》も異るを紐につなぎてわれを呼ぶ鈴
インディアンの鈴贈られてけふよりは小さき優《やさ》しき音《ね》に呼ばれたる

国連の大使夫人より贈られしインディアンの鈴はたぬしき音色《ねいろ》
インディアンの鈴の音やさしく訪《おとづ》れを告ぐれば一日《ひとひ》われはたのしく

踏み絵

強ひられる踏み絵やかなし強ひられてふめば心にしみる秋かぜ
はたた神荒《あら》ぶる午後にひれ伏してわれのききしは地の底のこゑ
むらさきの葡萄のつゆを透《す》かしつつむかしのゆめの華麗なりしか
幼きら池のまはりに集《つど》ふみれば水馬《まひまひ》の水に曲芸をする
枯れ姿みにくき花をかなしみて夕ぐれがたに截りてしまへり

秋思

秋なれば人の思ひも清らかに澄むらむとおもひ目を閉づるなり
夕風に萩はやさしくこぼれつつわれより花は仕合せらしき
老松の枯るべきをいたみいさぎよきすがたを伐《き》りぬ老いし植木屋
何事か実《みの》る間《ま》もなく夏昏れて蟋蟀なけり戸襖のかげ
美しさのひとつを残し消えゆかむ憎みたくなきいのちの道ぞ

紅ばら

紅ばらは咲きつづけつつ空晴れしわが誕生日《うまれび》にふかくぞ薫る

名もあらず咲きにてにほへと贈られしうまれ日の花にめぐれる想ひ

うまれ日にばら贈られて清清《すがすが》しきいのちありへし日を思ふなり

清らかにありし日のままにあるならむ心のうたをうたへ秋風

音もなく砕けて散れば美しき薔薇《さうび》の中の青き月明

告白

わがおもてたまゆらよぎる血まみれの面《マスク》をしかと子に見られたる

白きものふえたまひしと娘《こ》が言へりぷつりと言ひて向き直りたり

ぎりぎりの日を生き来たりつひにして愕きにさへひびく絃《いと》なき

何ほどが受理なされしや悔《くい》重く背《せな》さむざむと椅子に戻りぬ

不可解に抱きとめられし生命に一つ蝶舞ふ告白の如き

伝説

伝説のつばさもてればひらひらと塔におり来て氷雨《ひさめ》降るなり

わが足はかつて甘美なる夜のにはに偽善を踏みて歩まずありき

伝説の日となる歎き語らひて十一月の雨の夜闌《ふ》くる

花のごとく光のごとく火のごとくわれの墓標を過ぐる鳥かげ

心の底にひとつの言葉受けとめし夜の雨ふかく土にしみゆく

木枯

北風の吹きつのる窓にあかあかと灯《ひ》ともして子が綴れる別離

至高なるともしび鈍くなりし夜の浅きねむりに木枯をきく

点点と灯のつく街のうすき靄むかしのわれの影が歩めり

かけめぐる木枯の音すさまじきわれの心に言葉散りゆく

うす霜のうすきあしたの一枚の落葉に赫《あか》く陽が凝集す

さくら貝

のこされし筐《はこ》を手にとるさくら貝いのちをもたぬもののかそけさ

言葉なく簡潔に筐にのこしゆきし娘《こ》が遠き日の母へのかたみ

波青き海のまぼろしも遠くなり軽き音立ててさくら貝ある

さくら貝少女の爪を思はせて砂《いさご》のなかの歌のかずかず

生死《しょうじ》すらきよく濾過してさながらに微光をはなつ貝がらの紅《あけ》

山川

自らの裡《うち》につくれる山川にふと清冽に湧く音きけり

わが前に生きしものなし草の原ひろびろとして空につづけり

雪降れり心の内部《うち》のひとところしんかんとして雪降りはじむ

内部は積《つも》る雪の冷たき白さをば愛《め》でしゆゑなり人住まぬなり
積りゆく師走の夜の雪の層いつしかわれを埋めてしまふ

第二部

能面

この目もて見ることなしにわが顔を臆面もなく人に示すか
まむかひて見たることなきわが顔よ泣く時にして笑ふ時にして
美しき孫次郎の面《めん》の微笑《みせう》をばわが顔につけてをりたしいつも
その面の奥に光れる眸《ひとみ》には生きて耀《かがや》くものあるごとし
その面の奥のおくなるひとところ暗く生きゐるそのひとところ
その面の見つめつづける目の奥にいくつの思惟《しゐ》を彫りのこしたる
卵形《らんぎやう》の白き能面にまむかひてをれば言葉のきこえ来るごと
恚る時をこの目に涙湧く時を白き能面にむかひて思ふ

鈴鏡

冬の花

草苔のうへに胞子《はうし》を散らしたり冬のはなわらび指にふれしとき
涙垂るる音とし思《も》ふ白梅のそこはかとなく散る寒《かん》の土《つち》
風花《かざはな》の舞ひ落つる日はわびしくてやはらかにスウィートピーの花を活《い》けたり
一夜わが眠りの中に吹きつづけし口笛きこゆかくさめてのち
病的におびゆる冬にわが裡の少年しきりに口笛を吹く

はるけき空

春山のみちの彼方に空見ゆれいづくにわれの住む国やある
飛び去れるこの掌《て》のうちの白き鳩きのふの靄に迷ひやしけむ
暗き窓須臾《しゆゆ》くづほれて支へなくわが目はるけき青空ありき
色色にもの言ふすべもならひたりまつ直ぐに行けぬ人間《ひと》のなかにて
まだ言はぬ言葉は篋《はこ》にしまひ置きひそかに死なむ春の夕べを

砂の音

あらあらと罵られゐて足もとに砂くづれゆく音をききたり
ゆがめしられし顔の内部を思ふとき薔薇より早く散らねばならぬ
さくさくと弱く崩るるひとところ砂地をゆけば砂にひびきて

一瞬にまた崩れゆく砂の上の楼《ろう》に何を住まはせるべき

白黒を匡《ただ》さむこともすべなくて物の位置すらかりそめにすぐ

孤独のひと

夢のなかに細く静かなる道ありて君の表札かかる家ある

電子計算機の待つ事務所《オフィス》へ出勤す手に詩のノートとわが歌集とあり

妻のなき詩人の部屋はひそやかに富本の陶額かかりてゐたる

母も子もともに激しき血を享《う》けて苦悩の淵に若くさまよふ

クリスタルに薔薇一輪が挿してあり妻なき日よりにほひてゐしか

野の家

悄然《せうぜん》と四歳の孫が独りゐて留守居せりけり野の奥の家

ひしひしと骨身に痛きかなしみか母もつことを拒む家系図

男泣きわれが知りたる哀憐の子と父と二人の家の暗がり

暗闇に一人を待ちし孫は神かふとささやきし運命のこゑ

悄然と幼な児は闇に佇みてふかぶかと不審のまみをあげたり

自画像

いのち重くおもほえてきて枯芝の春の雪舞ふをしばし見てゐぬ

心の裡《うち》にしまひておきし自画像が夜《よは》にいきいきとかがやくごとし
いねもあらず昨日のうたを口ずさむ闇にましろき壁の自画像
人混みに押し押されつつまぎれなくわが自画像につくづくと逢ふ
めぐり合ふ壁の自画像はいく年の月日さかりてわれを見つめぬ

私記

そのひとの髪のうすれをけふ見たりさみしきものを見たるものかな
老いて生くるはさびしきものぞたのしきことといくつありしと来《こ》し方《かた》思ふ
冬の旅つづけつつをりきびしさもむしろ清しとなぐさめおもふ
ひとところ光とどかぬ身の芯《しん》にしきりにレンズあてられてをり
微笑とも見えしむなしき表情の美しければ孤独を映《うつ》せり

画布

わがあゆむ傍《かた》へをつねに水流れいま魅せられて見るそのながれ
言葉には言はぬ言葉を言はむとすかたはらの水の流れに向きて
生きていま言はねばならぬ哀しみを花はやさしき色に咲きたる
わが画布《ぐわふ》に描かれて久しき紅さうびみづみづしけれ朝の壁にして
画布《トワール》に昨日枯れたる花があり青空に似し色あはあはと

証し

片親となりたる孫よ宿命はいづくのつちに培はれゐし
闇にひとり目をみひらきて身の裡《うち》の言はねばならぬ言葉さぐれる
ま白き輪描きて棲みをり鳶よりも五位鷺よりも寂しきひとり
おぼろげに決意のごときが眉に見えおどろかずなりしその白き顔
ゆきすぎてしまへり何もかもいまはひとつのいのちを過ぎてはろけし

雨の日

雨の日に白き野ばらの花咲けり醜き言葉はきかずをりたき
家の中に子の中にふとつき当り傷む心を泣かむとすなり
人の中に傷つくことの多き日は花摘めば花のいばらに刺さる
まつはりて一日を重くせし言葉泉があらば洗ひたきなり
雨ふりて暗くぞなれる庭のへは絶えずゆれをる萩むらが見ゆ

病室

病室の窓に雨しぶき低く見ゆ密集する家並に灯のともるころ
寝てをれば早く日の過《す》ぐるくらしにて夕空あかし病室の窓
いつの日か此処を終りとする時もあらむとおもひ窓あけゐたり

わが墓はわすれなぐさを植ゑたまへ忘れ得がたき心つぐるため
病棟の窓窓に灯は消されゆき病む人らふかきしづけさ恋ふる

青鳩

かくていのち短からぬと思ふときわが見しゆめぞ美しかりき
青鳩を見れば短き命ぞと伝へて北国人《きたぐにびと》はおそるる
終日《ひねもす》をベッドにしあふぐ夏の空その青きより鳩舞ひ来たる
白き鳩翅《はね》きらきらし夏空の夢の中より舞ひくだり来る
はげしきものわれより去りて七月の空を焦《こ》がすか窓一つ距《へだ》つ

薄明の窓

いたはられ心優しくゐるときを窓に流るるむらさきの雲
いたみをばかばひてくるる優しさにしばしを水の岸に憩へり
悲しみの多きは夢をみる心のゆゑとし思へむなしと知りつ
薄明は雲さへつめたく見ゆるよと寝ねてながめぬわれ病みたれば
人間の心の裡の寥《さび》しさを見つむる目あり薄明の窓

雲

みだれつつ雲流れをればその方《かた》へそびらを向けてわれは歩まず

帰りたくなき道ひとり歩みつつわが負ひてゆく業《ごふ》よかなしき
雲よ明日《あす》はいかなるかたちして流るるやいくたびか佇《た》つこの道の角《かど》
こふのとりが白夜に運びくるといふ美しき児をわれも抱ける
ここにわれ自在のおもひ空高く白き鳥舞ふ幻覚なりき

病中録

胸のうちひとのいのちのまことの火ひそかにもえて日日を生きをり
病棟の長き廊下のうすあかり何につづけるいまの歩みか
わが魂《たま》のいこひ優しく見まもりし人にむき流さず来し涙なり
心やさしく居る日は花の絵を描きぬ香《かを》りもつ花を描きたきゆゑに
花の香か月の光か胸にしみてやさしき神のこゑをききたる
ゆめに見てひとを呼びしかふしぎにも病む日のあした問はれてまどふ
苦しければ白き薬に頼《たよ》りつつ寝《いね》むとしたり掌《て》のありどころ
こまごまと身の廻りなど片附けてまさしくわれは死を思ひゐし

浅間山

病後《やみあと》にひとり来たり落葉松《からまつ》の木の間にし見つ浅間の晴るるを
人間はさびしきものと思ふなり霧ふかくかかりてくらき林に

さはやかに人と逢ひたり落葉松の林の道に世をへだてつつ
支へられゐし言葉遠く人づてにききたる夜の霧ふかき窓
渓流の音たてぬ日は閑古鳥のゆふべひとつのこゑききしのみ
人間の正しき姿見むものと山に住まへば鳥の啼くこゑ
山裂けて昨日の忿《いか》り吐くときにわが叫ぶべき言葉こゑもつ
折折を忿りの灰をまき散らし山は自らの生をたしかむ

辛苦

あらあらと罵られつつつかれたる顔がわらへり白痴のやうに
辛かりき仮の世に生き清節を鞭の下にもまげず来し道
よこしまに耐ふるが辛しといふことを或日ひそかに書きしるしたる
われといふ似るもののなき一人の激しき性《さが》を父はのこせし
罵られもろびとの石に打たるるも一人の父がわが裡に住む

野の草

生くるとは何事なりや毀《こほ》たれていのちの鐘はつくべくもなし
いまだわが知らざる顔がきりきりとこの身をめぐる絆となりぬ
はびこるは野の醜草《しこぐさ》かいよいよに自若とせるも身の細《ほそ》るなる

彫られたる苦業の仏もかげうすれ草中にただの粗石《あらいし》となる
栄光も死しては雲にひとしきを何にあらそひ身をさいなむか

渦

翼もつ言葉おそろしくなりし日にわれはきびしく鉄の扉《と》を閉《さ》す
聞く言葉も云へる言葉もとがりつつ渦中におちて刃《やいば》とぞなる
ふりすててしまひたしわれのかなしみに痛められたる昨日《きのふ》の顔は
ざわめきの渦巻くうづの芯《しん》にゐてこの静けさや叛逆に似る
さまざまの色塗られてゆく画面なりわが混沌をそこにかくさむ

優しき鏡

言葉にも色あるものかつややかにわれに通《かよ》へるあたたかきこゑ
そよ風のごとくも耳にのこりたる言葉よいまもさはやかにあり
かまへなくゐるとき不意にうしろよりおそひ来りしかなしみあまた
わが鏡けふは優しきおもかげを映せり心ふかく慰む
仮面なくいとはれやかに生くる日はわれの演技を放棄するとき

西武百貨店火災

火とききて駆けつけし時くやしくも高きにとどく水さへもなし

黒き煙うづまきてあがる高き窓力及ばぬものに哭きつつ
延延と焼ける間《ま》ながし十時間失はれゆくそのながき時
いくたびか煙にむせて赤らめるその眸《め》泣きしにあらずといふかも
君耐へたまへこのわざはひの火に焼けし重き荷《にな》ひもいましめとして
よよと泣き泣きつぶれたき哀しみを支へて明日に向きて責負ふ
耐へて立ち寝《いね》もやらぬ目に昨日《きぞのひ》の涙を微笑につつむ表情
仏前にぬかづく首《かうべ》ひくくして心に涙むせぶひととき

秋の声

かねたたき鳴く窓にゐてありありと胸をすぎゆくものにおどろく
夜の窓にこほろぎ鳴くがあはれにていのちを削るもの思ひする
イスラエルの往昔《そのかみ》のこゑを塗りこめし赤き壁画のふしぎなやさしさ
痩犬が月の高き空に首あげて吠ゆる姿やいのちあふるる
あきらかに飢ゑし痩せたる犬に似つおどろの草に佇《た》てるわが影

弱法師

いづべゆくも心にしみて虫鳴けりこの道をいつかゆきし思へり
離離として過ぎぬいつしかその中に閉ぢねばならぬ瞼かなしく

弱法師《よろぼし》があきらめはたしその面《めん》にひらかぬ瞼美しと見ぬ
開かねばものなべて見えずゆふあかねまぶたに映《うつ》しただに憧《こ》がるる
めしひては捨てられひとりさまよへる弱法師みればわが心みゆれ

幼な児

さまざまに表情かはり時にふと未来を問へる児の目にまどふ
耳と目とに社会を識りて思考するかりそめならず童児の問ひは
生命への問ひがしきりにおこりたるわが少女期を遠く想へり
五歳なるが未来をゑがき生活を問へり心にしみてわが思《も》ふ
不安多く育ちし記憶におびえつつ未来に疑懼す小さき児を見る

なみだ

昨夜《ゆうべ》頬を滂沱とぬらせしわが涙鎖《さ》しし扉をたしかめながら
児を抱き哭きし思ほゆ今はひとり見すまじきこの涙の顔は
こころふと虚《むな》しくなりてわが顔の夜の空間に白白とあり
夜の風がひとりの窓をうちたたき嘘いつはりのゆるさぬ時間
風葬になさむとおもふわがこころ小鳥よ風よついばみてゆけ

梅鉢草

金色の葉を拾ひ来てむらさきの帽子に翳《かざ》すひとりの宵は
野兎がこの道来よとをしへたる枯原ゆきて白き梅鉢草
落葉ふみふみ野菊を摘むに野兎の糞まりてありこの道来よと
野兎の道にみいでし一と株の梅鉢草は誰に見すべき
山すらに苦しき時をもつものかいま美しき紅葉《こうえふ》の舞《まひ》
ひたすらに美しき言葉探しつつゆふべ落葉の道帰り来ぬ
われも哀れいきものも哀れつくづくと落葉林にたちつくしたり
実を拾ひ冬の支度をする栗鼠《りす》のいのちよ小さき仕合せもつか

高きもの

天つ日は高くかがやきわがうへに或るとき光こぼるるばかり
われ常に高き飛翔をねがへるはあまりに低き地に住むがゆゑ
あらあらとわが身のうちを荒しゆき嵐のごとく立ち去れるもの
ひとつ咲く花を清《すが》しといま思ふ月日も風も遠く過ぎたり
渦巻きて黒潮ながる身の外を蒼くつめたき死のかたちして

心はせて
ベイルートの海青ければ来ませよと誘《いざな》はれわが胸ははやりつ
心すでにをののきて旅の空にあり身は重くひむがしの国にあへぎぬ
束の間のさやぎなりけりレバノンへ心は飛びてパリへ書く文
コクトーの花壜に菊の花活けてひとり詩人の死を悼む朝　（ジャン・コクトーを悼む）
南仏の詩人コクトーのしるしたる言葉をふかく胸に刻めり

湍ち
みづからの心のうちに閉ぢこもり閉ぢこもりつひに冥《くら》くぞなれる
藁よりも虚《むな》しと知りてある時はひたすらにわが思惟にすがりつ
探りつつわれの心のゆくかたを見送りをれば鐘の鳴りいづ
またひとり口噤《つむ》ぐのみありありと敵意を示すまなざしに逢ひ
おのおのに花のすがたや異《こと》なるを生きて心のかよはぬひとら
いまわれは切《せつ》なきまでにひしひしと身裡《みぬち》に湧ける恚《いか》りおさへて
茫《ぼう》として湧き湍《たぎ》つ水のゆくすゑの泡のごときを見凝《みつ》めてゐたる

壺
何者の棲める家かとあやしみぬはげしくわれにそそがれし目に

億万のいぶききこゆる灯を消して心の耳の澄めるたまゆら
あはれ何に弱き心か地に伏しなば土さへわれを嗤《わら》ふこゑする
はね返る鋼《はがね》の音をひびかせて冷たき声が耳の底を打つ
いく年か空しきしぐさに日を重ね満たすことなき壺抱《かか》へもつ

国美しき

つき放され佇《た》てる断崖あやふきに遠くよりきよき月かげさせり
ひとりゆく心に月は光りゐてわれの行くべきくにの美しき
全能にましますᛂ姿求めつつまぶたにゑがく父と子の顔
清し夜をみ子生《あ》れたまひしと歌ふ子らわれも清しき夜をねがふぞも
少年ら正しきに生きよ正しきを冒すことなくゆくすゑ生きよ
たのめなくわが両《りやう》の手をくれなゐの空にかざせり何なしうるや
眉ひきて月は裸木の梢《うれ》にあり年暮れむとして駆けてゆく風
皇太子殿下に冬の花わらびお目にかけたくて献上したり

樹氷

苦しみて大人となりし子ら二人《ふたり》たづさへて来し道いまとほき
み冬空ただひとり来て仰ぐとき山は真白し来しかたゆくへ

かへりみれば母の齢《よはひ》を遠く過ぎ父のよはひを今かぞへつつ
つらぬきしその亡き父の仰《おほ》せごと樹氷の林かへりつつおもふ
高原にま白く樹氷さく朝は聖《ひじり》いませるごとしとおもふ

塔上

狂ひ咲きの花が氷雨《ひさめ》に濡るる見ゆもの憂く重き一月の庭
そのつよき何ならむと人のあやしみて内部《うち》なるわれの悲しみ知らず
くるしみて子は築きゆく塔上《たふじやう》に天にとどけと避雷針立つ
子を想《も》へばひしひし胸の痛む夜よ母の力のなほ及ばぬに
父の苦衷娘の苦衷子に及び塔のいただきは靄にかくろふ

寒風

子に伝へししろがねの剣《けん》年古《ふ》りて月の夜更にきらめきはじむ
戦のはじまりしときすでにわが旗は決戦の場を示《あか》したる
ひようと鳴る鞭かと思ふ寒風に顔をそむけつつ神在《いま》さぬか
あきらかに苦悩をあへぎゆくわれの貌かくさねばならぬ暦日
錠剤のいくつをまたものみくだすいのちちぢめてゐると知りつつ
欲しと思ふもの何もなし呆《ぼう》としてただ一日を安く眠りたし

狂はずに来しが奇蹟と友の言へりわれ狂ひなば子らも狂はむ

子もわれも嶮《けは》しく生きてかなしみはひとり夜ふけの歌に記しぬ

秘文

よりどころひとつを裡《うち》にかくしもつわが流麗の秘文《ひもん》といはむ

ゆきくれてゆく方《かた》もあらぬ瞼よりほろりと雫おつる夕べあり

乞はれても戻ることなし亡《ほろ》びたる心と記し山を下らむ

人間の生くる誇りは一握《いちあく》の土より軽く貧しきものか

時到りぬと思へば父のよはひにてわれから永き忍苦《にんく》とおもふ

決意ひとつ限りある身に擬したれば残りの時を美しく咲かむ

底知れぬ不明の春よいまもかくて捨身のタクト振らねばならぬ

しかもなほ咲きて匂へり降りつづく雪の中なる紅梅のはな

道

山山は春の支度をするならむ目とづればきこゆ春のあしたを

一途なるねがひは二人の子へ寄せてはるけく来たるわれ母の道

かなしみは誰に問はむか妻といふその名は重く身は辛しなど

幸多くをりたまはむと人言へり否とはわれの言はむかたなし

ゆきゆかば陽《ひ》の照る丘に花咲きてゐるならむゆめを捨てずありたき

椅子

距てなく子が来て坐る椅子ひとつ置くにはせまき暗きわが部屋

はるばると春の日本に帰り来し娘と二人《ふたり》ひそかなる夕餉

気兼ねなく帰り来てひとり住む部屋をひとついづくにか欲しと娘《こ》のいふ

第三部

花散る朝一

偉《おほ》いなるいのち尽くる日けふ来ると思ほえなくにただに看護《みと》れり（四月二十六日）

いまわれはせむすべ知らに病む人のくるしみせまる呼吸《いき》数へつつ

ある限りのすべは尽くせど及ばざり苦しみたまふおんひとりにて

おそひ来る渇きにねむりのさ中より水もとめたまふ幼な子のごと

やうやくに水欲りたまへどのみくだす力失《う》せてあれば唇《くち》をぞしめす

わが肩に手を巻きて起《おこ》せとしきりにもせがみたまへり幼な子如《な》して
握力だに次第に失せて冷えまさる指さすりゐて夜を明《あか》したり
握りつづけしおん掌《て》しだいに冷えまさり忽然《こつねん》と来たるかたき表情

春散る朝二
影うすく佇《た》ちていまししおんうしろ目にのこる巨木倒れたる朝（急なる逝去なりし）
わが庭の白樺ばさと折れたりと人等おらべり亡骸《むくろ》にむきて
白樺の巨木が風もあらぬ朝に幹裂き折れて倒れしと告ぐ
かくも早き別離のときと知らずありきかくはかなきか人のいのちは
この春の花の美しさ思ひたりふたたびは見ざる爛漫なりき
水のある庭に鳩舞ふ朝朝をよろこばす声のきこえずなりぬ
いつになく庭のさくらを愛《め》で惜しむそのおん声の胸にしみたり

花散る朝三
竜巻に乗り天上《てんじやう》に消えしかとこの忽然《こつねん》を疑ひやまぬ
竜神は天に昇るとこの年のはじめに言へる言葉もふかく
（今年は竜年、竜は天に昇ると、正月に言はししを思ひて）
たぬしげに娘《こ》に送られて週末の旅に出で門を帰らずなりぬ

われらみなおん信頼を汚さじと明日のつとめを励まし合へる
おんひとりの旅はさびしく在《おは》すらむ生きてはゆかれぬ西方の国
遺訓みな事たがはずに守らむと厳しかりし日を恋ひゐるしきり
泣くこともなく御讃歌に声合はせり夜毎に通夜の人増す部屋に
偉いなるおん足跡を手つなぎて手つなぎてかならず子らのたがはじ

花散る朝四

さくら咲く春のさかりは祖父《おほちち》の逝きましし日と君は慕へる
祖父逝きし卯月を君のえらべるか忽然と永き旅に出でたまふ
思ふことのすべてをわれに告げおきて身をいたはれと言ひしは昨日《きのふ》
コバルトの魚をしばしの慰めに届け来し子もさびしくあらむ
ことしこそ花や咲かむと待ちがてにゐたまひし藤もさきてうつろふ
きのふまでありしものみな失せてあれば香《かう》の煙にただむせびつつ
突然に大き荷物を失ひしむなしさにをりわれのもろ手は

伊吹の空

蛙《かはづ》なく背戸の水田の片ほとり松風ききて君ねむりたまへ
ひとすぢの田中の道はれんげ咲き君幼くてかよひましけむ

抱へもつ壺は小さしうすがすみ伊吹を空にあふぐおん墓
死にましし人と思へずいつまでもいづくにかそとかくりてあらむ

幻

誰よりも激しき歌をうたひ来しその筆をいづべに置くべきものか
ばらばらと厚き壁みなくづれ落ちあまりにはてしなき空の中
放心のままに真昼を眠りゐぬいつよりか来し荒廃の丘
青くあをく鴨跖草《つゆくさ》咲けり雨に濡れし君が石庭《せきてい》の石のほとりに
草の上に陽《ひ》が落す影をみつめたりわれにもいまだ形のありし
形なく声なく色なく大地よりかげろふのごとくゆらぐ思ひぞ
もの消ゆるふしぎを今も思ひをり所詮は消ゆるわが身と思ふ
胸を打ついくつの鐘よ鳴りひびく日は目を閉ぢてきくほかはなし

無常

耐へたへて来し心いまひろびろし部屋にひとりを見据ゑて棲めり
さびしなど思ひてはならず人間はかくのごとくに常孤《ひと》りなる
木も草もいのちのあればそよぐよと風のある日は風を想へり
かなしみのわが手をとりて放たざるおん目のうちのぬれ光りゐし

手を取りて心やすかれと無言にて言ひけるおん目のうち濡れてゐし
清らかにふかき目を伏せはろばろに現世無常のけふの対面
いつくしむひとよかなしみの眸《め》のいろを明日は見するなわれは切《せつ》なし
東京駅にて
忽然のおん死のさまを駅に来て君の倒れしあとどころに憶《おも》ふ
立ちどまりここにし倒れたまひしと人混《ひとご》みの中に聞きてをりたり
み仏となりましてのちは明らかに世のありさまもまさしく見まさむ
盆提灯ほかげをぐらき窓の外《と》に風たつらしも木の葉そよげる
京都五月
豆賀寿の地唄の舞に亡きひとをしのべとや夜の一力の茶屋
葛切りのはかなく甘きつめたさに旅のつかれの忘れもぞする
板前の茄子田楽に旅の夜をほのぼの京のなさけうれしも
路地ふるき京のうら町ぎをん町ふるき時世《ときよ》のひとのこゑする
のぼり窯陶《すゑ》に一生《ひとよ》をささげ来て師の情熱も火のごとく燃ゆ（河井寛次郎先生をおたづねして）
妙心寺雨のあしたのすがしさにこつこつ歩むながき石みち
苔厚きみ寺の庭のふるき縁《えん》に修道の僧がきよき起居《たちゐ》す

一服の薄茶《おうす》いただき修学の僧らときけり老師の提唱

若葉林

亭亭とそびえて立てり柏木の広葉しげりて夏近き山
ほととぎす若葉林《わかばはやし》を鳴きわたりしづけさもどる有明にして
ひびき合ふ心もてりや小鳥らはあかときの山に睦みつつ鳴く
美しく呼び合ひて鳥の鳴けるときさそはれてわれも呼ばはむとせり
はるかなる空に雲あり光ありいのちはるけき思ひ出の中に

野の花

澄みて清きものにあくがれゐたる日にひとりし植ゑし野花が咲けり
野の草はすがたやさしくあるゆゑにわれに清しき思ひをはこぶ
美しく生きたしとひそかに思ふ日は草野にいでて花をし摘める
萩は思ひふかきさましてやはらかきその枝葉《えだは》しなひしなひなびける
かなしみは内部《うち》に凍《こほ》りて涙なくをればひとびとの懼るる目《め》をせり
美しきは花のみなりと桔梗《きちかう》の花さく庭の風に立ちをり
いくたびか君の通へる西伊豆の狩野川あたり早苗《さなへ》あをめり（師岡和賀氏葬儀に）

人の圏

どのやうな心の深さもつならむとまどひてまなこやりばもあらぬ
つぎつぎに訪《おとな》ふ人に現身《うつしみ》にあらぬ対面をわれはせりける
空しければむなしきままにをりたきと薄雲ながるるゆふべは思ふ
身をかこむ遠き人らの圏《わ》のうちに坐《すわ》りてわれはばら花のゆめ
愛されてゐる仕合せを人間はもたねばならぬと今思ふなり

桂大樹

白雲の彼方《かなた》へいまし翔ぶさまにわれのめざせるもの見つめゆく
渓流は潺湲《せんくわん》として石に鳴り樹齢三百年の桂しみ立つ
見上げたる桂大樹のうれをゆく夏雲の白く遠きも見たり
胸ただす思ひに仰ぐ神域の桂大樹の経《ふ》りしとしつき
高齢の師の温顔の清くして空も梢も色澄めるあした（新村出先生をおたづねして）
花めうが師の縁ちかくしげり合ひ白き花つけぬつつしみふかき
うづたかき書籍とともに老いまして静かに語りたまふめでたし
打水の心づくしに気も澄みて古《ふ》りし茶室に朝粥をたぶ
得浄明院尼公の読経の声清くいのちのうちにしみわたる朝

むらさきの法衣《ほふえ》にまとふ緋の袈裟もまぶたにあつくおん前を辞せり

み仏にささげまつれるおん一生《ひとよ》若き尼公の清きまなざし

秋風

針のごとく向けられてゐるひとの眸《め》に不屈の用意あればほほゑむ

逢はざれば汚れ尠《すくな》しいつしかに心みにくきものより離《さか》る

はなやぎてゐる時もなほひとところ寂寥《じやくれう》としてわが裡《うち》にあり

その洞《うろ》はつね秋風の吹きわたりゐるならむみづからに駭《おどろ》きてをり

美しき笑顔にいたる能面のひとみにむかひ見ればふかしも

山居内外

ふりむく川原は広く水光りいちめんに黄の花咲きてをり

林の中にひとり住む日にみづからにいましめぬ貧しく老ゆるなかれ

蓮月がひとりこもりて陶《すゑ》を焼きしこころ思へば恋ほしきものを

もろもろの苦しみを経ていまひとり霧ふる山に陶の絵を描く

空ちかきところにくれなゐに燃えて落つるつぶらは落葉松《からまつ》の枝透《す》きて見ゆる

秋風が浅間を降《お》りて吹き入るる窓べに熟《う》れし山の芝栗

もの思《も》ひつつ日暮れを来《こ》しにゆふすげの葉に赤とんぼとまりてゐたり

萩の宿にひとを訪ふなり山ふかくきり雨ふりてしづかなる日に（永井柳太郎先生未亡人をおたづねして）

亡きひとの去年《こぞ》の思ひ出かたらひて山路くだれり霧雨にぬれて

足もとの危ふくなりしと云ひたまふ髪白くきよくかがやきながら

美しく媼《おうな》さびせり老いてあればかくも清しくありたきものを

いひがたき苦しみ多く越え来しをしづかに山の家にゐて思《も》ふ

霧雨のふかくけぶれる山に来てひとり生くるを斯くしたしかむ

雨を得てよみがへるものか庭へだてて雁来紅の目にたちてあかき

鈴鏡

りりらるると悲喜哀音をねにたちて古墳の鈴鏡《すずかがみ》やさしく鳴れる

遠つびとの心のひびき世世《よよ》を経て青錆のいろしづけき鈴鏡

手にとりて振ればかなしも遠世びとのやさしき鈴のなりいづる音《ね》に

青銅の色にじみ出でて古き世の鏡といへど振れば音せる

遠世びとの愛《め》でし鈴の音《ね》いまの世に女人《によにん》は何の音《ね》にか慰む

緋《ひ》の房をつけて鳴らさばと掌《て》のうちにしばらくは古き重み愛《を》しめり

鈴鏡の八つの鈴の鳴り合へる音こそは女人のうちふるものか

この国の遠世のひとら鈴の音《ね》を愛《め》でしとおもふふかき優しさ

空澄みをれば

蜘蛛のいのはりめぐらされゐたる身の安らぎのなき過去は忘れむ

いのち生きてありと思へり一人《ひとり》なるあしたゆふべの空澄みをれば

心の底にたしかなる差異を見きはめてしづかに時の経《へ》ゆくを待たむ

言はずありき涙凅れつつ夜半《よは》をひとり暗澹と見凝《みつ》めきたりしいのち

第四部

南仏ニース

クレマチスむらがり咲ける石崖《いしぎし》を仰げば見ゆる古き城趾《しろあと》

気ままなる一人旅なりクレマチスの花を帽子に飾りて帰る

ジプシーの家のために描きしコクトーの壁画を見たり魚と天使と

地中海青く澄めるを見さけたり musée《ミユーゼ》 の庭の松風の中

白き鳥群れあそぶ港《ポール》の船かげに波が運べる藻に似たる草

浜千鳥むれてあそべり豪華なるヨットもありて美しき港《ポール》

旅の心に優しく匂ふ人の家の土手に咲きたるラベンダーの花（サマセット・モーム邸付近）

いちめんに黄のマーガレット咲く畑のその葉をみれば細くやさしき

南仏の見渡す丘の花畑《はなばたけ》花作りする人よこひしき

十月のニースに来たり紫陽花のくれなゐも見つゆめかと思ふ

遠山は伊豆かとも見ゆ南仏の空紺碧《こんぺき》の海につづける

ヴァロースにピカソの陶器見しときに京五条坂の友を思へる

片腕にマリアは御子《おんこ》キリストを抱きて高き天を仰げる

エスパニョール人形を抱き帰るみちに出会ひし人のほほゑみ行けり

パリ秋色

枯葉を敷き枯葉を活《い》けて巴里人《パリジエンヌ》の秋を惜しめりルイ王朝のサロンも

マロニエの枯葉プラターヌの枯葉ひといろにサントレーノの飾窓美し

廃兵院の屋根に雨降り巴里《パリ》びとら濡れつつあゆむ寒き夕ぐれ

美しきパリの歴史の石畳むかしこの国に偉人生れし

道にも屋根にも歴史のこゑのきこえ来る高きエトワールに鳩遊びゐき

コンコルド広場にたてる噴水《ふきあげ》の灯《ほ》いろがかなしここに旅し来て

マルメーゾンにボナパルトの像多くして武人の偉大といふをまさに見つ
金の椅子と錦繡の部屋の壁と見きマリア・アントワネットはここに生きしか
アントワネット少女像あればいぢらしきかしこき瞳《め》もちてここにほほゑむ
アントワネットの造らしめし庭に洞窟《いはや》あり手を打てばこだまのひびき返りぬ
美しき王妃は心語らねど哀史とともにのこる庭園《ジャルダン》
マルメーゾン歴史館出でて来しときに寒き夕風の枯葉を散らす
ナポレオンの遺品かずかず見て帰るかへるさにして寒き夜しぐれ
人間のかなしきわざは家飾り身を飾りつひに心足らはず

ローザンヌの野

支柱たてて畝床《うねどこ》つづく葡萄の木花畑如《な》して葉ぞ色づける
見《み》の限《かぎ》り葡萄畑ひくくひろがりてもみづるころをジュネーヴに来つ
アルプスの峯峯白く陽《ひ》に映《は》えて牛の背中にあふるる光
ローザンヌの野に牛群れて遊びをり牧野を広く汽車に見て過ぐ
牧牛の逃ぐるを防ぎその首に提《さ》げし鈴なり大きなるあり
鈴下げて重げに草を食《は》む牛のさまをかしくて見つめつづけぬ
牛の鈴をChillon《シヨン》の古城の町に見て振りてみたればやさしき音色《ねいろ》

バイロンの碑《いしぶみ》のへにたちしかばレマン湖に秋のさざなみ立てり

葡萄の雨

北の国の舗道しぐれて傘もたぬ旅人われが落葉ひろへり（十月二十二日、コペンハーゲン）

石だたみ崩《く》えはててあれば宮殿のみち苔むすを恋ほしみ踏める（クリスチャンボルグ城）

青銅の高き塔しぐれにそびゆれば濡れつつわれのひとりしあふぐ

雨の中に花売る店の美しきひとも車も花も濡れつつ

収穫の葡萄をワゴンに載せて売れる老いし商人《あきうど》もしぐれに濡れつ

リンデンの並木があれば候鳥《こうてう》のひとつとまれりその黒き梢《うれ》

宮殿の門にしぐれの港見え釣りする老《おい》と少年とゐたり

朝もやの中に泛かびて国王のヨットは白く夢のごとしも

輪廻の像

甃《いし》の上《へ》にリンデンの葉が落ちたまりわれ拾ふなり並木みち来て（十月二十四日、オスロー）

海豹《あざらし》のいきざまも見ぬノルウェーの寒風に吹かれつひのさびしさ

人間の輪廻《りんね》のすがた彫《ほ》りつづけ果《は》てしひとありオスローにして

生《うま》れ死に生《うま》れ死ぬ輪廻《りんね》を像《すがた》とし彫りつづけ老いて力よわりし

青春のあくがれ彫りし像《ざう》はみな空をぞあふぐ光もとめて

オスローにフィヨルドの水暗くしてわがこころ僧衣をまとひつづくる
フィヨルドの音なき流れと対岸の黒き森とに昼陽《ひるび》ななめなす
まざまざと生くる厳《きび》しさを北の国に来てたしかめぬその枯れゆく野も

湖と森と

ストックホルムの湖《うみ》にまむかひただわれは黙《もだ》してゐたり秋ふかむとき（十月二十五日、ストックホルム）
美しきものみな散ると白樺の落葉を踏みてもとほり来つつ
スウェーデンの学生われに人生は楽しかりしかと唐突にきけり
土地のあるかぎり人住み人の住むかぎりかなしみ尽きずと答ふ
いささかの土あれば土に家建てて北のはてなる国に人住む
苔の花白樺林のしめりたる土に咲きゐぬ離宮の庭は
苔の花敷物のごとく咲く林《はやし》日本の皇子に見せたく思ふ
湖と森と昼も斜《なな》めに陽のさせる道に白樺のうすき色散る
教会の塔の十字架《クルス》の影長く陽の傾ける昼の二時すぎ
湖と森とをつなげる橋の長く架《か》かりその橋いくつわが渡り来し
川のなき国スウェーデンの旅の夜を地下洞窟のレストランにゆく

緬羊の群れ

病みて着きしわが眼《まみ》にギリシアの緬羊《めんやう》の群れて遊べり棉《わた》白く咲き（十一月二日、アテネ）

時世へて国変れどもかはらぬはひとの思ひの苦しみふかき

今もなほそのたしかさに目を凝《こ》らすギリシア古代の劇場の阯《あと》

哀調のギリシアの夜の歌ごゑに圧制うけし歎きを知りぬ

（トルコ四百年の圧制の嘆きをうたふ夜の酒場にて）

哀調はわが胸をうつ人間は悲しみ堪ふるに斯くし唄へり

黒きゴンドラ

晩秋の光を落し水冷ゆる運河を急ぐ黒きゴンドラ

にごりたる運河の水にひびきくるサン・マルコの鐘の音もかなしき

サン・マルコ寺院の時鐘《じしよう》鳴りわたり昼の広場に人むらがれる

冷えきりし掌《て》を重ねつつきくベルの音よさびしきものの限りに

少年もたくみに舟をあやつりて杭に繋《つな》げば家に入りゆく

橋多きヴェニスの町をゆきめぐり細き古《ふ》りたる路地《ろぢ》に迷へり

古きせまき裏町くらき日暮れどき用なき歩みいくどせりける

夕暮の橋によりつつ声高《こわだか》に誰かがゴンドラを呼ぶを聞きをり

轡《くつわ》はめて犬歩みをり道端に犬の糞《ふん》多く踏まれてゆけり
石だたみ堅く返りてくる冷えをわびしとおもひひとり歩めり
ひたひたと運河の水の岸に寄る朝の靄《もや》きりて黒きゴンドラ

再びパリ

国離《さか》りはるけき旅をつづけ来ぬさびしさをひとりたしかめむため
道ばたに置ける車に枯葉つもり時雨にぬれて暮れてゆくなり
リュクサンブール公園をしぐれに濡れ行くに老夫婦が孫をもてあましゐたり
《Merci《メルシ》, Madame《マダム》》耳にのこれるフランス語は枯葉の中よりきこえくるらし
時雨と枯葉とそれより外《ほか》を忘れたり娘《こ》の住む街を濡れつつぞ行きし
ブーローニュの林の奥処《おくか》知りがてにいくたび過ぎし公園のみち
戦ひは勝たねばならぬものと思ふフランス軍楽隊の行進見つつ
（終戦記念日のドゴール将軍のパレードを観て）
濡れて歩むカルチエ・ラタンのいしだたみ絵具の重み掌《て》にたのしみぬ

レ将軍邸

通はざる言葉に差出すわれの手に手を重ねつつ目は哀しみを
（ナトー最高司令官レムニッツァー将軍邸に招かれて）

「パリジェンヌね」と夫人は言ひぬ久びさに会ひたるわれの黒きボンネット

また会はむといたみつつひとのいふ言葉もみぢのごとく庭に散るなり

丈高き将軍をしきり降りしきるもみぢが包む庭園《ジャルダン》の中

レ将軍落葉の庭に手を振るをふり返り見て胸のあつしも

追悼演奏（ヴァイオリニスト浦川宣也君、ドイツより時雨のパリにわれを訪ね、コンサート・マスターになりし報告を、亡きひとにむかひてなせり。）

遺影を前に哀別の情奏《かな》でければ異国《ことくに》にして涙あふれき

時雨のパリへ愛器抱へて哀悼のバッハよ誰にきかせむとして

リュクサンブールの園の枯葉を卓に敷き薔薇を飾りぬ青年のため

燿ける青年の眸《め》のうちに見つあふれてしづむわだつみの色

青年が遺影の前に弾《ひ》くバッハまさしくも天にひびくその楽《がく》

斯く育ちし演奏家の目に亡《な》きひとへの遠きおもひのふかめられしか

見まもりてゐるひと天に在りとおもふ哀別の演奏たしかにききぬ

娘とともに

娘と共に雨に濡れつつ帰る道に想へりいのちひとつにつなぐを

未来図を描く建築家に別れ来し帰路の目にしむ町の灯のいろ

明日は別るるパリの夜の灯もマロニエの落葉もともに思ひ出とせむ

メトロにてクルニャンクールに行きしこと忘れがたかり足たゆくありき

愛ふかき生きかたをせむもろもろの眸《め》に輝けり勝利の女神（ルーヴル美術館にて勝利の女神像を見て）

いくたびを行き通ひたるBelles Feuille soixantedix Mansion《ベル・フウーイユ・ソワサント・ディスマンシオン》の道

来む年も会はぬと花の手袋を届けたまへりその手袋を

北極圏

はてしらぬ氷海の上を翔び来たりひとりまなこを閉ぢかねゐたり

虚しき北の氷海のひとところふかき割れ目あるを見てしまひたる

生きものの姿を知らぬ氷原を窓閉ぢかねてまなここらし来し

恐れなく見つめつづけて氷原に降り立つときやいかならぬと思《も》ふ

いきせき切りてツンドラを駆けぬけて来しわが身なりしか橇を失ふ

この身さへ間《ま》なくま白く氷結せむかかる思ひをなぜわれのする

もゆるものを身に灌《そそ》がねばならぬかと哀しみながらシャンパーニュほせり

清しさをきびしさにかへて北極の白さ氷海のはてなき白さ

何ものもなしそれゆゑに北の海いや美しき白のむなしさ

鋭《と》きものに胸ゑぐらるるさびしさに北極圏の白き貌見つ

人間の座席に坐《を》りていつときを虚しき北《きた》に心惹かれゐつ

おどろきてさびしき貌をかくせどもかの氷原の亀裂わすれず

ツンドラを見つめつづけて帰り来ぬ日本よ小《ちひ》さく優《やさ》しと思ふ

あとがき

或る日、村雲尼公門跡の尼僧から、古墳時代の稀《めづら》しい鈴鏡を見せて頂いた。青銅の色も美しく、その形の素朴さに千年余の歴史がにじみ出て、いたく心うたれた。手にとつたとき、その鈴の音のかすかに澄んだひびきが、私の心のうちに、忘れ難い思ひを移した。鏡は、むかし、われわれの祖先が女人の心としたものだつた。その鏡に、いつのころのならはしであらうか、鈴がつけられ、そして、その八つの鈴の音は、鏡を手にとるたびに優しい音をたてて、遠い時代のひとの心にひびいてやまないのであつた。それを思ひ、その鈴の音のごとく、かすかに私のうちふる心の歌ごゑが、亡きひとの霊にうちひびくものであれと願つて、このたびのこの集の名とした。

第四歌集『鈴鏡《すずかがみ》』は、昭和三十七年以降の作品を以て編み、昭和三十九年末までの二年余の作品のうちから六百二十三首を選んで集録してある。すなはち、本歌集の第一部は昭和三十七年四月から十二月に至る作品を、第二部は昭和三十八年一月から翌三十九年三月に至る作品を、第三部および第四部は昭和三十九年四月以降の作品を、それぞれ、制作時の動機《モチーフ》を主にして編輯してある。ことさらに第四部は昭和三十九年十月十一月の欧州旅行中の作品のみを以て構成してみたが、自分としては心覚えの所存《つもり》で書き留めておいたに過ぎぬ斯様な羈旅詠嘆を歌集に収めたことが、結果として良かつたかどうか、心許《こころもと》ないやうに思へる。ほかに、第三歌集『道』に割愛したものの一部をも少し加へた。

昭和三十九年四月二十六日、私は、主人の急逝にあひ、多くの事業と政治的地盤と、それから自身にも重きに過ぎる数数の負担とが、私の手にのこされることとなつた。

生前は、そのひとの厳しい家訓の中で、私個人の生活は一切放擲しなければならなかつた事情にあり、ひそかにしなければならなかつた私の短歌の為事も、今となつては、亡きひとへ献げる私のたつた一つの贈りものとなつた。せめて一周忌までにこの集を編み上げ、はるかなる国へ旅立つたひとの霊前に供へたいと、私は思ひ起つたのだつた。

突然の逝去であつたにも拘はらず、折よくパリの娘が日本へ帰つて来てゐたことも、想へば、父親の霊に呼び寄せられたものだつたかも知れない。最後の時に、ひと言、「お母さんを頼むよ」と、娘に言ひ残して静かに旅立つて行つたひとの思ひを、娘は、つぶさに私に伝へ、そして、パリへ発つて行つた。

ひとりになつてみると、私は、漸く、私のしなければならない仕事として、短歌に取組む運命をそこに自覚した。そして、私の短歌は、私でなければ出来ない為事であることを、強く知つた。残された生命の日日を、私は、短歌の仕事に打込む心組みでゐる。

この集のために、生前、主人に再度お手紙を賜はり、私の歌に就てお言葉添へを頂いた御高齢の新村出博士から、墨色豊かなる題簽を頂き、私なりの亡きひとへの贈りものに花を添へることが出来たことを、厚く感謝申上げたいと思ふ。また、この集のために数数のお力添へを頂いた前川佐美雄先生ほかの諸先生がたにも、出版を快く引受けられた角川源義氏にも、あらためてお礼申上げたいと思ふ。

ここに亡きひとの霊安かれと念じつつ

昭和四十年三月

大伴道子

浅間に近く

第五歌集　七九四首収録
一九六八年九月十日
甲鳥書林社刊
四六判型函付　三六〇頁

浅間に近く

山の中に静寂が立ちのぼる
　おのれの高さを究めるために
湖の上で動きがやむ
　おのれの深さを沈思するために

――タゴール――

浅間に近く

火の山

火の浅間けさはしづけし雪衣うすくまとひて空高く澄む
まつしぐらに走りて来たる凍野なり戦の前もいくさの後も
冴えざえとひとりの夜の物おもひいかに燃えむか残りの時間《とき》を
夜をひとり目覚めて思ふかかるとき昔はありき小さき子の掌が
むさし野の空は広かりき正月を子と凧揚げしその凧いづこ
いま独り凍れる山を前にして瞋りをともにせむか火の山

残照

いまわれは道の終りの歩みをば山の木草のごとくねがふも
夕陽落つるひとすぢ長き山の道彼方の森の黝きたたずまひ
白樺の小枝に小鳥来しときの重みにしなふ葉のやさしけれ

残照のかなしき紅と思ひたり別れはいつも美しかりき
道に摘みし山草の花の押花を別れのうたのごとく愛《を》しめり
いくつかの別れをひとり秋の野の花に束ねて胸に抱きぬ

山荘朝夕

一人の狂へるときに夏の陽は烈々として浅間をこがす
つくろひて白々と語られゐし言葉いのちなければみな亡びしか
醒めて仰ぐ朝の浅間に黙しをりかく秘めてきしことの久しき
赤松の幹美しくかがやけり林に朝の風わたるとき
波のごとく押寄せてくるものありぬわれを泣かせしつぐなひとして
うつつなるもの美しく漉過されて眸のうちに澄む朝の高原

朱桜《ははか》

梅雨じめる日をいく曲り碓氷なる峠に咲きゐし山藤のはな
山藤の花咲く見れば紫のほのかに匂ふ母を想へり
未明荘にきく鶯のこゑひとつ朱桜《ははか》のはなの白き花房
壮大に栃の花咲く峠みち仰げば花の白がにほへる
高きものは高き相もち地に低きすみれは愛のこぼれてやさし

見上ぐれば栃の大樹の花白き若葉にむせる密林の中
高く白き木の花栃の咲く見ればわが憧れの咲くと思へり
栃の木に栃の花咲き秀れたり雨の碓氷をのぼりゆきたり

夏館

夏館人なき春に山つつじ燃ゆるばかりに紅こぼしをり
踏みゆける土に野すみれさくら草露も重げに伏して咲く庭
視界なく林も道もしとどにて鳥さへ鳴かぬ山のなが雨
さびしさにひとり雨滴を掌にうけて鳥も鳴かざる林見てをり

山道

ひとすぢの山道ながくわが前に知ることのなき方へつづけり
この道の彼方を思へ人かげのなき時ひとり夢を運ばむ
語らねばあとかたもなきわが想ひ秋野の花が咲き満たすなり
目を閉ぢて小鳥と風の音をきく浅間に雲のはれてゆく間を
いまだわがゆきしことなき森の奥処《おくが》心ひかれてまたも来てみつ
一本の道のはてをば知りたくてゆかむと思ふことのいく度
細くしづけく森の深処につづく道いづれの日にか入りてゆくべき

新らしき野を求めゆき山ふかく入りゆくはいづれ鳥かわが身か
日の昏れの山道ひとり帰りきぬ夕すげの花咲く道すがし
信濃の山に閑古鳥澄みて鳴くきけばいのちやさしむここに生くる日
かなしみよさらばと山に手を振りぬ信濃の空のかげりなき日に
流れゆく雲行方を示さねばわが思ひまた方向もなし

水鏡

濁流の淙々としてゆく川に誰ぞ流せる緋の曼珠沙華
岩むろの光苔きらりと耀けり土の下より水滴きこゆ
熔岩のくぼみに清水ひき入れて水鏡みよと言ひし老翁
人を避け石を彫り山草培ひてまことといのちを草庵に住む
若みどり樺の林の下かげに草山吹の黄の色明るし
寂しき貌のぞきみしなり水鏡ゆるがぬ空の青映りゐて
わが齢古りしといふも一人の嘆きにすぎず言ふべくもあらじ
須臾にして形容変りゆく山の水鏡に見し天のしづけさ
水鏡見よと言はれてのぞきたりマロニエも樺も山もさかしま
岩のくぼみに天を映せる水鏡風吹けば水面に葩びらうかぶ

鶯のこゑききながらのぞきたる水鏡の中に天静かなりき

赤しで

かたはらにリラ匂ひ居て山の夜にひとりなることのよろこびふかし
耳よりも目にて物聞くわれの癖つぶらに哀しと人の言ひける
病むこと多く生きてきしゆゑかなしみを映し易くもなりたる心
みつめられ居ると知るときとまどひてつよげにうしろを見せてしまひぬ
手折りくれしリラの一枝むらさきの色濃きゆゑと言ひし忘れず
遠き日に見交せし眸と思ひたりひとりの山の夜を匂ふリラ
あやまちを冒せるひとか濡れて澄むひとみあきらかに光れるが見ゆ
まなうらに灼きてのこせし記憶あり春の信濃にもゆる赤しで
木も草も花咲く日あり花ひとつ心に抱き長き旅をせり
想念の乱るる夕べあきらかに心にひとつの影よぎりゆく

五月の林

ブールデルのヴィナスの像見たる午後汲めども尽きぬものに招かる
わが内部の日々の戦ひはてしなく繰返し波濤は岸を洗へり
かたくなに口を閉して坐る石にくどきつづくる緩急の雨

身ぶるひてふり落したる古き殻瑞々と新芽伸びゆく気配
競ひつつ空に掌を展ぶ木の梢光あふるるいのちめざして
華麗なる愛の寛衣にふさはしき陽光が林をみたしゆくなり
わが窓の五月の林遠潮のよするごとくも満ちくるが見ゆ
小鳥すらひとつの決意する時の羽搏きは空にきらめくばかり
一枝を手折れば薫るゆかしさに心冴えゆくむしかりの花
紺色に山冷えてゆくは夜の序曲林の家の五月《メイ》シンフォニー

山時鳥

しつとりと露にぬれたる苔の上舞鶴草の白き花咲く
山荘に薪あかあかと燃やしつつひとりききたる山時鳥
いまだ人らの見ぬ空に朝は明けゆきて夜半の雨消え青澄める空
天のしじまも森のしじまも夜と共に朝の光の中にとけゆく
先づ小鳥林に朝を告げはじむ夜の別れに送る言葉を
たしかなる別れも言はず人は逝きぽつねんとひとり林に憶ふ

森の小鳥

露ふかき草踏みてゆく一人にて花咲きをれば花と語りつ

霧の中に浅間は見えず鳴く鳥のこゑのみききゐぬゆく方いづこ
あざやかに野に咲くあざみ芒野は夏去りてより花も色濃き
かの小鳥わが手を離れていつよりか金色の巣を林にもてる
さざめきて林に遊ぶは金の鳥か古きランジェの城を想へり
方向のひとつをもてば耀きて森にうたへり小鳥らも子も
森の小径走りゆくなり駿馬より小鳥らよりも夏はさはやか
自らの湖をもちたし漕ぎいづる船にはま白き翼をつけむ

夜

踏み分けて来し渓谷に風澄みて心過ぎゆくあまたなるもの
深閑と林ねむりに入る時刻まなこひらきて闇を見つむる
黙しゐてわがきく夜をひそやかに森はねむりの中に沈める
われ担《にな》ふものの重みしなふ時しじまを破り過ぐる雷鳴
いつならむわが手にふかきおもひごとつばらかになしていのち死ぬ日は

地底

背《せな》寒きおもひに堪へて来し道にきはめて青き瑠璃草のはな
山ながく地底に燃えて後に噴く夜のくらがりにききたる瞋恚

音たてぬピアノをたたく地の底に燃ゆるほむらを抱く山に来て
鳴りやみしピアノの音色耳底にいつまで探しあぐねしひとり
よべこの方見つづけて来し底知れぬ炎もえ居るらしき地の芯
あきらかに星乱るる夜目閉づればあつく廻れりわが内部の独楽

秋近く

梢高きあたりに浅間あきらかに晴れたる見れば秋近き空
声澄みて山の小鳥ら来てさやぐ林に風も秋の音なり
明日は近き山に登らむと誘ひくる青年は述ぶ花の数々
わが山は花咲く木草多ければ見よと言はれていく日経にけむ
山風の吹く日優しきかかるときひそやかに林に小鳥鳴くなり

うつろひ

言葉交すものなき山に夜を重ぬ雨の音にも風の音にも
生くるもの犬も小鳥も飼はぬなり閉ぢこめられて居し日思へば
幻覚の夜となり寒き霜月の林をわたる口笛のおと
霜に冷えゆく林かそけき足音して夜に佇むは何のいきもの
うつろひて秋より冬へ季節冷え樹々のいのちもひめやかに閉づ

冬木立黒く静止の時となり土深霜に朝空は冷ゆ

山の昼餉

山荘に夏炉を焚けばかすかにも指にのこりし薪のにほひ
迷妄の夏おもむろに焚く火にもしみいづるものあり苦渋の歴史
冷えびえと夜気がそびらに迫り来て黒の描写に移行する時
身にしみて冷えつたはれば明け方の山の目ざめに秋を思へり
高く澄む空に流るる雲白き秋はかかはりなき彼方より
信濃蕎麦媼が赤きたすきして打ちてくれたる山の昼餉
枯草の匂ひをもてる児の髪が重たく膝の上にねむれり

木草の匂ひ

はるかなる距てをもちて生くる時寂しさは沼のごとくよどめり
月の夜は草に冷たきため息の及ぶかと思ふわが佇てる影
君がゆゑに知りたる生きのかなしみを山松風のごとくも思ふ
夕暮は木草の匂ひあたたかくわれをつつめる山の小径
枯れたてる日向葵黒き首たれて燃えつくしたる後のいく日
火のごとくにも燃え果つべしと思ひたる夏さへ佗しひぐらしの声

岐路

雷鳴も嵐も過ぎて花枯れし野につぶらなり紫の珠

かぶと菊蒼く咲きたるまどはしのひとむら枯れて秋野すがしき

足もとをよぎりてゆきし青き蛇たまゆら身うち寒くおののく

秋風の中に

寂しさをさびしく抱き住みなせば秋いつせいに手をつなぎ来る

秋風の道にいばらを拾ふなりわれの投げたる瞋りのむくろ

自らの投げし茨に刺されつつ疼みをひとり秋野に晒す

わが悲しみに雨は降るらし空昧く枯葉を濡すしめやかに濡す

をしめども声さへ聞かず錦繍の林の中に消えしなるべし

秋くれば秋風がうばひてゆきたりしおもかげひとつ思ひ出でつつ

秋風に吹かれて佇てる枯野なりひとつの思ひはふかくたたみて

わが内部に秋はさわだつ湖ありてひそかに棲めり眸の青き魚

潺々とゆく川の夕べ光る見ゆ枯野のおもひ滲みてひとすぢ

あや錦染めたる林わけ入れば降りつつ舞へるもの陽にきらふ

ロマネスクの恋愛論に夜は更けて炉の火音たてて炸ぜる折々

黙契のごとくに木々ら燃えはじめ落下は花よりなほ潔し
閉ぢかねて見つむる夕べ窓枠の暗暗に一樹がなほ降りやまぬ
落栗の甘きに心和みゆき信濃おそ秋山菜のうたげ

森と湖

さづけられ来しものゆゑに一本の魔法の杖をいつか使はむ
泉湧く地ののこされてあることをたしかめかねつ森ふかくして
波立たぬ湖の面を光澄みて水底ふかくみひらく瞋り
伝承のなき日忽然と一人の孤独の生を描きはじむる
知りつくす湖ゆゑ暗きにひかれゆく何ものか鋭く澄み沈む底
波立つを忘れし湖か底暗く生きてたしかめがたきまことを
やがて来るもののはじまり思ひたり夢よりほかにゆかぬ森なり
黝々と森しづまれるふかみより木魂のごとくいきづくものら
いく度か飛翔の空に見し陸に夜をふかめる森の充足
嵐来てさわだちやまぬ森の樹下何に倚るべく入りたるひとり
わがひとりの溢れしものを大理石《なめ》の壺に満たして森に住む夜
天空に昇らむとしてその意志の高さに競ふ森の梢

浅間に近く

裸木

いのちなきものに心を奪はれて碓氷の川に石を拾へり
石ひとつ拾へば心ゆらぐなりこのつめたさの内奥《うち》なるものへ
向ひ立つ浅間とわれとその外に照すものなき野に陽が昇る
雪被ぐ浅間は晴れて裸木の梢を高く凍るふゆぞら
こたへするもの何もなし山の道いづこも深く枯葉積れる
かなしみは研ぎ澄まされてたぐひなき心を透ぐる月の清冽

花摘みて

忘れたくなき思ひ胸に重なりて山また山に残照は澄む
かたぶける光の中に白樺も落葉松《からまつ》もみなゆれ動くみゆ
雲白くおもひを運ぶ山の肩こえゆく方はわが知らぬ国
花摘みて帰りゆく道一本のその道無限のゆめのつづきか
砂による波のごとくも白き雲空よいかなるかなしみをもつ

白根の雪

粉雪の軽きをひしと踏みしめて白き白根の山頂に立つ
水色のヤッケの肩に降りつもる雪さへいとしきものに思へり

いくつものリフトに乗れり山頂は天も地もいまし吹雪の中
幻聴にジャクリーヌの鐘きこえくる霏々たる山の頂の雪
下る道なき山頂の雪の中に暫くは遠きリフト見てをり
雪のごとしとわが示したる掌の中によぎりてゆきし昨日はなし
白きものめでたしと踏む雪山にいのちひとつの一途なるもの
宇宙無限の光ただよふ中に佇ち無象の時をおもひ待つのみ

くれなゐの山

美しき季節の終り信濃路は木の実も紅につぶらなりけり
飄々と歩む疎林のくれなゐの落葉が語りかくるやさしさ
放心の心に秋の高原の紅葉樹林をかけすとび過ぐ
目も綾にくれなゐ燃ゆる山の秋こころ惜別の思ひに乱る
語りつつ歩む叢に落栗を拾へばこころ何にゆたけき
くれなゐの信濃の山の夜をふかくいのちのまなこ閉ぢかねてをり
落ちて積むもみぢを踏みて野のあざみ摘みぬかつての汚辱の野辺に
障碍もなくよろこびを分つ秋唐松茸を林にて摘む
落栗の甘きに心も和みゆき千曲川旅情の若き輪唱

歯にしみて葡萄は甘し小諸なる城址の店のみどりなす房
熱したる唇に冷たきビールをば乾して浅間の夜を尽したる
華麗なるかなしみひとつ逸楽のもみぢの山にかけしわがゆめ

欅大樹

みすずかる　信濃の秋に
たづねこし　小諸なる里
城址の　古りし欅の
風雪に　荒れたる肌へ
いとしめば　かげらふ想ひ
樹齢いま　二百五十
繁る葉の　かげなせる庭
黄葉《もみぢば》の　散りかかるもと
ゆきつもどりつ　旅人われは

小諸なる城跡のけやき古りたるを偉いなるよと佇ちて仰げり

紫の椅子

花暦

花暦繰る手にしかと渡されぬ爛漫として年重ねよと

新らしき世紀はじまるとフェニックス夜空を朝へ高渡りゆく

寒椿

立止り思へり天にも地にもいまはじめてひとりの冬に立てりと

あせらずに言葉を紡ぐ時もてば白磁のはだへ夜の霧に冷ゆ

生きてゆくいのちの起伏冬空に心剣のごとく鋭し

寒椿ひとを送りて帰り来し庭に目にしむ紅の一花

呼ぶひとも呼ばるる声もなき家にひとりといへる夜の隅々

一年の静寂《しじま》まもりし仏間なり常に起居せるいぶきひそみて

ひとり歩む

白鳥二羽しづかに泛ぶ堀端に昔ながらの平安があり
心昂ぶることのいくつを胸にしづめ嵐過ぎたる夜の道帰る
晴れて澄む空を見たしといく度も高く仰げり暗き土より
泥濘をよけつつ来しが夕ぐれは己れひとりの国もとめたき
人間の巷に失ふもののいくつこともなげにも人は住めども
また帰る時もあるべし疼みをば包みてそつと振り返る街
人を刺してしらじらと日の移りゆく東京の街かなしみふかし
何もかも汚れてみゆる東京の街を捨てたくなる日がありて

冬ばら

たわわにも雪降り積りて冬ばらの葩びらの重げなるがやさしき
生くることの激しさはなく雪の中に冬ばらの紅のいろ静かなり
東京の雪やさしけれ枯草の細き穂先にひそかにとまる
この雪はことしの雪と目を瞠る新らしき年をひとり歩まむ
これよりは雪花もみぢそれぞれにひとりにて見るものとなりたる
還りゆく道いづ方か身にあまる余薫の中に生きゆくしばし

駿馬

月の森に生れし駿馬翼もちて空にかけりてゆく外はなき
鍵はみな金色なりき星は光り夜を瞭然とばらが匂へる
鞭うてば走りゆくなり足細き駿馬よ町に春がくるなり
いづくまで今日は駆けゆく野の駿馬かなしみは夕べ星に冷えゆく

白き鳥

けさ昇りゆく陽にむけてわが掌より放てる鳥は白く耀く
あたらしき首途に贈るわが言葉稀有なるべしと放ちたる鳥
山も海もたぐひもあらぬ清しさにひそかに放つわが白き鳥
危しと人見るらむか屈折の荒野を過ぎていまし羽搏く
或夜わが掌にとびて来し白き鳥清しき朝の空に放てり
底冷ゆる都の日ぐれに白き鳥雪の峯より舞ひ降りて来ぬ

如月

足音もなく来て積る雪の夜はげにとらへ得ぬ人のおもひ
あしたより夕べにかけて張りつめし絃りんりんと鳴りつづくなり
張りつめし一つの絃の截るる音時にたのしと人きくらむか

浅間に近く

遠くなりおぼろになりて思ふともなほ身に寒し戦争の日々
夥しき虚言を人の陳ぶる間に蜘蛛は軒端に巣をかけて棲む
朝の土踏めばはつかに枯草の底より伝ふ春のうぶごゑ
ひつそりと如月の庭あるじなきあした色濃く紅梅咲きぬ
ゆく先をしかと見定めてしまひたるそのかなしみもひと方ならず
あてどなく歩みし季節過ぎにけり見つめるものはたしかになりぬ

朴の花

揺れてゐるは誰の心か立止る東京の町ふしぎなる町
暫くは従容として居りたきに森を惟へば森もさわげり
朴の花高く匂へり目をつむり心を置かむ場所思ふなり
こなごなに砕けし硝子よせ集め心の窓に嵌めてゐるなり
ひそかなるものに思へど滾ちきてふと掌を措きぬうちなるものへ
ほとばしるもの何なるやわれを射て伏せられし眸の知り難き悔い
たどりつくひとつの想念《おもひ》滔々と大河流るるかたはらにして
この土に落ちて花咲けりくるしみはそこにはじまる木草の芽生え

母のおもかげ

よごれつづけて来てしまひしを掌にむらさき色の花ひらく春

庭ざくらの花の一枝届けられまぶたに泛ぶ母がおもかげ

弟が届け来しはな瓶に挿し母若くして逝きしを憶ふ

さきがけて白木蓮の花咲けりこの春日なか何にかなしき

上りゆき下りゆきたる山の径日暮はいつも母を想へり

春おそき山径にして松の風どよむとき母の待つかと急ぐ

只ひとりの道歩まむとひそかにも心に決めしは遠き日のこと

辛苦なほ染《し》みてありぬと眸のうちをよみたるひとの言葉がいたし

春の雨

たのめなき昼をさやげる気配にて雨降りいでぬ春の雨よき

憧れて生きて来しなり雨降れば風吹けば林鮮らしき色

土は雨に濡れつつ和む天よりの恵みといふもさまざまありて

むぎわら菊

亡びゆく夢と思はず朝は明けわが前に春の爛漫が待つ

いく度か失意の底に疼みつつなほ空に光あると恃めり

闇に匂ふ花にさそはれ出で来しが人への不信胸に重たき
一輪のむぎわら菊のうす紅の花いつまで置かる文字なき頁

ゼラニューム

ゼラニュームの花が日毎の対象になる季節ひとり風邪に病み臥す
ゼラニューム優しき花を咲きつづけ外面は梅もほころびそめつ
一本の主軸折れたるゼラニュームしばしフレームの中に返さむ
突然に病は来ると知りながら臥したるのちに多くを思へり
締めつけられしコルセットの痛みに夜を醒む外面は今宵月かとも思ふ
歩行ならずも輿にて戦の場にゆきし人ありし思へわれもゆくべし
ぬけいでて来てしまひたる春おぼろわが乗れる輿は花の梢に
いく度か涙ぬぐひて火の翼いのち燃えつゝ生きて来しかな
こまやかに冬木は枝をさし交し春くる空を信じて已まず

春の小鳥

小鳥らは囀りのぼる春の空ひと日を尽しいつ帰りくる
わが窓をいく度か春は過ぎゆきて鳥渉りゆく広野が見ゆる
わが胸に春熟れてゆく広野あり放ちやるべし小鳥らの群

噴泉《フオンテーヌ》湧くを見て居り湧くといふ絶えざる景に魅せられしまま

花水木漸く白しこの花といく年春の逝くを惜みし

出発を揃へし靴が語りゐるさやけき朝の目の中の海

柿嫩葉すくすくとのびゆく陽の中にはげしく見つめ居る目がありき

沙羅双樹（四月廿六日）

鎌倉の新墓どころ一年のめぐれる今日をみ霊移しぬ

卯月空青く澄みゆき光さす朝を詣でぬメモリアルヒル

自らに造らせたまひし墓所広く明るき朝比奈ケ丘

言はざりし別れの言葉いま言はむ万朶の花の散りゆくごとく

沙羅双樹鎌倉の園に今日植ゑて心さびしき時よ仰がむ

鳰の海

揚雲雀いづくの空にかかくれゆきものうきばかり黄なる菜畑

山ざくらけむらひ咲ける山裾をめぐれば橋のかかる川見ゆ

鳰の湖芦間に稚魚の光る見ゆわが掌を洗ふ束の間の春

鳰の湖さざ波だちて葩びらの舞ひくるみれば晴れてゆく山

野も山も花のさかりになりにけり春はかすめりみ墓も山も

この土に眠りたまひて二年の春のいたみの菜の花の色
この家の重きを支へゆけよとてさだめられしも卯月なりける

仙洞御所

仙洞御所のおん庭めぐりぬ山吹もあかるく雨に濡るる春の日
その昔上皇在ししこの苑に朝な夕なのおんものおもひ
椿の庭もみぢの丘とめぐりゆきこもり居まし上皇《うへ》をしのびぬ
退位してここに庵し歌よますみこころとみに見ゆるおん庭
御所の奥古墳にちかく氷室あり深く降りゆけば黄の花咲けり

み山桜

たちのぼる雨霧ふかき山の峡折々みゆる若葉のみどり
霧の道に露ふみゆけば箱根山み山ざくらのうす紅の花
露重るみ山ざくらのはなびらの手折れば散りぬ湖の昧きに
湖は昧く霧降りはじむ霧降りぬその岸に居りし二羽の白鳥
み幸《ゆき》ありし日も箱根路に霧降れり湖いよいよにふかき色せり

雨の日に

静かにけむる春雨の中傘さして歩みくるひとり遠き畦道

風除けの屋敷林にかこまれて藁屋根のいろが雨にしづけき
誰に言はむよしなきごとの胸にあり小梨の花に雨ふりそそぐ
美しき距離保つべく距てたる川と思へり雨の多摩川

紫陽花

青色のはなびらひとつ手にとりてそよげる水に流してやりぬ
群をはなれ流れてゆきし青き花いづくの夕陽にぬれて沈むや
水色の肌を濡らして吹く笛は聖者のごとし山のあぢさゐ
われいつかかの芒野に銀の笛忘れて来しを誰に伝へむ

花水木

むねふかく綾なす言葉のこし来ぬ迸るもののたぎちおそれて
あな憎き世にもあるかな数ふればいまだ一人を犯すことなき
文字板に文字なき時計渡されてわが待ちくらすながき空白
花水木雨にあかるし皓々と冷えつくしたる心に冴ゆる

海棠のはな

凜然と心にひびき辛かりきわがかつて苦しみし蒼き深淵
屈折しまた立上る数知れぬ嗚咽ひそめる春の深淵

住み難き氷雨に濡れて春いく度ほろほろと巣に鳴きくらす鳩
海棠の花の濡るるを眺めをり虚しきばかりに紅まさる花
目の裏にあつくにじめるものありぬこの花のもとにて人に逢ひたし

おだまき

花に降る雨ききをれば目に冴えて春のうつろふ夜はかなしけれ
花ひとり濡れてをあらむ夜半の雨まくら辺にきていつか眠りぬ
わがひとつひそかにもちしよき言葉花のごとくもいつか咲くべし
鴇色の枝垂桜のはな咲けり万朶の春を見する人なく
しのばせて足おとやさしく来る春よけさおだまきの芽のもえいづる

未明

音絶えて夜よりもふかきしじまもつ未明をおそるひと逝きてより
いまだ夜の立去りがてにたゆたへり草も涙す空の薄明
誰よりも早くに窓をおし開くこの薄明を愛でし人あり
耳澄ませば空に明けゆくものの呼吸《いき》未知なる今日の光が生《あ》るる
ひんやりと夜が去りてゆくうしろかげ未明はうたふかなしみのうた

母と子

この道の嶮しさひとり歎くとき証のごとし春雷のくる
たまさかに言葉を交す母と子に時間よ優しく耀きてあれ
春の日に木蓮の花白ければすこやかなれよとねがへるものを
わが歌碑を建てむといひし子よ生きてこころ安らぐ地《くが》はいづこぞ
吾子と共にくるしみて来し混沌の道のかたへに建てむ石ぶみ
ゴリキーの〝母〟われに読めと言ひし頃の子よ激しかりし青春いまも

水色の光のやうに

ときどきに花あまた買ひて帰りきぬ誰に見するといふにあらねど
生くる日に降りつづく雨木に草に今日くれなゐの薔薇さへ病みぬ
白くこまかき野ばらの咲ける朝はすがしやさしきもののこぼるるばかり
水色の光のやうに雨よ降れ野ばらの花をくたすことなく
露おきてほのかに冷ゆるはなびらの掌にやはらかき朝の紅ばら
いつせいに薔薇の花咲く朝の庭に星より降りし露が光れり
大輪のひとつに肩のふれしときくれなゐの葩びらおちこぼれたる
一途なるものに追はれて疲れたる夕べをひとり薔薇かぞへゆく

浅間に近く

凜々とうちにひびける弦ありて薔薇みればばらの紅にそまりつ
水色の蛇の目をさせば雨たのしかばかりのことに和めるあはれ
睡魔しきりにおそひ来る日は透明になりゆくかわれも蚕のごとく

ひなげし

逢はで過ぎしいく年月か知り難し病みてあやふきひなげしの花
幻の声天地にとどろきていのちをつなぐ春の夕ぐれ
あつく瞼にしみたるものありいつよりか所在なきときまぶたを閉づる
ひなげしの花截りて挿す窓ちかく蝶舞ひ来たりし春こそ哀れ
今日ありて明日なき花のいのちよと雨降る庭に濡れておもへり
高く低く蝶舞ひ来たりてたしかにも花にこころは語られてゐき

子の手紙

泉のごとくに尽きずも湧きて溢れよとのこり尠きゆめにおもへり
目を閉ぢて思ふものみな美しき逢はぬ日ながく目を閉ぢて居む
掌にとれば小鳥のゆめも朽ちるらむ空ゆくこゑを遠音にぞ恋ふ
紫陽花に雨降りそそぎ朝の庭木がくれに青ふかく澄むなり
生きて再び返らぬ清き青春を戦の中に苦しみし子ら

思ひ出は胸に疼《うづ》けり遠き日の吾子が手紙を見れば切なく

雲

遠天に手のとどかざる白き雲ときにかなしき翳をおとせる
手にとれば霧消の雲と知りつつもあかねする日は胸のあつしも
かなしみは雲のごとくも湧きて消え心のうちに晴れずながるる
あたたかく人に対《む》かはむとねがふなり苦渋の中に生き耐へてのち
きらきらと朝陽に光り輝けば雲にもこころあるかとおもふ

鈴蘭

鈴蘭のはな馥郁と匂ひたつ夜をながくひとり机《き》に想念す
束ねたる薫りのたかき鈴蘭を言葉もなしに手に渡されぬ
鈴蘭の香にうつつなき夜の空にけたたましくも熱雷の音
熱雷を耳にききつつ馥郁と心は花にとらはれ居たる

夜の庭

わがひとりの悲しみなれば言はねども闇ひしひしと身に迫るなり
こころ遣る方なき哀れ敗惨を次第にふかく包む夜の闇
夜の庭にいでて仰げり星高く及ぶすべなきはすでに知れども

雨だれをききつついぬれば夜をこめて心打たれてゐると思へり
いねがてにひそかに降り立つ夜の庭花もそれぞれ閉ぢてねむれり
心にほふ人に逢ひたきかかるとき何にすがらむ無慈悲なる闇
ひつそりとわれにまつわる生霊のあるときゝたるおぞましき夏

渡り鳥

オルタンシアの花が
青く咲く日に
小鳥はまた遠く
飛び去つていつた

海をこえ
北極を渉り
遠い時差に距たる
ブローニュの森へ

たつた二週間を過した

浅間に近く

ふるさとの地
東海の列島には
間もなく長い雨期が来る

またいつの日
帰ることか
この渡り鳥には
週期がない

遠きひと
ほのぐらき廊の灯のもと匂ひたる花のかぎろひいく夜も消えず
あまつさへわが目の前より遠退きてゆきてしまへり昨日も今日も
還らざるもの多くかなしきこの国を歎きし時より旅はじまりぬ
海は遠く青くただよひ人も船もいづくの国にか運び去られき
あけに染む夕焼の雲仰ぎつつ異国《ことくに》遠しと泣きし思ほゆ
逢ひたしと思ふことありかのオテル・ジョルジュ・サンクの古きサロンに
きよらかに語りたる日を忘れ得ず秋は濡れゆく月光のみち

ひつそりとこころに沈めゐし想ひ月の光《かげ》さす夜はゆらぎて

闇に坐す

陽のごとく海のごとくも力あるものよ来たりて振れよタクトを
誰か来てこの燭台に灯をともす時待ちてをり闇に坐りて
おぎろなき海をゆく身と思ひたり人の思ひの及びなきとき
遠遠になりし過去よりながれつぎて身のうちふかく川の音する
清冽の水の流れよ山川の思ひはたぎちて飛瀑となれる
飄々と風渉るなり風走りわれの想念《おもひ》も野を走りゆく
夏雲の早き流れよ流れ去りいづべともなし青き寂莫
この広き大海原の最中にてただにひとつの日輪落つる

一夏のゆめ

道の先に何ある美しき一夏のゆめの尽くるところか
帰るべきねぐらもなくてうたへるや声美しき一羽の小鳥
夕風の涼しき海をゆきて帰り波のごとくもむなしかりける
逢ひたくて来し昼の町くれなゐの花束ひとつ置きて帰りぬ
泉湧きて鈴蘭の花咲きてゐしかの森若き旅人のゆく

いのちみなかけて仰げば美しき積乱雲はあかねむらさき

悔恨

翔去りし鳥美しき羽搏きを秋の記憶の中にいつまで
すでに秋もふかしと日暮を見渡せば咲きのこりたる桔梗のはな
にじみくる想ひに不覚の涙あり花の面をしてをりたきに
黙念とわが青春の碑の前に頭を垂れてながき悔恨
瑞々しき一瞥ゆゑに疼みあり深傷《ふかで》おひしはひとかわれかと

紫の椅子

はるかなる距離たしかむるあこがれの鳥鳴き去りし美しき空
朝の窓いっぱいに開き菩提樹のうたごゑ誰にきかせむとする
ある時は支へがたくて閉《さ》す窓に遠く夕べの鐘ひびきくる
かなしみの溢るる日昏ひとり来てピアノをききし紫の椅子
その黒きまなこゑぐりてわれを見るかなしみの窓閉したきなり
窓はみな花野を見よとつくられし野の家なれば月の夜も匂ふ
花つぼみ咲かざる春を過ぎしかばいまだ匂へる少女のごとき

別れの笛

冷酷に天の秩序はめぐりゆきよびて返さむすべなき地上

あたたかき掌は知らざりき秋風の中にたしかめ居たるひとり

瞋りたる日よかなしみが溢れゆきわれの眥は早く暮れたり

別れの笛は毀れて鳴らず夕暮にひそかなりひとりが去りてゆくとき

秋の言葉せつなく秘めて長月を珠のごとくも恋ひし日ありき

白紙の日記

シクラメンの鉢抱へ来し双手よりはかり知られぬ距離受取りぬ

さりげなく逢ひて別れし日を区切り秋風の館門を閉せり

シクラメン冬の日を超え咲きつづくなほ遠方に春を憶へと

こだましてわれの言葉の返りくる日よかなし小鳥の骸を埋む

あかねさす丘を下りて西東その日よりながく白紙の日記

散りゆくもの

わが生きし小さき宇宙ひと度も熾烈に燃えし季節なかりき

美しくいのちに燃えし火を消してわが送りたるいち人の秋

逢へば別るるものと知りたり秋山はさびしきものよ散りてゆくなり

火の色にもえて散りゆく秋山の紅葉ねたましひとの別れに
雨の日に人に別るる離りゆくその寂しさも言ふてはならじ

候鳥

飛去りてゆく空遠し候鳥の翼よ恋し秋ふかむ窓
ハイドンの告別の曲なりひびき秋空高く翔びゆきし鳥
こなごなに砕け散る日を懼れつつ黙々と秋を抱きよせたる
閉してはならぬ紅葉の蔦の門いでてゆくひとに道広くあれ

秋の名刺

訪れを告ぐる名刺か机の上にただ一葉がおかれてありぬ
もの告げぬ名刺の活字ながめつつながく憶へり古りし事柄
こころ癒えて清らかに身を持して生く言へば一語につくる二十年
いまもなほ秋くるごとに便りあり風よはるけく過ぎし二十年
瞋りとはかく清かりき長月の星ひとつ空に生れたる日を

秋思

一房の葡萄はうれてむらさきの粒をめでたる秋いく度
遠天に秋は匂ふと憧れて月の桂によせたるおもひ

いつかかの公孫樹の道ゆかずなりぬわれを過ぎたる想ひ出ひとつ

限りあるものと知るゆゑ限りなき万象の中に目を閉ぢ合す

あえかなるいのち生きたる世とおもふそれすらひとりの恋慕なるべし

川ながく流れて月の夜の橋に消えてゆきたる光のごとき

恋ひつつも遂に逢はざるわだつみの水泡のごときわがおもひびと

手に受けし露の玉よりはかなくて相距たりしあめつちの想ひ

冴えざえとペンひとつ持ちて生く心に秋の月澄みわたる

修羅なりし日どのやうな貌せしわれか索漠として秋窓に醒む

ひそかに静夜慟哭をきく風塵にまみれたるのちかへり来し秋

山の悲しみ

空渉りゆく夕鳥よ汝が急ぐなぞへいかなる森が待てるや

飢渇の目茫々として秋野原抽きいだされし月の駿馬

シャポーの店の銀色ベレー月の夜を濡れて野に逢ふ時にかぶらむ

桿菌は染まりて青く所見あり顕微鏡《レンズ》の奥のモダンアート

白銀の刃納めて秋風にむかへばうたふ山の悲しみ

鳥去りし空

夜の丘は黝き翼をひろげたり人よ死なねばならぬ時もつ
白髪の翁がひとり落葉のかがやきに佇つをかいま見しのみ
いつしかに燃えてしづめる火の色をわが内側に見つめ居しなり
とらふれば消えやすらむと懼れたる炎の鳥の飛び去りし空
鳥つひに還ることなき翼もて今日の土より羽搏きゆけり
端正に雪富士ありぬ魅せられて無量に仰ぐ鳥去りし空

いのち

短き花のいのちなりけりいつしかに落葉はふかく身に積りたり
潔く終らむことの希求《こひねがひ》波荒るる日は岩に砕くる
みつめてはみつめたる事を悔ゆるなりこの激しさを人はゆるさず
鈴虫は啼き終りたり甕ひとつここにも春を待ついのちあり
渓谷の雪間を流れ来し水のその清冽に心ひかるる
水澄める流れの朝の岩角に翡翠一羽が光りて佇てり
葩びらは銀色となり耀きて流るる渓の高貴なる歴史
変貌をすることなくて花よ散れ渓間の水の濁らざる日は

いのちあればいのちの限り咲き薫り花たをやかに散りてゆくなり

夕月

病熱が身を蝕みてゆく時のあつき危ふきわがおもひごと
病熱がおそひ来る夜は危ふきを支へやうなし激流に似て
ひとところ暗く澱めるあたりよりいつの日もきこゆ悔恨のうた
一人の想ひを深く沈めたる湖なり時にさわだつ夜あり
異常なる心病みたるその人と秋風冷ゆる街を歩めり
打砕かれ破れし扉より夕月はかくろひゆけり秋といふべき

山茶花

真珠庵の苔に散り敷くうす紅の山茶花やさし読経のこゑ
うけつぎし胸にもやせし火のゆめの一人にふかき今日のかなしみ
仁和寺にもみぢのひかり澄み透る日に来て知りし人のかなしみ
山茶花のうす紅色に冬陽さし枯葉のおとのきこえくる庭
ふみ分けて登る山路の木の間よりはるかに見ゆる仁和寺の塔
野宮に古きもみぢをたづね来て嵯峨の豆腐を店先に食ぶ

仔鹿の目

深草の石峰寺の石ぼとけ若冲羅漢の苔に雪降る
赤々と南天みのる寺庭の魚板たたけば人の声あり
極寒に杜氏が案内する酒倉ふつふつと酒は醸されて居り
若冲の五百羅漢の石の貌泣けるもありき深草の寺
東大寺古きみ堂に細雨きて春浅き日のこころ澄みゆく
いつよりか鹿の棲む苑人に馴れし仔鹿がしめす目のやさしけれ

ノエル

失ひて何もなき身が独りにてともすノエルの青きローソク
独白の夜毎対ひし白き壁ノエルの夜は星を飾らむ
或夜野に嗚咽となりて風鳴れりわが抛ちしものかへるこゑ
暗きもの受取りしまま別れたり嶮しき道を人も歩める
しりぞきてひとり想へり烈々と飛湍に似たるものを受けつつ

風蝕の襞

雪降れり

雪軽く冷たく淡く音なきにしばらくを降りみな埋れぬ
遠山は雪降れりといふその昔雪のスイスをゆきし思ふ
寒椿の紅咲きこぼるるを朝光《かげ》にはつかに見たり夢のごとしも

炎

届かざる距離と知りつつ燃ゆるなりわが恋ひわたる秀麗の山
いく度かねがひしこころまことにてわが血に染めず去りし森林
一束の薪投じぬ赫々と燃えゆく炎の形が見たく
地底にて何者かしきり恚りの火かきたつるらし昨日より今日
燃えさかる炎のごときと知りつつも美しきよと灼かれゆくなり

ひとりの冬

わがひとりの暮しの冬もゆるびきてやがて春来るらしき草萌え
何者かひとりの夜を瞋りつつ更くるもしらで鉦をたたける
家の中に呼ばるる声はなくなりて冬を静けく雨ききて居り
いのち在るはかなしく美《は》しき雨降れば梢なごみて今日が暮れゆく
運命の重きを支ふる人間と冬を支へる裸木とあり
靴音もきこえずなりし町の中にのびたる黝き一本の道

草の匂ひ

花束を馬の背にのせ来しひとの草の匂ひがわれを野に呼ぶ
羚羊《シャミー》の手袋贈られし日は葡萄祭の話に夜がふけてゆきたり
摘みて投ぐ花のたぐひかやさしさをうしろにみせて川は流るる
近づける春の跫しのばせてうす紅色の花届けらる
いく度か欺かれたる後あざやかに神この国に変容をとぐ

うたげ

ゆるやかに廻転扉まはる冬うちはさざめく春のうたげ
いく時か憑かれしものの酔ひに似る過ぎし一夜のうたげの記憶

埒もなくさそはれて来たる森林《もり》の中魔法の杖をわれは失ふ
不意に来て灯はともせども人の目にわが遠隔のおもひ知られず
光と水屈折まばゆき夜の宴たが司る国のおごりか
夥しき車輪廻れる道の中わが歩む意志ためされて居る

春の雨

鳥の族空の軌跡をゆくときにひそかに描けり象形文字
緑玉《エメロード》の光返して朝の陽に華麗にときめくグラスのいのち
今日われはいづれの門より入りゆかむいと甘くいと苦しき地上
くるしみのまれなる国と門標は書かれてありき道の肇は
遠退きてゆく靴音は幻か妙なる楽をききたる夕べ
やはらかにうなじに触れし葩びらの吐息に似たる春の夜の雨
ローズオイルとバラの畑の村の朝きしよりトルコの国にひかるる

時鐘

ふと耳にきこゆる時鐘背後《そびら》よりあやまたず来るものの足音
折ふしに死を言ひて遠き目をしたる父を憶へりこの頃しきり
疲れ易くなりしをひそかにまぎらしていとはれやかに人にむかふも

われよりもはるかに若きひと今日も老いをいふなり素直といふか
われいまだ老いを言ふには稚くてみきはめ難しうちの昧きも
潮のごとく押よせてくるもの少し遠のきて今宵心安らぐ
到り得ぬ坐忘の境いつの日を恃むべし春も匆忙と過ぐ
人間のいのちの哀れおもひつつまぎれてゆきぬ夕靄の街に

椿咲く

騒擾のいく日過ぎて春来ぬと未来を指せる風の音する
偽りをつつむ仮面はもたぬゆゑ潔く道を岐けて来しなり
はげしくも拒絶のおもひわがゆめをさへぎるもののあらぬ夕べは
夕昏はかの逸楽の眸をおもふ無辺に青き地平のあたり
わが疼みたぐひなき日を窓に来し一羽の小鳥が見つめ居たりき

激流

修羅の道かつて歩みき双掌にて子を抱きいのちひたすらなりき
大いなる明治も若き大正もなほわが胸に高く薫れり
わが生きしながき三代の時経たり思へばいくさの昭和かなしき
それとなくわらひさざめく身の隅にほろほろとあつく流るる涙

激流を生きて超えたるこの手もて架けむ橋かとふと胸あつし
いつの時思ひしことかあきらかに火は抵抗の容《かたち》して燃ゆ
信頼を地上に放棄したるのちわれは異国の空かけりゆく
さはさはと冷たき風の片過ぐる湖沿ひ来れば長き夕影
いまだひとりが満たされしことなき地上いのちは何のよろこびに生く
椅子ひとつ歴史の中に見捨てられ満ち足ることのなき地の住家
わが常に思ひ已まざる高みよりかなしみの雨は降りそそぐなり
一瞬に崩れて落ちし偶像のあとより細き月が昇れり
飛ぶことを鳥に学びて空ゆけばいのちを叫ぶ地の貌が見ゆ

リラ咲ける

光の空つきぬけてゆく小鳥らはふり返ることなし春を尽して
ずたずたに裂かれて帰る春の街この美しさに何うたはむか
かつてここに疼む心をひそかにし噎びし夜に対ひ居し壁
おのづから内部《うち》なるものの匂ひくる位置を保てりリラの花咲く
リラ咲ける東の門とをしへられ逢ひたるは春ながく忘れず

春のはじめに

祭典は常に華やぐ空の下不安などなき顔が並べり
心の中を波がうねりてゆく二月手袋を投げむとせしはよべにて
美しきもの失ひて来し野にも草萠えいづれ春はやさしく
己れさへ虚しきときに一輪のえんれい草の白き花咲く
日々を心の隅に冷えて積むもの拾ひゆけ春の集塵車

道標

何ごとを秘めてあるやと愕けりいのち溢れてゐし眸なる
ひそかなる夜にまぎれゆき香に惹かれ盗まむとせし花のくちなし
若ければいのち溢れしゆめもみきいく日ここに薫れる春か
此処に泣きここに燃えたる跡なりと何に記さむ愛の道標
美しくわれを呼びたる声絶えぬ山ならばエコー返り来まさむ
涙もて拭はむと思ふくもりたる窓に書きたるよべの落書

春の逃水

わが悩みふかきあしたは霾ぐもり重き呼吸を裸木もする
埒もなく逃れいでむと思ふ日はわがひとりなる故郷をもつ

逃水を追ひつつ走る高速路春のまひるをうつつともなく

追ひゆけばはるかに濡れて消ゆるなり心のかげり春の逃水

多摩川の堤の草も青みきてかなしき時を水は流るる

あきらかにうちに保ちし抵抗の瞋りは常に若かりしかな

螺鈿の櫛

ひ弱なる夢ばかり見し明けなれば螺鈿の櫛を髪に飾らむ

渇望の目にさすほどの光して鈍色の川流れはじめぬ

破局なき愛をおもへる背より滔々と氷河ながれくる音

魅せられて語らひゆきし道すぢに岐れを指せり白き標識

狭き門すでに閉され馥郁と花薫りたるひと日の終り

疾風《シュトールム》 心を過ぎてさはやかに頁は繰らる未来の空へ

黒き列

とりかぶと青々と咲きわがおそれ踏まざりし土に黒き列ゆく

誰が乗る廻転木馬かこの国に笑ひの消えし昼の公園

生くるすべをしへられずに過ぎ来たるながき白夜のごとく虚しく

沈痛に歴史の頁繰られゆき自戒なき野を亘るいきもの

昧きもの渦巻ける淵によばれたり神の叡智の声にたがはす

虚しきかげ

いとながき屈辱なりきと歎かへばその足もとを地震《なゐ》はゆらぎて

累々と屍となりし母と子の襤褸に似たる青春の詩

無碍にちかき紅茶の色を透かしみてグラスの性をかなしみ居たり

十三の塔の高みは繁り合ふ木立にかくれ常はみがたし

終りなき戦のごとくも生きつづけ人ら懐疑の眸を如何に閉づ

その眉に虚しきかげの動く見ゆ師走昏れ方駅の雑沓

草笛

鮮らしき土踏むときにわが心さやさやと小川のごとく鳴るなり

戯れに鳴らさむと言ひし草笛のひようとひびけり夏の草原

幸多く暮したまへと送りたりわれ自らの悲しみ言はず

ながくひとりを忘れずあらむ枯葉散る日に別れせることも清しき

いのち燃えてありしかなしみ知るゆゑに再びひとは秋を来まさず

冬の日

きらきらと光の筋の入る窓に醒むればかなし東京の町

かすかにも町のざわめききこえくる人よまぎれてしまひはせぬか
道歩めば道は危ふし人に逢へば心刺さるる哀しき東京
花も木も枯れて渇けり冬の日は心のうちのものも亡ぶや
さびしきこと思ひてしまふ東京の朝のめざめよ小鳥来て鳴け

虚構

わが投げし黒き手袋秋風のかたぶく町に疼みいつまで
汚れたる掌をみし昨日唐突に胸に不審の渦まきて来ぬ
夥しきものわが背後《そびら》に崩れゆく瞋りに似たる寂莫のおと
ぽつつりと夕陽にむきてひとりごつ天の秩序に乱れはあらぬ
鮮烈にほとばしるものおしつつみ人との対話虚構のごとし
キャンバスにむなしく色を重ねゆくいのちなきわがわざかとかなし

炎よわれの

菊白く咲く秋の庭さまざまに人謀れどもつゆけく白く
文明の冷たき季節埒もなくひと転落の銃をかまへる
この流れながく水澄むことなしとあからさまなる謀略ののち
ぬけぬけとわが傍に謀りつつ己れ化身の仮面を磨く

浅間に近く

惜しみなく薪をくべぬその赫き炎よわれの悔い燃やすべし
底のなき夜の階段を降りはじむやむなく明日を保有せむため
いろいろにひとは謀りきさりながら自ら捨つるものとなりたる
冷えしるき寒の水にて掌を洗ふ心疲れていらだつ夕べ
あといく千日がのこされてある地か知らず月虧けしまねむりに入りぬ
雲白く瞋りは過ぎし冬枯の野よ身を低くすること勿れ

いづくに対きて

黙念と刺されし傷を見つめ居ぬいづくに対きて物語りせむ
身のめぐりに避雷針多く備へおき避けねばならぬ禍《まがごと》くるを
山ふかく渓清冽の水流れ激しくわれを叱咤するなり
いつしかに一人二人と去りゆきしかぶと菊蒼き野に枯れてゆく
身の近くに卑しき相をみし日よりわが捨つるべきものと知りたり

いたみ

悔い多く重ね来しなり人間の心の疼み日々の挫折に
人生きてゆくかなしみや言ひ難き瞋りもわらひに消してゐるとき
たどりつく無慙の夜もひとりにて人間の苦悩うづたかく積む

火をふける鏃のごとくもわが心刺したる言葉いかに返さむ

渦

生くるいのちとどめがたくも日は過ぎてめくるめく渦に捲かれてゆくなり
暗鬱に組まれし柱見上げつつ身を折りまげて生きたる人ら
逸楽のまなこに溢れ説かれたる至福のことば愛と自由《リベルテ》
あきらかに相剋の時頂点に生死をわかつほどの饗宴
おもむろに冒されてゆく地上にて落ちたる翼はつくろひがたき
堆積の重きに日々はまぎれつつ己れをいつか見失ひゆく
智性なき目がはびこれるいたみにて低き流れになづみかねたる
いつかまた季節の底に身をもだえ葉の散る朝は衿かき合す
仮面をばふり捨てし夜は軽やかに銀座の舗道にまぎれゆきたり

あつき涙

いくつにて在しますかと子が問へり数へがたくもなりしわが年齢《とし》
花蘇芳の若木を植ゑぬ来る春にゆたかに花の咲きて匂へと
夜半醒めて音なき闇に目をあけば不思議な音をたてゐる時計
昔わが営々として造りたる巣のうちにいま一人のこれる

巣も古りて広くなりしと片隅に身をよせて遠き空見つめゐる
手を組みて胸に当つれば母そはの優しさよ湧くあつき涙

運命

いのちある限りを悩めときめられしわが一族の運命《さだめ》とおもふ
虚しさが言ひ知れぬほどにおそひ来て救はれがたき淵となりゆく
侘助の花のひとつが咲く朝に心にしみてひとを思へり
いつしかに汚されて居りわが言葉ひとが拾へば刃となりて
子らの道も平安ならずと思ほへば凄まじかりし日さへ見え来る
いく度か生死の境に立たされて生きたる歴史何に記さむ

わが道

何を盛る器か清く磨かれて白銀しづけし瞋りの前に
哀れとは言はじきびしき瞋りのみ惻々として伝はりて来ぬ
身に近く紅葉一樹の散るさまをげにすがしよとただに見つむる
綾なして光の中をかげりゆきし鳥影に似るひとの面影
中程に戦もありて厳しさの一生《ひとよ》はるけくなりしわが道
めくるめく激流のうちに過ぎて来し流れに多くを見失ひたる

淋しさを

一枚の枯葉を拾ふ明日も誰かこの樹のもとに葉を拾ふらむ
幻のひとのこころか黄の落葉淋しき色に澄みとほりたる
淋しさを明るくわらふひとの顔黄の落葉敷く道もあかるき
黄の色はひとりの色か明るくて落葉ひとひらにあめつち澄める
いのち断つべく思ひし日あり独りにてこの道の秋を踏みてゆきたる

師走

亡命の将のごとくも逃れ来し礼拝堂の冷えし木の椅子
語らむによすがもあらず風の吹く師走の巷寒く歩めり
われも風も行方いづこゆくへなき風がさまよふ師走の巷
木枯に骨身さらすはわれのみか仰げば寒き冬木の梢
木草さへねむりの季節ふかぶかといく夜ともなく眠りて居たき
流れのごとく車の尾灯並びゆく灯が描きのこすひと日の哀歌

ギヤマンの椅子

玲瓏とあるべくありし夜の宴に打ち砕かれしギヤマンの椅子
サンマルコ君と歩みし朝見たるヴェネチアの空はギヤマンの色

精神病院昨日出でしと告げ来たるひとの目海のふかき青色
仮借なき瞋りの涙あふれたり心の海の渚にひとり
風寒き師走の空の夕あかねいづこに帰る鳥か二羽ゆく

橋

最果の地をゆきし日も雨降れり雨降る旅の思ひ出よけれ
一すぢの道の彼方に橋ありて橋の先なる町の灯の見ゆ
目の中に窓のあかりのにじみくる時雨の街の旅の思ひ出
寂寥の限りなければ拾ふなり時雨の落葉黄の明るさを
海の中に架けられし橋渡るとき母なる海の詩《うた》思ひ出づ

野分

夜を深く沈みゆく秋身の芯にしみ入るほどに鳴く虫のこゑ
瞋りの肩を野分つめたく吹きゆけば思案はしばし森に放たむ
不要となりし言葉を流す川欲しと思ひしのみにて旅に出でたつ
夜の底に沈みはじめし街が見ゆ明滅の灯は生きの証か
霧立ちのぼる秋川沿ひの荒れし道自虐のごとく歩みつづくる
犯したることなき肌へつつむべく秋はいとうすきレモン色着る

航海日誌

おののきてひとり船出の夕凪の海に危惧せり愛の航路《ゆくすゑ》

くひ違ふ鋭角が截る白き紙その紙一重の差異懼れたり

組み合す掌におく額のあつければ炎か燃ゆるわが身のうちに

失はれ海の藻屑となりしもの見つめて書きし航海日誌

藤壺をはがして島に築く塚船底にのこして来し愛の歌

清らかに別れの歌はうたひたき心して秋のロープをえらぶ

星流る長月なりき帰らざる別れのうたをうたひたる海

おのづから道岐けて来しも思慕に似て偏へに形なき美しさ

あくことのなき障碍にも不屈にて光のごときをいまも保てり

やはらかく襞よせてくる海の波おそれし日ありむなしき音を

おもむろに海昏れゆけばわづかなる残光ながく瞼に烙かる

茫莫と視野に広がる大洋の青きおもてをたのみゆく旅

青い潮

大西洋の空翔びゆきし日の憶ひつぶさに海の魚に語らむ

黒潮が運びゆきたる南の島に薫れる白きプルメリア

ひとり居ればひたひたと満ちていつしかにわれをひたしてゆく青き潮
プルメリア糸につなぎて首にかけ南の唄をききし夜の浜
いく重なす心の潮の重ければ呼べども杳しわれのわだつみ
海かたくなにただよふ日あり天にすら光拒みてわれの哭くごと
渦巻きて時に黒潮わが内部を過ぐるならむかいぶかしみ思ふ
わが胸の中を旅してゆき去りし人ありここは冬の港か

白描の街

倒影は堀にゆらぎて風わたるはるかなりわが白描の街
バラ窓をしづかに仰ぐ靄の中いく度あつくここ通ひしか
冷笑を背中合せにききしより怫然として旅にいでゆく
変節は改まること尠しといましも欺《だま》され居る春の街
春の巷は虚実のかげりわがグラスなほ玲瓏と濾過するおそれ
目の前にめくるめくネオン屈折の光投げ合ふ街にかなしき

草萌ゆる

明らけく朝日を吸ひてわが前に緑玉《エメロード》輝る切子のグラス
谷間より光の昇る朝の時刻《とき》いつはりなどはゆめゆるされず

自らの心疼めば言はざりきむくつけきこと多かりし冬
足もとの崩され居ると知らず来しその極限にきく神のこゑ
無慙なる昨日は言はじ春くると思へば花のゆめ美しき
ながかりし凍土は過ぎて久方の光よ春よひとつの身にも
絶えなむと思へばいとど若草のもゆるばかりの夢の豊かさ
やうやくに春野に来しと思ふなりいく度かわが迂廻ののちに
舳にはサモトラケのニケの像わが船春の海ゆくあした

空も地も

青春を埋めつくして耀ける石と思へりわがキャッツアイ
わが深みに倦みはじめたる目がありて振向くとき涙光れり
さはやかに逢ひ別るることなきものか今日一日の流れの岸辺
独り居る夜のしづもりに石ひとつみつめてあれば湍つ涙
空も地も生くるかなしみひしめきて生くる限りの掟がきびし
この虚無を流す渓さへ見失ひ倦みはじめたり日の出も夜も
明日はまた流砂か雨か漆黒の闇まさぐれば冷えふかき夜
風雪の荒るる夜更けも独りにてひとりの部屋に心決れる

浅間に近く

あたたかき子等の眸にかこまれてあといくばくの冬耐へむとす

風景画

赤錆の厚く蔽へば芯にぶくすでに失ふ貴き詩ごゑ
人間のすがたといふを見たる道もはやそこより踵返さむ
夕焼雲未来とは何見返れば深々と黝き夜がたゆたふ
その未来若き自由と白熱を描くやも知れぬわが風景画
螺旋階段のぼりて見出でし円形の窓より星が落ちこぼれくる
星占ひききたる夜あり華やかに観劇の幕おりし帰り路
うつつにて語りしひとり画の中に入りて消えたるその夜の別れ
夜の街は宝石細工きらきらと理性をもたぬ灯が溢れゆく
この道を人去りゆきしひびきする青貝色の花のささやき
路の岐れに白き帽子が残されて後姿のいつまでも見ゆ
家の中に争ふものを失へばサン・ジェルマン・デ・プレの詩人らうたふ

月光

湛へられし水覆る夜の窓にギヤマンに似しうすき月あり
かなしみは研ぎ澄まされてたぐひなき心を透ぐる月の清冽

月光にふれたる絃の鳴りやまぬ疼み束の間悔いがよぎれる
おそれつつ映し出されし鏡の前に見しといふべき今日の自画像
解明しゆけども昧し内と外傾きはじめし塔のぼりゆく
いとどしく淋しき夕べ弧をゑがき水色の橋川を区切れり
骨膜に黝き癒着の部分あり飛立つことを懼れゐる鳩
師走の夜ひとりし居れば冴えゆきて凍りゆくもの心に近し
ひつそりと裡にしづめて居しおもひ月光させば夜毎ゆらぎて
ゆれ易くなりし心の内側をくまなくふかく射せる月光

アクロポリス徘徊

徘徊のわが時ながく仰ぎたりアクロポリスの丘の神殿
三千年時劫へだてしパルテノン掌を触れひとりあつきおもひす
列柱はくきやかに光の縞をおき内陣ふかくひそむ神霊
熱狂の祈念《いのり》に彫りし石の肌イオニア列柱の白き大理石《マーブル》
アカンサス葉もあざやかなる柱頭あり杳くゼウスの神の殿堂
翳なして杳けきものの明暗を清しくきざむドリア石柱
さにづらふ神殿いまし落陽がはつかに染める白き大理石《マーブル》

生きてまさしく三千年を目に烙きぬ真実《まこと》なるものここにありしを
ひとつなるものの形象《かたち》に憧れて久しき時を魅せられて佇つ
ひたぶるに心ひかれてアテナイの土に耽美の時過しけり

風蝕の襞

むなしさの底さへ知れずみつめたりグランドキャニオンの風蝕の襞
あらはにも骨格見する地の表億万年の風蝕の相
明けてゆく大渓谷の朝の光明《かげ》暗ふかく岩にいきづく
物象のはるけきねむりのたまゆらのあした色づく紫の岩
はてしらぬ広漠の彼方竜巻のあがるを見つつアリゾナをゆく
不意にあつく黒雲蔽ひ稲妻の天《あめ》と地《くが》とをつなぐアリゾナ
たちまちに視界失はれゆく手なき荒野の中のシャワー洗礼
かげりては流れゆく雲ヨセミテの滝のしぶきも雲かとまがふ
氷河落つる絶壁の岩肌鏘鏘と滝水の音ひびき合ふ森林《もり》
はじめてのひとに触れたる喜悦なりヨセミテの水清くつめたき
ヨセミテの水のとどろく橋に居て流れの音に心うばはる
ふと碧き青年の眼にかなしみを見てしまひたる森の小径

ブルージェイ白き花咲く枝わたる朝陽にきらふ青色の羽
尼僧二人われに手を振りゆき去りぬ川瀬の岩にひとり居りしに
ヨセミテの流れの水の冷たさに掌を洗ひひとり別れをしみぬ

夕潮

海面よりうたごゑ運びくる風のややに涼しき夕べとなりぬ
波乗りは愉しからむと眺めをり海に入りたることなき肌は
めぐり来てワイキキの浜に夕潮を眺めて居りぬ旅の終りに
波よせて返すむなしさ広さをばはてしもならず見てゐる夕べ
雲も波も白く泛べば紺青にひろがる広き海がかなしき
片便り書きたる人より寄せてくる波かと遠き日本想へり
とらへ得ぬ人の心か打寄せてまた去りてゆく潮に弄さる
砕けては砂に吸はるる海のこゑ渚いつまで思ひ濡るるか
ライチーの赤く丸きを手に剝けば南の島のほのかなる匂ひ
マウイの島あした海面にかかる虹その半円の上の白き月
打寄する岩によれつつほどけつつ緑の海藻汐にただよふ
蟹を追ふひまに夕潮満ちて来てこの岩づたひ帰る外なし

浅間に近く

ナイエにてサモアの踊り見し夜も探しあぐねし胸の片隅
足裏にさくさくと崩れゆく砂を名残りに踏めり夕かげるまで

密輸

長い旅を終って
帰って来た私に
空港の税関吏は言いました

何か持っていませんか
トランクの鍵をあけて
私はだまってほほえんだ

私の密輸したものは
取出すすべもない心の中
宝石のような詞です

南の島

青海のあをき彼方と思へどもはてしもあらず海も想ひも

繰返しくりかへし来るワイキキの波が心の襞を洗へり
海ふかきサファイヤの青に染りゆくマウイの島の昼を別れ来
珊瑚礁のあたりみどりに透く水のにごることなきみんなみの海
夕べくれなゐに雲かかりたる無人の島あした紫にほのめき明くる
船かげも通はぬマウイの浜辺より無人の島を沖にながむる
ジャカランダ紫の花高く咲けり軍人墓地へゆきし帰り路
さまざまの花の中なるジャカランダこの花ひとつ紫の花
心とられてジャカランダの花仰ぐとき遥かなりわが母の国

喪失

ふつふつと滾ちてあつき地のおもひ分つによしなき春と知りつつ
秀でたる虚無の内壁崩壊の時にも薫り高く花咲く
ぎりぎりの疼みの淵に洗ひたるこころが捨てし暗愚のおもて
絶望のふかきこころに一日の火を燃やすなり恃む明日なく
顔もたぬ人形がありこの村に喪失はかくあざやかなりき
のこされし籠の小鳥の鳴くこゑをかすかに意識の底にとらふる

あとがき

〝浅間に近く〟は私の五番目の歌集になります。

昭和四十年四月〝鈴鏡〟を出しました以後の作品　七百余首をまとめました。

四十年間歌を詠みつづけ　もはや自分の歌集にあとがきを書く必要もないと思はれましたが　幾多の困難な事態を　曲りなりにも生き超えられたものも　これひとつの故と知り　いまはその歌をよむ時間も誰にもかくさずに出来るのだ　といふ少年のやうなよろこびをもつてをります。

〝浅間に近く〟と題しましたのは　浅間を目の前にした山の家の起居から得たものです。なを出版にあたり炎暑の中を幾度かご足労を願つた甲鳥書林社長中市弘氏のご好意に謝意を表します。

一九六八年九月　軽井沢長倉の山荘にて

大伴道子

羅浮仙

第六歌集　五三〇首収録
一九七五年四月一日
思潮社刊
四六判型貼函付　二五〇頁

おぼろ夜の
ゆめの一生か
うつそみの
何かはかほる
白梅のはな
道子

第一部

あえかなる

いとどしく歌詠むこころ育てたる母の国この愛しき日本
明日もまたこの島国に生れむか海に抱かれ異国《こと》を恋ひ
たぐひなく点しつづけし灯は消えぬ完美の森を出でたちしより
或ときは神に近づく姿かと憧れつづけて来し孤絶の夜
暁天のふかき寂けさにひとり居り紛るる方もなく今を生く
とどろかむ胸いまはなくなつかしむいのちに代へむとせしも夢かと
積年の思慕にてありき激流の酷薄に耐へ生きしこころに
生き泥むことなく人よ清かれとねがひしことも祈りしことも
あり経てはなに言ふすべもあらざりきうらぶれ易し現身のひと
葩びらのいく重のうちに花の香をたづねあぐねしのちの寂莫

羅浮仙

茫洋と過ぎたるを知るいまもなほ変らぬ夏を光るさそり座
天辺にかけたるおもひ夜をこめて星は不変の愛に煌く
玲瓏とひとつの道を歩み来しものの肇めにひらかれし道
創世の大地にしるすわがいのち一掬の血を火とはなすべく
天も地もはるかになりぬ変転の明日はいかなる波と語らむ
屈折し光を返し陽の中に窘《くる》しく時は落下しはじむ
夕雲の朱に染まりゆく日の終りわが吹く笛は山河杳《はる》けく
甦りあたらしき土踏むときにはつかに至福の愛を語らむ
咲きはじめし露ふふむ薔薇のくれなゐのひたすらなりき愛のねがひ
うるはしくこの世ならざる夢を見き醒むれば冷たし花の雫
いさぎよくかくて散るべきたまゆらに匂へる花のげにあえかなる

山荘春秋

いづくまでゆけば足るとや火に似たるいのちを語り旅を終らむ
うたひとつ持ちて生きこしわが旅の海山のおもひ溢れて滾る
古きものふり落したる春の樹に高く咲く花あれば仰げる
寥々と後夜吹き過ぐる風ありて湖より潭《ふか》きねむりにさそふ

汝が啼けばいのち愛しよほととぎす白きサビタの花は咲きしを
はまなすの白き花びら水に泛べ流氷去りゆく海をしぞ想ふ
麓原霧に親しき朝夕にうす雲草は冷えて咲くなり
夜の雫メタセコイヤの葉にむすぶ切なきものをあしたに見たり
地にふかく根をおろし風の中に立つ喬木の杪光れるが美《よ》し
朝の林霧氷に明けて銀泥の裸樹慶しみて光の讃歌

一樹

立枯れの栂の一樹に鳴る風あり山も木により慟哭をする
生きなづむ汚濁の淵に青き花咲きゐしばかりにいのち生きこし
風かとも呼ばれてわが名美しき声あめつちの中より聞こゆ
烈々と燃えて熔かせし火の鉄に刻みのこさむわが愛憎記
夜鷹啼く林の暗き山の家いまわれに哭くことばはあらぬ
闇を劈くこゑのひとつにいやふかきしじま返りて薪炸ぜる音
暗闇にするどく鳥の鳴くこゑもわが外は聞かず山の独り居
はるかなるものへ
夢いつか秋天高く炎《ほ》となりて燃えゆきしまま還ることなし

かなしみのありどは遂に言はねどもはるかなるものへまなこを凝らす
いよいよに孤絶のおもひ青く澄み空の無辺にひかれゆくなり
青青《せいせい》の心の淵をのぞきたるひとあり秋はいのち窘《くる》しき
わが愛の失はれたる昧き地平皎々と秋天の満月

浅間

すずろゆく秋の道なれをち方にさやけく人は待ちてゐまさむ
乱れ伏す野菊あかるき草原にふみわけて摘むりんだうの花
巧みなることばは要らじ夕月の浅間にかかるを見たる帰り路
いと細き夕月なりき昏れてゆく浅間ひとつにひと恋ひをれば
しづかにも夕べの光うすれゆき千万のことば空に消えゆく
火の山の火口のあつき沸《に》えの底わが超えむとする苦悩ただよふ（白根山）

紅吹く凪

瞋るときあした冷たき一掬の水天に澄む早暁の山
草露ふかき朝の浅間のわが前に澄みきはまれり天の深碧
かつて秋いのち死なまくおもひしをいま総身に楓のもみぢ
火つけびといづくにゆきし懊白くわれに百里の距りをいふ

羅浮仙

霜楓の極まるときを山に住み紅《こう》吹く風も耳に親しき

ゆくものは水雲に似てとどめむにすべなく迅しわれのめぐりを

小鳥すらひそみて鳴かぬ寂寥に吊花の珠実紅くはじける

存在のもろさおもへば流れ入る雲のうつほに通ふ秋風

見しゆめのつらつらかなし恋ひ佗びて逢はず過ぎにしひと美しく

つぶさには何語りしか覚めてのちかなしみは秋の深さにしみぬ

いまはただ月を月とし仰ぐのみ満つればそれもかなしみに似る

散る紅の下処にたちて神の掌を身ながらに享く霜葉《さうえふ》の山

蕭々と山風渉り散るもみぢ柞《ははそ》の落葉に沓《くつ》埋みゆく

昨日はみな散りつくしたり重畳の落葉にこもる厚き風韻

いさぎよく地に還りたる霜葉に誰かきくべきわが城の哭《こく》

終りちかき秋景の山にひと色の雪の原野を待つ虔しみて

山しろ菊

瑕ふかく見えゐる山とわがこころそこより浅間火を噴けるらし

湧きて消え消えては見えぬはかなさの美しければ世を生きて哭く

巣ごもれる青き林の金鈴の小鳥のこゑにあした醒めたり

いのちいま沈みてゆくか曙の光の中に魂もろともに
風走り光走りて夢さそふわれにあやしき秋の幻
断腸といふことばありしといま思ふ秋昏るる山の霧の家にて
るり鶲《びたき》しきり鳴くなり風落ちて浅間も見えぬ霧の林に
み山あかね秋吹く風にさまよひ来てしばしを憩ふ擬宝珠のはな
とどめおく言葉何ぞと花に問ふすでにしとどなり夏草の露
わが森の柞《ははそ》の梢に巣をかけし鳥あり秋は何をうたふや
山の花手折れば窘《くる》しかつていのちかけて恋ひたる人あり山に
君待つと秋草の野をゆきし日も山しろぎくの白き径なりき

紫錦唐松

彷徨ののちに抱きし小禽は放ちがたなきつぶら目をもつ
ひそまりて林いつせいに葉を降らす人よりあつし秋のこころは
はなやぎて居りししばしの集ひより自虐の椅子に戻る昏れ方
ゆらゆらと紫錦唐松野にゆれてみ山あかねは宿りがたなく
舞ひわけし現と夢の舞扇いのちまさしくたたみ納めむ
アンタレス煌くときに身にふかく閉して久しき夢の古城

羅浮仙

己が身の影さへ知れず星の夜は露の挿頭に額しとどなり
秋ひとり花野にあつき物思ひ草よ悲哀をことごとく咲け

春寒

いつしかに春よといへばそぞろにて裸木濡らし細き雨降る
雨降れば雨のかなしみ暁に覚めてひとりの旅を思へる
陽の下にきらめく雪の霧ケ峯樹氷花咲く背景は青
あふれたる光の山の雪無涯白き鹿などわれをいざなへ
限りなくやさしき雪を掌に掬ひ天の贈れることばをおもふ
雪の原に月皎らかに光照るあめつちの終りもかくひそめるや
いたみふかき身を労はりて春寒に白きコートをまとひていづる
いく年か人ざまならぬ境に在り不壊なるものを内奥《うち》に凝しぬ

陶窯

関はりては土にも火にもひとすぢの藁にも劣る身のはかなさか
おのづからいのち韻くや土に火にかけしおもひのわが独りごと
冷えてのち白磁の壺の語りくる炎のうたをひとりかなしむ
紅蓮なす炎に灼きし昨日の肌壺は語らずしづけさに満つ

羅浮仙

土の肌に掌を措きて知る愛しさも山風の中のひとりの想ひ
工房にこもりてひとり轆轤ひく昔日の涙澄みゆく山に
工房の扉を閉して去りがてぬ山の落葉のかそけきことば
赤松の太幹を登るリスあれば暫くはここ昏れのこしてよ

棠梨《ずみ》白き

ベランダに落ちたるつぐみつややけきおとろへもなきつばさたためる
なぜ落ちしときくによしなし山の家鶫《つぐみ》よ五月林はみどり
声鳴かぬつぐみを土に葬らむと山芍薬のかたへを掘りぬ
棠梨《ずみ》白く咲き散る五月もろ鳥の鳴く昼土につぐみを葬る
亡びたるものを悼めば山に聴く今日の小鳥のこゑのやさしさ
いまははや仰ぐ高処もあらぬ世に梢を渉る松風の音
朋鳥《とも》ら今日は手向けの鎮魂歌まだととのはぬ声鳴くもあり
霧ふかき林に住みて山鳥のこゑに出づれば蒼き朝明け
光蘚あきらかに光れり岩壁に澳《ふか》く拒めるものの原質
しんしんと心の洞に雫たりて緑しづかに光の蘚苔

黒き時計

夜の壁に時刻をはかる黒き時計無言の会話を交すかたみに
汝黒き皮のよそほひ虔しくわれを統べると刻める時間
西洋に生れはるけく東洋にくらしを共にすえにしいく年
われを識りわれを統《おさ》むる二十四時黒き時計のさとき長針
汝のみをかかはりとして日夜ありかなしみごころあますことなく
黙念と机《き》に想念の長き時あはれともなく指す午前二時
眠られぬ夜もあり明く灯をともし汝が指す時を目にたしかむる
汝とともあといくばくを過さむかわが独醒の部屋の静謐
時の流れにあらがふ思念極まりて汝と火花を散らす十二時
おそらくは知る人もなき想念の悲啼しづかに銷《と》かしゆく刻
億万年吹きて渉れる風にすらしばしばふかき時の傷痕

失隕の時

時じくのかなしみありて葩びらのかそけき叫び闇に零るる
遅々として錆びたる鋼きしみをり刻失ひし破屋の壁に
崩壊のまざまざとして時鐘すら打ち忘られし雪解の街

迫りたる出立を知る返りくる言葉虚しき無縁の族《うから》
砕かれて容るるものなし設問は荒れたる街の風塵に堕つ
傷痕のふかきいたみに帰り来し一羽の朱鷺すでに羽搏かぬ
到達はいつの時かなかりそめの木蔭に避けて終りたる生
君が投げし雪の飛礫は天頂の青の最中に光りて消えぬ
軽やかに舞ひおつる雪の片々にいつしか白し昨日のいたみ
風葬の貌に冷たき雪明り汝が前生《さきしやう》は問はれずにあれ

雪降る山に

一途なる雪の降りざま人もかくひたすらにものを言ふすべなきか
一匹のリスが柞《ははそ》の樹を登る雪の中なるそのことひとつ
渇仰の雪降る山の白無涯わが声吸はれしままに落つるを
束の間のものは語らず深《しん》々と積み重ねゆく豊饒の雪
悵《いた》みふかき春を雪降る雪みればひそめるいのちの言葉を思ふ
あきらかに自嘲もありて底冷ゆることばひとつを雪に抛つ
この白き散華の中に凍りゆく凍らせしなり人間の詩
天辺に馳け昇りたきいのちもて降りくるあはれ皓きかなしみ

太始より渝ることなき白簾の扃《とざ》しの山に夜をひとり眠る
雪嵐梢に鳴りてたちまちに視界に消ゆる道も林も

冬花

地に呻き聞こえくる夜を香にたかく摘み来し花の水仙にほふ
前生《さきしやう》は何にてありしと花に問ふま冬の土に咲きし水仙
よしなしごとひとつを胸にいでくれば思はぬ架橋の街の弦月

如月

思はざりしあたりに心ふかきひと在りて光のやうな文来ぬ
ふりむかで花のおもかげしのびたりうつつにならむことのかなしく
ひと株の枯《こ》薄《はく》のこれる池の際風か跫音かうつつなのとき
わが疼みしみて降りくる節分の粉雪あはれ淡くひねもす
寒椿くれなゐふかき冬にしてわが問ふことのあまりに多き
さだめなき空より落つる冬鳥の冷涙いつか雪となりゆく
如月はまことま冬の重ね衣重ぬるまぶたに見ゆるおもかげ
雨のおと心傾けてきき入りぬいのちにひびくかなしみあれば
ひそやかに窓に伝はる雨の韻けさは口説のわびしさをもつ

春の山（蜩の里にて）

斑鳩《いかる》鳴けり濡れつつゆきし蜩の里の山藤朝霧のみち
哭き伏さむ思ひすべなく遡る水蕩漾として蒼き水上
かなしさを花に灑ぎてほととぎす鳴き渉る林に棠梨《ずみ》白く散る
瑠璃草の青き花咲く春の山摘む手に花のこゑがこぼるる
竜返しの滝のしぶきに冷ゆる岩岩たばこみどりに光りて咲ける
朽木あやふき山の吊橋滝水の岩にさやぎて落つる渓流

やよひ

土和み土割きて花生れくる丹頂草の丹《に》の芽愛しき
胸の扉を裂かれて昧き慟哭にしとどにじめる春の淡雪
はかなきはやよひ降る雪泥濘に消えて虚しきまことのことば
粉雪の淡くしじにも降る街をゆく朝われは旅人の貌
胸の奥さみしき風の鳴るま昼春はいまだしやよひ東京
いさぎよい生死何ぞと寒く佇つ無明を吹ける風にむかひて

羅浮仙

深窈

われを経てわれを過ぎたる日月の道多岐に亘りはるけくなりぬ

燦々と天の光の降る朝にわが片耳は音を失ふ
聴覚を奪はれてのち深々と心傾けてものを聴く性
月冷ゆる夜も鳴りやまぬ群青の波濤の底にひそめる潮《うしほ》
地へ窈く降《お》りてゆきたる細毛の根がいたみ告ぐる天のかなしみ
万斛の青き蕩漾を夢としてつめたく眠るわが水の精

沙羅の花

わが抱く夢のかたちをあきらかに紙幅を展べて書きしるさむか
愛さるることなき花か蕺草は白き十字花つつましく咲く
夢多く見し曙のふしぎなる疲れに黒きおん馬車の列
華麗なる言葉をいかに受けとめむのちの重たさはかり知られず
絶望をこなごなにして嵌めこみしモザイクの壁あり春の館に
いのちの翳ふかくひそめる眸に会ひぬ愛もくらしも超えきたるのち
追跡を逃れ得ぬ生朝毎に模倣の死より立戻る術《すべ》
失はれし時こそ眠れ墓山は今日も霞めり紫の雲
いちにんのいのちの一生《ひとよ》思ふときさまざまに人は関はりもてる
人間《ひと》は哀しきさだめを生くと嘆かへば裂けたる幹の樹液が匂ふ

忘られし庭の隅なる青き石のかげなる水引草の花
変遷をふかく鎮めて青色の石の肌あり波の音する
はるけきを思ふことあり地の絆むすぼれて長き生きをせりけり
墓山に沙羅の木の花白く咲き落ちこぼれたり雨後の草生に

郭公

冷春に実らで伸びし畑麦をひとり刈る老爺に郭公鳴けり
執念のひとりが刻みのこしたる土に回帰のかなしみをきく
哀しみを生きこし心子もわれも炎ひとつを燃やしつづけて
雷鳴の走り過ぎたる塔の上かすかに青き渇仰の空
放たれて空めざしゆきし放生の鳥をねたみし春ありしかな
古りし城の古りし扉を開くべく秋こそ燃ゆれ山も想ひも
郭公の鳴きすぎゆけり北佐久の林はいまも澄みわたるなり

寂寥

あした匂ふ昧爽《よあけ》のばらは露ふふみ冷えびえ光る何に溢れて
頬よせて濡れたる朝の薔薇にきく言葉をもたぬもののかなしみ
翳ふかく崩れし薔薇露ながらくれなゐは土に花茵《しとね》なす

椅子ひとつ置きてばら咲く花苑に五月は切なき時間を過す
薔薇高く五月の空に咲ける木のその高き方へわれをいざなへ
昂ぶりて夜の庭に佇つ薔薇匂ふ五月はひとりの忘れがたなく
誰に見する花かと五月の窓に問ふ薔薇咲く館に住み古りてわれ
返すべきことばをもたぬ寂寥にわが見きはめし青き距離《へだたり》
いつか空にわが言葉あふれて雨となり木草の上に降り灑ぐらむ
ひらひらと三角小旗風に舞ふ中古車展示場に朝陽あふるる

昔々のうた

いまだ昧き夏のあしたを起きいでて白き木肌の冷えをいとしむ
さはさはと風渉りゆく白樺の梢鳴き過ぐる夏の鶯
ありなしもわかちがたなくよりゆけば冴えざえ開く月見草の花
飄々の風にいのちをたしかむるまんじ巴の花咲ける野に
手に摘むは昔昔のうた姫女菀咲く野に白し秋の風たつ
門広く開けて送りて言はざりき花橘の香に哭きしのみ
倦み易き夏野の涯の遠雷《いかづち》徐ろに来る雲の隊列

月露——辻井喬に

秋立ちぬ空に草野に君が辺に生きて死にゆくもののこころに
山しろ菊さやかに咲きぬ切なさの露ふみ渉る山は秋風
露にぬれし山しろ菊の花を摘む夕べ君待つ高原の屋《いへ》
白き野菊摘みきてしとど夜の露に濡れしは秋の月の雫か
林の家に愛ひそやかに昏れゆけり草扉を閉す夕霧の中

佐久の秋

くぐまりて秋の葡萄の棚の下つゆけき房を香のままに摘む
秋晴れの佐久の村里ぶだう園にみどりの房を陽に透し見る
あさみどり香にたつ房の棚の下しばしぶだうの聖のごとく
両の掌にあまる秋草野に摘みて帰らむとする山は夕霧
野分きて花の香みだるる夕ぐれを月も桂の香にたつごとく

流恨

天も地も沈みてゆくか見知らざるさみしさ寄するいのちの渚
変身のやむなき明日を怖れつつ落葉もろとも思ひを焚けり
消しがたきことばのむくろ積み重ね火を放つ愛の埋葬の丘

咽びつつ異郷の野辺に落つる陽を亡びを送るおもひに見たり
いく度の訣れのはてに夕霧にひとりしづかに流恨を濡らす
言はざりしことばを秋は堆き落葉とともに火に放たむか
乾草は積まれてやさしき陽の匂ひ家畜の体のぬくみをおもふ

冬の風

冬の風山の林に聴きて踏む柞《ははそ》の落葉の涸きたる音
よべ風が掃ひて過ぎし無碍の空に浅間は貴く初雪をおく
そぞろにも心は仰ぐ雪嶺にいまは素直に返さむことば
霧ふかき樹林に燃ゆる灯が見ゆるわが山住みの幻覚の窓
或日窓の開かれしやうに見えはじむ人の心とものの深奥
ひとり居る静謐の窓雪に冷え晶々と冬夜心澄みゆく
立枯れの一樹が雪をまとひたつ死火山が抱く蒼き火口湖
よもすがら梢に鳴りし風のおと明けてあかるく冬鳥遊ぶ
ひと夜にて裸林となりし朝は陽にかけすは青くあざやかに翔ぶ

愛執

まざまざと捨てられし子は聞くならむ〝清しこの夜〟神あらばあれ

樹林あつく香気をひそむ何の性草木枯れて月天心（十二月二十四日　冬至月の十五夜）
あからひく没陽に悵《いた》む海の渚かく虚しさをくり返す潮
竜骨はきしみて今日の危ふさを思へり海の碧き洸洋
虚脱の目に移りて過ぐるいく日の水のやうなる蒼きかなしみ

早春賦

花蕾おさげのをとめが古りて聞く若き教師の初恋の詩
五十年経てのち友が語りたる人の思ひと花の幻
伊師浜の遠潮騒と松風に刻みのこせし青年の夢
ウラジオストックといふ名も古りて五十年かのロシアより来たる師の文
香にたかき沈丁花の枝さし出す友ありて浅き春のとまどひ

大地に坐す

あけぼののそぞろに冷えて水屋ちかく地より湧きくる蜱《いとど》なくこゑ
われ父を恋ひつつゆきて冬近く鶉鳴く野に道失へり
深微なる歎きのこころわが胸に伝へのこして逝きし父なり
死の面青年の日のままに鎮りて清しき父に哭かざりし少女
見まもりてゐませるひとりの父在りて父の魂胸にうづける

ひそかにも汲みて鎮めむかなしみの雫の珠を連となしつつ
黙念と跪坐する厚き地根よりはるけくきこゆ亡き父のこゑ
信いつか不在の国と知りしとき軽々とひとり大地に坐る
叢《くさむら》の未明に啼きて虫のこゑ露もろともに溢れゆくなり
野ぼたんの花のむらさき朝の寂この色ひとつ秋にかなしき
木犀の一枝を掌に朝の庭香にたつものかわがかなしみも

クリスタル

こなごなに砕けしグラス形象を失ひてのち返すかがやき
砕かれて形なきもの透明の質を光の中にたのみき
ひと度のいのち砕けて晒されし破片がたもつ一片の意地
貫かむものひとつもちて遜らざる意志は孤高の梢を渉る
堪ふるもの瞼にせめぐ因るものはわが手にあつき数行の詩
玉質へ一途久しき執念をもやしつづけしわがクリスタル
瑕ふかく見ゆる日もあり磨かれし鏡の奥の一筋の痕
いのち超えて無碍なる天の広大に人間修羅のかなしみを捨つ

羅浮仙

変貌

忘却の波返りくる秋半ば沙汀によする泡立つ潮《うしお》
唐突に名乗られてしばし繰り戻すかの苦しかりし暦日のメモ
海を距て無縁に過ぎし後の今のあたりする変貌のひと
秋天に月満つる夜も及ぶなし地に住むもののはてなき不明
ちりぢりに悲しみひとつ育てつつすでに涙の季節《とき》過ぎにける
心ゆらぐは何の故かと自問しぬ哀れ日月の非情の運び
娘もすでに海彼に在りて十五年嘆きに捨てしその母の国

孤影

一室に小鳥と人と住み暮らし流れて通ふいのちの想ひ
掌にいこふいともはかなきぬくもりに知りたる小鳥と人のかなしみ
鳥かごのせまきに在りてひたすらに通ひ合ふ眸が心に疼く
鳴きて呼ぶ小鳥のこゑに朝を知りうつつに明けの光たしかむ
ずたずたに心裂かれて帰る夜は小鳥咎がむる目を見はるのみ
出でてゆく部屋に小鳥はつぶらなる目をしたしかに鍵音をきく
顔色の暗きを読みて鳴きたつる小鳥にゆする心のゆらぎ

鳴き声のつねなきに危惧おぼえたる運命の糸亡ぶ予感に
廃屋に風の音あり聴き入れば心耳に澄みて小鳥啼くなり

ギヤマンの城（劇団四季の信長記を見て）

宙空に君がゐがけるギヤマンの城は久しき夢のフォルム
地球《グローヴ》の一点に佇ちて火を浴ぶる狂児か神か美しき体
ギヤマンのもろさにかけし生の夢きらめきて崩る城の現実
透明に形象築くあやふさを生《しやう》に似るゆゐ愛し来し城
大いなるもののかたちに城ありて言葉の城に火が燃ゆる夜
憧れのほしいままなる天の城ギヤマンの城は孤絶の詩想
運命をつぶさに燃ゆる紅蓮の炎《ひ》天衣無縫の生果つる夜
ホリゾント火焔となれるエピローグ人生きて僅か五十年の史
一語すらリアリティなき詞章よりしみとほりくるまことのことば

菊咲く日に——一九七〇年十二月　聖夜の日巣鴨プリズンを訪ふ

薔薇の花抱へてひとり入りゆきぬ師走下旬の拘置所の門
窓口に問はれて惑ふ関係《かかはり》は師弟と記す一片の紙
死の罪を冒せし因徒住む屋《いへ》は入るも出づるも鉄扉冷たし

浄め生く一坪半の独房に書く歌の文字に誤りもなく
明日は亡きいのちか知れず身を匡す一首にこもれる生の悔恨
流れゆく獄屋《ごくをく》の月日に何を識るとらはれて生きこし若き十年
行先に待つ死は慈悲《なさけ》解かれては悔いに重き身生き難からむ
血に染みし罪障の掌に点す灯も清しき光と神見ますらむ
花は野菊を好むと言ひしかの因徒野菊咲く日までいのちはあるや
極罪の人の死をきく秋半空晴れて野菊ま白なる日に（翌年秋）

羅浮仙

第二部

忘れな草
忘れな草きみと摘みたる牧野にて再び会はぬ春を束ねし
ふとあつきもの溢れきぬ若き日の見失ひたることばのいくつ
過ぎしこと多くなりしをいま思ふ美しかりしも夢の束の間

蝶よりもいのちはかなく花に酔ふ心疲れし日のセレモニー
凍土とくる日は木の杪色めきてわれを待つらむ国想はるる
透明になりゆく時に身をいでて光の空を渉りゆく朱鷺
言ふべくもなき人間の悲しみに花より外を今は語らず
いく色のばらの花びら籠《こ》にあつめ枕をつくり花の夢見む
かなしみのはてなる旅のスペインの城山に摘みしセナリアの花
亡びたる神々の丘ゆきし日よギリシャの荒野綿の花咲く（アテネよりミケナイへ）
カスタニエンの花は散りぬと記したるかの旅日記開くことなし
木犀の香の流れくる庭に佇つ秋に傾く夕べはかなし

巴里のひと（邦子）三十首

働きて傷み忘れむとするものか悲しみし過去を思ひ出として
人間のまことの愛に生きたしと君がことばのふかきが愛し
絶望の極みに生きてたどりつく火の生命《いのち》今日のひと日に尽す
偽らずこのひと度の現世に己れひとりのまことを生くる
生ひ立ちの心に希ひしおもひごと渝らねば今もかく生くるとぞ
噴水に巴里の訣れを告ぐる夜の春の風にも似たるひとかな

透明のこころとなりて帰り来ぬ東京を砂漠と言ひにけるはや
マロニエの並木の若葉匂ふばかりさよならと言ひしフランスのひと
敗れたる貧しき日本出でゆきて巴里にひとりの十五年過ぐ
汝が声のしじにきこゆる夜は巴里へ焔の橋を架けむと思ふ
火の鳥を抱きて受苦の日を生くる海こえてきこゆ汝が渇くこゑ（国際電話）
生くべくは異国の街に十五年生きては惆《うら》む女身ひとつを
床きしむアパルトマンに汝と夜を語り過せし旅のいく度
たまさかの巴里のデンマシュ共に行く巷もつねに昏れ早かりき
ゆめに見てはかなく醒めし暁はいとしきおもひ母の心に
艱難をつぶさに生きてうち深き心は虚無の絶巓におく
東京に呼び返さむも汝がこころつなぎとどめむに何があるとや
いづくにて生くるも同じ世と知りぬ汝が母の国この寂しき国
ブルターニュの黒衣の女住む僻地死火山に似しひとに逢ひたり
朝毎に冷えゆく秋を悲しみをいつまでわれのここにとどまる
霜重ね野に束ねたる相聞のこころこがねの鞭となる秋
相ともに濡るるこころをいとほしむひととせの距離たぐりよせつつ

運命の重さは言はず見上げたるいく度をこの巴里オベリスク
手を取りて渡らむ橋もあらむかと朝陽こぼるる道に出できぬ
マロニエの芽ぶきそめたる並木路夕昏二人のことば尠し
かなしきこゑ心耳に澄みて聞こえくる風と雲との動く街角
追ひてゆくは何の幻雪解の水溢れたるセーヌ河岸
戦ひのごとく過ぎたる父と娘に春は愛しく溢れゆくもの
今はただ美しきことのみ記しおくわれは旅人巴里は雪解
凝集し歌となりわれを流れゆく心の河あり時に溢るる

風景

銀色に夕靄の中に架る橋こころひとつに澄む河があり
橋のなぞへに真紅の夕陽落つる海海にうかびて何を待つ島
返りくることばを待てり言問のきはまるところつひのかなしみ
美男美女わが手に描く街の景冒すことなき性を与へて
常に死と共に生きこし青春の望郷の詩あり呪《じゅ》のごとくなほ
顔もたぬサモトラケのニケ大理石《マーブル》のうすき裳ゆらぐ海の微風《そよかぜ》
空に見し夜明けの雲の美しきかしこに地に住むひとの夢あり

はれやかに人に対《むか》へりうちふかきかなしみは胸にひそかに措《お》きて
美しく心の襞に折りたたみ再び開かぬ檜扇のゆめ
愕かぬ寂けき面輪にいたるもの染《し》みくるふかきかなしみのいろ
昇華――一九七〇年十一月二十五日　三島由紀夫氏自決
彗星ははかなく消えぬ目の奥にあつき炎の光のこして
晰らかなる時の裂け目に一瞬のいのち昇華の火の花を見つ
いさぎよく花の散る期にみつめたる光のまなこ還ることなし
堪へがたき寂しさにをり胸の奥に壊れたる虹をひとりつなぎて
霜月に果てし火の華流しやる久遠なる歴史の流れの方へ
惜しめどもきこえむ方なし滔々と音たてて流るるかなしみの河
天高く澄む日の高き深処より駿馬よいまも嘶くきこゆ
美しき光の海に鏤めしこころきらめきて還る日待たむ
ますらをは悲しと言はじ転生のとき至るまで国を憂ふる
おそるるものすでにあらじと霜庭にわが見据たり冬薔薇の紅
川端康成先生の死――一九七二年四月十七日
卯月半しづかにひとり逝きませる〝雪国〟の著者がえらびし終焉《をはり》

終焉のことひそかにもおん胸にありしと思ふ折々の眸に
おのづから筆に生きこしひとの道かくあることを美しとせむ
何ゆゑと問ふこと勿れ天杳く旅ゆきませしみ心ひとつ
乱れなく逝きせましことのあとを知り七十二年の豊けさを哭く
年々にかなしみふかくなりゆくと〝かの子〟の歌の稿のよろしき
八重桜筆につくせし生涯の鎌倉の庭に春を重たく

古都の冬――一九七二年十二月　京都及び石山寺にて

仙洞の御所のみ庭に冬を来て草紙洗ひの物語きく
紅葉山に敷きたるもみぢかたぶきし光に映ゆる池水の上
古池《こち》の山吹黄葉はかなき色見えて阿古瀬が潭《ふち》の水幽き冬
南庭に住みける貴人世をへだて歌詠む日々に何思はしけむ
鬼よけの海桐花《とべら》の朱実はじけたる束橋の際にたぢろぐおもひ
石山寺紅葉あかるき欄干にはるかに鳰の湖光る見ゆ
いまの世に光源氏も紫女もなく勅封秘仏石に鎮もる
おみくじの大吉を手に故郷の石山寺に涙おぼゆる
誰か知る紫草の咲きみちてあかねさしたる春の蒲生野

皇子山ふるき都は名のみにて幻に追ふ君が標野を

修学院

楽只軒《らくし》に千両の実の丹冴えて石廊を踏む足冷ゆるまで

御修法の寒きことなど語られて罷りて帰る冬の客殿

修学院御茶屋につづく松並木刈田の道に仰ぐ北山

運命の河の流れに喘ぎ咲く一輪の花に重ぬる神話

反魂草

網走の湖のま上にをののきて見上げたる星闇にしとどなり

流氓の民のこころに似る涙まことさみしき北海《きたうみ》の貌

オホーツクの海結氷の日を思ふ流鳥いづれの波に還るや

網走の海流鳥のくろき翳神の置きたる帽子岩越ゆ

鮮黄に原野を占むる反魂草花奔放の北国の夏

いつか野を領して咲けり反魂草帰化植物の黄のあざらけく

亡びたる民族ありき北辺の水のほとりの白き貝塚

石狩の野

夕ぐれのサビタの花はほのしろくさみしき人のほほゑみに似る

羅浮仙

崖に咲くサビタの花はそこはかと寄る黄昏にうすあかりして
石狩平野のサイロの屋根の上空を鳴き帰る鳥夕陽を浴びて
稲田すこし暗くなりゆくひとすぢの川の流れの水明りして
ゆゑしらぬ涙怺へてゐたりわれ牧野を遠く今日の陽は落つ
まどろみし夜汽車に雨の音を聞く石狩川は夕べ光りゐし
北の旅紅葉もゆるとき胸疼《いた》し夜の摩周湖のあはき月光
黒き牛の群れを吹く風澄む秋に釧路を指して屈斜路をゆく
君が言ひし蛇の腰かけ蝦夷にゆうの白き花牧野をめぐりて咲けり
藻岩山浜なすの花咲きてをり原生林より青き風吹く（札幌）
倒影の樹林にかかる秋の雲当麻のダムの水にうつろふ
くれなゐの樹林を割きて銀河落つ飛瀑は秘むる蒼き水上（大雪山渓にて）

釧路——一九七二年七月

風冷ゆれば釧路は秋も近きよと花満目の中に言ひにき
たちこめて霧に降りたつ野も知れず鶴ならで人のたちまよふ空
銀色に光れる柳葉魚《ししゃも》の水揚げに群なして千鳥の鳴く釧路港
霧の夜の釧路の海の潮の香に思ひうかぶは薄命のひと

金色堂

中尊寺金色堂の内陣のそのひたむきの祈りのこころ
金色堂何の情念杉叢にみちのく武将が遺す廟屋
内陣の宝相華文つくづくと見上ぐれば疼《いた》しわが胸のうち
いのち短きひとのねむりの鎮りてひそめる久し光の堂宇
かろやかに迦陵頻迦の舞ひのぼる金の華鬘もうつつなきまで
杉叢の杉の雫に澄みてきく八百年の宗廟の史《ふみ》
遠く世の末を観じて建てしかな藤原父子のみちのくの廟
覆堂のうちにひそませ宗廟の極致が語ることばかなしき

北上川

多感なりしひと日の終り残照は北上川にたゆたひ消ゆる
渋民村静かに昏れて紺色の岩手山より夜気降《くだ》りくる
岩手山あした夕べに仰ぎみて君は烈しきひととなりしか
クローバーを摘み来ておきぬ歌碑のもと北上川の歌のみ霊に
青柳の繁りも見えず北上川岸辺流るる褐色の水
宮城野を流れて川は下りゆく昏迷の海へ千尋の底へ

羅浮仙

胸の中に今宵はためく赤き旗沈む夕陽の光吸ひしか
盛岡の菜園「ちゃぐちゃぐ馬っ子」にて酔ひたる青年の政治論きく
天上に影はうつろひ横笛《わうじやく》の一管の韻嚠喨として
岩手山昏れゆくときにあきらかに郭公鳴けり啄木の寺
砂あらし言ふべくもなく荒るるなりいのちと心の蒼き淵より
夏木立映して流るる広瀬川ひとところ淵なす碧潭の底
青葉城址青灰色のあぢさゐの咲きてうつろふ天上の影
地を覆ふごぜんたちばなの白き花瓔珞つつじの花散る下処（北大試験林にて）
奥入瀬の雲井の滝の落ちて散る清しき峡に光る木洩陽
瀬の音も滝のしぶきも胸に沁む思ひ及ばぬ水の清冽
迫り来て大河の淵のいざなへるものあり身ぬちしとど汗ばむ
祇園宵山――一九七一年八月
地がふふむ鬱情ひと夜極りて溢れしときに熱雷来たる
青の地球しとどに濡らし夜を統べる祭の場《には》にしのつく雷雨
夜の空に立ちてきらめく光の箭祇園宵山灯くらみたる
したたかにしぶける雷雨闇を裂き雷光《いなづま》に輝る霊峰比叡

一閃は闇を華麗に貫けり祭の街の天の霹靂

電線に碍子光れり熱雷のきらめきて去りし夜の往還

旅　四首

朴の花白きが匂ひ花開く言はむかたなき水無月の峡《かひ》（保津峡にて）

密林の若葉沼杉まぼろしに千羽の小鳥羽毛を散らす（明徳農場にて）

干草をあたたかく掌に示すひと受けて香に嗅ぐ午のおもひを（北海道江別で）

ほとほととえご花零す林いでて湖の砂汀にきく神の詩
（箱根樹木園より湖の砂汀に出で実朝の芦の湖の歌を思ひ出づ）

慶州の春

空を指すイタリアポプラに鵲の巣をかぞへゆく慶州の春

鵲の霜おく秋を語りたる秘苑の君は王族の末裔《すゑ》

雲の上に光をおかぬ今の世に秘苑の甍の反りを見上ぐる（ソールの秘苑で二首）

マカオの夜

サン・マロの夜の雑踏にまぎれ入りマンゴー売りの声にたじろぐ

リスボンのカジノに遊びし夜の更けにマカオ・ボーイの軽き日本語

ルーレット静かに廻る卓にゐて心かすかに眩暈に落つ

冬旅

山も雲も心の底に沈みゆき上空は澄む青き刻限

顧みる何の悟性か逍遥の森はもえゆく夕空の下

ヴィケランド公園の冬底冷ゆる裸木の杪の一羽の鴉

昇りゆく伽藍のテラス天を降る奇蹟のこゑを聞きにたらずや

鎮まれる石棺くらき内陣に死者も生者もひとしかる闇

凜々と乖離のひびき空井戸の底よりしきり這ひのぼりくる

ひとひらの枯葉重たし夜のくだち地底にひそみ歔《すすりな》くこゑ

潔くいのち捨てむか粉雪のかぎりなく積む底につめたく

地獄門ロダンの庭にまざまざと氷雨降る日に来て嘆きたり

いつの日に誰が発掘す地下墓地《カタコンブ》わが美しき愛のむくろを

デルフの山（ギリシャ）

しづかなるデルフの山に鳥啼けり神話の中より聞こえくるらし

古きギリシャのデルフの山の石に居て雲雀をききぬ松風の中

アポロンの神はいづくぞ年古りしギリシャの青き天にたづぬる

イスタンブール

イスタンブールの港の夕べ衆目の中歩み身の細るおもひす

青きモスケのモザイクの像幻のひとりに似ればトルコかなしき

火の島（ストロンボリ）

宿命の重きおもひを抱きゆくイスタンブールを出でし船脚

再びは在り得ずと思へり海の朝火の島ストロンボリ迫りくる

夜の海にあけの火柱たつ島をおもひみるだに心燃えゆく

おぼつかなく上甲板に佇立してストロンボリ火の島あつく見送る

地中海船旅（仏ルネッサンス号船上にて）

吹く風に額上げてわが佇つ船首心しばしはサモトラケのニケ

空洞の胸吹きわたる青き風波いく尋の洋のかぎりを

万斛の涙か辛き昏冥の底知りがたき夕凪の海

漾《たがよ》へる青き波追ふ海の鳥われの心を今日はさまよふ

眉に似る黒き島ありエーゲ海逆光の海夕べ湛碧

かなしみの幾重の波間いのちいまやさしく光る青き地中海

朝のデッキに「雪国」一冊示したるフランスの人あり青き地中海

川端はなぜ死にしかと問はれたり日本人われの心もともに
波に散るは何の涙か想念のゆらぎてわれを過ぎゆけるもの
ふりさけて空を仰げば紺碧の疑ふ余地なき天の底見ゆ
海豚ゆくと指す人のあり地中海われ若かりし日の遠き波間を
いまわれの青き時刻を悄然とデッキにあれば波に捕られむ
旅はいま波にいく日甲板に掌をあげて呼ぶ船尾のかもめ
かもめ鳥汝れもかなしき波の鳥心漾ひ鳴くわれに似る

ストラスブルク――一九六八年九月

ふかみゆく秋空にたつ風見鶏アルザス地方の古りし教会
アルザスの昼の食事のシュークルート巴里にも遠しとひとり思へり
風見鶏秋雨の空に濡れて立つわが哀愁のストラスブルク
ライン河の橋を渡れば独逸領小雨に濡るる税関の旗
秋雨の独逸の村に鐘をきく巴里に帰らむ時思ひつつ
白き十字のスイスの国旗掲げゆくラインを遠く運ぶ荷の船
おもむろに雲流れゆく国境のラインの水にわが流す花
かなしみが胸に韻けりサン・ピエールながく夕べの鐘を鳴らせる

サン・ピエールの鐘鳴りつづく夕空にサソリ座の星見てゐる風見
雨となる夜行列車に異国《こと》の駅の灯火をさみしく見入る

チューリッヒ湖畔で

赤き風車人なき釣舟に回りゐるを暁ひとり湖に見てをり
振りすてて来しものひとりかなしくて生くるこころのすでに重たく
ザルツブルクにモーツァルトの家訪ひし日も雨降りてをり雨はかなしき
湖のややに明けゆく暁の水面にゆらぐ影におびゆる

フォンテンブローの森

光こぼれ幹明暗の韻して森は奏づる天上の秋
偉いなる人ありかつてこの森に狩して遊ぶ帝王の日を
身の丈に及ぶ群生歯朶の中風より杳けきものの音きく
シャテンヌの落葉を踏みて森ふかく入りゆくときのひそけき懼れ
空展け岩に苔むす丘に出づかなしみ罩めてヒースを摘めり
むらさきのブリュイエールの花摘みて思ふはもえし夢ありしこと
フォンテンブローの森ふかみゆく秋の色言葉あふるる樹々も私も

ブルターニュ――一九七〇年

言葉みな脱落しはじむ雲を抜け翔ぶ機上なるセンチメンタル
ブルターニュの旅に拾ひし浜の貝かそけきを包む白きハンカチ
ブルターニュアベンの川の水車小舎に昼を流るる川の音きく
仕合わせを祈らむ人あれば野の隅のシャベル・ド・トレマロにしばし祈念す
かもめ飛ぶペンラン岬の春の潮海藻か波に黒くたゆたふ
ブルターニュ黄の桜草野に咲けるベルナード・パラの愛の森ちかく
晒らされし巻貝いくつ掌にのせて失ひし時をとほく想へり
渡し舟こぎよる時に見まはせば乗り手はわれと黒衣の二人
釣り上げし魚を買へる村人に混りて村のしきたりを聞く
ドルメンのはるけき歴史を想ひつつ古りたる石にあつく掌を措く（ドルメン・石器時代の巨大石卓）
尽くるなき日月の想ひいつしかに石のごとくに土に黙すや

カルトハ僧院（マジョリカ島にて）一九六九年

心疲れ異国にひとり訪ふ寺にはげしき恋の物語きく
のこされしショパンのピアノに朝毎に花摘みて置く僧院の尼
マジョリカのふるき城阯陽の中にクレマチスむらがり咲けるがかなし

肌黒き青年花の門に佇ち手折りてくれし高き木の花
花のいろ美しければ献じたり聖母マリアの像のおん手に
地中海に生れしゆめを薫らすと花作りせるひとに会ひたり

フォルメントル（マジョリカ島）

島かげより遠く通へる船ひとつ水脈ひと筋ながくひきゆく
白き船あしたの海に碇泊すわれは帰らむ国さへ知らず
旅人か青年ひとり岩鼻にギターを弾きをり青き島かげ
この島に生れ死ぬるも人の生陽のま下ただに青き潮波

バルセロナ

昼日照りグエル公園のモザイクのベンチに灼かる身も魂も
深碧の空たへがたき昼日中バルセロナの人ら午睡の時間
燃えつきし灰のごとしと絶望を書きし人あり空蒼かりき
バルセロナの旅のかなしさいのち溢れてききたるサバトの夜の竪琴
タホ川の水に流しぬ旅の身に重く抱へきし一束の花

羈孤

雲湧きて雲散りて天上皓月のかなた明けゆく北国地平（アラスカの上空）

羅浮仙

仰ぎ見るマッキンレイの雪の嶺何に重ぬる執念の旅
エメラルドの光彩放つ氷河あり冷たき質にひそむ慟哭
あはれ地表何の悶えかオーロラを旅の夜空に見てよりかなし（北極上空）
北の極翔ぶとき窓にねむらざるわがたかぶりをうつす極光
やうやくに空澄む天の気節なり星流るるを羈孤の目にとむ
星流れいくつが消えし北の空宙《そら》にもはぐれゆくものがあり

解説　現し身の夢

今の世に生きて歌を詠むとは、どういうことなのかと幾度か問うてみる。

いとどしく歌詠むこころ育てたる母の国この愛しき日本
明日もまたこの島国に生れむか海に抱かれ異《こと》国を恋ひ

もののあわれを生きる伝統は、ひとりの女人にとってかけがえのない運命でもあった。芸術作品としての出来ばえよりも、一回限りの生命の光芒を、ことばとして生きているかどうかを自ら問いつづける。ことばもいのちも商品化しいくらでも買える便利な今日、歌を詠むことの困難に醒めていなければならぬ。とりわけたぐい稀れな美しい女人が、老境に入って己れの生の深処を見凝めるとき、なべての現し世は幻にすぎなくなる。

暁天のふかき寂けさにひとり居り紛るる方もなく今を生く
とどろかむ胸いまはなくなつかしむいのちに代へむとせしも夢かと

羅浮仙

葩びらのいく重のうちに花の香をたづねあぐねしのちの寂莫
夕雲の朱に染まりゆく日の終りわが吹く笛は山河杳《はる》けく
寥々と後夜吹き過ぐる風ありて湖より潭《ふか》きねむりにさそふ

あきらかにこれらの歌には、大伴道子のしらべがある。心と詞が一つになる世界をさぐりあてている。それはなにか豊饒な孤独ともいうべき場所においてである。

歌集『羅浮仙』の世界は、夢ときわめて昵懇である。「おぼろ夜のゆめの一生かうつそみの何かはかほる白梅のはな」という序歌が、この一巻の思いを言いつくしている。

うるはしくこの世ならざる夢を見き醒むれば冷たし花の雫
見しゆめのつらつらかなし恋ひ侘びて逢はず過ぎにしひと美しく
つぶさには何語りしか覚めてのちかなしみは秋の深さにしみぬ
燦々と天の光の降る朝にわが片耳は音を失ふ
あふれたる光の山の雪無涯白き鹿などわれをいざなへ

こうした夢とうつつの境いに、女人の祈りのきらめきを聴くことができる。

思えば、この国の文学の伝統において、夢は、身を浄め苦しみ祈ることによってはじめて授けられるものであった。私の近くの吉野水分社《みくまり》は、子守社《こもり》でもあった。女人の参籠した社をおもわせる。たぐいなき女神玉依姫が祀られている。こもりくの泊瀬なる長谷寺の観音は、『蜻蛉日記』や『更級日記』や『伊勢物語』によって、夢さずけの観音としてよく知られるところである。

この歌集のもう一つの主題が、母なる愛しみの歌であることも、この夢の話と決して無縁ではない。詩人辻井喬と妹邦子に贈る母の歌に、力づよい響きのこもっているのを、かりそめのものとは思わないのである。

秋立ちぬ空に草野に君が辺に生きて死にゆくもののこころに
山しろ菊さやかに咲きぬ切なさの露ふみ渉る山は秋風

ここまで書いてきて、私は歳晩の空を長く眺めていた。岩のような雪雲が檜山にのしかかり、朝からじっと動こうとしなかった。夕暮近くなって急に臙脂に炎えたが、それから間もなく雪がふりはじめた。雪を見ながら、今読んだばかりの次の一首をなまなましく思い出していた。

一途なる雪の降りざま人もかくひたすらにものを言ふすべなきか

つねに内省の態度をもち、己れにきびしい著者は、やがて一期一会とも言うべき歌の気息を会得されるだろう。今のところ詠み捨てた歌が多く、言語を抽象的な観念のままに用いたところも少なくないが、やがて克服されるだろう。

こなごなに砕けしグラス形象を失ひてのち返すかがやき

ともうたっているように、安易な歌ごころにたわむれ、そこに憩う人ではないからである。こなごなに砕け、なべての形象を失ってのちに、歌のしらべはかがやくのであろう。大伴道子の歌の、丈高い古風な気品を大切に思うものである。願くば、風景の奥処にひとたび一切を投げ出してしまう素心を学ばれんことを。

一九七四年師走　吉野清水庵にて

前　登　志　夫

あとがき

思えば、少女期から、詩や短歌を書きはじめて、やがて全く、文学とか短歌などという世界とは無縁に生きねばならない境涯に入った。家の中で歌を詠み本を読む事などは、想像も出来ない厳しい家で、多くの家の子郎党たちを抱えた多忙な日常生活の中で、然しなおかつ人目をしのんで詠んだ私の歌は、常に発覚したらすべては破滅という覚悟の上のものであった。

だから常にぎりぎりのところで、どうしても詠まずにはいられない魂の叫びのようなものを記しつづけて来た。ひたすらに現実から乖離したところで、純粋な芸術への憧れを燃やしたのである。それが過去四十年の私の作歌の歴史であった。だから殆ど世の短歌の世界とも無縁の所で生きて来た。ひたすらに自分の名を匿して。

そもそも言葉の美しさに魅せられて韻文の世界に足を踏み入れ、飛花落葉のはかなさに人生のむなしさを知り、現実の虚構に激しい反抗を抱き、短歌一つにすがって生を支えて来た私に、短歌は生命の外の何ものでもなかった。

八十歳になるまで、常に三十歳の青年である事をねがった或る西欧の作家のように、私も常に燃えさかる火を持って生きて来た。

羅浮仙

かつて昔、歌とはそうしたものであったと思う。身も心も日常の雑事の中に見失ってはならなかった。それはそれとして全力を尽し、なおかつ自我の本質を自身で見極めたかった。それには自分自身を師として学び、自身と戦うより道はなかった。

それに、歌以外に私は自分の血で贖えるものを持っていなかった。歌は私の唯一のものであり、心の避難処でもあった。それ程私の生きて来た環境は、修羅そのものであった。

ここで私は人間の孤独を徹底して体験し、心にふかく自覚した。〝女は三界に家なし〟と昔の人の訓えたその言葉のふかさを、痛い程味わったのである。

その頃、鉄の鎖で繋がれているような現実の私は、然し心で天界に遊ぶ事をおぼえた。涙を栄養として心をまもる術を歌に持ったのである。泥池の中に開く白蓮の花の潔さに心を托した。汚濁に染まらない心の歌によって生きる事を定めたのである。だから日常の事は一切詠まなかった。

私の心の中に、常に師とも恋人ともして存在したのは釈迦である。それは正覚者としての仏ではなく、悩み多い青年沙門の釈迦、遍歴者として、林苑をさまよう一人の人間としての釈迦に憧れた。身に襤褸をまとい、食を乞いながら、心に清冽な流れをもち、高い憧れの心と、自我と、ふかい懐疑とを抱く彷徨う人、雲に語り、水の流れにおしえを聞く純粋者、詩人としての釈迦である。その人が生から死への遍歴の途次、常にのこした詩句が私の師であった。

表題の〝羅浮仙〟は、歌を按じつつ眼鏡を持ったまま眠ってしまった或る日、その味爽に、一枝の梅の花をしっかり握りしめている夢を見た。〝庭に咲いていたのは紅梅でしたよ、これは白い梅ね〟と誰かに話したところで目が覚めた。右手にしっかり握りしめていたのは眼鏡であった。この梅の夢で、私は〝羅浮仙〟を思い出した。

〝羅浮仙〟は中国・隋の国（五八九—六一八）、趙師雄が羅浮山に遊び、立寄った林間の料亭で、夕靄の中で美しい婦人が羅の衣をまとい、芳香を漂わせて師雄を招いたのに誘われ、酒を酌み交して杯を重ねるうちにいつか酔い伏してしまった。夜明けの冷気に目を覚すと、美人の姿はなく、身は梅花香る樹のもとに在った。美人は梅の精であった、という故事による。

またこの羅浮仙の姿が、私に額田王を髣髴とさせた。ある夜、騎馬の貴人に誘われて、梅林の闇にうつつの夢をみた額田王に通う思いも私にはあって、この集の題とした。

扉と函の絵は、小林古径画伯の筆に成った〝羅浮仙〟一双の屛風絵である。

はじめ、あとがきは書かないつもりであったが、思潮社の小田久郎氏から、「あった方がよいでしょう」と言われて書く事になった。

この歌集は、一九六八年から一九七四年までのものの中から、約五百三十首を撰んだ。〝羅浮仙〟は私の第六番目の歌集である。

この集のために、前登志夫氏より、ご多用の中から、解説をお書き頂きました事を、ふかく感謝いたします。

また、思潮社社長小田久郎氏をはじめ、社の方々に大変お世話になりました。ここに厚くお礼を申し述べます。

一九七五年春日

大伴道子

たれゆゑに

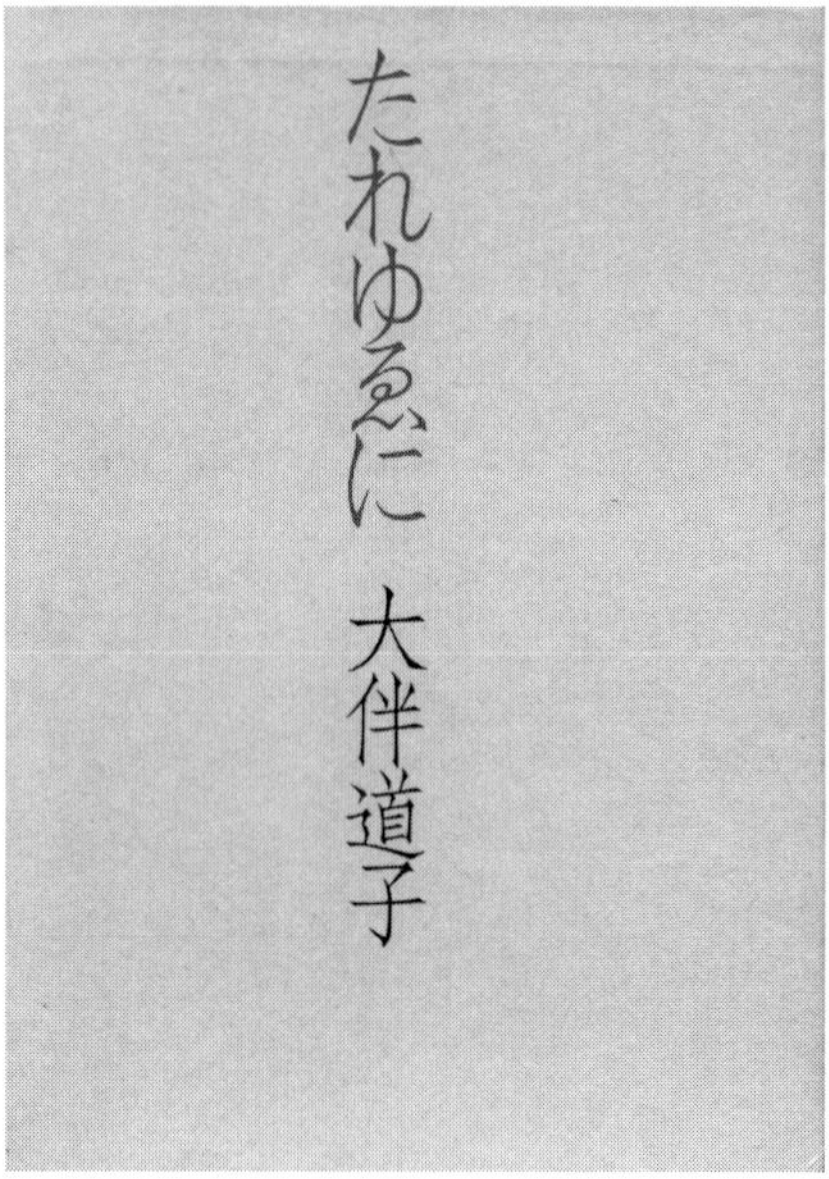

第七歌集　五〇三首収録
一九七八年六月二十日
思潮社刊
菊判型貼函付　二七四頁
装画　岩田栄吉

陽炎

おもへただすぐればきゆるかげろふのはるのあはれにみつるおもひを

華鬘草ほのかに紅の花ゆらぎ若葉の風の胸に匂へる
花ひとつ咲く重たさに影しなふ椿くれなゐ沈むこころに
花水木晶々と照る夕昃りいまだかたへに光湛へて
のこるもの僅かになりぬ陽にかざす掌にうつろへり早春の雲
花の香をしばしがほどはとどめむとのこし来し花にほふばかりに
芽ぶきたる落葉松林こまやかに丁子桜の花がけぶれる
早春の雨に濡れたる裸木にしばしかそけく啼ける鳥あり
いく度か辛夷の花の空に咲く実らぬ花をひた零しつつ
いたづらに春は嗟きの身にぞ経ぬふりしよいのち白梅の花

さくら花今日爛漫の春にしてその下蔭にひそめるおもひ
涸谷の馬酔木の花のしらしらと花房垂るる蒼き石蔭《いはかげ》
燭台に灯ともす夕べ食卓に蘭花ひとつが咲けるしづけさ
呼子鳥汝が啼くからにかなしくて山藤こぼるる径さまよへり
有明の窓に来て啼く鶯よここにいく日啼き過すとや
地を這ひて浅間朝霧消えのぼるそのきぬぎぬを啼き交す鳥
透明に郭公のこゑうち韻くあしたは胸の裂くる思ひよ
鳥啼くを聞く人もなき山昏れて哭くべく生くるここに独りの
寂々のわが白き幹に啄木鳥《けら》は来て鋭き嘴に穴うがちゆく
一本の樹の抵抗の姿見ゆ風の中なる喬木の梢
雨の音か夜鷹か山はふかく更け鋭きしじまの底暗き闇
篠竹にしのびてからみ咲く花の定家かづらのたぐひなき香よ
野ばら白く花ふりこぼす雨後の山紅さす蕾に明日待つおもひ
朝の畠にレタス一株切りとればしたたりこぼる乳白の汁
腐植せる落葉堆肥をしとねとし兜虫幼虫ぬくぬく育つ
間近くも慈悲心鳥の啼く聞けばわが身支ふることばすら莫《な》し

慈悲心鳥啼くや東雲《しののめ》しのび這ふほの紫の明けのうす靄

桐の花うす紫に咲きのぼる野路の夕ぐれ母なるひとよ

単線の鉄橋架かれりたどり来し思はぬ峡の水碧き川

白木蓮の大樹年々の花咲けりいつの日氷る花かと見上ぐ

花の空ゆき過ぎがてに白き雲後あることをいまは思はず

白樺のこまやかに若き樹林ありひそかに碧き湖をかこめる

橋を越えりんご花咲く里過ぎてゆけば雪見ゆ八ケ岳見ゆ

切株に降りたつ懸巣あざやかにわが前にたたむ青き翼を

ひとふりの冴えし刃物を見る如し鋭く首をあぐる懸巣よ

執着の何ひとつなき地上より翔びたちゆくか鳥を見送る

若緑風にさゆらぐしもつけの栃もわが身も風のたまゆら

山の辺の流れの碧き水の岸しばしみどりの風のゆく方

野菫のむらさき小草避けゆけば猫の目草の黄のをちこちに

猫の目草闇に光れるものの目の光日蔭の苔に咲く花

山の雨嫩きみどりに降り零れ鹿の子楓の葉も満ちてゆく

信濃路にりんご花咲く四月尽遠山脈はいまだましろき

山遠く何呼ぶ鳥か陽は澄みて姫やしやぶしの林も芽ぶく
あけぼののほのかに白む寂寥にけふのいのちの風音のする
欠落のこと多かりしこの春も万朶の花に及ばざりしを
吹く風にいさぎよきまで散る桜花花のことばか白く流るる
長啼けるこゑきく朝の呼子鳥われをとどめて何言はむとす
くり返す人と人との相剋に春はもやさしき花咲き満たす
愛憎もこころに戻る疑ひも春はもの憂き告白に似る
連翹の黄のうつろひを目に追へば春はさだかに歩み来るなり
山吹のしだれ枝細き黄の花にかなしみゆらぐ花のきりぎし
虚空より光零れて地に咲ける花の秘めごといま美しき
花のにほひかそけく闇にゆれうごく誰ぞ小賀玉の香を盗みたる
つつじ咲く野を鳴き渉る呼子鳥白樺を吹く風の山みち
いちにんに心傾けよる事もなき世に在りて火の浅間嶺よ
夏椿秀枝に高く花開き汚れなきまでに白匂ふ朝
水色に花色ふかむ紫陽花の濡れて咲く日を冷え冷えと住む
崩るればくづれし花のはなびらの敷きたる上に露は措くなり

山鳥の呼ぶこゑありて曙の林白描のやさしさに醒む
澄みとほる山鶯よかなしみの胸つき上げて朝は明けゆく
いく度か独りきくべく山に来ぬ明けそむる林のかつこうの声
思ほへば心ひそけし生きなづむいのちに灑ぐ水無月の雨
ひねもすを降りてまた熄む山の雨時鳥啼くこのたそがれに
夏の林むらさきの靄たちこめて幻に似る物の形象
夕雲は光に染まり朱金なす裂け目に天のふか藍のいろ
谷にむけ急降下する鳥のかげけさ三度われの目をおどろかす
杜鵑しじに啼くなり今日一日涙に林を濡らさむとすや
霧に咲くつばめおもとの白き花に何を問はれて居りし心か
わが胸の帳《とばり》ゆるがしちろちろと小鳥啼きいづ山の昧爽《よあけ》に
こま鳥の鳴くこゑ途切れ秀枝こぞりうねりてなびく五月嵐《メイストーム》
とりとめもなく思ひ居しが山鳥の啼く声ききて旅発たむとす
ヴァンセンヌの森の木立に言ひのこすわれの祖国はあやまり多き
山あぢさゐの白く咲きたる樹下の暗失はれずありき山の静寂
いともろきガラスの城を愛で住める女ひとりの春のたそがれ

歌ひとつにひたすら託すいつはらぬ意《こころ》といふもはかなきわざか
夜半に鳴る嵐にこころまかせつつかくやみがたく揺れくるおもひ
梔子の白き花咲く雨の朝いつはり難き香を放ちつつ
ひめやかに白つつましき沙羅の花触るれば零る朝の早きに
地の隅に生きてかなしき思ひごと重ねていつか四季移りゆく
みつめゐし暗緑の庭風ゆらぎ夜の底ふかく匂ふジャスミン
よべ胸に泛びて消えしよき言葉けさいちはつの花咲けばおもふ
のどかなる春光の中裂かれたるミモザは晒す蒼き傷痕
御陣屋の山に咲きたる藪椿くれなゐふかく胸に零るる
落椿ひとつを拾ふはるかなる春の霞のむらさきの空
しらしらと闇をへだてて廃墟あり椿のレイをつなげる少女
拙劣なる生きを歎けりあきらかに虚の花咲けり春の心に
ひたひたと氷の段を降りゆけば水よりふかし月底に冷ゆ
梨花白く闇に散りゆく春の庭無明長夜の孤影をさらす
ほとほとと己も知らぬ涙落つくるしきものに塗らる如月
明烏いつまで黒を着て啼くやうすくれなゐに花の咲く春

春の川ここ越えゆけばをち方は菜の花明り旅の蒲生野
やはらかき落葉の下のつゆじめり生れいでたる堅香子の花
早春にみもざ花咲き匂ひたつ子を抱く母のなみだあつめて
これやこの咲き揃へたる房並べ生倍子《きぶし》豆ぶし鈴振りならす
菜種づゆやるせなく降る朝の街心を濡らす訣れせりけり
麦秋の野に雨降ればやはらかくイエローブラウン視野にとけゆく
うつろひてゆくもののこゑ松風のことばか哀れ露かはかなく
しのびゆく志賀の山路を草枕野ざらしならぬ青き青山
故里の稲田の畦のれんげ草摘めば流れに蛙啼くなり
信長の兵火に失せし廃寺跡あらくさ中にゐますみ仏
廃菩提寺杣山みちに寂寥と血の閻魔王像反り身なるよし
淡海路を西に東に経めぐりぬ石走る水に憶ふ旅愁よ
ほととぎす老蘇の杜のいしぶみに宣長の歌あり春昏るるころ
故郷の老蘇の杜に遊ぶ子らつめ草つなぎレイ作りをり
蒲生野は目路の限りを霞みたり幻の花かつて咲きし野
三上山神降臨の大庭に香を漲らし椎の花咲く

新緑の御上神社の拝殿に宮司の語る火祭りの夜
石塔寺万のみ仏に雨降りて阿育《あしよか》王塔濡るる青山
八万四千石仏石塔笑へるも泣けるもいづれひた苔むしぬ
王山の雨に咲きゐし大でまりま白き花の露に冴えたり
寺庭の青葉の下場に清水湧きおたまじやくしの黒く遊べり
若楓陽にきらきらし五月晴流れに澄みて宮の走井
風薫る志賀の坂本神の杜日吉の宮居にゆめか覚めてか
白鬚の神のやしろの裏山路古墳をまつる祠ひそけし
比良山のなだりて落つる湖の岸古墳は暗く山荒れしまま
比良を過ぎ安曇《あど》の朽木の古街道興亡ふかくねむる森林
鳰の湖志賀の都もみいくさも語らねば寧けし渺茫の水
閼伽井屋の三井の霊泉《たまみづ》ほとほとと今も心に音幽かなり
鳶しきり水面を恋ひて舞ひ降るあしたの瀬田の青き漣
明けてゆく鳰の湖晴嵐のかなたはるけき歴史のゆくへ
かつてわが言はざりし言葉今もなほ春は陽炎のもゆるごとくに
とぎれたるままなる言葉いまもなほ比ぶものなきたゆたひの中

生きてゆくかなしみにまたも春は来てかの並木芽吹き人はうつろふ
荒磯の春の礁《いくり》の新若布わが掌のうちに波の音する
波を聴くさながらに遠く君をきくわが独りなる道の嶮岨に
墓山のみ手洗に濡るる雪柳見るひとなしに白く零るる
鎮りて十三年を経しみ霊ひと生きてくるしかり歴史よ
青鷺は落ちてねむりぬ睡蓮の池水蒼し空よりもなほ
碧落を恋ひてか雨に青ふかむ紫陽花のいろしたたるばかり
岩清水渇れず湧きいづるところより香にたち咲けり水仙の花
春やむかしむかしの花やゆめに似て今宵つめたく凍る風おと
いつよりか春の鏡は閉されて映しもあへぬ湖を抱く
磯鷸の遊ぶ渚に夕映えの消えなむとする空よいつまで
茎細く風にゆれつつ咲く花の華鬘草あり春のこころに

雪炎

いただきに雪炎あがるあさまねの夕かたまけて朱にもゆるなり

白雪の山巓に澄む青き空翔り昇らば青に染むらむ
栂一樹霧氷に光る吾妻《あがつま》の山に踏むなり正月の雪
白銀の霧氷の樹林きららなれば目を閉ぢてのぼるスキーヤーリフト
岳樺若木の幹のつややかにさすがに若し雪をはじける
雪も光も天より零れ降りしものあまねく光土にいつまで
精霊のいますと思へ対きて坐す浅間白雪貴き端正
冒してはならぬひとりの内側に佇みいたり雪白き山
冬草に氷の花咲けり霧ケ峯仰ぐ天上張りつめし青
雪炎はゆく手にたちぬしばらくはわれのこころも雪の保護色

たれゆゑに

燦々と光漲る山嶺の雪もろともにわれを吹く風
きららかに風雪を吹き風紋のゐがく斜面に声もなしわれ
烏羽玉の空より白く散る六花今宵は冰る月をこそ見め
六里ケ原青きはまりし空の下まことま白き雪の切なさ
頂にかすかに煙たつ山の浅間高きが今はかなしき
裸木は天に向き立つしきりにも歎きを告ぐる片おもひかな
形あるもの隠されて雪の原髣髴としてドクトル・ジバゴ
立ち枯れの栂の一樹によこざまに縋れる雪の危ふさ白く
涙垂り嬬恋の山にわがをれば何に覚めよとしきり吹雪ける
うちふかく火を抱く山にひかれゆく雪にま白し一本の道
白銀の剣秘めもつたのしさか革命の詩かく浄くあれ
ひたすらに重ねゆく雪こまやかに山はまさしく冬の思想
青ふかきあめのふかどよ降り零る雪こそ語れ冬物語
たちまちに吹雪けば視界無となりぬうす紗の簾のかなた幻
をしみなく一生尽せしわが瞋恚そのふかみほど山雪に満つ
一塊の雪をはつしと天に投ぐいのちよ燃えよ生きはつるまで

一枚の枯葉のこれる掌の上にあかつき寒きしじまが匂ふ
人往かぬ雪白き道白き杜信濃の冬の独りなる坐臥
百千の白き松明野を駆り白馬いななく関東平野（関東豪雪の日）
やよひなかば表日本を降り扃す深々《しん》と雪野の鎮魂歌
まろびつつ少年雪の野を来たる拒み得ぬもの目に溢れさせ
極まれるおもひに積める春雪に用なき詞埋めつくさむ
煌々と月照る夜の土低くかそかなり菊の香のただよへる
弥陀ケ原に来ませといひにし人は亡くいつの日か見む雪の雷鳥
ひしひしと心凍てゆく霜の夜星も涙のまたたきをする
昏昏《こんこん》と雪積む山にねむりたり醒むるもしらじ春の曙
一望の雪枯原は嬉々として光を返す春の讃歌を
いさぎよくいのちねむらむ沫雪の底にひそけくとけゆく思ひ
暁のいで湯の窓に声冴えてひと呼ぶ声あり深雪の宿
酒匂川越えて降り積む御殿場の霏々と舞ふ雪見て過ぐるなり
改まる年のはじめを山に来ていのちに仰ぐ雪の浅間嶺
正月の空青き山雪に凍て樹林は眠るゆめふかし冬

たれゆゑに

深沈と白に懐かれゐる山のふかきしじまに点す冬の灯
湿原へ降りゆく道も閉されて野のいきものも通はざる雪
わが湖よいつまで青く白樺の影に抱かれあるやあらずや
登り来て振り返る森の残雪のはざまに見ゆる春の山道
秀枝あからむ果樹園の背連《そびら》嶺は白く峨々たり忘れかねたり
湖と山み寺の志賀の初冬のひと日昏れたり深雪の朝
雪降るとききしばかりに伊吹山今日はも遠しふるさとの道
伊吹山近々と目に迫り来て冬田に寒くのこる小田かけ
美しきものみな隠る冬野原雪ひと色の訣れのことば
ずたずたに裂かれて醒むるあきらかに愛こそねむれクレヴァスの底
愛憎の切なき心あらためて思へと京の一夜雪降る（邦子と京に一夜を語る　六首）
その白き天の言葉よ夜もすがらふかくかたみの胸に積みたり
ひそかなる訣別を胸に抱き来し京の深雪空も嘆くか
鴨川も雪積む比叡も今日といふ悲哀の旅の竟の景色か
京の夜半天の落花は音もなく降りて積れり心に街に
絶望を言ふより虚しき胸を抱き雪見つめたり三条の橋

啜り泣く風の寒月おぼつかなく流されてゆく裸木の梢《うれ》
草丘にしらしら置ける春の雪何まではする漣のおと
鳥ゆけばそのゆく空の恋しさに思ひこがるる日を生きしかな
降りつもるあたらしき雪清ければやさしく踏めよ森の牡鹿よ
踏む霜によべの月影くだきゆくわれをはかなく過ぎゆけるもの
思はざる春雪降れり山の家あした疎林の白きにぎはひ
いまだ芽吹かぬ佐久の山里雪に明け林は小枝のレース編みたる
いちはやく降りこめられし山の雪に薪も尽きぬ何を燃やさむ
赤松の梢より雪のこぼれ落つ大き鳥ゐてゆさぶるらしき
雪靴の重き歩みを運ぶなりこまやかに春の雪降れる山
雉子二羽曠き雪野に遊べるをひとり見てをり片割れの月
あきらかに一夜空より使者ありてはだか樹に咲く今朝の氷《ひ》の花
あきらかに回帰のうたの聞えくる後夜しんしんと冒しゆく霜（巴里より一年の終りの便りあり）
花菫虚構の砦出でしよりのちは浄土かいばらの系譜
汝もまたエデンの園を夢見しか意馬心猿の衣をまとひて
生きてゆく世の重たさをうち嘆く終夜非情をうたふ噴水

つくづくと自我相剋を胸に見据ゑ苦悩を綴る巴里の独白
その父に背きて逃れゆきし巴里異国の夜半に覚めて書く文
流れゆくセーヌは言はずマロニエの裸木はうたふノエルの頌歌
闇はいま虚空の深さ底なしに落ちて通へり母娘相聞
優しさも凍りゆく巴里夜を冴えて幻に除夜の鐘を聴くてふ

草枕

とどまらずかぜの浮雲秋の月なにをなみだのくさのまくらか

石柱に拝跪聖陵の文字を読み虔しみて登る秋の参道（京都・泉涌寺に詣でて）
泉涌寺み寺の奥のみ陵の鎮まれる山楓色づく
東山《とうぜん》の御香華院の静寂にゆかりのふかきおん方としばし
海会堂厚き黒扉《くろど》の内陣に御念持仏はひめやかに在り

月輪山御陵の山の鎮もりに鳴るは竹叢水落つる音
参り上る道にしづけし悲田院聖徳太子おん慈悲の寺
天寿国にみ霊は浄くいますらし曼荼羅図繡帳月満ちてをり（法隆寺内中宮寺）
如意輪観音半跏思惟仏美しき太子が彫りしおん母の像
中宮寺門跡が被布の紫のみ灯にはゆる御厨子の前
踏む草もいく年の土近江野は稲田満目豊穣の秋（近江に来て）
悲しみも嘆きも遠しひとり来て見返れば漠《ひろ》しふるさとの小田
木犀の花の香ただよふ古りし寺ひとを葬りの鐘鳴りわたる
またいつの日にか見るべき蒲生なるきみが菩提寺に咲く紫草《むらさき》を
紫草《むらさき》を名のみ知りしが告別の日野の大寺にひともとの秋
山深き当麻のダムはゆく人なくそぞろに咲けり蝦夷菊のはな（北海道に来て）
七かまどたわわに紅の実は熟れて石狩平野に秋満つるなり
抽んでてポプラ大樹は風の中一葉もなしに裸枝天を指す
若葉萌ゆ幻の宮趾紫香楽の昼餉の筵に匐ひのぼる蟻（一九七四年五月二十五日　近江路をゆく）
ひらきたる昼の弁当に松葉散りむかしのひとの夢の香のする
宮趾の松の芽だちのしんしんとこころむかしの静けさに染む

幻の宮趾の台地杳かなる礎石にかげる春の陽炎
山躑躅夢より淡き花の彩宮趾の杜に松蟬の啼く
紫香楽の名のみ遺りて静かなる礎石にしのぶ講堂伽藍
宮跡は黄瀬《きのせ》に近く雲井・勅旨ゆかしき駅の名をかぞへゆく
朝宮の古き茶処水清し大戸川瀬にたぎつ川音
玉桂寺槇の神樹は天平のみ代のこころをそのまま生きて
千年をいのち聳ゆる高野槇神樹の枝葉陽の方に伸ぶ
樹に凭れば昔しのばゆ石山の石段下り池の辺に出づ（石山寺）
杜はしづかに樹の香は満ちて胸ふかき思ひに仰ぐ喬木の花
瀬田川に兵鼓ひびきし壬申の乱を青嵐の彼方におもふ
たどりゆく百穴古墳乱れたる森林の中木洩日淡し
人麻呂の歌口ずさみ幻の大津京あと今日たづねゆく
榛木原古墳の石のかたはらの草紫陽花のうすきむらさき
末の世に問はむおもひもかなしみの深みに澄めり鳰の夕波
壬申の乱に亡びし杳かなる都のこゑを松風に聴く
美しく死になむ思ひ松の芽の匂ひたつ春の光れる山に

黙々と宮趾は松の風の中亡びたるものまた美しき
千年のながきねむりを掘られたる古窯の甍風に晒さる
出土せる古代の甍の蠍文人《さそりもん》はかなしみを彫りて亡びぬ
大津京趾しのびて歩む夏旱あぶら蟬鳴けり昧き梢に
物部川水上遠くたづねゆき韮生《にらふ》の峡に飛梅を見る（一九七四年十一月十九日　吉井勇忌・土佐）
渓鬼荘の囲炉裏に煤けし自在鉤勇忌の朝土佐晴れわたる
飛梅も御在所山の歌の碑も猪野々の峡の奥にひそけし
峡の道そぞろに歩みし師のすがた今戸翁が語ればかなし
落葉踏み峡を歩めりなつかしみ師を語る道に野路菊のはな
烏瓜紅く色づく峡の道韮生の山に師の跡を踏む
下り来て永瀬ダムより渓鬼荘返り見すれば小さき草屋根
祖谷渓のかづらの橋は渡り得ずこころをしじに水流れゆく
落人のかくれ里より流るるかかなしきまでに瀬音たつ川
土佐の海見つつ思へり波の底老いてひそかに入水《じゆすい》せしひと
うず潮の鳴門の渦に坐礁せる異国の船の錆びたるマスト
ボスフォラス海峡をゆく朝の凪トルコ青なる淼々の水（地中海船旅）

たれゆゑに

船室《キャビン》にて水葬の話聞きし夜漆黒の海に星かげ冷ゆる
航《ゆ》きしまま海遠波の彼方より還らざる船いつまでも待つ
波にきく夕べはかなき片便りこころ不明のやむときもなし
ミケランジェロ広場に立てりトスカナの野原の黄葉さえざえとして（フイレンチェ・コモ・ミラノにて）
フラ・アンジェリコの壁画も冷ゆる牢屋に似たる修道院の石廊かたし
足たゆくティチアーノの裸婦眺め居き秋ふかみゆくウフィッツィーにて
僧院の恋物語秋ふかきコモの湖畔の霧降る一夜
マジョーレ湖ほど遠からじと教へらるすでに模糊たりコモの朝霧
もみぢふかき館の庭の露じめる枯葉を拾ふ異邦人われ
トスカナの野に柿朱く実りをりポプラの黄葉の散る家の端
バジリカの鐘に目ざめて窓開く一樹だもなきパティオの窓を
さみしさを追ふ如く来て見上げたり北イタリアの冬の裸木
水も樹も幻の色湖をめぐり小高き丘の僧院を訪ふ
久しくも憧れつづけて来しコモ湖胸に刻むは何の幻
水深きコモの湖底に沈みしかうつそ身ひとつに憧れしもの
イタリアの秋はるばるとコモに来て楓もみぢの散りはつるまで

淡碧の水に影ゆれ思はざるしじまの中に傾ける湖（ブローニュの森にて）
沈黙の鏡にうつる水の面不動のそびら言葉失ふ
白鳥の水かきわくる湖はいま底知りがたきしじまにゆらぐ
漣は光のごとく瞠けば翅うち交す湖の白鳥
森をめぐる径いく条か夜霧降りはかなし人は水の上の月
失はれし時の中より金鈴の韻を聴けり天わたる鳥（北海道にて）
白き蝶漾々と舞ふひとすぢの月の光に憧れいでて
流れゆく月日の外に血をひそめ灯ともしつづけし蠍座の星
ひめやかに白檀の扇閉ざせども裹みかねたる香こそかなしき
星明りほのかに胸に抱きよせ待宵草は光りて咲けり
トラピストの神父時雨の食卓にとくとくと注ぐ生《き》の牛の乳
ターザンの木伝ひ来るやと思はるる太き樹の蔓垂るる密林（シンガポールにて）
なぜかくもいとしき思ひか仰ぎ見る高き樹の花密林の花
菩提樹のしげりに暗き道をゆくふかき樹の香のさそふかなしみ
常夏の島の緑に日本の心の貧をあばかれて居り
快くスコール過ぎし夕昏に菩提樹濡れてそよぐ街ゆく

たれゆゑに

国境のジョホール水道越えしとき心しくしく痛むおぼゆる
ニューカレドニア朝のヌメアの碕をゆく島をめぐれる群青の海《わた》（一九七五年一月　ニューカレドニアにて）
きららなし朝陽ほほゑむ青浪の寄せてあふるる胸の渚に
晴々と波に呼ばるる砂浜に打ちあげられし海松布《みるめ》がにほふ
一月の南の島の砂浜に泳ぎ忘れし人魚の嘆き
泡沫の波の渚に風化せし片割れ貝の白きかそけさ
灼くる陽に心もあつくいのち燃ゆこのひと時のかりそめの夏
オークランドの朝《あした》原野を駆りゆく風は放牧の羊を渉る（ニュージーランド）
鬣《たてがみ》の白き若駒牧《まき》遠く駆けりゆくなり妬ましきまで
追憶の橋のたもとに足をとむ吹き過ぐる風花の匂ひす（クライスト・チャーチ）
シドニーの港の岸にたゆげにも船がかりせる日本国漁船
フォート・デニスン流刑の島とききしとき故なく隠岐の島想ひ出づ
青波の青きが故にか思ひ揺れ悲しきまでに胸に沁みくる
おなじほど心わかちて訣れ来し異国《ことくに》の友月の澄む空
壊ちては愛鏤めし白屋の窓に月差す秋は清しく
生き堪へて花の面を見する日も冷えびえと月は半面の闇

女ひとり日々をひしめく煉獄の道に世才のたけゆくあはれ
晒されし巻貝ひとつ月の夜は時失ひしすがしさがあり
覓めゆく日も月もなき遠方に澄みわたりたる天の薔薇窓
青鷺は朝毎に来て環礁の魚を漁れり長き嘴して（一九七五年一月　タヒチにて）
花多く咲けるタヒチの島の子らスコールに濡れて嬉々と遊べる
コーヒーの実れる草地峡の道仰ぐ木の間ゆ高き滝落つ
枝に吊せし魚の連は陽に光り子供らは売るポワソンポワソン
明けの海タヒチの島の波の襞寄せくる見れば船通ふなり
人気なき朝の渚の青鷺にまがなしきまで空は明るし
生き死にのことおのづから忘れたりタヒチの島は青き環礁
椰子の実の音たてて落つるに愕けりポイント・ヴィーナス朝の散歩に
スコールに濡れてタヒチの娘らが売るマンゴーを買ふ車をとめて
少年がココ椰子の木に登りゆき割りてくれたる椰子の水飲む
くちなしかと問へば国花と娘言ふティアレ・タヒチ高く匂へり
オブジェのごとく月夜に影を置く家の形に知る風の村
（一九七六年六月　南仏　ラングドック地方ポートバルルカレス・ペルピニヤンに旅す）

かなしみをいかに歌はむ異国のブダウ畑を風吹きわたる
ミストラル吹く季節あり傾ける並木に風の方向を見る
国境ひここより先はスペインと言はれし夜の十五夜の月
遠山に靄かかりたり明日はまた風が生まれむ青き地中海
ピレネーの山ふかき峡に湧き出づる舌にしみゆく水の美味なる
風の村風にしなひて並木みな揃ひてかたぶく道を通へり
吹き寄する風が運べる漣に朝陽も追はれて渚に至る
フランボワーズの味なつかしみ風渉る光の渚に食ぶシャーベット
太平洋も大西洋も青かりきその海翔びて来しカタロニヤ
オートルートの光の道を走りゆくわれも車も緑にとけて（リヨン・グルノーブル）
あきらかに独りのわれを陽の下に思ふリヨンの野よ豊かなる
志すものありあつく鞭鳴れば駿馬走れり南フランス
見つめゆく一途の想ひ野は燃えてかなしみは若葉のごとく赫《かがや》く
グルノーブルの野の花咲けるレストウラン青き影おく庭の菩提樹《チオール》
幹太きチオールの木蔭青年が示す荷風の「ふらんす物語」
危ふくも登りし砦は閉されゐて野いばらの花白く匂へり

岩がくれ何の情念おのづから廃趾の砦に咲きひそむ花
風走るリヨンの広野岐れ路にローザンヌを指す白き標識
白き靴の爪先を草の黄にそめて帰り来しなりリヨンのホテル
コクリコの赤き花咲く白き丘青き海見ゆヴァレリーの墓（ヴァレリーの墓をセットに訪ふ）
遠く来ぬ岬の丘の白き墓地日ながら昼すぎ蜥蜴が遊ぶ
乾きたる土に咲く花アカンサス太き茎伸ぶ墓石のあひ
かがやける空の光と海の青五月の岬に時は静止す
ヴァレリーの墓に小さき花束を置きて思へり光のゆくへ

露の黄昏

まぼろしかうつつかおぼつかなく生きて久しき秋につゆの黄昏
わが日々にしとどに濡れて柿紅葉露にかがやくけさの秋冷

たれゆゑに

つげぬ間にうつろふ秋か露ふかく言葉ぞわれを散り零れつつ
虚しさは茜さす山昏るるまで秋蕭条とおもひを裹む
見返れば累々として山河ありいづちぞわれの思ひの樹海
初雪の浅間の山の目に澄みて落葉に埋む疎林しづけし
山冷えし一夜林は錦繡のいろこまやかに散り零れゆく
秋くればいのちの限り樹々もゆるわがくれなゐをここに尽して
渇きつつまどろみし夜はしんしんと土匂ふまでしろきつゆ霜
いとどしく胸かき乱す風のこゑくれなゐ染みし山に忘れむ
愛しみしひとつの果実熟れて落つ秋はさみしき音の澄むまで
ためらひもなく散る木の葉きはだてるうり肌楓の一樹すがしく
花ひとつ茎に澄むなり梅鉢草秋冷えてゆく山霧の中
身のめぐり戻るものなく天地の清しき風の吹き通ふなり
払暁の野の静謐にぬかづきぬ土に還さむ昨日のいたみは
十日月仰ぐもすずろ菊の花香のにじむまで露零れたる
風見鶏霧の中より現はれて鹿棲む山に風流れゆく（八ケ岳高原）
音もなく時雨灑ぎて団栗の実を運ぶものの小さき姿

この土にひとりのいのち亡ぶとも浅間の山よとことはに在れ
月の光踏みつつゆけり草の径川のたぎちの音にひかれて
鳥啼かずきちきち飛蝗草低くかくれてゆけり雲焼ける原
秋ふかむひとりの坐臥のすずしきあはれ漂ふ花の香のする
降りこぼる樹下黄金の花のいろ踏むによしなし丹桂の香の
土冷ゆるあした昃ろふ淡き陽に山茶花白く蹊にこぼるる
いかにしてあはれは告げむ冷えし掌の触るれば散れり山茶花の白
落葉松のもみぢするとき栗鼠の子は木伝ひ降らず鬱金の雫
露に濡れゆきたし細き草の径かならず秋にわが思ふこと
巴里に書く文北窓にしぐれ降り木犀ほのかに匂ひそめたり
君を遠く距ててもみぢの山に住む秋は散りゆくもののやさしさ
今宵いかに瞼を閉ぢむ秋冷の山しんしんとふかむしじまに
一粒の青き葡萄に触れし夜の月の光の細かりしかな
沐浴の朝の鏡に咲きこぼる花あり覚めてゆく窓の辺に
肌にしむうつつか淡きサボンの香身を泡沫《うたかた》の朝の浴室
失ひし恋の悲嘆に君が捨てしこの惑星にいつまでを居む

朝冷えの空におびゆる風のこゑ一樹の銀杏冴え冴えと散る
柿紅葉日に日に紅く散り零る声なくわれの心の上に
掠奪の少女に万朶の花は散り厳しき霜に菊は薫れり
祝ふことなかりしわれの旅の路野牡丹咲きて秋ふかくなる
飄々の風に叫べる裸木に星降るらしき光が流る
思ひ乱れ空つつぬけにゆく風の何の悲しみ吹く虎落笛
あくまでも女ひとりの負《ふ》と知れり修羅の扇にかげる春秋
いく度のわが挫折にも黄昏の山は匂へり茜さしつつ
彼岸花瞋りのほむら畦に咲く空に秋澄む風流れゆく
みのり田の畔に咲きたる彼岸花彼我をわかたぬ叫びの如く
神流川音なく流れ蚕を飼へる村の桑園朝陽きららに
朝つゆのおきたる畔に白鷺の一羽舞ひつつ降りたちまどふ
しとどなる白露の山に夏昏れて今日赤松の梢に澄む風
野ぼたんの紫冴ゆる朝じめりひと日の花の色のふかさよ
はかなきははかなさゆゑに捨てがたしわけてもふかきむらさきの花
この道は落花の道か火の道か生あれば尽きぬかなしみの道

裸木の梢に一羽の鴉啼き今日を終りの空焼くるまで
溢れゆく思ひぞしるき汝が便り切なく読みて黙すしばらく
（巴里より便りありて　十首　邦子へ）
いづくまでつづく阻しき道なるや空あかあかと傾く夕べ
重ねたる齢かがやくばかりにて風凄まじく空に冷えゆく
異国の砂丘に灯ともす白き船今日ミストラル吹くかかなしく（リディア号）
瞋りては己れひとつに鞭をあて日夜いのちの荒野を駆くる
カルズーのゑがける船の汝が姿ソレイユルバン海の日の出よ
しまひ得ず汝が手紙ながく机《き》に置きていく度か読みいく度か思ふ
ひと言の言葉に通ふ疼みをばいかにかたみの胸に束ねむ
ここにひとり汝《なれ》を待つ母ふるさとにゆめもかなしく木枯を聴く
春秋をいく度重ね来し旅路あはれと言へば露ふかき道
悲泣する風受けとめてゐると見し赤松の葉末にけさ光る露
瓦礫いま堆き地表水青き海といふさへ伝説に似る
吹き渉る秋風冷えて草茅のげにすがすがし亡びゆくもの
わが知らぬ遠き湖より返りくる冷語に似たる秋風の声
地の破局しづかに凝視《みつむ》る目かと思ふはかなきに照る今宵望月

あきらかに虚の韻あれば秋風の中に放たむ掌の中のこゑ
高原の芒の原の朝風にひそみて啼けるものの声聴く（山荘にて）
すがしさよ濡れて咲きたる山しろ菊まこと香にたつ秋となりぬる
後夜ひとり雨音しづかに樹々に鳴る山のこころをいま濡らしつつ
もみぢして山いつせいに華げりかかる終りを身に希はむか
明日わかぬいのちの思ひたまゆらのかなしみさへやひともとの花
千万のことばこまやかに金色の落葉松《からまつ》が土に零す哀楽
月光を身ながら透けるギヤマンの壺ひたすらに人を拒める
千度の火潜りていつか透明のげに薄く澄むギヤマンの壺
磨かれしギヤマンは無垢透明のかなしみは内も外もなく満つ
青波の恚れるときの月の夜の海の疼みをひそかに怕る
平らかに波ひきてゆく海の朝藻屑となさむ心もともに
ここをまたいつか捨てむとしきり想ふ花散るごとく瞿曇のごとく
秋たちぬ底なき空のかなたより風かよふなり胸に沁めよと
秋よ誰とがめはやらじおのづから露にまかせて散るも散らぬも
今日澄める楡の葉末をわたる風青きはやかに赤蜻蛉とぶ

あした咲き夕べにしぼむ紅芙蓉あはれはかなき花のうつろひ
何惜しむ昏れなづむ空の夕あかねあかずながむる今日の別れに
明けて昏るならひたがはむ世に生きてわがゆく空はいつの日の空
見おろせる湖くろぐろと闇に冷え草樹しきりに月光を吸ふ
道のはて近きと知れるいきもののまなこ澄むまで月は照らすや
大空へこころ切なく激つ夜は月見れば月へ羽搏かむとす
月光に脚を揃へて白き犬天翔る夜空へわれをいざなへ
霧笛ひびく夕べ釧路は肌寒く幻聴にきく海鳥のこゑ
落葉焚くあした煙のゆく方にひそかに託す胸のくれなゐ
しばらくは湖明暗の渦となりうつつの境に立迷ふ霧
ひそかなる言葉の交差屈折の思ひ危ふし夜の十字路
夜霧降る並木の道はかなしみは言はず出で来し灯の街は巴里
新月の糸より細きを山に見しその夜ききたる牡鹿鳴くこゑ
いつしかに凋落の山の奥ふかくかのいきものも隠りゆきたる
幻聴か山呼ぶ声あり山嶺の空澄む夕べの胸に韻きて
はるかなるわれの山河に薫りたる高樹の梢のいまも光れる

底昧き橄欖色の火口湖に沸々と地のこころは滾つ

ひつそりと光蘚苔《ごけ》ひかりぬ人の世の汚濁をよそに青き棲息

怕れつつみつめたる洞穴《ほら》の光蘚苔神がいとなむしづけさの奥

年久しく火の山恋ひて春秋に庵せりわれ浅間に近く

女われ火を噴くこともなく生きてけふ仰ぐ浅間に言ふことば莫《な》し

かの風の中なる声をきかずやと少女《をとめ》ごころに聞きしことばを

風すらも消ゆればあとなき絵空事ましてや過ぎし思ひひとつを

ハバロフスクより送られし絵を形身とし亡びぬゆめをたのみたりしよ

颯々と空に聴きたる松風に年経て零るおもひの涙

十三夜の月欄干に仰ぐなりわれには満つることなかりしよ

水浅黄ただに漠《ひろ》しと見し海のふかきかなしみ重ねたる色

ことごとく想ひを曝し軽ろやかにうりはだ楓散るがあはれさ

くれなゐはくれなゐ深くゆめふかくしきり散るなり秋のみ山に

さびしさのゆくへはいづこ夕千鳥一羽はぐれて浪にさまよふ

どよもして遠汐よする夜の渚いのちの声は波にのまれつ

仕合せに人ら生くるや水時計泛びて消えゆく束の間の秋

崩れ去りしもの多かりきこの年も秋となる日よ露しとどなり
舞ひ翻る銀杏もみぢに身をまかせ逝く秋の道つづけ銀河へ
幹黟き疎林に粉雪降りはじむおのづからなるものの謐けさ
裸木の梢こまやかに枝透しかたぶく西の空の夕映え
千曲川水上ふかき峡をゆく朽ち葉の色の陽にやはらかき
時雨来てしとど濡れたる山茶花のこぼるる径にもみぢあかるし
潔く裸木は土に冷えて立つなべてのものをふるい落して
捨てはてしものと思ふにしのびよる秋は心の底なる涙
金木犀香にたつときよ底しれぬおもひいつしか汝にかかはる
木枯のひと夜を吹きて荒るる野よ明日はも何のおもかげを見む
仄かにも昏れはじめたる高原の裸木にかかる新月の光《かげ》
駆けのぼる秋天高くペガサスの嘶けば海光を返す
憧れのこころ攫ひて天かけりゆきし駿馬よ還り来よ秋
昏れてゆく海はむらさき杳かなる想ひにめぐる独り住む秋
わがうちにいつより蒼き月明の海が澄むなり瞋りしづめて
ふりさけて仰げば浅間あかねさし吹く風見ゆる天辺の秋

たれゆゑに

すぎてゆくものの音聴こゆ北佐久の高原翔ける穂すすきの風
吾亦紅に野菊をそへて何を待つ夏すみやかに過ぎてゆきしよ
ゆくものの音さやけくも澄むあした残花山百合をしみなき香よ
生きながら思ふおもひは山時雨濡るる先なる白茅の野辺
あらぬ世へ思ひは亘《わた》る明け方のうれひたまゆらゆめかうつつか
そこはかと満ちゆく空の星月夜ひそかに愛のことばをなぞる
ひつそりと溢るるものを胸に懐き竟に地に咲く花のたぐひか
問はむ間もうつろふ没陽昃きてはや黄昏の身を裹むまで
何をわれに告げ来しものか風冷ゆる空の茜を航《わた》りくる雁
とどめむによしなき山の彼方なる茜染みたる空も想ひも
言はざりし想ひに露をおき添へて咲く野の菊の白すがしけれ
夜をこめて虫啼き競ふ地に低くはかなきいのち尽して露に
誰にとて余波《なごり》の花のひと本を手折りてしばし秋おそき庭
群れ遊ぶ椋鳥の背にはらはらと柿葉紅葉の散れば散りゆく
失ひしものはいくばく草枕茫々として露もいのちも
たれゆゑにこころしとどにしほるらむけふをち方に菊の香のする

あとがき

歌集「たれゆゑに」は私の七番目の歌集で「羅浮仙」以後　一九七四年から　一九七七年なかばまでのものの中から　約五百余首をえらび　集録いたしました。

はじめ四季にわけて整理して居りましたので　題名を「四季」としてみましたが気に入らず「たれゆゑに」といふ題になりました。この題名は　私がはじめての歌集を出しました時から　持ちつづけて居りましたもので　あれから二十五年　私の中で生きつづけて居りました。

「たれゆゑに」は　昔、あの「伊勢物語」を読みました時からはじめの「初冠して」の中の

春日野の若紫のすりごろもしのぶの乱れかぎりしられず

の歌の心を読み　ずつと私の中でひとつのテーマとしていきつづけて居りました。

たれゆゑに　四季それぞれに　愁ひつつ　疼みかなしみつつ　人生の大河を旅してゆく　その春秋の思ひを　嘆き　なつかしみながら　この一冊の歌集に編みました。

四季に大別して整理しましたので　四つの題にわけて　そのままあとは小題は付けずに　一首づつ独立し

て　全体をひとつの主題に結びつけてご覧頂くことにいたしました。
この歌集の扉に　偶然に七年ぶりに巴里から帰国して個展を開いた　岩田栄吉氏の「天球儀」の絵を頂くことが出来ました。これも長年の思ひのひとつでございました。
この度の本も　思潮社の小田久郎氏に　並々ならぬお世話になりました。

一九七七年霜月　古稀の日に

大伴道子

蕩漾の海

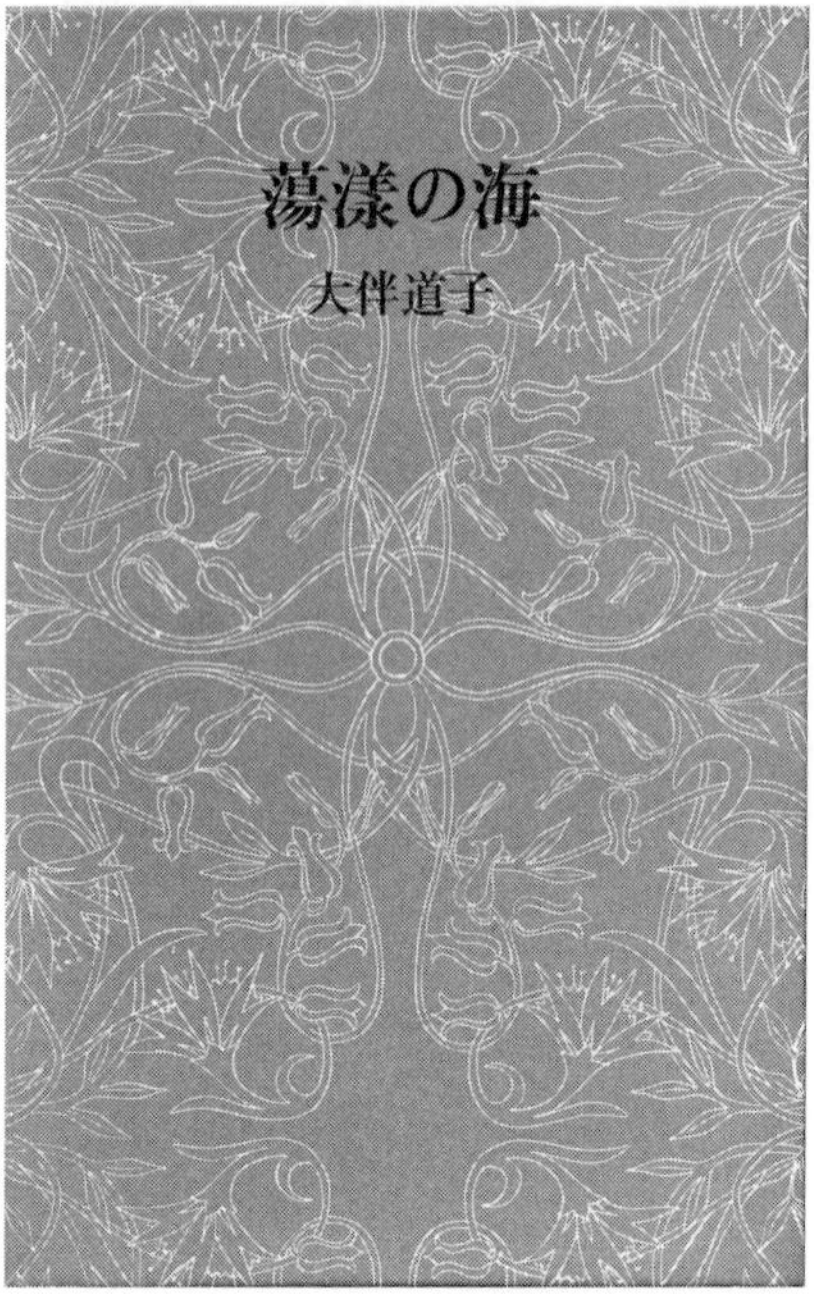

第八歌集　二四三首収録
一九八一年六月二十五日
書肆季節社刊
菊判変型貼函付　一五六頁
装幀　政田岑生

牧神の笛

もの思へば七曜にはかに過ぎ易しわが序破急の生の黄昏
Croissant《クロワッサン》売る店の主婦ローランサンの少女の帽子に花飾りやる
天に神飢ゑたるものの渇仰のイースター近し今宵満月
風荒れて黄塵舞へる夕ぐれを山河の傷に沈む日輪
石の床に木の椅子ひとつ部屋隅に司祭はともす銹びしキャンドル
天に風渇く如月この街に花ふり零《こぼ》す噴水のあれ
甦ることなき父よ夜の天《そら》に満ち虧《か》くる月あれば仰げる
祈らぬも祈るも戻りなき道の一樹樹液のしたたりやまず
如月の夕べ匂へる香に酔へばさやかに白ししら梅の花
げにひとの愛《を》しめばいのち草木の光みなぎる青山ただに
ほつほつに芽吹けるまゆみ偸安《とうあん》の春は来て啼くうそ鳥のこゑ

樹々の香のむせぶばかりの抱擁にとまどふ蝶の翅薄かりき
初蝶は舞ふすべ知らず春霞もゆる穂麦をわたる微風《そよかぜ》
燃えつづく思ひの花を胸にして羽搏く空のかのユートピア
菜畑の黄の花明りとまどひの蝶しばらくをうたたねの夢
菩提樹の花の香流れ麦青し沃野をひたす牧神の笛
ビストロに入りて飲みたる果実酒のグラスのかげのジュリアン・ソレル
往きしまま還らざる船この海の汐ことごとく干る日を待たむ
はてしらぬ海の墓原波千里ことばも夢もひと色の潮
くるしき事多き世に生き咲く花の匂ふがごとき旅をせりけり
母の国はるかに離《さか》り来て思ふ深くも人を愛し来し科《とが》

渇仰

重く実る垂穂の稲の黄金なし波うつ色や生駒路の秋

けふゆくは時空はるけき斑鳩《いかるが》の厩戸《うまやど》皇子駒馳せし道
斑鳩《いかるが》の上宮太子迷妄の世の道の上にたまふ念仏
世間虚仮《こけ》いましんしんと文明の渇きに滲み来太子のみ声
法隆寺はるけきみ代の雲杳《とほ》く今日わが問はむかなしみいくつ
天寿国ときくだにはるかいまもなほ精霊いまさむあめの遠方《をちかた》
何事かいのちの彼方寂として立たすみ影のほほゑみたまふ
うす暗きみ厨子わづかに開かれてみ仏ならぬ俗形《ぞくぎやう》の像
背骨を貫くばかり迫りくる秘仏観音まのあたり立つ
ことばなく八角円堂厨子の内闇にこころのまなこを凝す
胸に灼く秋の斑鳩夢殿の暗闇《くらみ》に立たす救世観音《くせくわんおん》よ
まろやかにおん掌《て》にかこひ給へるよ宝珠が秘むるは光か霊か
救世観音み胸のみ掌の印相をかげる微笑《みせう》と共に忘れぬ
御影堂《みえいだう》上界のごとくも謐《しづ》けくて生死《しやうじ》の外に満つるかなしみ
大悲救世尊あたかも女神丈高く立たす側面げに美しき
垂直の天衣《てんえ》のながれ裳の襞も内なるみ霊をまどかに裹む
宝冠を垂れたる長き瓔珞の動くと見れば笑みませるなり

切長のおん目に見つめ給へるよ世のもろもろの有《う》相《さう》無《む》相《さう》を

夢殿の屋根の宝珠にかよふらむ森羅万象声ことごとく

去りがてにいく度仰ぐ相輪にあかねさしそふ秋の西空

白鳳のみ代の声かと松を吹く生駒の風に耳澄ませ佇つ

聖徳を偲びまつれば斑鳩に釈迦牟尼仏の化身いませる

無《む》尽数《じんず》の過去怨念の彼方なる奈良法隆寺千万無量

彩雲

松に降る雪におもへり新古今萱斎院が初春の歌

雪よいざその純白のおごりもて降り敷きつめてよしばしを穢《ゑ》土《ど》に

喬木の秀《ほ》先《さき》に光る水の色天の湖白き帆のゆく

空にのみ結びし想ひ彩雲の消えたるはての幻ひとつ

薄明の光の中にもの想ふ春はあけぼのと言ひける人よ

えらびたる葡萄色《えびいろ》の服身にまとふわが氷月のひそかなる宴
むらさきの匂へる妹と詠みませし歌にいく世の夢を托して
風花の冷たき冬も憂き春も暗澹として歌は終らず
わが夢は一生《ひとよ》に尽きじ千年の樹齢重ねて咲く花を見む
戻し得ぬいのちの路程《みち》の彼方よりすがしき花の詞を聴かむ
ゆめ破る事のみ多き世となりぬこの険しさも逃るすべなく
にほふばかり新月空にかかりたる地はくさぐさの悲しみの夜
いづくにか泉湧くらし水仙の花匂ふらし土ほとびつつ
いつしかに激しきものは散り失せてしづかに想ふいのちの彼方
流れ去りゆき去りしもの翳ろへりみなぎらふ光の海は漾《ただよ》ふ

花韻

こころ千々に歎けばさくらはらはらはらと白き花びら散るが切なさ

さくら花ありとしもなき色染めて春をいく世の夢に咲きしか
さまよへる花のおもひかときじくの不断桜といふがあはれに
ここに一樹古りたる桜咲き返る杳かなる日やいまもかなしく
花盗人夕べひそけき園のうち手折らば窘《くる》し思慕散りはてむ
かすみ桜霞める花の山を越え明日はゆくべく春のふるさと
昭々と散る花しづかに目に澄めりさくら吹雪といふはつめたし
雨降れば雨に咲きたる浅間路のうはみづざくらいとど恋しき
咲きて散る花のこころをいのちにて生き貫きし若き疼みを
流れゆく春の光も日月も散り昏みゆく花の彼方へ
花咲けば輪円具足の相見ゆる光微塵にもゆる陽炎《かげろふ》
斎島《いつきのしま》岩間に神の光さしみやま酸漿草《かたばみ》咲けるしづけさ
比良八荒あれし波間に失ひしいのちをしぬに哭く夕千鳥
太初神生れにける鳰の湖に月は白銀の光を降らす
岩清水湧く杣の径鶯の澄みて啼くなりむしかりの花
山つつじ木の間がくれに色もえて若葉みちゆく志賀の山風
ゆく春の水音はやし内裏野にむしかりの花匂ひこぼるる

寂寞の深林のかたへに心聴く密語ににたる生生の韻《ゐん》
ああ詞いつよりわれにかなしみの歌うたへとや父のをしへし
樹の花のゆらぐとみれば翔びたちぬ迦陵頻伽の鳥うたふ空
幻のひとを佇たせて恋ひやまぬ精霊います宇佐山の杜
雲井・勅旨むかしきこえし信楽の「火之加具土之神《ひのかぐつちのかみ》」います里

隠岐の松風

思ひ馳すれば遠世《とほよ》のみかど幻に見えくるあはれ春のおぼろに
春の雪はかなく降れり降りて消えとどろく聴こゆおきのうら波
すぐれたる歌の聖の世に生れておどろが下なる道しろしめす
その帝二十歳《はたとせ》あまりにみ位を退かれて遺す新古今集
水無瀬川歌に過せし君が世の花や散るべく春句へりし
承久のいくさ敗れて五百重《いほへ》なす浪路はるけく出でませしまま

墨染の御衣《おんぞ》のなみだいかりなし隠岐の仮庵の潮騒の音
われこそは新島守よと波に告ぐ菊一文字筆に薫れる
万乗の御身ひとつを隠岐の島ともすあかしに和歌のひとすぢ
山ざくらおきは霞みて敷島の道に詞の華咲きにほふ
隠岐の国島山かげに宿りしてきくや浦波松風のおと
君を思へば隠岐はもやさし山桜今日盛りなり海士《あま》も知夫里《ちぶり》も
冷え冷えと松風胸に澄みわたる隠岐のみやしろ鎮まるところ
山桜けふ咲き匂ふ花の雲隠岐の勝田《かりた》の杜はしづけく
黒松の聳ゆるあたりはらはらと心《うら》さみし天《あめ》の雫こぼるる（後鳥羽院御火葬所跡）
足冷ゆる杜にしばらく此処ときく隠岐行在所松風の中
きほひつつ思ひ寄る波摩天崖に砕けて散りぬ隠岐の夕汐
洞窟に海鵜の窠《す》あり入りゆけば飛びたつ青き春の波間へ
多感なる心の波のしぶきつつ蒼き浦回《うらみ》をゆき航《わた》る艇
波荒るる国賀《くにが》の浦をゆくときのいのちしみじみ溢れゆくなり

蝕刻

フランダースの野に草の花咲き盈《み》ちて春神苑の脚細き獣
清明の泉の凝視にひねもすを魅せられて咲く水仙の花
斬首台の石に五月の陽は差して古城に傾《かし》ぐ王の肖像
ヴェネチアの運河の水に沈みゆくおのれ欺く神の晩鐘
山既に緑樹失ひ王滅び風蝕の丘棉の花咲く
いつよりか華やぐときも薄墨の色を重ねて心に纏ふ
グラヴュール胸の扉に彫りのこす不可視の画像うづきやまぬ
野薊《ジャルドン》の荊《とげ》に刺されし草原に荒ぶる風は予言者のこゑ
かなしみを罩《こ》めて香に咲く花の窓まどろめば夢ホワイト・ジンジャー
香港のリパルス・ベイの古りしホテル海風を窓に聴きてねむりぬ
風が吹く大空の中胸の中地の果つる碕の北の燈台

ひしひしと心凍てゆく風の夜半星も涙の瞬きをする
言はずただ雨に濡れゆく越中の尼が住む寺銀盃草の花
樹齢千四百年の桜樹あり明日《あけび》の寺の去りがたくして
廃寺かと美しきみ寺の扉を開き額づく久し須弥壇の前
夕空にはつかかかりし弓張月誰ぞひくらむ征箭《そや》をつがへて
住みなれし歯朶のしげみに夏晩《く》れてひねもす声なく山百合匂ふ

青露

翅うすき燈心蜻蛉《とうすみとんぼ》八月の挽歌をわれらながく忘れず
かかるとき人はいかなる物思ふ空に響《とよ》みて遠雷《いかづち》の音
紫のベル鳴り韻け丈高き釣鐘にんじん秋は花野に
虔《つつま》しき蓮華《れんげ》升麻《しやうま》の花ひとつ木隠れに咲く晩夏草堂
浅間朝露しとど玉なす草筵《くさむしろ》いのちに匂ふ山百合の花

秋あかね茜そみつつ汝《なれ》いまし空に残夏の色ふかめゆく
かかはれば夢くづれむか夕月の光に薄きヴェネシャン・グラス
凝然と時の流れに瞠《みひら》けば虚無の花咲く月光の苑
山草の露踏みわけて思ふこと多《さは》なり野菊よ秋を恃む
ゆるやかなカーヴの階段《きだ》にさそはれて踏みゆくわれのパルム僧院
花ならず光にあらず風たちてはかなくせちに露のこぼるる
流れゆく月日は水か泡沫《うたかた》のゆめの一生《ひとよ》に咲きし花なれ
夏枯草《かこさう》のうすきむらさき草がくれひそかなる拒否の姿のごとし
嘆かへば低き地の辺を黙々と紆余曲折の川は流るる
月見草の花を光とあくがれし七夕の夜を病めり人妻
灯を消して星光《ほしかげ》仰ぐ汝もまた夕べを咲ける花ならずやも
かりそめの夜を咲き散らむ花ならばその仮初の夏を死ぬべく
夕風は空より冷えて降り来ぬ忍冬の花しきり匂へり

青炎

瀬に浅くしづきて吹きし水草の穂にたつあはれ瀝青の花
知られざる星宿ここにひそかなり君がピアノのソロ聴く夕べ
沈黙のふかき淵より響《な》り出づる劉詩昆《りゅうしこん》が弾くいのちのしらべ
指長き黒衣の奏者音霊は歓喜あふるる夜のプレリュード
湧きて低くキーの言葉はかなしみの心を語る深淵の水
いま在るは幻の時白銀《しろがね》の鞭が敲くや激しき音色
かなしみの彼方に淡く茜さす国あり匂ふ梔子《くちなし》の花
ここをいのちの住処《すみか》となして青あらし樹々に遊べるわれの小鳥ら
群れて散り遊ぶ小鳥に陽は翳り青く光りし一羽の懸巣《かけす》
嘆かへば心の空をゆく五位の闇に啼けるをいく夜ききしか

秋光

秋澄みて白く流るる渓の水いく世距てて物は想はむ
白楊の色うつろひぬ軽やかに散りてさやげり草は紅
大気冷え水クリスタルに色冴ゆるカナダに秋の花水木咲く
エグリーズ古き薔薇窓仰ぎつつ満つることなしわが胸の湖
僧院の鐘鳴りひびく日曜のコモの朝霧湖をはなるる
ひえびえと古りし館の窓のうちかかる無明のありしあはれも
思ひ侘ぶ旅の嘆きの一夜鳥湖に冷えゆく水鳥のこゑ
まぎれざる言葉うつろに散る秋にさみしきひとの白き掌
古館に這ひのぼる蔦紅ふかみ繁りの奥のふかき静寂
想念は風吹く彼方とどまらぬひとひらの雲にのりて漂ふ
薄《すすき》野に光は澄みておもむろに激しきものの亡びゆく空

野薊の色濃き花にさそはれて入りにし草野のむらさきしじみ
胸あつく秋を抱けばゆめ醒めし土よりきこゆしげき虫の音
濡れ色のしきりに恋ひしこの時を露ときくだに秋の心か
山萩の花のくれなゐたをやかに風にゆらげる虚飾なき秋
ゆきくれし心の淵のいつしかに泡沫《うたかた》の花咲きて香にたつ
書きて消し消してまた書く言葉より秋の心は溢れゆくなり
昨日は海のはてなる雲の夕あかね昏れて無縁の磯に寄る波
黒きカヌー影絵のごとく返り来ぬわれは環礁君は夕汐

むらしぐれ

夕べより薄明《あけ》はさみしき過去未来朝靄の中にかくろふおもひ
片隅に誰ぞニヒルに笑ふこゝ燃えぬ心を通ふ木枯
げに歌の心ぞ溢る白玉の涙かことばか胸に窘《くる》しき

野ぼたんの紫冴ゆる朝じめりひと日の花の色のふかさよ

秋は見ゆるいく夜の空を天の河光をさそひわたる鳥舟

かの夏にいのち死ににき更くる夜をかごとがましよ乱声《らんじやう》の虫

恃むまじ心をひとつにこし道も大方はただはかなくてのみ

世をしばし離《か》れて秋風山萩のこぼるる野原《のばら》露の臥処に

むらしぐれ惆《うら》みはいづれ虚しさの野末は荒ぶ風の旅人

黒チェリーの実を滴らせ火《ひ》炙《あぶ》りの後の驕りの朝食《あさげ》ならずや

寄る木蔭すらなき土用の酷熱に旅人は呟く故郷いづこ

晴盲《あきじひ》の遠目に翳る夏の海天に島山水の横雲

砂嵐飄々と吹く北の浜草叢ふかく咲けるはまなす

最北の宗谷の鼻の青き海無念の波を遠く凝視むる

寄する潮砂汀にとけてみどり濃き宗谷の碕はただ北を指す

鉄路ひとすぢ緑野を遠くゆく方は霧のくしろ路夏草の花

見しや誰光ぞ凍る月の湖現世《うつつ》と夢の心のあはひ

思ひ痩せたどりつきたる僧院にオリーヴの実は青く熟れたり

いく山河旅の心のはてしらずいのちの河の水尽くるまで

ふと秋を心に聞けり冷え冷えと露か涙か寂しさ零《こぼ》る
いまさらに何に萎《しを》るる思ひかと問へばふぶける雁がねの声
手を打てば鶴発《た》つ羽音ひびく水谺を返す密林の山
秋はいま樹々にうつろふ色見えて汝が蜜月の北方樹林

月に悵む

ふるさとの山や秋麗涙わくかく詠みたまひみまかりしかな
身の置処なしと嘆けるこの国や千入《ちしほ》の楓煉獄に舞ふ
いにしへも遠流《をんる》の人らあまの原ふりさけ見たるおなじ月なれ
寄する波なみだの跡を曝《さら》しつつわれからならね磯に潜るは
さしぐめばうれひぞ匂ふ若駒の風の鬣散る紅楓
水芹《クレッソン》忍ぶる恋のしのぶ草野靄の池に誰か摘むらし
卓上の珈琲冷えて白紙ただ研ぎすまされし鉛筆の芯

失ひし恋の悲哀の深淵にムンクはゑがく愛と憎しみ
十日月仰ぐもすぐろ菊の花香のにじむまで露こぼれたる
闇ふかき空啼き渉《わた》る五位のこゑ父よ真如《しんによ》の月を賜へ
萩乱るあしたの窓をよぎりたる黒き揚羽のあやかしの袖
乱れゆく世なれば秋を香にたちて菊のごとくも歌咲き薫れ
時にして思ひあまれるわが涙しぼる長夜の月に悵《うら》みぬ
良夜雲なく今宵を空に月澄むと出づればつゆけき草に啼く虫
いちめんに山萩咲けり道もなき草野に入ればわれも秋風
言葉ときに風となりつつくれなゐの葛の花穂を乱してさやぐ
言ふべくはあまりに多し言はざれば亡びゆくらむ人の想ひも
億万のはかなく消えし精霊に今宵の月の照り戻りする
朝露の晴れて草野に花冴ゆる野菊に宿るよべの星光
その道はエルムの並木静かなりき雨降りいづれば思ひ流るる

いづくも秋の

楡の葉をうちなびかせて秋風よここ過ぎてまた会ふこともなし
バルビゾンのかの蔦紅葉も黄金なすもろこし畑を風冷ゆるころ
レオノール・フィニは描けり魔性なる女のうちなる呪詛美しく
雲もなく月満つる夜は天上に木犀の香も流れゆくらむ
人恋へば木の葉降りゆく光降るうりはだ楓いのちに冴えて
露霜に虫啼くこゑもおとろへていよいよ風は枯れてゆくなり
水光りながるるはてや夕茜海に入らむか海昧くして
樹々のいろいつかうつろふ明暗《あけぐれ》はいづくも秋のもの思ふらむ
おぼろげに儚きもののたち迷ふ心のうらをのぞき見る秋
神苑にしづかに霜露おとづれて山紫陽花の色やうつろふ
ひそやかに神いますらむ萩散れば想ふ鎌倉の若き右大臣

二所詣《にしよまうで》に登りたまひし石階《いしきだ》も苔むす久し乱世の詩歌
老杉《おいすぎ》のすでに雫す神の杜結ぶ神籤《みくじ》の目にたちて白し
猪名川の流れにそひて登りゆく逢はねどひとの近きおもひに
金木犀匂ふ坂道ゆき戻る秋を響《とよ》もす猪名川の水
水桶に挿してあふるる朝市の紫珠《しじゅ》つぶらなり陽月の土佐
君ひとりなぜに狂ひし貴船川からくれなゐに紅葉流るる
実柘榴の割れてはじける神無月神よ眠らぬわが夜夜の詞華
変遷は極まり知らず無常観すがしきまでに織り重ねたる

青き波間

わがこもるひそかなる杜にいつよりか波音寄する思ひの渚
遠く近く海鳴りつづく杜に住み鰭なき魚の水底のうた
いつの日の波か穏しく無尽数のかなしみばかりかがやける海

或時は真帆白き船泛ぶ海涙降らせて磯千鳥啼く
これの世のいのちや重きうつつにも波に千鳥の啼けばかなしき
どくだみの白き四弁の花ひとつ青色の瓶《しやうじき》に寂寥と在り
とどろきて波浪高鳴る日の夜は口をつぐみて眠る外なし
嫋々とうちなる鈴《れい》の韻あり歌ふほかなきわれの短夜
待つ間なく時は刻みて光陰はきらめき過ぐる白金の箭か
いともろきはかなきは身の性にしてギヤマンは透く月の光に
水のごとく光のごとく風渉る海よりさみしきわれの内側
砂丘に浜防風《はまばうふう》の萌ゆるころ海限りなく言葉を満たす
見渡せば青き波間にあぢさしの鋭く降りて波に口寄《くちよ》す
くるしみし怒濤の季節過ぎていま白鳥白き碕《さき》にかくるる
その昔修道院に逃れむとせし事ありしを人には言はじ
僧院の片隅に胸を鎮めつつひそかにもとめし銀のロザリオ
此処をしも忍土といふかみ仏よまがなしきまで耐へゆく心
零れたる言葉を杳く《とほ》運び去り沖は霞めり忘却といふ
巡礼の登りゆく坂ここよりは聖なる境モン・サン・ミシェル

夕闇は杜を裹めり星ひとつ孤絶の光空の渚に
舫《もや》ひたる釣船たゆたふ朝の湖虧《か》けたる月は夢の余波《なごり》か

群青

水若酢神《みづわかすかみ》います隠岐浪遠く啼きつつ千鳥海わたるかな
飛ぶ鳥の飛鳥《あすか》と誰の名づけしや明日香る夢ありやあらずや
内裏《だいり》野を過ぎて朝宮水清き大戸川波こゆる鳥群
揚雲雀おもひを空に韻けとよ麦生はもゆる青き陽炎
みなぎれる白き光の冴えわたる良夜ひそかに鳥葬の列
鳥けもの自らの野をもつといふさればをみなの住む空も見む
春やいつものの形もおぼろにて受胎告知をうたひし小鳥
鳥ふぶき冬を慄へて裸木の梢たつ空このあけぼのや
啼く鳥も瞼濡らすや夕陽《せきやう》を負ひて吹かれてゆく風の空

鳥たてば空にねたみの夕茜あかねもえつつ無限群青
鳥のこゑ堕ちゆくごとし山里は青瀝《したた》らむばかり黄昏
渡り鳥紺青の海翔りつつ秋は離れゆくかなしみ越えて
ゆく鳥の羽音のこしてたつ春を何断ちがてに思ひぞするや
われの鳥かなしみ渉る無辺際蒼き波越ゆ赤道を越ゆ
砕け散る浪に憧れ啼く千鳥わがはてしらぬ春の潮騒
いま春を渉りて帰る鳥船に托すべきものかりそめならず
盈つることありやあらずや胸に重き事あれば即ち歌慟哭す
ペガサスのあと追ひゆくか白扇にまがふま白き鳥かげを見よ
はしけやし夢に見惚れしあかねさす恋情の空遠くかなしき
世の外の隠岐の島守りしのびつつ幾世ののちも波に啼く鳥
にごりなき風と光と鳥のこゑいましばしなるわがいのちもて
火の鳥の夢のゆくへは知らねども母なれば手塩にかけて育てき
夕鳥のこゑつつましくこもらへば森はかげふかくたそがれはじむ
空高くかかりて消えし海の虹鳥も渉らずわれも渡らず
越の海夕かりがねの啼きわたるその雁海の白波のこゑ

壁画

をしみなく焼けたる空よあはれあつく胸に想ひき溢れむとする
それとなく或日ひそかに身を隠すすべなきものか繊き夕月
残照にゆめは消ゆるか昏れなづむ今日のいのちの戻りなき道
喬木の栂《とが》の梢に騒ぐ風木の母にして山のかなしみ
盈つること遂になかりし天頂に月は日出づる空に化身す
濁りなき透明の肌ギヤマンはかなしみあまた裹むよしなく
月光にパティオ半面昃《かげ》りゐて朽ちたる馬車の独白の夜
巷には贋札《にせさつ》づくり冬近く神は孤独の火に焼かれつつ
地中海いく夜を蒼き波枕波追ふ鷗とともに哭きにき
野の末に陽は落ちゆけりなほ行かばいかなる国かわれを待つらむ
めぐりあひしを世の悲しみのはじめとすわが壁画《フレスコ》のさみしき磨滅

はぢらひて白く香にたつ花の蔭闇に言問《こととふ》夜の梔子

あとがき

『蕩漾の海』は、私の八冊目の歌集になります。

この時期に、私は「新古今和歌集」の鑑賞を書き続け、この二月で四年になりました。その間に、多くの新古今和歌集に関する本を読み、次第にその時代に深く誘ひ込まれてゆきました。

あやめわかぬ王朝末期の世の有様、その中で、亡びゆく時代の波のまにまに、絢爛と咲く花にも似た和歌に心をそそいだ王朝うたびとの歌声を、夢に見、心に聴きながら、或時は日吉神社、水無瀬神社に詣で、仙洞御所、隠岐の島にも渡りつつ重ねてゆく月日のうちに、十二単衣ならぬ思ひの衣を心に重ねて、はてしらぬ和歌文学の海に漾ひはじめました。

今は心を通はせる言葉としての和歌は亡びました。それだけに和歌といふ文学も色褪せたうるほひのないものになりました。然し、その様な時代に、重ねて和歌集を編むといふ事は、われながらよくよくの執念といふか、捨てがたき愛着といふか、この事に心を尽すのも、この国に生れたものの愛しきさがとも思つて居ります。

いずれの岸に漕ぎつけるかはおぼつかなく、この和歌集の名を「蕩漾の海」と名づけました。

一九八一年四月

大伴道子

恋百首

第九歌集　一〇〇首収録
一九八一年十月二十五日
書肆季節社刊
A五判変型四方帙付　一六〇頁
一二〇部限定本　塚本邦雄〔連弾百吟〕
装幀　政田岑生

若草恋

わが恋は手にもとられずはるかなるむかし心の空に見し虹
世を泡沫《うたかた》と言ふさへあはれ別れとも知らず別れきはてしらぬ恋
菫草はつかにものを想へとやまだうら若き恋なりしかな
みなぎらふ春の光に萌えいでし若草なりき胸の惑ひに
逢へばただ早鐘を打つ胸のうち言はむ言葉もなくて過ぎにき
言ひしひとも聞きにし胸もとどろきて大海原の波にかくりぬ
うち返す言葉もしらずあめつちの光のごとく聴きし声かな
浅かりしえにしと言ふや浅からず忘れはつべきゆめならなくに
はじめてのおもひに染みし茜雲消えて久しき春の潮騒
見し虹ははかなく消えぬ消えてのち心炎《ほのほ》に焼かれゐたりき
掌《て》にとればたちまち消ゆる初恋のはかなきを降る東京の雪

堰かれては見ぬ夜《よる》久し旅枕この世は旅と思ひそめてし
咲けばまた嵐の庭に吹かれつつとどめもあへぬ花のいのちよ
灼熱の恋の最中に死にたしと希ひしことも青春の科《とが》
美しき想ひひとつを胸に抱きうき世の坂をのぼりはじめき
まことをば告げむひとなく再びを燃えぬ蛍の初夏の夢
もてあそぶ心は知らず炎《ひ》と燃えておのれ微塵に砕けてしがな
夜をこめて綴るかなしき玉の緒の想ひしとどに涙に濡れつ
玉の緒よ絶えなば絶えねと詠《よ》み給ふ准三后式子のおもひひとしほ
世の禍福はかり知られずしかすがに想ふこころに和歌のひとすぢ
年年のいのちのおもひつくしつつ七曜かけて歌にふけりぬ
わが心はつかにひとを恋ひそめし無垢《むく》なる日日のいま恋しけれ
沈痛のおもて静かに今もあり青春の像に花を捧げむ

寄花

千の蕊炎《ひ》ともゆるまで人恋へり花は思ひに咲くにあらずや

ゆめはいまひとりの宴菫草泉をこえて心むらさき

うす帛《ぎぬ》をほのかに被ぐ曙にむらさき秘めて匂ふはしどい

花筺《はながたみ》恋のかたみのむらさきの檜扇あやめ咲く霧の原

いく年の想ひの涙ぬぐひけむ香にたちて咲く花こそいのち

かなしみの花こそ匂へこの上もなき歌声を身に従へて

燃えつづく想ひ千年の後にして羽搏くやいつの夢物語

美しき亡びの花を育てつつ血に甦るまでのいのちか

肉体をもたざる恋に憧《あくが》れし歓びに咲く神の花かも

大いなる大盞木の花咲けり水無月の夢翔《かく》るみ空に

春は先づ花咲く位置におかむとすわが天上の愛の碑

わが城の春の薔薇窓若き日の玻璃の破片を鏤めて閉づ
な忘れそ霞にうるむ花のいろそのかりそめの春の恋草
花蘇芳すはう重ねの蔵人《くらうど》の木の間がくれの五位の冠
声あげて言はむ思ひに花散りぬ緑雨に噎《むせ》ぶ山時鳥
訣別はいまも藍色髣髴の彼方すがしき花のまぼろし

寄春

目の奥にはらはらと蝶崩れゆき眩暈《げんうん》の花の野は春霞
図《はか》らざりし卯月うつつの神隠し火にか水にか行方しれず
黒髪の想ひ乱れし春過ぎてまつとし久しき夜嵐のこゑ
眷恋のおもひを窃く胸にひそめ若し瞠《みひら》く春の双眸
いのちよと言はれしままに抱き来しかの泉はも涸るることなし
瞠けばかげりなき眸《め》よ一途にて夢絶ゆるなし漾漾の海

草庵の春の沈黙みづみづし緑盈《み》つるよ神のおもひに
梅花一枝そこより兆す運命の糸の縺れのながき昏迷
一抹の清芬胸にかぎろひて炎となるときを歌のこされぬ
言に出づればけがれやすらむ恋の胸碧玉の光くもりなきこそ
花雫壺に蒐めてうら問はむいかなる香をば君愛でたまふ
アンカラのローズウォーター透明の油と凝りぬかくて十五年
恋ぞゆめはかなき花の幻に一生《ひとよ》の想ひつくるともなし

寄秋

秋冷ゆるあした香にたつ丹桂《たんけい》の忘れず通ふ想ひいくたび
失へる時くり返し咽びなくいのち生けらば還り来よ秋
ブラックカシス滴れる実の甘酸《かんさん》の秋はも恋の素袷の藍
わが胸に九月は澄みて若かりき風耀きて花野繚乱

閉ぢかねし夏の扇を胸にあて惆《うら》みてぞもの想ふ夕ぐれ
ひとしれず裹《つつ》む想ひのくるしさに狂ひて鳴くや乱声《らんじやう》の虫
霧に咲く蔓夏《つるか》枯《こ》草《さう》の水あさぎ恋ともしらぬ思ひ出に咲く
色晒し梢はしぬに明るみて鬱金もみぢの地を焦がす秋
ここにいま夢蕩漾の独り住み鹿ぞ焦がるる霜葉《さうえふ》の山
めぐり遇ふ花のすがたや貴船菊心に灼きし一茎の白
げに花のおもひぞ通ふ貴船菊誰を恋ふとや今宵新月
その眸いのちをあつく湛へつつうゐてんぺんの遊星に生く
恋なれば燃ゆる明眸的として弓をひかむか夢顕証《けしやう》なる
積年のおもひをここに秋はいま桜紅葉の百千の舞

寄天空

恋もまた革命の詩《うた》燃えたちて至純のこころ天地《あめつち》の外

天の河水蔭草やゆめうつつうつし身ひとつに咲かぬ花あはれ
ありやなしそれだに知らず心のみ空に憧れ一生経にける
うす月の花にかかりし春の宵神ともわかぬ声を聴きにし
いと細き春月なりき梅の香に抱かれてをとめ還らざりき
匂へただ月澄む宵は失ひし夢さへ花の中に窘《くる》しき
おもひあまり化石のごとく佇ちつくす月光差せばしろかねの像
変身のダフネ暗緑の枝ひろげ月光の庭にわれをかくまふ
七月の空に散らざる花ひとつ遠星空に光りて咲ける
月光の差せばかそけく花ひらく天地相思の花月見草
星も空に消ゆるときありアルタイル一度の逅ひに渡れ銀河を
白鳥座のブラックホール星雲もかなしや愛の病巣を抱く
はてしらぬ宙天高くあくがれていのち燃えつつ蠍座の星
夕茜もゆるばかりに仰ぎたるのちの想ひはいかに告ぐべき

寄旅

おもひ満ち寄せくる波か潮の香に生きていのちの花賜ふべし
後の世に逢はむねがひも現世《うつしよ》の海の千尋を探しあぐねし
嘆きわぶつらき旅路の波枕歌はねばわが心《こころ》亡びむ
海豚《いるか》ゆく蒼き浪間を白き船見えかくれする時ぞともなく
茜さす空行く雁をよすがにて万波を越ゆる海馬《イポカム》に乗る
かくばかり悲しき月日おき惑ふまどふ千鳥の鳴きわたる海
めぐり逢はむこの世もいつかふりゆきて道の終りの見えくるごとし
多感なる今日の落日海を染む海やかなしき深窈《しんえう》のいろ
身も細る切なき思ひ誰か知る流氷の別れ美しき海
露かとも江間の流れに見し光束の間にして消えし蛍火
吾亦《われも》紅《こう》葉ずゑに露をやどしつつ草も涙の恋の後朝《きぬぎぬ》

芥川夜はに越えつつ白玉の露と消えなむ日こそ辛けれ
額紫陽花《がくあぢさゐ》ふふめる藍の露こぼれ空愛染の雨の水無月
なぜかまた身を初恋の若草の露の想ひにぬれし花野に
貴船川いつより胸に流れしかふかき想ひの末わかぬまで
水邃《ふか》きコモのみづうみ水底に愛恋の花挿《かざ》す人たれ
胸に散るひとりの涙かなしみは湖よりふかし霧はれぬ旅
眠らざるいく夜をここに重ねつつ眠り忘れしいのちと思ふ
億万の人住む地上明日はまた胸に響《とよ》もす恋をうたはむ
空の彼方青く澄みたり霧ふかきこの世の外に海は漾《ただよ》ふ

後記　わが青春の鎮魂歌

『新古今和歌集』の鑑賞をはじめましてから、この八月で丸四年半になります。全部を読み終るまでには、あと二、三年はかかると思はれます。

この鑑賞の順序、本来ならば、「四季の歌」の次に、「賀歌」「哀傷歌」「離別歌」「羇旅歌」とつづくのですが、私はそれらを後に廻して、「恋歌」五巻を先に見る事にいたしました。といふのは、順序に従つて読んでゆきますと、「恋歌」はずつと後になり、その年月がはたして私に残されてゐるかどうか、と危ぶまれた為に、あへて順序を変更して「恋歌」を先に読み終りたいと思つたからでございます。

さうした歳月の中で、鑑賞してまゐりました『新古今和歌集』の歌の中に、多くの恋歌があり、それらのいのちに響くものを知り、私も折があつたら「恋百首歌」をまとめてみたいと、おぼろげに思ひはじめて居りました。

只今、座右に置いてをります『新古今和歌集』関係書の中で、『秋篠月清集』（天理大学出版）と、小島吉雄著『新古今和歌集の研究』（星野書店刊）、同じく続篇（新日本図書）の二冊は一日として開いて見ない日もないほどになりました。そのうちの『秋篠月清集』は、肉筆の草書文字の書写本で、詞書なども優雅な筆で、「院影供に」「水無瀬殿にて九月十三夜院の十五首の哥合に」「院第三度百首」とか、又「花月百首」「歌合百首」「二夜百首」また、「恋のうたよみけるに」『後朝恋』『月前恋』などの頁を必要に応じて開いて見る度に、その一首一首の歌に、人の生きて来た日夜の思ひのふかさがにじみ出て時間のたつのを忘れてしまふ、それなのに、今の世にはなぜ恋の歌のみの集がないのであらうかと考へて居りました。

そんな折、昨年の秋もふかむ頃、辻井喬から「この次にお出しになる歌集は少し趣をかへて、『恋百首』などの本を出されては如何ですか」、と言はれて心の裡を覗かれた思ひがいたしました。

考へてみますと、人生にも四季があります。幼年期、少年期、青年期、成熟期といふ風に、そして旅、別離、恋、そのやうな歌のいくつか筐底ふかく納めてあつたものを取り出して、青春への鎮魂の一冊をまとめる事も、私の歌歴五十余年の歴史のしめくくりにはふさはしいと思ひました。どんなに美しいドラマにも終幕はあります。季節に四季がある様に、萌え、育ち、咲き、実る、晩秋の山の紅葉のはなやぎも亦、激しかつた人生のドラマの終幕にもひとしい。そんなはなやぎに彩られるならと『恋百首』を上梓することに致しました。

大伴道子

一九八一年夏

真澄鏡

第十歌集　三六二首収録
一九八三年十一月二十三日
書肆季節社刊
菊判変型夫婦函付　一六〇頁
塚本邦雄〔華鏡帖〕付　装訂　政田岑生

真澄鏡

おもかげをほの見しばかり真澄鏡この世の外の月の光に
薫染かはた憧れか見ぬ世までふかくぞ通ふ清芬の徳
忘れずといく世の後に告げやらむほのぼのの韻き伝ふ金鈴
月よ死の抒情を空に闌干と澄みて鏡となる無垢の夜
瑕瑾なき月は昇れり見し夢も後の逢ふ瀬も夕凪の海

静夜

いかなれば世に背きしよ美の精よ静夜の空に星流れゆく
遍照の光のもとに佇ちつくす危ふし深き懐疑のまなこ
ゆきて逢ふかなしみもまた夢の中寂しく人は黙しゐたりき
美しき迷妄なればな崩れそ漁火またたける遥かなる沖
ひと節の言葉の雅びいのちとしつなぎとどめむ縁《えにし》とぞ知れ
うづたかき言葉の渦に埋もれて誰か失ふまことの言葉
まぎらはす術なし厭離やる方なく言葉遊びの夜の独連歌
描きて消し破りてはまた描くタブロー未完のままに力尽きざれ
玉のごとく心に死をば抱きたる消滅といふ一語は澄みて

更けて独りの想ひいよいよ澄みまさり深深と露降り鎮む秋

青き無辺

如月やほのぼの明けの光さし紫羅欄花《あらせいとう》のむらさきにほふ
きらきらと雪野朝日に耀へる飛花落葉のはての白業《びやくごふ》
天の底ふかく澄みたり深深《しんしん》と雪野に仰ぐアルプスの峰
ひと色の青のもなかに身を置けり神は等しきを欲したまへり
蘭麝香曲水《ごくすい》の宴あえかなり衣冠束帯ゆめさめぬ君
ひしひしと身に迫りくる過去未来歌の流れの青き無辺に
あやめわかぬ王朝の末たえだえに韻きてやまぬ歌のあはれに
かろやかに粉雪舞へりわれも倶に白扇かざし野に舞はむかな
きさらぎを密かに匂ふ水仙の花なればさこそすがしかるべし
薔薇紅茶ほのかにかほる朝の卓如月ひとりに光清明

されば歌

よき言葉ひとつを胸にいねし夜生けらばまたもいのちの限り
金雀枝の雨にしだるる浅みどり歌一首に心づぶ濡れの昼
オリーヴの花こそ匂へ千金の笑顔をあつく胸に受けとむ

一盞に青春を酌むやはるかなる天の白露煌めける夜
されば歌一首を君が一瞥に奉らむかディオニソスよ
言寿《ことほぎ》に歌まゐらせむ称讃といふも山の端を出づる暁光
おろそかになすな青春　釭《ともしび》のもえつくるまでのいまの驕りを
情《こころ》あり　万象いのちもえたちぬおのもおのもの言葉をもちて
銀の雨　京の祇園を濡れてゆく夕べの空にわが独り言
花さへや昔のひとの袖の色におもひ咲かすや苑の御衣黄《ぎよいくわう》

春の花序

みもざみもざモンテカルロの如月の旅に仰ぎし空の青見ゆ
リラ・桜・椿・連翹・山躑躅けふ咲きそろふ誰が宴とて
ライラック香に咲く花の下蔭に薺《なづな》茎立つその白小花
いまはただ心づくしの花に言ふおのづからなる色に咲けよと
咲けばまた花の憂ひやふかからむしばしを閉ざせ風の通ひ路
萌え出づるもののやさしき春の枝明日をおもへばしづこころなし
ゆきて還ることなきいのちの道なれば惜しむ心にゆらぐ垂枝《しだりえ》
花桃の万朶の枝の奥ふかく黄鶲《きひたき》何の秘語交せるや

哀惜のおもひはしげくはてもなし水は流れて今日をとどめず
溺れても溺れつくせぬかなしさにうき世に背くこともおぼえき

誰がむらさきの
檉柳《ぎょりゅう》梅緋《うばい》のいろ炎《ひ》の色何ほどの怒ありてや満満の花
桐の花誰がむらさきの木隠れに見えかくれしてひそかに住める
国に属し道になづさひささやかに意《こころ》つくせし人の一生の
蹟《おぎろ》 澄める天の青さよもえたてる高嶺桜とわれと鶯
アカシヤの白き花房ゆりあげてためらひもなしメイ・ストーム
椎樫の花の香高き神の杜宮司が語る御田植祭
細細とひとすぢの道旅人の背《そびら》はつねに落日に染む
タスマンの海に仰げるサザンクロスはるけき方へわれを誘へ
風にのり声ひびきくる朝の庭リルケ薔薇苑即興の詩
桜桃の熟れし水無月失楽園の女主人《あるじ》の虹色の宝石《いし》

春の牡鹿

草枕ひと夜をいねて蓴菜沼のじゅんさいを食ぶ北の函館
名はみやまあづま菊陽のあたたかき草丘のなだり群れてむらさき

思ふこと胸に溢るる若みどりつぶらつぶらに芽吹く落葉松《からまつ》
声細く日雀《ひがら》来て啼く林いま若葉わか草もえいづるなり
春熟れて翁草咲く山原に脚ほそき牡鹿眸子やさしき
出逢ひたる山の牡鹿の静止の眸銃忘れたり狩人のわれ
イリスの葉剣のごとく冴ゆる夜ナルドの香油月に匂へる
椎の花甘く薫れば騒立ちて闇の秀枝の腥き哭《こく》
サルタンの花をかざせばケンタウルスはるかなりギリシャの風蝕の丘
夜ふかし四重奏曲切切とわが辺境のしじまを浸す

桜花恋舞

待ちくらし仰げば散りぬ憧れはかからむものと咲くやさくらは
もの思ひ絶えぬうき世にいのち生き春は桜の花ちりぬるを
きみにおもひ繁くなりにしその日より桜はうちに匂ひそめしが
たづね来て桜の径にかなしめば隠岐のみやしろ花散りかかる
風さそふほどもなぎさの花の門しばしを聴きぬ遠潮騒を
いかに桜　ひとりのわれの手をとりて春爛漫の舞ひをまはしめ
惚惚《ほれぼれ》とさくら一樹のもとに佇つ西行ならばいのち死ぬべく

とどめむによしなし桜ちる花に埋もれてこそ見む　春の夢
天津風吹きくる花の下蔭に遊びしはこの世の外の驕りか
浮雲の明日なき空のうつろひに花もこの身もゆづることなし

桜散るまで

うすぐもり春のあはれを知る花の咲きまどふ秀枝ほのか紅
花辛夷その純白を枝にかかげ細雨に濡るる少しさみしく
紅馬酔木おもひの色もひそやかに雨の木の間に雫するまで
生くる日やこころ黙示の救世観音春の飛鳥路さくら咲くころ
登りゆく春の坂道くさぐさの思ひの中にひとり佇む
わけ入りし疎林の中に思はざる水流ありて細く水鳴る
春ひかり煦煦《くく》たる土に芽ぐむもの山ほととぎす双葉つややか
厩より裸馬をば曳き出し乗りて遊びき桜散るまで
桜咲く春や今年の花の色むかしのひとの面影にほふ
明日は散る花を愛《を》しみて一枝にさくらの歌を托したまへる

卯月綸舌

卯月空花にうらみの惜別の御衣《おんぞ》むらさき瞼に灼きて

訣るるがつねなる世なれ　月光《つきかげ》の袖に親しと嘆きせしひと
颪に聴ゆ琴の音　みだれ綸舌《りんぜつ》をうつつ激しく弾く人や誰
散り敷ける藤の下かげ花無尽　香にたつあはれ幻のひと
メドウサよねがはくはその睨《にら》みもて今をまさしく石と化《な》さしめ
手をとりて親しく白き大理石《なめいし》の泉によりゆく春の光に
愛乏しく心さみしき若者ら蝕みゆくか己も人も
しくしくと心疼けり今の世の若きらもののあはれを知らず
幽邃の池の気韻にそふごとし岩にしだるる山吹の花
古井戸の暗くこもれる底ふかく水滴しづく時世《ときよ》へだてて

一花草

告白は寂寂《せきせき》として散り零る累積の土に白い花びら
常か無常かわかぬ門出の春の背に万朶なす花散りやまぬなり
いちはつの花ほの白き夜の庭風あれば弾む若葉のにほひ
花散りぬ緑青《ろくしやう》色に水澱み無言の人ら堀の内外
庭園燈に這ひのぼる蔦やはらかきみどりの若葉光を包む
さみしさをかたみに秘めてゆく道に橋あれば見入る春の水流

貴船川さかのぼりゆく新緑の杜の山吹黄《くわう》したたれる
御手洗川いまも豊かに水澄みてここにひそけし瑠璃草の花
水徳神貴船奥宮瀬の水に虎杖《いたどり》洗ふ翁は人か
貴船川たぎつ渓《たに》水玉散りて春神域に咲く一花《いちげ》草

不断の友

花重くあぢさゐおもひの露に濡れしじにうつろふ水無月の庭
花にのみ心つくして生き来しよ誰か不断の友と言ひける
梔子《くちなし》は夜目にもしろく匂ひたつかの烈しかりし夏をおもへと
千の蕊あしたの光に揮《ふる》ひたち金色《こんじき》うすき花びら開く
しなやかにしだれて細枝錦糸梅黄《わうじき》色の花しきりに零す
夜の宴はてて別るる旅の友サム・フランシス銀髪ゆたか
つつしみて今日を生くるはさはやかに死なむが為とジョン・ケージはも
彼処いつ導かれゆくかしらねどもげに慎しみて今日を生きなむ
未草《ひつじぐさ》池を被ひてふかみどりひそみて啼ける地底の蛙
崖の斜面に咲ける白百合のあなあやふし　白ゆらぐかな

文目鳥

夏や来しあしたの山の文目《あやめ》鳥《どり》胸つき貫きて啼き去りしかな

もの思ひあやめもわかずなりゆけば山啼き棄ててゆくや郭公

生くるとはまこときびしく凄じき忍辱《にんにく》の道とただに識るのみ

この時を措きて外なきいのちよと啼くや郭公古りしよこの身

愛憎の思ひは隅に片寄せてひとすぢ貫くものあれば生く

あぢさゐの青紫《せいし》の花の咲く日なり籠りてパルムの僧院を読む

君を哭く孤独の終《つひ》の清しさの見えわたるまで澄める蒼穹

存《なが》らへて何を浪間のうきね鳥いでそよ君は世を捨てにける

否とよ花はいのち短きことぞよきその縹《はなだ》なす色の清しさ

いたづらに殖えゆくものを憎しみが蕺草《どくだみ》は天に向きて咲き立つ

夏の便り

鴨跖草《つゆくさ》の青ひと色に嗟《なげ》きしよけふ半夏生《はんげしやう》しみに恋しき

よきほどに紫蘇の香のたつ夏の饗《あへ》田植草紙は恋の初風

むらさきの酒は菫の花の酒香にこそはたてうすきむらさき

喚子《よぶこ》鳥《どり》切なく啼けり緑葉《りよくえふ》に肝木《かんぼく》の花白き夕ぐれ

うつろふは世のならひにてうす情まことこの世のおぼつかなさよ
深谷にあやふく百合の花咲けりゆめか他界の謐けさの淵
人恋へば時世へだてて夢通ふ未生前生うたのあはれに
埒もなく雲超えのぼる夕月夜ほのぼの夢にひとを殺《あや》めき
都をば離《か》れて夕風清涼の避暑山荘のしもつけのはな
ペルージアは合歓の盛りに候ふとフランチェスコの絵葉書だより
都わすれ
惟ひ重ね水無瀬の宮にけふくれば誰が子ぞ結《ゆ》ひし神籤あたらし
佐渡が島の思ひ移せし水無瀬宮いまおん庭に小菊かなしき
夢にだに波音絶えずかの磯の松にいく世のおもひこもれる
つたなくて韻返さむよしもなししばし無言のままに在りけり
歌ひとつ書きて眠らむ短夜も長夜もかくてうつし世の外
在る身ともあらざる世とも知らずただ心に抱く想念ひとつ
もの想へば秋は黄金の野の錦かろやかに地に還るあはれや
胸にもゆる思ひは深く秋は来て言はず生きゆくかなしみも亦
うすじめる歯朶のしげみの下蔭に光をはじくけさの初霜

冴えわたる山の望月天辺の明鏡くまなく何を映せる

夏草のしげりふみ分けがたきまで露に撓へるみやま虎の尾

空間の鳥

鈴懸の葉風すずしき朝の途ここ通ふ人らいづれ旅人

それぞれの思ひひと方ならぬ世に生きて生命のかなしき懐疑

すがすがしブラン・クーシのブロンズにこだはり消えて五感凝集

尖端は唯宙を指すかくもこのひたすらなるもの　空間の鳥

いつしかに疎くなりにし人のありゆゑなく覚めし夢のあとかな

源氏ねづみの色に心のかなしみを裹みて文月　夜のともしび

夜をこめて想ひに通ふ俤のかつ浮びかつ消え更くる山里

かなしければ独り来て聴く時鳥けふ高原はあやめむらさき

汝が啼けばわれもかなしく胸しぼる慈悲心鳥よ青葉濡らして

声澄みてて鎖《とざ》さぬ窓のうたたねに覚めよと来啼く郭公の声

いつかまた見む

うつつより幻さみし磯鴫のいつかまた見む夕照の海

かもめ波にうかびては礁《いくり》に集ひ啼く恵山《ゑさん》岬の秋の夕汐

こくうすくひとの思ひの明暗に翳りをおきて返りゆく波
身は薄く波が寄せたる貝の岸風化せるものまた浸しゆく
湿原に鶴降りたちぬしづけさの野付の崎に地の果を見き
いさりするは蝦打瀬舟よ野付崎　先なる島は北方領土
風蓮湖　白鳥のくる日も近し列なし渉る雁がねぞ　いま
北狐　屈斜路の林出でて遊ぶ友なき独りかをとめさびたる
つややかにはしばみ色の毛なみして汝北狐旅の夕ぐれ
ここは北国信太の森にあらねども出会たのしき屈斜路の秋

神をゐがきし

薄明のあしたのしじまゆめいまだ心耳に聴ゆバッハ・コラール
司祭より枢機卿より純にして神をゐがきしガラス職人
シャルトルの暗き聖堂渇望のこころに浄き一滴の水
栄光と受難にきらめく円花窓伽藍は冷ゆる黴のにおひ
牧羊は群れて遊べりブルターニュの砂汀なだらかに海に入りゆく
サン・マロ湾におもむろに夕汐寄する頃しづかに韻く晩禱の鐘
巡礼者のぼりくる坂ここよりは聖なる境モン・サン・ミシェル

銃眼のやうなる窓に覗き見しブラックキャットが射る光の眼
石廊を冷え冷え歩む靴の音　修道院に宿れる一夜
岩島を洗ふ波音たのむなき個室にひとつ　裸電球

われはいま

立秋よと言ひてまとひぬ濃藍なる秋草の袖に長夜のおもひ
白木槿その清らかに笑むひとの面影さみしくにほふ立秋
おくや露　消えてののちのさみしさに月はも光うつしてぞ澄む
かくばかり物思はする夕昏れを秋思と言へば人の恋しき
わが見しは心の空なる天の川　月光に咲く白き月見草
日月の彼方に人は老いゆくか　秋はしづかに大地悲哀す
悔恨と失意をひとり弾くものか希臘の夜の若き楽士は
無伴奏ソナタを一夜聴きにけりいのちのドラマに悔いなからしめ
問へばまた雲にかくれぬ秋の月この世の外の人のおもひに
われはいま生れ来しもの秋風よ澄みてすがしき露の鈴虫

うすく濃き

光さし夕すげの花霧に咲くたがおもかげをうつしのこして

咲かざれば惜しまるることなき名かと偲ぶはかなき夕すげの花
白露に秋こそは澄め花のいろ夕べかそけくもの思はしむ
あはれ歌にまみえて燃えし若草のをとめが見し世の夢は短かく
見しや何　きらめきにつつ薄幸の一生至情の歌につくしき
幻に遠世のをとめ見えくればいとど身にしむ現世の秋
新古今ゆめにぞ君の朗々と誦《ずん》じたまへり〝露は袖に〟
きらきらと涙のごとき零るるを尾花光りてうち乱れたる
霧降れば霧に雫す八千草の秋野の風の中の桔梗
ゆめはいま秋くる山の花のいろうすく濃く咲き散りはつるまで
夕風のすがしと言へば露よりも先づ胸に散る涙なりけり
ゆめを追ひつゆけく住めば桔梗のうつつすがしき青紫のすがた

白露

ひとしほに色濃く熟れし肝木《かんぼく》のつぶら朱《あけ》の実　露もろともに
樹々の葉の降り敷く山径ふみ分けて明日はいづちに結ぶ白露
雲ひとつ置かぬはがねの空の碧《へき》ゆゑなき涙胸に零るる
花碇緑衣を脱ぎて上臈の葡萄染《えびぞめ》ゆかしき秋のよそほひ

夕星《ゆふづつ》は空に呟くとひと言ひき闇の高処に光またたく
うす緋なる小梨の酒を山の燈に透かして惜しむ逝く秋の色
夕焼のなごり惜しめる草庭に梟黯く音たてて飛ぶ
ゆく秋の信濃の山の麓原もみぢ襲《がさね》の浅間風露よ
わが胸の奥にも秋は訪れて星降る夜は露ぞ乱るる
秋しとど濡れて通はむたまきはるいのち白露逢はむおもひに
つゆばかり心におくと文たまふ秋はひとしほものの恋しき
露ほどのゆかりに結ぶおもかげもはかなし尾花が末の雫の
八千草のおどろに伏して風露草汝がうす衣うすくかなしき

高く低く

新月や　天上と陸へだつともかたみの想ひ変ることなし
秘すれば花　美しきもの胸に持《ぢ》しふり返るなき道歩み来ぬ
新月ははかなき恋のかたみぞと歎きせしひとの春の言葉に
ブラッセリエ・リップの絵葉書届きたりクレメンタインの実も熟るる頃
こころありて開かぬ扉に記しおかむ　偽りびとの入るを拒む　と
花も紅葉も土に還りし冬山に婉然と朱の落霜紅《うめもどき》

かくばかりはるけく生きて大正の髫髪《うなゐ》少女が夢もまぼろし
陸はいま苦悩に満ちて億万の人らは憂ふ明日の地球を
しかもなほ生きねばならず明日を生くるすべをかたみに慎しみ思ふ
高く低くピアノ伴奏ひびき来るヨハン・シュトラウスのヴァイオリン・ソナタ

いのち染む

過ぎにしもの色にもえ出ではなやげばいよいよふかしブローニュの秋
ふかみゆく並木のもみぢ鈴懸の時雨しづかに巴里十六区
万聖節の町に濡れたり菊花いまひそけく歩む道に匂へる
聖堂のかげりにふかくとけ入りてサン・セバスチャン・バッハの曲
夕茜ベルンの江樹木末もゆ　マッターホルン空に荘厳す
アーレ川しづかにもみぢひたしつつ空に赫《かが》ふアルプスの秀よ
星辰のうつろふ屋根に時雨降りクリスチャン・ボルグ緑青冴ゆる
旅衣いたく濡らしぬ北の国しぐれもみぢ葉いのちに染みて
いかに菊ここに匂へる乱れ咲　庭に夜空のつゆを享けつつ
わびしさに花月百首の歌ひとつ口遊《くちづさ》む心に秋ふかみゆく

富山紀行

立山は靄にかぐろひ館庭のマリノ・マリーニ構想の象（富山近代美術館三首）

旅人の心にしみぬくさぐさの滝口修造のローズ・セラヴィ

重ねたる和紙を透せる墨の色そのままミロのシュル・レアリスム

越中の利賀《とが》の山中秋空に野外劇場　寂然《せきぜん》と建つ

人もなく真夏の夢を利賀村の秋陽にゆらぐ釣舟草の花

いづ方へ空啼きわたるはぐれ鳥はぐれ一羽に暮れ迅し　秋

野の末に陽は沈みたり厳然と真ならぬものに閉《さ》す扉もつ

山をめぐり谿を見おろし初秋の栃の木繁る山を越えゆく

五個山に流刑の小屋のありときく流人いかなる罪犯せしや

秋あはれしらしらと風渉らへばわびしやここも流刑地のはて

いかさまに移りゆく世をよそにして木の実ひたすら色ふかめゆく

美しきかも

神楽月　松に降りたつ白鷺の悠揚として倭建尊《やまとたける》

天降る白鷺一羽転生の松梢上の王者のすがた

なほ高き飛翔のかまへするときの鳥よいかなるかなしみをもつ

夜来香《いえらいしゃん》の花を賜ひぬ忘れぬはリパルスベイの夜の波の音
西の空火の色に焼け朱金なす鈴懸の葉にゆらぐ明暗
落葉樹もえうつろふやひととせの遂のよすがに地に敷く錦
春といひ秋とや言ふもいつしかにうつつ示現の冬野こがらし
長からぬ名残のみちに月澄めばこの世の外のしづけさに似る
這ひのぼる蔦血紅のあざやかさ散りたる上における露霜
降りしきる桜もみぢば黄の銀杏この終章《フィナーレ》の美しきかも
山霊も樹霊もしづもりしんしんと累積の葉は露に光りて

霧杳

おぼろげに視界を閉ざす朝の霧道の行方や想ひのゆく手
霧の奥にしづめる街をおもひやるかの漂泊《さすらひ》の脱走者たち
かかるときいかにか曇るわが面はるかなる日の霧杳《むえう》の日夜
一台の緑の車走り去るその霧の奥昼も灯ともす
青銅の屋根に世紀の色みえて美しかりき霧雨の街
霧の道誰に逢はむの心なく紅蔦這へる館を仰ぐ
ここをまた過ぎゆくわれに距りをおくべく朝の霧の僧院

つれなさもかたじけなさも胸ふかく裹みてゆけば霧扃《とざ》す門
花も月もすぎて夜霧の道しらず深深とここ冷えふかむ湖
霧降りて道ゆきまどひし夜のミラノ何に燃えてか饒舌のひと

湖の白鳥

おほはくてう天渉り来て遊ぶ湖この世ながらに凍て極まりぬ
月光はいづくに差すや白鳥の胸透けるまで夜　水の上
朝霧のおぼめく湖の底しれずいまだ目覚めぬ昨日《きぞ》の白鳥
明けてゆく朝もやの湖の沈黙にカスタニエンの勁き裸樹
白鳥よ汝が帰りゆく北の国いまかの湖のひとはいかに
たれか知る湖に降りたつ白鳥のそれさへ切なかりし別れを
降りしぶく雨脚岩を執念の力に敲くかくのごとしも
彼我もなく全山のもみぢ極まりて燦然と神の光まばゆき
夕茜狂女の胸を焦すらむいま響《な》りわたる神の晩鐘
蟷螂よかのみさどりの斧錆びて殞つる霜月　蜜月の科《とが》
オルタンシア園丁去りし冬庭に葡萄色《えびいろ》乾けるまま年暮るる
昨日の人今日はもあらず年々に西方浄土身にちかくなる

雪浄土

八ケ岳いま雪白き麓原ひとりをめぐる冬物語

魅せられて雪を枕に果てにける青年に捧ぐ野葡萄の酒

野生なる木の実の酒の紅きをば誰かは恋のグラスに満たす

氷柱は日毎に軒に太みゆきげに色澄める山のリキュール

春いまだマイナス六度枯山は霧氷にけむる華やぎながら

宵月はおぼろなりしよ雪白き赤岳いつか闇にとけ入る

雪靴の底にきしみて山の雪踏むや思はぬ深さに沈む

たとふれば君アテネにて滅ぶとも王ならば捧げむ橄欖の酒

華麗なるグラス作りの工人よ真紅の酒をともに満たさむ

餺飥《はうたう》の鍋あたたかし山の饗《あへ》むかしの味感ほのぼのとして

一樹には一樹の歴史降る雪にいづれ様なすやさしさぞよき

世は荒れぬ　偽り多き官人のゆゑに心の汚穢に染む子ら

連禱

玉響《たまゆら》のひびきぞ美《は》しきこの国に生きてたまゆらのいのちを愛《を》しむ

水仙のふかき香はあり一月の池のほとりの　汝　ナルシス

咲きて散るいく春秋の変転の憶ひに踏めり深霜の土

窓外に一月の雨降り灑ぐこもりて久しき巴里便り書く

夢ありき大正少女ありて葡萄茶《えびちゃ》袴の胸は燃えしが

レニングラードの街も古りしか血に燃えし激しき人らの思ひしづきて

冬空の茜の雲よ連禱の裸樹の梢の一羽の白鷺《はくろ》

おもひあつく越冬賦読む寒の夜花なくて降る星の光に

雪舞へり今宵窓うつ山風に　山姥おどろに佇てり枯原

とどめ得ぬ流れのままに時も身もまして遣らふか心の夢も

道ひとすぢ木の下水の絶え間なき思ひしじにも雪降り積る

熊野森厳　（後鳥羽上皇熊野御幸を偲びて三十二首）

熊野川碧緑の水影ふかく伏して崖に咲く野紺菊

近露《ちかつゆ》の名もなつかしき幾王子むかしも今も遠し熊野路

寂然と熊野本宮鎮座せる御屋根の檜皮《ひはだ》千木いつかしく

神ここに在しまさむと瞼閉ぢしばし天なる静謐に佇つ

のこされし熊野御幸の御懐紙一首を拝す石碑《いしぶみ》のうへ

神域に静かに身を置き天地の原始祖霊にみちびかれゆく

峠いくつ　大雲取を越えませしむかしのひとを偲ぶしたたか
思ほへば原始信仰有霊観くまのふるみち辛酸の道
新宮に竹柏《なぎ》の神木そびえたつ古きみ庭の樹齢千歳
青岸渡寺登る五百の石の段数へつつゆく秋晴の旅
御滝道深深《しんしん》とをぐらき杉の香や鎌倉積みの苔踏み進む
御滝を青岸渡寺より遠望み撞く鐘の音に心粛然
ちはやふる神の熊野路わたらせしけもの道ゆく荒神のごと
上皇を偲びまつりて三熊野の那智権現に聴く神のこゑ
万乗の御身ひとつに無常観　熊野御幸に六道を踏む
御馬も召されず三十一回の熊野山越え玉体まさに
生生の気息こもれる密林は自然《じねん》森厳神代まにまに
杉の秀は鋭く天を指しながら天が下なるかなしみひそむ
太幹の一樹のもとにいつかしく戚戚《せきせき》の風慎みて聴く
誰かまた滅びゆくもの隠国《こもりく》の熊野祖霊のうちに鎮めむ
かつてここに和歌の聖の詣でらるみ心おもへば幽咽の滝
絶壁の巌にしぶき落つる水舞へるがことし　或は放下《ほうげ》

高きより落ちくる水に胸迫るさすが明澈《めいてつ》神なる飛泉
滝水は襞なし襞を重ねつつ勢《きほ》ひて落つる轟きながら
落下する御滝躍然　御気性もかくのごときか烈しかりけむ
無相なる水滔滔とおつるとき聴けるや大地慟哭のこゑ
垂直におつるを仰ぐ滝の水巌に散るや放つ白毫
これやこの巌に曝《さら》す白絹のあかねさしつつはなやぐは何
なにしかも見しよ御滝あざやかに滝壺昇る虹の彩雲
たぎつ水鳴る山の風光る陽もまこと神なるみしるしとして
御宿坊尊勝院はその昔君御宿を召されしところ
静心　いま三熊野に遠き世の帝の和歌のみこころを聴く

旅路

蘇る夜を過ぎしかば鈴懸のけさ瑞瑞しき葉はそよぐなり
遠き城館《シャトウ》の杜を思へり菩提樹のかすかに馨る池のほとりに
まどろめばはるか夏野を駆りくる馬上晴やかに牧童は笑む
限りなき緑ひろごるノルマンディ城庭に摘むあまき桜桃
ボン・ソワール黒人ピアニスト頬寄する梔子《くちなし》の香のゆらぐほのかに

謝肉祭のマスクとハット置かれたる暗き窓見ゆ天涯の丘
霧屋敷十三番地その古りし館《やかた》を仰ぐ誰が夢のあと
長き旅路にかなしみ多く重ね来ぬ濛昧として晴れぬ不信も
別離ありしそこより晩き出発の翼破《や》れたる一羽の小鳥
仰ぎ見し高処に澄みし天《そら》ありき陽の及ばざりし紆余の路にて
阿りも背理もありしその苦き表裏綾なして流れゆく河
見渡せば海境《うなさか》とほく漕ぎ出でて天の渚に泊《は》てし船あり
煙霧ただ縹渺として距てたりはるけき汐路のわが思ひ船
けふもかく昃日の海煌らめきわが歳月の夢運びくる
サン・ピエール弥撒《ミサ》の帰り路公園《ジャルダン》にて神に出逢ひぬ　美しき朝
汐の香を肌にまとひて神の子は爛漫と語りぬ若きあくがれ
ああ真砂ましろき渚青年の炎の血汐　青き松風
いま誰か青春　若き情熱のかなた陽炎《かげろふ》逢ふやかなしみ
いつの日の旅にか極地結氷の海あきらかに亀裂見せたる
極北の夜の地平にオーロラのもゆるを見たり地のかなしみを
残照はしづかに落ちて黄道光　あはく帯ひく朱の水平線

ブルターニュ悲しみゆゑにゴーギャンの行きたる村のキリストの像

逃避行身には果たせど果し得ぬ心は縁《えにし》の糸に繋ながる

ポンタベン鴉啼きをり椿咲く黒衣の女《ひと》と渡舟《わたし》に乗りぬ

颶風来て流され寄りし船ひとつ碇泊のまま帆はあげざりき

ゴルゴタの丘への道を歩みゆくゴーギャン　または昨日《きぞ》のわが友

せせらぎの胸に流るる愛惜をいつまでしのび返さむか世に

身も捨てむと思ひし程の夢も見き旅路の浪間にいつか消えたる

滅ぶ日にまして麗し忠度《ただのり》が一巻の歌　いのちの訣れ

郭公《ほととぎす》汝も思ひの余るらし声啼き交す互《かたみ》がはりに

ひと問はば某《なにがし》の法師が心よと言ふ外はなし生きて死ぬ身の

澄みわたる天の底まで響動《とよも》して誰呼びつづく山の郭公

あとがき

昭和五十六年以後の三百六十二首をまとめて『真澄鏡』と名づけました。私の第九歌集でございます。今年の秋、喜寿を迎へます日のために、記念の本を出す様にと、息子の辻井喬のすすめにより、思ひがけなくこの一冊を出すことになりました。

今年は、辻井喬の小説『いつもと同じ春』が河出書房から出されました。続いて九月には、巴里在住の娘、堤邦子『パリ。女たちの日々』が文化出版局から上梓されました。その後を追つて私のこの歌集『真澄鏡』と随筆集『旅とこころ』が出る事になります。親子三人の出版記念の集ひも、夢ではないなどと思ひながら、このあとがきを認めて居ります。

この度の本も、書肆「季節社」の社長、政田岑生氏のお世話になりました。急なお願ひにも拘らず快くお引受け頂き、深謝いたし度く記しました。

一九八三年菊月

著者しるす

秋露集

第十一歌集　一二三三首収録
一九八六年十一月十七日
文化出版局刊
菊判変型貼函付　三〇八頁
装訂　政田岑生

第一部　むらさきしきぶ

凩のこゑ

思ひ侘び問ひ来しひとは幻かふたたび影をうつさぬ鏡

淡海野《あふみの》の小田も枯れ色美し松さはなる幹のしぐれに濡るる

雲低く湖面に落ちて水冷ゆる　汝は鳰鳥松原の浜

模糊として晩秋の雨ふる里の淡海に古りて萌ゆる花の木

けふ寒き湖北しぐれの秋小田にむかしのひとの歌ごゑをきく

たち返りめぐりくる年心あらば嘆かざらめやいのちを生くる

光みな土に返してしろしろと貝塚の貝がさらす年月

出土せる白き貝塚身を薄く時喪失のとほき夕映

身を浄く住み暮す夜半眠る間もものやさみしき凩のこゑ

吸はれゆく思ひに仰ぐ冬の空銀杏かがやく黄色《わうじき》の塔

明日は雪やも（過ぐる十一月末、大阪への用事をかねて郷里滋賀へ墓参に帰る。折柄晩秋初冬の湖国は時雨、一入に旅情を深くした。）

花の木の名をなつかしむ花沢の老樹のもとに散り敷く紅葉
花の木のもみづる大樹のもとに佇ちここ過ぎたまひし聖を偲ぶ
碑《いしぶみ》に太子のおん名をとどめたる名も花の木の春秋のゆめ
手にとりし一葉くれなゐ花の木の春の花はもいかにと問はむ
散りやすきもみぢかへるでさらでだにつれなく降るな北国しぐれ
人麻呂のうたひし淡海しぐれ降る膳所《ぜぜ》の湖畔に遊ぶ水鳥
そのかみの陪膳浜《おものはま》なるよび名さへいみじくみ代のうつろふ膳所に
ゆきてまた帰らむ鳥かうら伝ひ膳所の並木に凩をきく
春はあせびのこぼれて匂ふ高き宮居今日はしぐるる神の大庭
いく度か詣でつつ思ふいにし日の近江の都かなしき都
のぼりゆく敦賀街道山のみち折々白く山茶花の咲く
時雨降る花折峠ちとせ経し山杉のみち神代のしじま
回峰行《くわいほうぎやう》の僧が通ひし峠みちしきみの枝葉かすかに匂ふ
底冷ゆる苔の牆壁、古欅しんしんと積る落葉に澄みて
雪の日の明王渓の森閑をしのびつつ渡る三宝の橋

いにしへも千日修行のゆきかへり花折り詣でし明王が渓

明王院の御厨子の前にさぶらへる矜羯羅《こんがら》童子のたのもしき貌

散りかかる渓のもみぢのくれなゐは息障《そくじやう》明王が負へる炎《ひ》の色

目に冴えて水も千入のもみぢ渓下れば里に水車廻れり

葛《かづら》川紺の絣の娘子がかぶらを洗ふ渓川の水

灯《ひ》の筋のうるみ流るる湖の橋彦根は遠く夜の道ながし

散りのこらむ思ひはあらじ紅槭樹《べにかへで》明日は雪やも知れぬ近江路

かなしみはいのちひとつに裹《つつ》みおく人も歴史も古りし近江路

ひえびえと北国の空　動かざる雲重厚に明日を意欲す

ただよひて地への光を遮れる散ればうたかた堆積の雲

冬ながし雲の下なる街に住むいと微々たりといへど人間

怨憎会苦　愛別離苦もおしなべて無常転遷　非我のへだたり

おもひをせちに

光寄する渚の風に海を聴く波はあしたの陽に目覚めつつ

うねりては寄せくる春の海の波くり返し濡らすおもひの渚

多感なる今日の落日海を染む春はこころの燃え尽くるまで

曇天をはじき返して金色《こんじき》のミモザは恋ふる海青き国
眷恋のおもひを切《せち》に身にひそめ苦し燿く春の双眸
見し虹ははかなく消えぬ青春の思ひは及ぶ昧《くら》く未来に
ひたすらなる懐疑　あきらかにあめつちの春に瞠けに昃《かげ》りなき目を
世の禍福はかり知られず　熾なる意《こころ》を生きていのち薫れよ
沈痛の面しづかにふりむきし汝が青春に花を贈らむ
みなぎらふ春の光に萌え出でし樹々土ふかく秘むる想念

渇仰

声もなく君を悼みの椎柴の袖うち濡らす寥々の雨
降る雨は一樹濡らしてしとどなり見るさへかなし喪の人に似て
聖徳の慈悲のみこころ地に滲みてあと訪ふ春の若葉花の木
渇仰のこころ虔しみて清芬を千三百年の花の木に聴く
近江野やゆかりの寺の磨崖仏　雨の山みち滝しぶき落つ
流れおつる峡の山水玉散りて　猩猩袴の花のむらさき
平松の山の傾斜《なだり》に灑ぐ雨ぬれつつ巡りぬ美し松よ
一枚の金色《こんじき》の布展べられし　春　曇天の菜の花畑

山つつじ紅むらさきに花満ちて　山もと匂ふ　青き近江野
旬《しゆん》なれば鰉《ひがひ》を給ふ　小ぶりなるけさの漁りの光る銀鱗

陽炎にたつ

静かに　ひとり思へば張りつめて生きこしことか　木蓮の咲く
岩蔭にひそかに丹色《にいろ》にじませて馬酔木の花はまことしづけく
失ひし心の庭にも春は来ぬわが雑草園の勿忘草よ
めぐり逢ひしを世のかなしみのはじめとすわが壁画《フレスコ》のさびしき磨滅
唐小賀玉ひとときは高く匂ふ朝いづちに返さむいまのかなしみ
散らばりしゆめの破片を拾ふ手があるとき昔の花など咲かす
いづちかもわがゆき惑ひいのち燃え花生ふる春の陽炎にたつ
沈黙の長き間をおきひとひらの花弁を散らす薔薇窘しき

緑充つる

大いなる白蓮木《はくれんぼく》の花咲けり水無月高くゆめ翔る空へ
ふり仰ぐ心にあまつ日の光　白花に享けてグランディフローラ
肉体をもたざる恋に憧れし歓びに咲く聖の花か
虚飾なき杜の新緑文明の及ばぬところしばしなる無垢

霧はるる杜に真紅《しんく》の面あげて歩みくる雉　緑金の翅

黄塵遠く松吹く風をひとり聴く心の箏《さう》の響《な》りおこるまで

ひとり聴く松吹く風も花の香も深甚にして天よりの喜捨

草庵の沈黙《しじま》はふかく緑《りよく》充つる　いつよりここに在りしひとりか

いかほどの心を今につくしけむ白樺の末に陽は燁けり

晴盲となりて久しき一片のレンズ越しなる花鳥風月

風の平野

天の河水蔭草やゆめうつつゆめにも咲かぬ花のあはれに

七夕の空に散らざる花ひとつ遠星空にかなしみ光る

針葉樹の杜の朝空あけわたりさやけしひとの犬呼ばふ声

水渇れて涸く河原の石の間に言葉尠く咲ける昼顔

露かとも光りし恋の束の間を江間の流れに消えし蛍よ

蜻蛉《かげろふ》は水に生れて空をゆく魂透きとほる夏の光に

北国の牧場の昼の風の中　視界に泛びさはなるとんぼ

あきつ遊ぶ北の牧野にもの思ふおもひの方のひとひらの雲

ホルスタイン　黒き牡牛が顔上げて笑ふ短き夏の牛舎に

四つ葉つめ草摘みて手にのせ見つめ合ふ風の牧野の一面の緑《りよく》
天の鏡きらめくときを美しき石狩平野にながき夕映
白樺の秀先に光ま青なる湖の底まで茜さす空
そのかみの思ひに咲きし常夏の危く水の瀬にゆらぐ夏
杳かなる渓の流れのモノローグ修羅の峠はふり返らざれ
黒揚羽落ちたる夏は過ぎにしを母の嘆きの荒れゆく大地
丹頂の鶴たつ羽音ききしよりよしなしごとはなべて忘れき
鳥隠れ風落ちて沼も青山もふかく鎮もる星光《ほしかげ》の夜
わが居りし風景はすでに遠隠り哀傷ふかき風の原あり
渉る鳥に明日を問はむか沈黙の日のみを生きて沼はさみしき
蝦夷升麻白穂なびかせ身悶えの風吹きそらす杜蔭の径
蔓あぢさゐしろしろ咲ける原生林しげりをふかく野生生き継ぐ
漁川《いさりがは》風の平野を鳥渉る　及ばざるわが知恵の限りを
離りゆき雲影遠く消えむとす　草薙ぎ渉る小野幌の風
草はくれなゐ
水邃きコモの湖　水底に愛恋の花かざすひと誰

胸に散るひとりの涙かなしみは湖よりふかし孤悶慟哭
ブラックカシス滴れる実の甘酸ゆき秋はも恋の素袷の藍
身のうちに苦汁滴る一本の火の樹育てり秋　空木《うつぎ》燃ゆ
冷やかに生の屈折　眸の奥に焔ゆらぎて映れるかなし
救ひなどあるべくあらぬ道のはてとどまれば秋　皎々と月
彼方青く澄めるを見たり霧ふかきこの世のはてに海は漂ふ
眠らざる夜をいつしか重ねつつ眠り忘れしいのちとおもふ
黄金の銛《もり》を右手に高く指すねむりより醒めしツタンカーメン
ひと懐《おも》ふ冬ましろき朝光《あさかげ》の窓に飾りぬセントポーリア
一沫の清芬かぎろひ美しき炎《ひ》となるときを侵されてゆく
年々にいのちの火はも燃えにつつ七曜かけて歌に淫《ふけ》りぬ
果樹園に林檎を食めばきらきらとアダムとイヴの甘美なる嗤ひ
あかあかと燭点されてそこよりは人も通はずよそなる花野
過ぎてゆくものの相《すがた》はおぼろにてげに声も莫《な》し時の深処
点すことなかりし華燭天上は今宵星降る何のうたげ
ほのかにも紫煙ただよひ夕づきぬなげなる言葉は言はむすべなく

水泥の池に落葉は朽ちはてて黝々と冬は底に澱む
きみが詠む自虐の歌の底に見ゆる女ひとりの滂沱のなみだ
色あはきスイートピーの花飾る何に哭けとて冬の日の窓
かなしきは花の幻うたかたの歌にうつせば火のいのちにて
山査《さんざ》子《し》の棘に刺されてたぢろぎぬあなけざやかに咲く寒椿

歌終らず

掌にとればたちまち消ゆる初恋のはかなさを降る正月の雪
はじめての心に染みし茜なれ　われに終らぬ早春のうた
いと細き春月なりき梅の香に抱かれし少女還らざりしは
梅花一枝そこより兆す運命の糸のもつれのながき昏冥
身も細る切なき想ひは誰ぞする流氷の別れ美しき海
嫩芽ややにくれなゐおびし瑞香よ心の花はいかに咲くべき
いつくしみし曙杉を移しやる秋はいづれに葉を散らすらむ
クリストフルのペーパーナイフ銀錆びて皇帝ナポレオン渋味加はる
何をもて代へよといふか碧玉のひとつ色濃くまぎれざるなり
思ひの川誰か渉りてくる夜を星は音たてて闇に落下す

神隠しの如月一夜梅林に巫女は聴きしならむ　受胎告知
朝日さすルイ十四世の古椅子に戻りをおとす大輪の薔薇

空間思考

暮雲いつか茜にそまる天を指し孤影さみしきタワーオフィス
ここに至りし紆余曲折は窓に鎖《さ》し眼下に低し密集の都市
屋内は色を拒める硬質の壁白白《はくはく》に直線の椅子
饒舌は窓にとざして空間の思考垂直造形の花
変革は地平に沸くか窓の外は無音碧宇の靄ただよへる
雨雲のたれこむる日は視界零　天の涙をしたたらす窓
鎮まりし五情にあらず還元の中空にしていつか風化す
靉靆の地平に霞む村里も遥かなり生活《くらし》のこゑ低くのみ
うつしみにしみて聴きしよ霧消せる風音かすかにひとのかなしみ
僅かなる時間をのこすオフィスにまたたくは星か春の昏れ方

むらさき秘めて

桜咲き梨花花水木咲き散りぬ水無月は薔薇ジューン・ブライド
春や花のうたげむざんに風荒れて散り敷くみればさくら曼陀羅

馬を馳すれば風神に似て大海の波とどろかす春の狩座《かりくら》
目閉づれば胸におもひは溢れゆき星の雫の降る花の庭
うす月の花にかかれる春の宵神ともわかぬ声を聴きにし
ゆめはいまひとりの宴すみれ草　泉をこえてこころむらさき
いかなれば尽きぬ嘆きに身を濡れていづれの明日に棹さす小舟
泊つるまで波になげきを漂ふかもとより小舟さだめなき汐
おもひ満ちて寄せくる波か汐の香に生きていのちの花賜ふべし
うす帛《ぎぬ》をほのかに被く曙にむらさき秘めて匂ふはしどい

万象

音もなく生死を分つあかときにミモザは空に爆ずる黄色《わうじき》
やぶ椿落ち重なれり弥生尽いづれうつし世五衰のかげり
千鳥が淵にけふ雨けむりわだつみの声なく沈む時の流れに
花鎮め過ぎてたゆたふ想念のそびらにうるむ月白の空
青山のあをきいぶきに住む神を恋ふれば木魂《こだま》の天渉る音
生きていのちの夢遂げざりき茜さしとげざりしもの夢に通へり
月虧くる夜は北狐残雪の樹海十里を奔る炎の耳

春の水ぬるむや否や　北はいま流氷去りゆく海の潮騒
ひとり喫む苦艾酒《アメルピコン》のほの苦き春はも卯月花はくれなゐ

夕渚

パールハーバーいく度ここに足をとどめ　げに紺碧の水に歎かふ
慎みて清晨の海に禱るなり　白帆游べる南太平洋
いくつもの言はざりし言葉こまやかに漣は微笑《ほほゑ》む朝光の海
ラハイナの古き港に船集ひ互みに語る船路の詩情
匂ひあまきピカケのレイを賜はりぬ水青く澄むカフルイの空港
失ひし言葉満ちくる夕渚しばしひとりの時を愛す
サンセット　崎の山肌むらさきに染まりはじめぬ心も海も
シャワー晴れしワヒアワの野にさはやかに虹たつ広きパイナップル・ヒル
鳥かとも仰げばハング・グライダーゆるやかに翼の白とオレンヂ
静かなる愛の言葉が韻くなり島渉りくるココ椰子の風

反魂草

目を閉ぢて夕べの空に星を待つ瞠らけばゆめ消えやすくして
われつねに天つ空なるひとを恋ひ一生むなしく星光に佇つ

恋百首詠めと言はれし黒髪のをとめごころに吹きし夜嵐

反魂草　黄もあざやかに咲き競ふ夏の函館　朗月の沼

草枕つゆのまくらをかこつ間も生死のおもひつくることなし

宮内卿のおもひやいかによき歌をつかうまつれの君が仰せに

いのちよと言はれしままに幻の想ひの泉涸るることなし

霧に咲く蔓夏枯草の水あさぎ恋ともあらぬ思ひ出に咲く

ひそやかに心の花のうす雪草咲く高原に還りくる夢

花筐恋のかたみのむらさきの檜扇あやめ咲く霧の原

神無月冷えふかみゆく晨明に忘れずも香にたつ丹桂の花

天上の星もはぐれて隕つる夜に梅鉢草は露享けて咲く

犬蓼の色あざやかに咲く里の秋風よ古りし瞋りは言ふな

朝つゆに濡れ光る実の目に冴ゆる錦織《にしごり》木は瑠璃つぶらつぶら

寄花想

秋冷ゆるあした香にたつ丹桂の忘れず通ふおもひいく度

花雫　壺《こ》に蒐めきてうら問はむいかなる香にぞ君酔ひたまふ

アンカラのローズウォーター透明の油に凝縮すかくて十五年

千の蕊炎《ひ》ともゆるまで人恋へば花さへ思ひに咲くにあらずや
その眸いのちをあつく湛えへつつうゐてんぺんの遊星に生く
こひなれば燃ゆる明眸的として弓をひかむか夢顕証《あかし》なる
匂へただに月澄む宵は失ひし夢さへ花の中に窘《くる》しき
色晒し梢葉しぬに明るみて鬱金黄葉《うこんもみぢ》の地を燋す秋
ここにいま夢蕩揺のひとり住み鹿ぞ焦がるる霜葉の山
おもひあまり化石のごとく佇ちつくす月光差せばしろがねの像
めぐり遇ふ花のすがたや貴船菊心に灼きし一茎の白
げに花のおもひぞ通ふ貴船菊誰を恋ふとや今宵新月

むつき如月

カリフォルニヤの夕陽に対《む》きて念久しカレーの市民鍵《キー》持ちて佇つ
赤心といふ言葉しきりに思ふなり西空いまし茜かがよふ
天路さし蹠そろへ飛ぶ鷗サンタモニカの波の別れに
またいつかサンタモニカに来て逢はむ鷗は波に鳴き帰りゆく
涼風の吹きくる朝の放心のひとりに寄する波のテラス
朝の渚砂踏む素足にやはらかきこの親しさを忘れかねつつ

支那鳩はあはれに鳴けり泣くといふせつなきわざを知れる生物《いきもの》
窓広く開きて海の風の部屋うたたねすずしきむつき尽日
昏るるまで渚に語れる家族ありモッキングバードの声交へて
オリオンを頭上に仰ぎぬ冬しらぬ常夏の島のきさらぎはじめ

海にて

朝海にかかれる虹の七彩の橋くぐりくる浜の小鳥や
小刻みに寄する遠波環礁に触れて身じろぎ引返しゆく
夏帽子目深にかむりゆく渚　子供の素足女の素足
言葉いま波をへだてて片言のサーフィンに散る若き夏海
砂に遊び波浪聴く日もいく日か明日はよしなきウイークエンド
波を踏む砂踏む足裏朝早き椰子吹く風のみどりの渚
ほろほろとチャイニーズダヴ砂に啼くあしたの空の貿易風《トレードウインド》
波ひろきカパルアビーチの鷗鳥啼きつつ風の只中に浮く
暫くは地球を背《そびら》に砂枕波と光と太陽の下
夢いつか自在の波に抱かれて汐風の中青きただよひ
朝露にひとときは冴えて白百合の目にたちて秋の風通ふなり

いのちここに明日は言はねど白玉の露も千とせの光のこせる
乱れとぶ秋の蜻蛉《あきつ》に多感なる少女がゆめは水色のゆめ

夢幻逍遥

梅白き庭にしばしをしづまらぬ思ひ　花さへつよき香に咲く
冒し得ぬその内側に薫るもの白梅のはかなく匂へるを
見つめゐしキャンドルの灯光《ほかげ》闇に流れいつしか深き夢幻逍遥
マドレーヌ市長燭台の灯を消しぬ神と住む屋も平安ならず
滴るは天のつゆじもふかき夜の夢もいのちもながき無言《しじま》に
湿原に鶴降りたつやおもかげに釧路《くしろ》花葱《はなしのぶ》しのぶとひとの
花の名を呼びつつ冬を過すとや雪みぞれ降る北の釧路に
君が哭く涙のしづくその雫享けて地に咲くくしろはなしのぶ
ただ胸のうちにぞ匂へうすなさけこの世に咲かす花にはあらず
かなしみの極みを生きて今ここにひとりの会陽《ゑやう》冴ゆる星宿
粉雪舞ふあした寂たる山の家に人逝きし報せ都より来る
見えわたる人の心のさみしさにたのまむはただ月と花のみ
しくしくと心疼けり今の世の若きらもののあはれを知らず

愛乏しく心さみしき若者ら蝕みゆくか己も人も
げに痛みふかく思へり咲く花のその功《いさをし》の春の若人
独り住み山の草木をいつくしむ春は歓喜の溢れゆくなり

玉響

雲居離《さか》る後の住処《すみか》や草の庵とくとくの清水汲む歌修行《すぎやう》
雲の上に仰ぎし花を後の日の吉野の春に偲ぶやあはれ
雨降りぬ　大地静かに潤ほひて白梅の花さやかに白し
白頭翁雨に遊べり黄の嘴に何を啄む枯芝のうへ
三熊野に詣でし去年の中辺路や音無川にも春は来ぬらむ
むかし誰か心に灯をばともしたるそれより不断のわがもの想ひ
きえやらぬおもひの中にともる灯の今宵涙に凍る如月
明けそむる空にかかれる残月の澄めるをいかに人に語らむ
玉響《たまゆら》のものと思へか在るいのち露の白玉花のくれなゐ
天に地に危きものは満ちながらたがはずよ春　いのちの芽吹き
滅紫《けしむらさき》　その色となく偲ばるる夢ありはるけき陽炎の中
生《あ》れて世に歌よむすべを知りしよりのぼりはじめき道のみなかみ

おのづから円位上人の歌憶ふ旧き如月涅槃会ちかく
白河　鳥羽　崇徳の院の渦潮のさ中に生きし円位かなしき

夏の鶯

あはれあわれ花のいのちは短かくてうつろふものか人のこころも
物思へば風薫るなり五月野や風にもこころあるがあはれに
ひとりなる山の庵に来て啼くは誰が杜出でし夏の鶯
山藤の風にゆらげば馨るなりあまくたゆたふ水無月の山
運命のカード繰りをれば地震《なゐ》のきて心ゆれたり震度三
月よいつ光を細く空に消えひとに訣れのあるをしへし
時鳥はかなく啼けば時雨来て傘のうちなる苦参《くらら》の花よ
飄飄と風渉りくる若草野しばらくはただ思ひ虚の中
赤松の大樹凜凜と匂ひたつよりて憩はむひとはまぼろし
科《しな》の木はもみぢするかやほのかにも信濃菩提樹花は匂へるを

北の海より

夏いまだワッカ岬に白白と晒されし貝の終りなき歌
北国の佐呂間の湖を渉り来て渚に拾ふ白き貝殻

打寄する北の海波なぎさなる風化せし貝まぼろしのひと
サロマ砂州かなしみを砂に絶えだえに弘法麦の穂はただ渇く
翔び去りし北の海ゆくかもめ鳥ワッカ岬に独りの涙
風葬り蟹の鋏のほろほろとオホーツク海の風に散りばふ
海に向ひ波にむかへばしきりにも問ひかくるもの胸に溢れ来
手に取れば軽くはかなき貝殻の薄きに涙頬をぬらしぬ
突堤に一列に鷗並びゐてわが帰りくる船待ちて居り
アンドロメダ星雲落ちて夢を咲く花なれ水漬く姫しやくなげよ

露に咲く

白百合はさやけく咲けり朝の庭なべての汚れ払ひしか夜雨《やう》
朝顔の花やすがしき露おきて色冴えまさる秋のこころに
歯朶の鉢に水やるあしたの語らひをうつけのさまと人は見るらむ
湖際の白きホテルの窓に佇ちいつまで晴れし面影を待つ
魚棲まぬ湖なれば言葉失へるトロンプルイユの開《あ》かぬ扉の前
虫すだく夜となりにきと文に言ふあはれつゆけき秋過ぐすらむ
露ふかき秋なれ誰か独り居の袖濡らすまで月に歎かむ

しとどに露こぼれて秋の浮雲の流れて澄めり岨菜《そばな》むらさき
風もまたひとりの窓にひそやかに秋の言葉を運びくるなり
いのちあるものと思へば露に咲く花さへあはれけさはむらさき

爽秋の窓

見えわたる雲のはてまで虚空まで澄みきはまれり秋の高原
たとふれば朝《あした》の露のひとしづくそれにもひとの想はれぞする
いまははや呼べども返す風ならで吹き過ぎし野はただ深き秋
花芙蓉朝露しげくなりにしを告げなむものかはや神無月
はるかなる海も赫け金木犀の花のかほりの苑に充つれば
その道は遠くにありきされぱとてゆくべくわれの歩み来し道
いのちもて露踏み草踏み来しものを心の道はなほ茨なす
汝《なれ》秋の粧ひするか花水木朝あざやかに葉のくれなゐに
散るべくはかくこそいのち散らまくを心の火をば葉にうつしてぞ
ほのかにもアプリコットの香にたてる紅茶《ティー》に和める爽秋の窓

秋の訣れ

燦燦と天の薔薇窓光差すサント・シャペルに心置きて来し

十三夜今宵は月の明らけく汝が棲む星の桂が匂ふ
冷えしるき夜空にはぐれ流れゆく星ありそれより秋深みたり
禁断の木の実ひとつを施され道あやまりし少年アダム
照る月の光こころに透るまでさやけし死者は天に化身す
かなしみを遣らふすべなく身を投げし棲み憂かりける人間の世を
庭隅にひとむら咲ける柚香菊《ゆうが》はかなき花を好みしあはれ
みだりがはしきこの世を捨てし夜鳴鳥　月宮殿にいまは啼くとよ
浜離宮の杜の上空舞ひ遊ぶ鳥群くろし西は焼けつつ
一夜の蔦のもみぢ葉ひらひらとわが掌に告ぐる秋の訣れ

尉鶲

天晴れて陽はかがよへり冬庭にしんじつ丹し楓もみぢ葉
うつくしき鶲遊び来語らひの窓の辺ちかく紅葉は散りて
手折りたる小菊の白き香の清きされば一盞こころ酩酊
ゆめ多き精霊少女いまいづこ荒寥とただこがらしの街
橘のかぐの木の実よ熟れし実よむかしのひとの春の想ひに
雀来てさそひてゆくか紅蔦の散るや天上一片の雲

尉鶲《じようびたき》　何の挨拶かつてわが見失ひたるたまゆらの虹
前生《さきしやう》は何ぞ火を焚く尉鶲げに胸に火を　汝天の使者
波頭白くくづれてわたの原紺青冴ゆる星の渚に
草もみぢ燃え立ちにけり山の原昨日夕陽の夢を宿して

新月に献ず

糸切れむばかりに張りて紙鳶《いかのぼり》見てゐる空の青に吸はるる
旱天に心涸けりわが病めば神もはるけき天界に病む
遊びなきこの世に遊び夢うつつ浅きゆめ見し歎きは言はず
午後の陽に映し出されし裸樹のこまやかに語る冬木のこころ
天の海に雲の波たつとうたひける万葉びとも空恋ひわたる
夕星《ゆふづつ》は昏れ迅き冬の高空にふるへやまざる光をともす
ひとり酌む宵の盃新月に献じてぞわが歌はありける
ポセイドンの広きふところに抱かれて万波にきらめく星かげを見き
冬海は風波あらし沖遠き島の狩庵《かりほ》はかなしかりけむ
今もなほ水紺青の底ふかく光りてしづく珠はあるべし

海原青し

大はくてう降りたつ沼湖にみぞれ舞ひ冬の釧路に北狐病む
廃屋の僧院にさみしき風見鶏《ギルウエット》司祭失明の後方向わかず
海燕夜空に舞へり海神の呪禁《じゆごん》かうたげか物狂ひめく
海鳥のこゑ啼く波の彼方より魂ゑぐるさみしさは来る
やや粗野に唱へる若さ躍動のさすがに盈《み》ちくる潮《うしほ》がにほふ
見渡せば海原青し朝光《あさかげ》にさざめきながら波は寄するを
予測出来ぬ危機孕みたる憂愁の地球を歩むいまの一刻

うたびとの雪

裸樹雪におのづからなる粧ひすその細枝にその太幹に
見てあれば逆巻ける雪流るる雪舞ひて狂ふや天の氷《ひ》の花
深深《しんしん》と今降る雪は天空のかなしみこめてかく散りぬるを
降る雪は涅槃散華か雪浄土かすかに鈴《れい》の韻きくるなり
白きもの天降りくるむなしさよ模糊たる中に鳥はたちゆく
古りし代の白鳥《しらとり》御陵かなしめば冬の銀河に雪降りしきる
雪よ汝を掌に受けたれば消えゆきぬ消えて涙の露のしら雪

鎌倉の宝前に実朝《さねとも》果てし夜もかく凜烈に雪は降りしや
あまつ空に雪あふれしめかの夏の涙凍らせもの思へとや
雪の夜の大地ものみな凍てゆけり拭ふよしなし思ひの涙

風蝕

残月の虧けてかかれるあけぼのの光にさむし白梅のはな
水の流れさながらに月日ながれゆくわが残生の影やいくばく
かずかずの思ひ重ねて昏れし日の胸の絶壁モニュメント・ヴァレー
月光に映し出されし風蝕の地塊断層ながるる氷河
夜の思ひ朝《あした》はしぼむ花に似るいま陽の下に佇つひとや誰
夕べ点《とも》すひとつの流れ燈光は底知れぬ愉悦　走るハイウエイ
残れるはただ一基の碑《いしぶみ》のことばのみかつて人ここに在りき
銅鐸を連ねて打てば韻くなり合掌のまま聴く涅槃楽
新月に見られて居りしかくもまた光鋭く胸を射すもの
くり返す潮の波動に虚しさのまこと無窮の声を聴くかな
散るもまた
紫の花こそ化身朝毎に呼びかくるその花の一輪

面影はいよいよ胸に磨かれてはるかに天の月光に冴ゆ
人恋へばかたみに一生は涙にて寂滅為楽この世まぼろし
部屋ぬちに覚めざる夢の花満たす天の泉を汲まむ夜のため
呼び返し帰る鳥とはなけれども月夜の空に声よばふかな
散るもまたいのちのあかしいさぎよく花冠を落す椿くれなゐ
したたかに抱きとめたる花の香を徒風狂の末と思ふや
満つれば溢れ溢るればいつか溺れゆく人を憂しとや世を距てつる
ニルヴァーナ非在常住清浄道むなしさ極めむこの世のこころ
ああ尊者衆生病めばわれも病むかくのらせ給ふ無限慈悲なる

夢は結ばず

人去りて世はうつろひぬ春やまた馬酔木花咲く見る人なしに
青波のおどろなるをば思ひをり還らぬ春のひとつの船出
望月の虚空に懸る春の庭万朶の桜冷えまさるなり
はからざる無言の出会ひひたひたと寄せて返りぬ引汐渚
海もまた悲しみに満つ岩肌に汐波くだけ夢は結ばず
月光に地表は晒す悔恨の雪野かつがつ滅びゆくもの

とげざりし春をかたみに抱きつついさぎよきまで独りとおもへ
夭折の君が微笑に咲く花を霧の林の岩かげに見き
月影にあやつられゐるひそけさに白き梨花咲き匂ふ宵かな
仰ぎつる鬱金桜の色さみし何をひそめてそのうこん色

月に薫ず

若葉して朝陽にきらふ志賀の山むらさき躑躅染むばかりなる
禁欲の花かも通草ねず紫ながき失意ののちに咲きしよ
花喰鳥はなの甘きに酔ひ痴れてうつつの春にめしひてゆくか
檉柳《ぎょりう》あはれ花房垂れてうちゆらぐ寂しかりけり陽は差しながら
かの死者の心羨しと思ふ日よ風蝕の丘に啼く夕鴉
山紫陽花はな咲き沈む峡の森蒼き俤見ゆるあはれに
青き夏の湖畔に佇てば水の精花の精ともなりなむ思ひ
淵昧き崖に咲く山百合のくづれむとして青き曙
甘美なる境涯とはそも何ならむふり返りつつ泣かぬこころに
風狂のこころの遊行数奇のみち心の花は月に薫ず

勿忘草

鍔広き帽子はなやぐ六月の巴里ロンシャンの朝晴れわたる
雨降りぬサン・ラザールの駅ちかく一つの傘に濡れて二人の
ジヴェルニーのミュゼとクロード・モネの庭勿忘草のげにさはに咲く
マロニエは高高と秀枝に紅白の花のキャンドル　ヴェルサイユの道
昔男ありけりと書き出でしひと男の子この世にかなしきものか
この頃は身ひとつを生くる術さへもはかりがたなし山ほととぎす
いつかまた死出の田長《たおさ》の啼く頃かあやめもわかず五月雨の降る
鬼も棲む人の心のうらうらに惑ひつつ摘む言の葉草を
樹々の香に身の染まるまで高原の林を透し啼きわたる鳥
露光り道芝の緑《りよく》清らなる見よ鶺鴒の尾羽うちたたく

露のかごと

山高し大気すがしき夏の夜大待宵草花ひらきたり
いのちありめぐり合ひにし夏の夜の大待宵草と新月の色
山暮れてこころ通へり花と月語らふ恋は露のかごとか
水浅黄夕べの空の雲切れて誰が呼ぶ声ぞ天の川原に

昔摂津の野を駆けゆきし王ありき夏野の駒にわが心燃ゆ
夏草にまなこ耀く若駒よ汝が牧原は夢のステージ
恋は死の匂ひをもつと言ひにける見事に墜つる双頭の鷲
地獄谷と怖れさせつつ山の道走りゆくシャトー・ヴィニュロールまで
ブラスリーに来てくつろぎぬモザイクの十八世紀の高き天井
いま誰かサンシュルピスの噴泉に夏の花火が花びらこぼす

契りおきし

見し花を皇子の渡御《わた》らむ日までもとうつろふ晩夏の山に懐へる
朝露にみやまあかばな見し日より野は秋風の栖《すみか》となりぬ
あはれとは思はでいまは豊かなる露にまかせむわが思ひ草
契りおきしかたみの胸におく露もいつしか涸れて秋風の原
果さざりし夢美しと想ふなり未完のうたの消えぬ火の胸
詠《なが》め暮らす花にも人の想はれていつしか虫に声しげき庭
葛の花しだれて咲けり崖に尾花光りぬ長月の風
風白く蕎麦一望の畔をゆく信濃高原秋は熟れゆく
億万年の後に地球は滅ぶとぞ少女の胸に言ひし人はも

億万年の時をば誰の知るならぬ明日やも知れず　今宵澄む月

川よ澄みて

等閑《なほざり》に過ぎしにあらず神無月懐古しきりに匂ふ木犀
家隆《いへたか》が思ひ入りにし深き露つゆだにうらむ秋ならねども
旅の世の大河徒渉のうたごころうたひ尽して散る花ぞよき
川よ澄みて流れよ秋の月光の落ちて語らむ夢もあるべし
ひと日わが耳朶にゆれゐし水晶の重きに歎く秋もふかめり
ここはこれカタルシスわが別世界霧をへだてて深き静謐
過去世より来たまひて人は誦《ずん》じたりいづくもおなじ秋の夕ぐれ
抽んでてゐるさみしさか秀峰は雪を冠りてただに白銀《しろがね》
ルイジアナ・ミュゼに降りし秋霖の今宵も降るか青きデンマーク
神無月夜空に月のかかる時今月今夜誰が涙降る

天の使者

胸をよぎりし人やいくたり一声を啼きて去りにし山ほととぎす
朝露の草野をゆけば水無月の終りの空へ啼き去りし鳥
時鳥ひと声胸を貫ける霧の中なる夏枯《かこ》草のはな

しぐれの花

澄みゆけば小夜《さよ》の衣もうすじめるおもひに聞けり夜半のしぐれを
白式部ひともとの細枝に実を結ぶ開かで久しき東《ひんがし》の庭
透明に色を晒して移ろひぬ樹樹霜葉の帰心さやかに
深深と真夜の病棟うち沈みわれは水底の青き深海魚
俗情の散る霜月とおもふなりわが落ち髪もかくのごとし
蠍座の星の光の落ちて澄むすめば声哭く青き深海魚
点滴の泡のひとつぶうごくさま見つめて今日のいのち見納む
蠍座に病みて鰭振る深海魚水沫は光の粒となりつつ
黄葉《わくらば》の地に敷くさまに落ち髪も天の摂理に従ふものか
哀傷のしぐれの花か義孝の少将が歌に秋ふかみゆく（辞世）
思ひ重ねて咲きたる花かかげ清く足摺野路菊聴くや波音

第二部　こぼれうめ

——歌のしたがき・ノートより

『蕩漾の海』以後

宴

多感なる今日の落日海を染めぬ瞠く彼方かげりなき眸
桜いま空爛漫の花の雲極まるときのこのかなしさや
風はまた散るをさそへり雪かとも散り敷く土や落花の宴
もえたたぬ異質のものは片寄せてひとりの夜は独りの想ひ
断金の交《かう》は稀なる世に在りてげに美しき波と環礁
遠海の沖津白波知らずとや環礁青し南《みんなみ》の島
潮暗し光失ふ夜もなほ水沫は生れ磯につぶやく
岸に寄する囁くごとき白波の真砂ひたしつ波の想ひを
遠波や隠岐の岩礁《いくり》に寄する秋風ごとに冷え深むと告げむ

紅葉澄む

修羅いかに御掌を垂りて木彫《もくてう》の十一面観音ゑみませるなり
優曇華の花咲く夏の朝の窓稀有なる啓示たまひし仏陀
さらさらと洗ひ流せるものならば洗ひたしわが心の憂さも
紅楓狂女が舞の夕茜にごりとどめぬ秋冷の夜
霜葉の落つる暫く華やぎに時雨降り添ふ紅を深めて
紅楓に障子あかるむ草庵にしばし散りゆくもののはなやぎ
庭隅の小菊すがしき朝の露露よと言へばいよよ澄むなり
散りのこらむ思ひはあらじ紅楓明日は雪やも知れぬ旅路に
目に冴えて流るる血汐のもみぢ谷下れば里に水車廻れる

早春

春いまだ早き山路の油瀝青《あぶらちゃん》しみじみとふかき香を放つなり
美鈴湖に氷光れり残雪を吹きおろす風の峰もかがやく
落葉松の芽吹くを見れば水の音小鳥らのこゑ春の目覚め
古井湧くむかしの伏屋跡くれば残雪光る南アルプス
山霞み懈怠の春を啼く小鳥いのちあるものかりそめならぬ

雨の音やさしかりけりすこやかに育ちゆくものに春の潤ひ

弓張月はからず仰ぐ忘れねば占問ふ今日のあはれさもまた

高原の雪夜さみしき声あげて風説のごとく渉りゆくもの

夢を追ふ朝《あした》木立の白樺にほのかにまつはる朝靄のいろ

何ひとつ果さぬままに今日昏れて山深深と雪降り積る

時移り世は凄まじき変貌の巷に若き魂の餓ゑ

登りゆく春の坂道くさぐさの思ひ踏みつつ朝の坂道

山と湖

さくら咲く春の山路のひそけさよかなしきばかり樹々の香のする

花吹雪舞ひ散る寺の池水の浅瀬に黒き蝌蚪のうごめく

見しや誰音のみ庭にけふくれば花のかけはし見ゆる面影

しくしくと疼くこころに目上ぐれば花も思ひもひと方ならず

水脈ひきて暮《ぼ》靄《あい》の湖を帰りくる釣舟ひとつ水面《みなも》滑らか

昧爽の湖にたつ霧竜神は朝《あした》ひそやかに目覚めゆくらし

草の葉も露をいのちと恃むらむけさほどほどにおとろふる夏

何もかもつきぬけて今朝澄める山明日は碓氷を下らむとおもふ

飄々と風吹きわたる牧原に立浪草のむらさきの花

なぜかまた胸にしぐるるよしなしごと霧の迷ひか風の迷ひか

とらへ得ぬ高嶺の花を吹く風を危しと見ぬあつきこころに

寂寥の時のはざまにおちてゆく思ひの底を流れゆく水

北しぐれ

人生きし跡をば訪へり日野川の水さらさらと雪野寺あり

訪問《おとな》へば声は返らず雪野寺阿弥陀如来が留守居したまふ

船岡山の万葉歌碑に風吹けり蒲生野遠く光さす川

時移り人変りゆく世の末を見つめをりさみしき流れのゆくへ

十三夜月の山路帰り来ぬ月かげ乱し流れゆく雲

思ひ出の川の流れの片ほとり匂ひて咲きゐし梔子の花

いかほどの心に今を尽くさむか梢に高く月は昇れり

赤松の杜に真紅の面上げて歩みくる雉子緑金の翅

身をやつし黄塵遠く風を聴く心の箏のなりひびくまで

舞扇かざす面はすでに冷え炎《ひ》とまがふ眸の底なる涙

かなしみの花なれば高き香に匂へこの上もなきうた声秘めて

岩かげに丹色《に》にじませひそみ咲くあしびの花はしづけき一枝
霞たつ懈怠の春の黒羽鳥いのちあるものまたかなしきを
言はぬまま言葉は胸に鎖《とざ》したりこの世の外なる思ひぞしげき
故郷の石槌山の雪の峯阿波徳島の城も古りしよ
祖母《おほはは》の凜と在ましし屋敷跡そのおほははの齢を生きて
われ時に男の子の如く烈しさの父の気概をなつかしむかな
ほてりたる心抱きて帰り来し暗夜の庭にかづら匂へる
天球儀（昭和五十七年二月二十四日　岩田栄吉氏逝去）
君が絵にむかへばはるか巴里の冬胸にセーヌの水が流るる
影ふかきトランプ一枚置かれたる無言の小鳥がのぞく天球儀
君すでに病篤しとききし日を白梅の花咲き盛りける
しみじみとトロンプルイユの絵は語るおどけピエロの涙の笑顔
描かれしは悲哀か虚無か透きとほる小鳥とマスク屈折の光
夜をこめてまなこ見ひらき人形は塗りこめられしタブローに哭く
けぶらふはて（昭和五十二年十二月十二日　青山昭一死去）
浮雲の空に凮たち昏れ迅し狭山ヶ丘に散る晩楓

燃えはてし瞋りか怨かわが耳に杳《はる》か見ぬ世の歌韻きくる
常世なる罪やは亡ぶ枯るる野に澄むかげもなし末の玉水
空蟬のままにぞいく年生き堪へし果なる師走無言終焉
汝が一生短く終るもろもろの怨念因果土に滲みつつ
消えはつるいのちの空の深処より降るレクイエムかなしき煙雨
流れゆく現世《うつつ》の川や腥く押し流さるる師走の挽歌
おもかげを今はいづくの空に見むけぶらふはての寂莫の野辺
言葉にはならぬ哀れに目閉づればすがしきものは露に似るかな
えにしとは神の仮託か愛憎のうらふき返す冬野のあらし

晶晶

橘の花咲きぬればわが庭のいづくともなく風馨るなり
甲斐の山越えゆく時に仰ぎたり一樹花ある桐のむらさき
時鳥鳴き過ぎにけり糊空木《のりうつぎ》花しろしろと夏おそき山

夕茜

色淡く桜散りゆくその軽きはかなさよけれただにしづけく
花明りいつしか白く流れゆくうつろふものらまことすみやか

言はずただ悲しきまなこ人も花もかくて無言の訣れせりけり
年を経ぬあつき掌胸におきあといくばくの夢の枕か
しらしらと道のゆく手の見ゆるなり十万億土寂滅寂静
見しものは見てし後なる冬しぐれ冬樹は黝く落葉は朱金
夕茜空の遠燃えただ胸に灼きのこしてぞひとりの想ひ
夕茜あけに燃えたるその奥の言はむよしなきかなしみの空
何もなくただ莫々と海昏れて船出すらしと神のささやく
悲しみのその夕茜船出せし人は再び帰り来まさず
（何者かに遮られて、その人は傷心を船にゆだね、日本を去つた。欧州航路はその日から茜の空の彼方に在り、私の心から消える事はなかつた。大正少女の思ひの彼方に。）

鎌倉館
運命の一生《ひとよ》短く鎌倉の青年統領若くはてにき
実朝の横死はあはれしかれども清しくのこる「金槐和歌集」
上皇を隠岐にぞ遷しまゐらせし北条もたちまち滅びたりしよ
滅ぶもの滅ばさるるもの武士の世もあはれは尽きぬ鎌倉館
君ありし治世はかくやと仰ぎ見るげに花清し泰山木よ

泰山木水無月高く花開くもとむるは空に広きこころを
たぎつもの胸にひびき来詠む歌に千辛万苦とのらしたまへる
天降言《あもりごと》しづかに歌にのこされし光の滴ひそかに汲まむ

独りゆけ

新緑の杜の坂道のぼりゆく貴船山吹黄のしたたれる
水勢ひ貴船奥宮潺湲と沢に鳴る水岩に散る水
水神の貴船の山の杜かげに一輪草の花の清しさよ
かの修羅もその煉獄も超え来しよ即ち神のみ心として
生きし世にあたたかき掌は知らざりき仏陀の言葉ひとつをもちて
独りゆけと教へし仏陀の厳しさをまことと知りぬあめつちの中に
青桐の多《さは》なる花に風ゆれて零るる雨の天現寺道
生れくる夏蟬しづか羽化しばしあはれ万象のいのちといふは
野薊の花いろいよいよ深みゆくその花にして茨をかくす
秋風のたちそめし野の女郎花もの思へとやはかなき花の
山雨来てたちまち過ぎゆく伏して咲く野菊の花のまことあはれに
ししうどの白き花冠に夕陽さしうるはしきかな九月の花野

北海遊航（昭和五十六年九月六日）

メインマストに白帆を張れば風を孕み函館の海紺碧の水
八戸港に嵐を避けしクルーらの日灼の面にさす朝日かげ
ゆるやかに風を孕みて往くヨット帆綱あやつる海の男の子ら
空青く水みどり澄む北の海クルージングの白帆さはやか
風を受け朝の海に帆をあげてしばしうき世の岸を離るる
七人のクルーはレモン・イエロウのシャツさはやかに帆綱をさばく
シドニーのオペラハウスが目に泛ぶよき程に風にまかす白帆に
満々の風を孕みてゆく白帆海原青きうねりにまかせ

釧路湿原

まのあたりやちはんの木の群を見き沈水植物生くる湿原
おぼつかなくたどり着きたり湿原は黄のたぬき藻の咲く湖沼まで
アンドロメダ水苔ふかく抱かれてさながらもみぢするが哀れさ
谷地坊主北よしすげの草むらにゆらぐ長穂の白花吾亦紅
耳かき草のうすき紫藻のいのち水漬きて生くる釧路湿原
おのづから菅の根株を菅枕鶴は子を守る湿原の巣に

時経ては褪せて色なき朝の雲はかなしひとを恋ふといふさへ
ひともあはれ樹々もあはれと思ふまで桜紅葉の土に還る日
くり返し人は生きゆく春秋よほとほと重きいのちと思ふ
晩秋の雨降る町よ朝戸出よかくもさみしく心澄めるは
それもまたアドリヴに似る台詞かと風にまかせて聞き捨てにけり
今は哭く涙もあらず晶々と降る雪あらば埋もれゆかむ

白き流泉

新月のかぼそき光わが胸は射ぬかれしまま癒ゆることなし
相見ねばいつか忘れむかく思ふ心の空に差せり月光
深閑と白き流泉のかたへにて消えゆく波紋見つめゐし春
燃えつづけ咲きつづく花はなきものよ覚めざる夢のあるべくもなく
水無月はふかくさみしく青色の咲くすべもなき恋の花かも
水色は涙の色か流れゆく雲うかぶ空のとらへ得ぬ色
ほのかにも花の色の香はする如月の闇に音なく沫雪の降る
闇ふかき梅の香のみを胸に抱きもの憂くひとの死を思ひをり
春嵐奔馬のごとくかけ抜けてけさほのぼのと土の匂ひす

あけぼのの草庵の窓戸の外に巣ごもるもののささ啼きのこゑ
如月の都に降りし朝の雪このままここに朽ちゆくもよき
これやこの降りくるものの白き夜庭燎《にわび》にうかぶ花は白梅
いつしかに鳥隠りゆき青山も沼も鎮みぬ星光のもと

夏の静謐

湿原の枯葦原にひそかなり釧路はなしのぶ人知れず咲く
うすむらさき霧にかくれて茎細くくしろ花しのぶ忍ぶ姿に
いつよりか棲みつき遊ぶ丹頂よ鶴居の里の夏の静謐
月ひとつさみしからずや中秋の空の広さに澄むもかげるも
暗鬱の空なれば偽りならぬもの身にまとへとや木犀匂ふ
花散らし大地匂へり金木犀香を聴けばうかぶ幻ひとつ
金木犀花咲きかをる園のうち明日は匂はむ天のまほらに
靉靆の沖のはるかをゆく船よ今宵灯ともす島もあるべし
うたた寝の一夜は明けて昇る陽の光の海にとけて鷗は
紺碧の七夕の海うねりつつ鷗と語る白き波の秀
露冷えし草むらかげにひそみ咲くみ山りんだう色冴ゆるかな

呆然と海をみつめてゐたりけり問ひかくるもの胸に溢れて
秋風に身も細るよと嘆かむか言ふべくもなし野ぼたんの花

五月光

朝光にかがよふ空を見上ぐればあな大盞木の花白きかな
悔いふかく抱きて歩む篠懸の並木のみどりいとさやかなる
見よ五月嫩葉の光溢るるを何に涙のまなこをうつす
山鶯汝がひと声に迷ひ入るこころ五月の光の中へ
写経する心に書きぬ左馬頭親定が水無瀬恋の十五音
仙洞の水際のあやめ剣立ち光れる葉末のしら玉の露
ほのかなる光は差しきかなしさをわかち合ひたる月と人影
いささかは時の思ひを宿しつつ月さへ細く己を隠す
仰ぎたる山の宵月運命のひとすぢの道をかく照せるや
冷えはじむ朝の目醒の清しさよこのむなしさをひとり愛《め》づるなり
夕茜ただに燃ゆると歎きしよをとめ心に訣れせし日を
恋は夢一生は幻あくがれは露ひとしづくこのあめつちに

新月

神は言はず新月細く空に澄み六道の辻吹きめぐる風
新月を今宵仰げり扃しかねしばしを光の遠方にもの思ふ
美しきさよなら一語言はむすべ心ひそかに夕月に問ふ
冬しぐれの里に降りたつ葦田鶴よここは人里けがすなこころ
手を洗ふいささか清き物欲りてさやけき水に手をしきり洗ふ
くづ折るる女心を支ふべく意地にひとつの燈を高くかかぐる
激動の一生を思ふ荒波に船出せしより六十余年
さまざまの生き様を見て来し今や魂冷ゆるまでさみしさ至る
みをつくし世の荒波に船出して一生涙に過ぎて来しかな（二月二十二日後鳥羽院忌）
冬空を仰げば杳《はる》かきこえくる隠岐行宮の松風の音

湖の白鳥

月光はいづべに差すや白鳥は胸透けるまで夜水の上
夕茜狂女が胸を焦すらむいま響きわたる神の晩鐘
天渉り来て遊ぶ湖の白鳥よ神さながらに凍て極まりぬ
浮寝鳥湖の浮巣に春のゆめ誰が転生の涙か波に

むせぶまで花芽香にたつ小松原このやさしさにほとほと泣かゆ

一点の濁りを排す世にすねし身にはあらねど嫌ふ卑しさ

春雨に潤みて咲ける御衣黄《ぎよいくわう》よ狩衣の袖しぼるひと誰

見上ぐれば鬱金桜は潤みたる小林秀雄この春は亡く

いづれ花もいのちもやすらに散るものをしづかに扃す夕昏の窓

ヘンリー・ムーア横たはる母子に若緑倉敷の庭風さやぐなり

涙の淵

飛鳥山こころにそめし花の雲仰ぐ思ひに見ゆるおもかげ

乱れ散る一樹の桜の下かげに身の冷ゆるまで佇ちつくしける

生きて知る心の重さ身の重さ思はぬ人のおもはぬ背理

滂沱たる涙の淵におぼるるまでもの思ひゐし一夜なりける

救ひなき煉獄の日日歌ひとつに依りて生きこし　遮莫《さもあらばあれ》

裏切りのこの世のひとを怨むより身の直心《ひたごころ》ひとり嘆きぬ

あめつちの神知りますや弦月のかくもさみしく空に消ゆるを

差含めば愁ひぞゆらぐボン・ソワールさし出す細き手のキャッツ・アイ

日月は火宅に似たり水流れ木々金色に土に還りぬ

おのおのに私あればはれやかに返りくる言葉尠くなりぬ

耳翼には水晶ゆるる夏姿かなしみ秘めてひとははなやぐ

うつらうつら覚めて曙見しは虹この世の外の思ひの空に

見し夢ははかなく消えぬ消えてのち蠟のごとくに黙す海原

十日月淡きを空に見上げたりさみしきものか月を吹く風

見返れば一生はるけく夕靄の彼方漂ふ涙もゆめも

裏町の狭き甃石《しきいし》屈曲の塀に古りたる外燈ひとつ

サン・ブノワ僧院の町思ひつつ夜半ひとり酌むレミー・マルタン

パッシーのマルシェの朝の人混みにまぎれてゆきぬ旅の日曜《ディマンシュ》

河岸の柳に春の光さしロワール川に陽光たゆたふ

空蟬

君若く死ににきあはれ生ひたちのかげりさびしく身に負ひながら

空蟬の声も枯れたり寂滅の道をえらびし君が新盆

花よりもはかなく散りぬ水無月の山啼き棄ててゆく時鳥

死より外に身のすべもなき今の世に生れ来たりしひとよ悲しき

誰か知るそのいさぎよき消滅に綴らぬ詩歌天涯に充つ

その若き生命を断ちぬ身ひとつをさやけく生きぬ術あらずして

『真澄鏡』以後

無言の底

野ぼたんの花咲きいでてはや秋の色なりけさは風さへ澄める
けふ白露《はくろ》百日紅の花多《さは》に散りこぼれたり何の名残りか
更けて夜の想ひいよいよ澄みゆきぬ無言の底に露はしづきて
さみしければコラージュ作り歌はざる思ひを色に貼りて咽《むせ》びぬ
透明のいのちを掬ひつくさむと描きては破る素描いくたび
初夏の紫陽花藍のふかむ日に露とも言はで消えしひとかな
縹色冴え冴え見えし粧ひのその夜のおもわ夢に嘆きぬ
花なれば潔く散るこそよけれ人よこの世はかなしきに過ぐ
新月を空に見上げて精霊のすずしき面輪忘れずあらむ
花野いま惜しまず咲けり後の日のあらぬおもひに露を宿して
さみしさは秋野の萩か白露の零れて還る土のしづけさ
身も古りぬせめてしづかに乱れなくゆくすべあらぬか霊樹の杜へ

あした沈める心の湖よかなしみよ夕べ暮靄のたちのぼるまで
金木犀花咲き馨る初秋やあめのまほらに明日は匂はむ
九里香と君がおしへし秋空に金木犀の高く香にたつ
はるかなる想ひに咲けば九里香よひとざまならぬ清き香放つ
ゆきて会ひかなしみおほく語らむか湖いよいよに澄む秋はいま
意地ひとつ貫きし身の一生《ひとよ》なれつひの日にこそ清しく笑まめ

父の子われは

待つひとのありとは言はじしきりにも西方をさす雲のしたしき
更けて夜のしじまの想ひ心ひとつゆづらざりけり父の子われは
辛きつらきうき世なりしが少女の日の光を抱き偲ぶ人あり
天地のかく静かなる夕ぐれにまさしきものの貴きこゑする
耐へよとぞ教へし尊者の御こわねうつつに心生きて来しかな
濁してはならぬ心と父言ひき父の言葉に偽りはなく
やがて地にも静かに深きねむり来む樹々それぞれの色に燃えつつ
撩乱の花野の霧に濡れながら吾亦紅丈高くゆれをり
山霧《きら》ふ花野に入れば女郎花手折る掌ぬらす草の涙の

長月の冷えゆく山の霧の中風もさみしき音たつる夕
紅落葉しづかに朽ちゆく哀惜の姿やさしきかくのごとくは
霧降れば松虫草のむらさきの露をゆかりに花こぼしつつ

心染む

さやけさよ秋野の花の梅鉢草ひともと毎の白き一輪
梅鉢草汝がしづかなる花姿うらやましくもながめつるかな
十日月今宵は澄みて秋冷の野は風さへも月に光れる
心にも染むかとおぼゆ秋の風黄にくれなゐに舞へり落葉に
十六夜の月を待つ間を地底より湧くかとおぼゆしげき虫の音
紅葉日々に色ふかめゆく花水木われを朝夕窓に佇たしむ
思ひ尽して珠玉のごとく美しき死をえらびしよ消滅一語
宙天に澄みたる月よ地球をば離れずめぐる縁《えに》かなしけれ
日々に濃くもみぢする樹々この秋の韓紅ぞかなしかりける
来て見れば思ひの霧の隠す野に今年の秋の花も滅びぬ
冷えそめし夜空に小さく明滅すエアープレーンの灯よ離るまで
霧降りぬ霧の中なる隠れ野に入りて帰らぬ死出の田長《たをさ》は

おなじくはこころさやけく散りゆかむ生死の境知る人ぞ知る
限りなき南の海の蒼溟を恋ひつつ鳥は啼き去りしかな

大正少女

精霊のやどれるをとめも見ずなりぬ公害加速過密大都市
一輪のすみれの花の匂へりし大正少女ゆめ多かりき
沖遠くうねりて寄する蒼き波みつめをりしよ今生のはて
精霊に似たる少女の明眸を忘れ得ず湖に入水せしひと
新月は声もとどかず宙天にはかなくうかぶ精霊に似る
うらむべし世の薄情《うすなさけ》うす衣をののき仰ぐ月のむくろを
凝然と海をみつめてゐたりけりくもらぬ鏡見据ゑゐたりき
逢へばまたかなしみふかくなりまさる世なればひとは訣れゆきたる
咲きしこと香に知るけさの九里香の匂へる窓の霖雨愁然
ひと葉ひと葉散るべく蘇芳黄にうすれかろやかに土に還りゆくなり
生き耐へて惜しむものなき秋となる心に咲けり紫の花
水無月の露と消えにしそののちの行方は風も月も語らぬ
青空の底よりいまも聴えくる声あり鳥よまた何を啼く

われもまた多感の性かこの秋は露おく葉にもあはれおぼゆる
撩乱の花野いつしか人去りて今日遂げざりし一つのこころ
都には雁がね渡る声もなし何ぞ生き路の秋のしるべは

厭離のこころ

紫陽花の色うすれゆくが悲しけれ露も重しとうなだれて咲く
汝が啼けばわれさへ悲し水恋鳥扇芭蕉をすぐる海風
青春の花も咲かざる若木なりまことなるもの見失ひたる
清ければあやまり易し濁川流れにそむくものの孤独や
物思ふ青春暗く生き来しか怨むらくわが厭離のこころ
若月《みかづき》を夕べの空に見上げたり月よかなしきまで孤りなる
この星に生れしさだめ歎くともあたら生命を襤褸となすな
置きどころなき心をば新月の光か細くのぞき見にけり
神はなぜかくも悲しく美しく人間の性を造りたまへる
胸の渚によせては返す白波の折々はわれをずぶ濡れにせり
静けさのひと本を挿す橐吾《つわぶき》の黄の花冴ゆる備前古壺

失楽園

繁り合ふ草叢かげに貴船菊秋にしづけき花白く澄む
来て見れば思ひの霧の隠れ野に今年の花野見失ひたる
冬日影しづかに差して霜枯の土にいくばくのぬくみこもれる
悲しければ黒は着るなと娘言ふそのかなしみを互《かたみ》に生きぬ
うつそ身の魂飢ゑて咲かざりし失楽園の若き自殺者
有栖川の杜にひたすら散るもみぢ朝風に舞ふ秋の訣れに
唐かへで色うつろひて散る並木ことしさみしき事のひとつに
うたかたの人の想ひはさりながら花喰鳥のひた泣けるこゑ
この世の外とおもひしことのひとつにてわが蠍座の星は燃えたる
極まればかくあるものかいのち燃ゆ秋は楓の朱《あけ》のふかさに
ロワールの川の流れにたつ虹の夕かげの杜に消えはつるまで
ロワールのながき夕光人ひとり立去りがたく立ち去りしかな
小鳥来てわれの心に遊ぶ日は花のうてなにゆめ啄むか
落つる日の名残の光に川ながく余情を返す暮るる草原

黒羽鳥

むざんにも若者死にたる日の暦に「終曲」とのみただに記《しる》せり

かなしみに沈む夕べにわが指は黙々と貼る夢のコラージュ

ヴィケランド公園凍てて裸木の黒羽鳥一羽動かず怯ゆ（オスロー回顧九首）

オスローに黒き裸木を見し日よりわが旅のはて知らぬ寂しさ

峡湾に膃肭獣《おっとせい》数多遊ぶとぞ「ソルゲ・フィヨルド」は死の海の名か

独り旅北のはてなるオスローに身の凍るまでいのち慟哭す

苛まれし果てなる旅か北の地に悪意心にしかとみつめき

おもはずもめくるめく時千仭の深さに墜落《おち》む渦潮の底

オスローはかく暗鬱の空の下靴の音のみ冴え返りける

この国にムンク生れき描きたる主題いづれも病魔と死なり

吐く息の白く凍れるオスローに心も歌も凍てて候

新雪

誰ぞ父よりわが玉の緒を受け取るや大正少女は夢多かりし

抱かねど一生を想ひ忘れじと君が焦がせし夕焼の空

音もなく夕べの窓に佇みてわがヴァイオリン聴きゐしひとよ

思ひそめし人は優しく清かりし新雪に似て若かりしころ

やはらかき雪の厚みに触れしとき若かりし母の肌をおもへり

相隔てかたみに思ひ抱き来し天の月はもいまひとりなる

花の香のむせぶばかりの花舗に入る凍てしこころのつくろひがたく

ものみなはうつろひ易し月よこの庭を照らして汝もいく年

やがて来る死の夜は月よ煌けよその光享けて瞼とぢなむ

空よりの光に澄みて魂の塵消えぬれば死は安からむ

清らかに身をととのへて日々を居りみ仏に近く侍る心に

うつむけば更に愁ひのさま見ゆる長き睫にかげるさみしさ

道果つるところまで車走らせよアウトバーンの凍てしその夜

酌む酒も酔はねば苦し虚しさは隠し得ざりし青春断崖

語るさへものうく心うづく日よ歌とはまことかなしきすさび

娶らざる青春かけし灰色の眼鏡にかげるこの世禁色

歌ふバルバラ黒きローブに身を包み疼《いた》みかくして唄へりバルバラ

父は子の心を知らず流され皇子白鳥となり空に消えたり

父子愛憎白鳥古陵かなしめば冬の銀河に雪降りしきる

道の神馬の神など祀らるる北国街道の泣きべそ地蔵

椅《いいぎり》の実は紅かりき傾きし寒の夕陽の落つるたまゆら

ことばとは何天界より舞下る雪は独りのおもひ積むなり

いまにして思へば雪の如くにもいのち清しきを願ひし人か

冬樹倒影

深雪のかくひたすらに降り積めばなべて色なき世とやなりなむ

更科に姨捨の山ありときく若者さへや捨つるこの世ぞ

むさし野に青葉《あおば》梟《づく》啼けば幼かりし子は頭より夜具に隠りぬ

青葉梟啼く声とほく聞く夜は子もさみしさを包みかねしか

いつの日かうつつこの手に確めむおもひにつなぐ生と死の手

海のブルーか天空の青新月を透かして不動立体造形

一月の深雪羽毛の白さもてうたびとの胸にふかく積れり

倒影の冬樹は淡しけさひとり出でゆく街の信号は赤

愛するも憎むもおなじ苦のはじめ邪心を棄つる淵はあらぬか

隔てられかたみの花は咲かざりし咲かざりし花のいまも薫るや

泥梨すでに心に在りと弥陀訓《をし》ふ業因のはて澄める虚の空

若き日のモニュメント・ヴァレー月に冴え無言の廃墟娶らざる愛

一語こそ彩なす夢のいのちにて心ふたたび還ることなし

せめて花にこの上もなく匂ふべきそのたまゆらを春と名づけて

もろ鳥の声に春めく杜のうち馬酔木の花のほろほろと散る

ほの昧き馬酔木の花の奥ふかく眠りてあらむかの若駒は

人去りてうつろふ春や馬酔木咲く見る人なしにいま盛りなり

酌み交す美酒一盞にゆめ溢れシャトー・ヴィニュロールゆたかなる秋（vin etiquette のために）

バッカスの恵みに酔へば天地はよろこびに満つ美《うま》しこの酒

見ゆるものの見えざるものも靉靆のかなたひとりの沙門のすがた

紫雲英《れんげ》咲く野に畑を打つ男の子一人夕風涼し亀岡の里

さても冷ゆ心どこまで堕ちゆくか雪解の水の沢に鳴るおと

さはやかに黒衣の尼僧が白き頭巾かたみに会釈交す橋の上

清きこと白刃のその光とも死をみつめ居る少女《をとめ》なりしか

流鳥悲啼

夕海のいまし入る陽にあかあかと燃ゆれば啼けり空をゆく鳥

したたかに美を抱きとむ風狂の胸にときじく啼くは何鳥

いまわれの遊行の鳥よしかすがに夕焼空に胸焦しをり

夜啼鳥かなしみあふれひとり寐の夢の枕を今宵も濡らす

身におぼえぬ流謫に倭《やまと》離りたる白鳥御陵に慟哭をきく

「このいのち早く死ねとのみ心か」問ひます皇子にこの世酷薄

あまつ空へ情念凝りて白鳥は雲超えのぼり神となりにき

さねさし相模の小野に陽炎のもゆる春なれ還り来よ鳥

山ゆけば春告鳥の啼くきこゆ早蕨もゆる吾妻の里も

隠岐の国風波あらき松が枝に降りゐし鷹の一羽翔ちゆく

火の鳥はいまもはるけく憂悶の天の戸差して蒼極をゆく

ひとり来てむかしの花をたづぬればたえだえ啼けり鳰鳥のこゑ

世に在れば思ふこころのいとまなみ息長鳥《しながどり》蒼き湖の浮巣に

くり返す潮の浪間に海原のことばを探す沖の信天翁

はるか宋の国に想ひを馳せしまま七里が浜に散る磯千鳥

誰を待つ日暮れの浜の磯鴫よかぼそき声をきけばかなしき

青鷺は沖なる波の文使ひ蒼き海岸ひそけく伝ふ

五月闇啼きつつわたる五位鷺の涙かけさのつゆ草の露

山の彼方に幸住まず騒がしきビルの狭間に餌をあさる鳥
沖昧く空にうかべる紫の雲一片を追ひゆくかもめ
いづくまで雲を枕にゆく孤雁空にはへだてなしといへども
胸に相思の鳥あればけふも漂泊のこころ片雲の風のままに
うちしめり思ひは杳《はる》けく天の川渉れる鳥のこゑのきこゆる
流鳥の目に涙あり流人島の沖の漁火夜ごとさぶしゑ
あきらかに流謫の心波千里真野の夕陽は血の色に染む

深海魚

いつよりか君わが心盗みしや恋のうら波浅くはあらじ
転生の夢にかけたる月光の中よりひびく歌のひとふし
一期不会《いちごふえ》のままにぞ星は宙天の微塵のはてに流れゆきたる
それとなく夕べつどひの波を抜け仮面にかくす深海魚われ
とげざりし思ひに昏るる夕空は灼かねばならぬ火の命もて
ひたすらに見つめ尽せしのちにして身を翻す青き深海魚
うねりつつ波浪に喚《をら》ぶ水ゆゑにこの遊星に棲めるいきもの
散る花のいさぎよさにも倣《なら》ふべし夕べ深海に身を隠す魚

限りある夢こそ夢のいのちにてこの世に咲きしたまゆらの花
秀れたる詞の珠玉《たま》を掌のうちに春やしばしのゆめをこそ見め
沈黙を択ぶひととき胸に湧く万朶の花のごとし面影
いたづらに心責むるな叫ばざる闇に薫れる梔子《くちなし》のはな
沖の潮灼けて夕凪翅破《や》れしイカロスは落つ青き深海
かの夏の精霊蜻蛉《しやうりやうとんぼ》還るまで君が名づけし花咲かせ待つ
山紫陽花青くしづめる朝霧のながるる湖畔にねむる白鳥
崖に山百合咲きて霧うごくうたたね醒す夏の鶯
霧ふかし隠れ棲みしは山百合の精かこころを病む深海魚
わが噴　泉《フォンテーヌ》
鬱勃と胸にうづけるあつきものこの火をさても消すべきや否
君を焼きわれを灼く火と思ふなり美しかりき紅蓮の炎
うたかたの一語をのこし去りゆきぬそのうたかたをいのちに恋ひて
ありてあらずこの世の外の思ひごとわが噴　泉《フォンテーヌ》火を吹き上げよ
明日は何色の花を咲かすや春秋に燃えたつ炎一刻の生
けふひとつの歌なさしめし火はありきなほ底にあつしわれのマグマ

この火消えなばいのち終らむ終るべし海に落つる日極まる夕べ

一生とは燃えつづく火か不敵なる火箭《ひや》を放たむ時のかまへに

つばさもつ鳥の心に西東旅はかつがつにわれを生かしむ

真実はかなしきまでに隠されて焉《なん》ぞこの世埒《らち》も不埒も

恋々と死を思ひをれば極まれる月さへ見ゆる更科の山

渇きたる心にしみて山草の露の栖ぞすがしかりける

仰ぎ見しそのおそ夏の夕茜いまもきこゆる出港の銅鑼

うつつより夢うつくしと見し日よりこの世は夢と思ひてしがな

甦るこは現世のほのあかり春はこころに青し曙

やみがたき身ひとつを世に生きながら神ならぬものを男の子とは知れ

或時は文目《あやめ》もわかぬ恋もして生きまどふ男の子の道もさぶしゑ

愛ふかくかたみに心焦がしつつへだたりし手は結ばれぬまま

明日は今日のつづきにあらず新らしき光を浴びてさてまた生きぬ

雲海のしづかにはれてゆく湖畔ひともと咲きゐし山百合の花

花水木白冴えわたり深深《しんしん》と心は遊ぶヨセミテの森

夜をひとり裁かるるわれと法廷に自らを裁くわれの論告

六月の風

爛一字くづれむ程に侵しゆくいまさら何を惜しむなき世に
ボーマニエル雷鳴も雨も過ぎし後城跡の空に冴えし半月
ボタニック・ガーデンに来て娘《こ》と二人花の名しらべつつ白栲《しろたへ》の花
亡命者隠れて生くる身のしかも過去なかなかに消えざる気品
古りし世のオランジュの城に雨の日に誘はれ来ればミストラル吹く
アヴィニヨン紫匂ふラヴェンダー川に半ばはのこしたる橋
南仏の石山とポーの城跡の石の坂道のぼりゆく馬
きんぽうげここにも咲くかヴェルサイユ森の草原六月の風
夏の空北は白夜か午後長く昏れやらぬ夜ブーローニュの森

誰が袖の花

梅雨に濡れ咲きこぼれたり錦糸梅黄の花びらはうすくはかなく
西行の歌は心にしみゆきていつしか月にうかれゆくわれ
夏鶯の声にさそはれ歩みゆく朝の高原草露に濡るる
樹々の香のしみとほるまで高原の林を透し啼きわたる鳥
檜扇あやめひともと咲ける草叢に入ればつゆけき誰が袖の花

穂を垂れて物思へるやうちゆらぐ唐糸草のうす紅の花
壊れ易きうすきグラスを好めるはこはれし夢のながきあくがれ
欺かれ居ると知りたるその若き瞋《いか》り貫く一生なりしか
またといふ事なきいのち世に生きてこの上もなき夢を見しかな
夏空に見よあきらかに燃ゆるなりかたみのさだめ蠍座の星
若駒は花野を遠く駆けりゆくあかあかと陽の落つる牧原
君にいふいつの日までも明眸にくもりあらすなその日消ゆるな
まのあたり見上げゐるのみ大空に只ひとつなる若月《みかづき》の光《かげ》
この身まで染むかとばかり五月雨のつゆに重りし青きあぢさゐ
いち早く霧にかくりぬ高原にわが目とらへし汝が額髪
山清水湧きて流るる貞祥寺蜩のこゑうちひびく杜
坐禅堂に聴く水の音五百年の洞源山の大樹のいのち
欅大樹根もあらはなる歳月の風雪のさまを地に張りのべて
並木道そぞろにゆけば唐楓風にさやさや葉のさやぎゐて
みすずかる信濃禅寺杜ふかく澄みて蜩のなく声を聴く

南十字星

夏なれば並木の合歓は花の笠かぶりて姿よき人に似る
確実にデジタル・アラーム時を告ぐラヴェンダー色の夢現《ゆめうつつ》の境
空澄めばみやまからまつ待つ秋の野にしろじろと風になびける
花野いま色ふかめゆく高原の草野草かげ青きりんだう
かの遠き洋《わた》の青波うねりつつ今宵潮騒の胸によせくる
愛されし波に死ぬべく死なざりき海絶え間なき潮騒に鳴る
須玉川流れせばめて繁りあふ葛も尾花も入り乱れつつ
梅鉢草澄みてしづけし一輪のあくまで白く直《すぐ》なるすがた
サザンクロスきらめく海に死ぬべくは見し夢さへも夢のたまゆら
無辺なる空の青さよ雲湧けばいのちのかげりいつまで空に
密雲となればめしひてゆく鳥か雲の上なる碧空を恋ひ
ほほゑみのいと清ければ花よりも美しと見し青春のひと
君若く愛されていま青春の日々の懐疑と充実の中
憧れの無惨をいつか身に知りて会はぬを花と思ひゐしかな
所詮むなしきこの世なりけり青春をひたすらに咲けまこと尽して

高らかにいのちを歌へうたびとよ古きゆかりの高きしらべに

雲湧けり晴天遠きひとところ明日はいかなる空の景ある

いのちともす小さき灯一つひきよせてゆらぐ灯かげに秋深みゆく

空晴れしそれさへ愛《かな》し神無月いまこころはをののき易し

秋はただひとり待つ夜のものおもひ今宵テラスに星の露享く

深く流れ身を浸しゆく川がありそれにも秋はふかみゆくなり

美しき季節の中にねむらむと仰げば月も中空に澄む

歌の流れ溯りつつ澄む月にむかしの人の歌ごゑを聴く

霧ふかきミラノにあつき火の言葉あはれ真紅の一輪の薔薇

彼岸花ひともと佇てり花姿紅笠に似るもあはれならずや

夢も結ばず

秋更けぬ思ひは冱えて古き世の御門《みかど》のみ歌に増鏡読む

俊成かそれかあらぬか御手洗《みたらし》の流れに冱ゆる月影のうた

今もなほ君仙洞に在《ま》すおもひと詠める勇の歌しのばるる

そのかみの水無瀬の流れあと見えずうつれる御世に歌のみ澄みて

雪の夜は夢も結ばずむすべるは氷ばかりが空に乱るる

秋は紅葉御息所《みやすんどころ》が屏風うた竜田の川は波やたつらむ
玉すだれ咲きてひとしほ秋ふかむ内裏《うち》なるひとの思ひうつして
世に経るはくるしきものといふ君の心を濡らす初時雨かな

秋ふかし（病床詠）

鳥占の目を逃れゆくいづくまでいま萩の花紅しだれつつ
曇りたる菊月の空はや昏れてポポーを濡らす夕時雨かな
紅萩のおとろへゆくや秋ふかしあした香にたつ木犀の花
とどまらぬ流れの明日はわかねども今見る空にしばしの想ひ
静安につとめて居りとパリ便り兄おもひなるきびしさもまた
この青き深夜の鰭のかがやきに声なき光天の蠍座
その朝患者の狙撃に倒れたるインド至高の女宰相
採血の針とり出だす白衣見てもう品切れよとさしのぶる腕（手術後病室にて）
一枚の落葉散りゆくかろやかさ鰭ひるがへし遊ぶ深海魚
病床に痛みたえねば目醒めたり暫をベッドに半跏思惟像

歌を詠むという事はそもそも幻視者の夢幻の心のわざとも解すべきものかも知れぬ。この現実すらが、すでに幻であるのを思えば、時に身をいずくの風のまにまに遊行《ゆぎょう》に出づる想いに托して、或る時は天の原なる星と語り、或る時は配流の地にひとり孤愁をかこち、時にまたこの苦海《くがい》の様を他界から眺めて詠むことも、それぞれの幻想のつばさの飛翔にまかせ、この身を候鳥の翼に乗せることも自由である。

Ⅰ　フラワーダイヤリー　一九八一年版
Ⅱ　フラワーダイヤリー　一九八二年版
Ⅲ　フラワーダイヤリー　一九八三年版
Ⅳ　フラワーダイヤリー　一九八四年版
Ⅴ　フラワーダイヤリー　一九八五年版
の全作品を収録

第三部　道子はなごよみ

Ⅰ

花暦繰る掌《て》にしかと渡されぬ爛漫と汝《な》が年重ねよと
春りんだう土もほのかにぬくみしか草間に匂ふ初花のいろ
あづま菊あづまをとめのかなしみを一輪づつの花に咲かすや
芽ぶきたるは何のわか芽かあたらしき土に生まれし双葉つややか
朝空に雲かがやけば山の峯ほのぼのとして目覚めゆく春
高原の冬の孤高の厳しさに明くれば霧が咲かす氷《ひ》の華
ながかりし凍土《いてつち》すぎて久方の光よ春よいのちひとつに

翁草うつむきがちに咲くすがたその一輪のおもひ切なく
如月の枯葉しばしを散るものの雪のかたみの別れ惜しめる
夏館春は人なき山つつじ燃ゆるばかりに満たすくれなゐ
水千鳥かすかに匂ふ白き花水清らなる高原の花
花あざみ紅紫の花に来て光と露の春のくちづけ
風と小鳥と雲の外にはなき山のこかげしじまの鈴蘭の花
遠山に残りの雪を仰ぐなり春告鳥の来鳴く日やいつ
滝水のあふるるあたりつつましく猩々袴のうすべにの花
銀いろの和毛《にこげ》は露にしとどなり春はやさしき詞もて来る
耀ける蘂もろともに黄金なしすがしく山の朝露に咲く
色淡く咲けばやさしき草原のみやまをだまき霧にさゆらぐ
若みどり樺の林の下かげに草山吹のいろも明るし
草の名は伊吹麝香草丈低く香にたつ聴けば郭公の声
霧はれてしとどに濡れし高原のうす雪草よ少女ハイジよ
あでやかに檜扇あやめ咲きいづる初夏の風高原の詩
ひそかにも持ちつづけ来しよき言葉花のごとくもいつか咲くべき

なでしこの姿やさしくゆらぐとき花のことばの雫《こぼ》るるごとし

蘇る春の牧原やまなしの花咲き盛りいのちあふるる

空ひろく仰がるる朝足もとに浅間風露のひともとの紅

水無月は山いつせいに華やげり蓮華つつじの咲きあふれたる

いつの日に蛍宿りし花ならむかくひそやかに想ひ裹《つつ》みて

九蓋草の花穂むらさき物思ふ女心を見する愛しさ

汝を名づけしひとや誰なる紅更紗満天星躑躅《べにさらさどうだんつつじ》言はむ方なし

深林の雫を吸ひて葉心に一花《いちげ》は白し御前たちばな

七夕のゆふべ音なく花開く待宵草の名こそかなしき

風雪の岩根に冴えて淡紅の駒草咲けばいとほしき山

夏野原雲をゆめ見て咲く花かみやまからまつ風さへ白き

蘂長く夏野にもゆる緋の小花名も下野《しもつけ》のなつかしき花

穂花たてて紅むらさきに花咲けば霧のをとめを忘れかねつも

まれにしてみ山つめくさ汝がすがた見しより山を恋ひそめにけり

樹のかげに朱《あけ》さえざえと花開く逢坂草ときくもゆかしき

山ははや朝霧みちて紅輪花みやまあかねを空に待つらむ

ふとさみしきひとを想へり草ぼたん紫淡く秘めて咲くゆゑ
わが山は花咲く木草多ければ来よと言ひける牧の青年
高原の霧に育ちて秋風にいのちそよげる松虫草のはな
秋ちかき空澄む山にあざやかに兜菊咲くためらひもなく
吾も亦秋の花野にえらばれてくれなゐ深く名をとどめたる
露に咲く汝がひともとの清しさよ秋こそ花のつかはしめなれ
錦繡の木の葉草の葉褥《しとね》とし冬物語りするにあらずや
神無月秋ふかみゆく歯朶の葉のけさ明暗の露のそめわけ
遠山に風鳴る夜はおのづから心も冴えて物書き進む
芒原蓬々と白き風渉りいづれ旅人風もこの身も
つややかにはじけて紅を滴らす吊花つゆに零るるばかり
風見鶏霧の中より現はれて鹿棲む山に風流れたり
華麗なる秋の楓のくれなゐは天津をとめの舞ふ紅葉賀《もみぢのが》
蕭々《せうせう》と山の草樹は美しき別れの歌をうたひ納めぬ
爛々ともえたる紅み満天星《どうだん》は一夜秋霜のゆめに酔ひしか
君見ずや秋の鬱金のから松の神が染めたる杜の秘色《ひそく》を

山霧のけむるヒュッテに友と来てかたみに合すワインのグラス

一夜明けて霧氷花咲く裸樹の梢《うれ》聖いますや白銀の杜

露をおく小楢の枯葉樺色にきらめく玉をちりばむる朝

目覚むれば峯々は雪高原の壮麗に立てば禱る外なし

ノエルの灯窓にともして若きらの集ふヒュッテのホワイト・クリスマス

ふり返る追憶あればいまもなほひとつの夢を抱きつづけぬ

Ⅱ

ただ白き雪の高原《たかはら》山も灯も黙契のごとく静謐の朝

末枯《すが》れたつ去年《こぞ》のおもひを雪の野にわかつもあはれ仰ぐ雪嶺

雪しぐれ友恋しさの冬の鳥出でて降りたつ切株の上

雪夜重ねて古りしおもひもいつしかに小枝《さえだ》に冴ゆるずみの残り香

遠目には花かとまがふ紺青の空にはなやぐ雪の枯山

陽だまりにぬくもり秘めて川やなぎ日ごと和毛のゆめふくらむか

靉靆と林はふかくたたなはる雪夜わづかに通ふ野狐

一夜風が枯野にゑがく粉雪の砂丘幻想げに美しき

露か実かかたみに思ひ滴らす落ちなむとして光の珠玉

きさらぎの白樺白き幹ぬれてあしたの光にはなやぐごとし
やはらかく降り積む野原おしなべて万象謐《しづ》けき雪殿のうち
陽にきらふ白雪の峯見わたせばから松ほつほつ芽吹き出でたる
落葉松の疎林のあはひともし灯のともるかと見ゆ辛夷《こぶし》花咲く
夜露朝露しとどに受けし翁草凜然としてかがやきいづる
残雪を仰ぎつつゆく山の径古りし館《やかた》のなつかしき屋根
春の土陽にぬくもりていちはやく草いちご白き花目覚めたり
きららなすあしたの雲のハレーションいま巨いなる日の出づる山
太幹に枯葉と風がゐがきたるおのづからなる樺のタブロー
はぢらひの紅こそをとめもえ出づる早春の楤《たら》若芽いとしき
ほのかなる色そめ出づる若楓うすくれなゐや初恋のうた
花すみれ言葉もあらず渡されぬ夕陽が照らす少年の肩
みやまざくら花色うすくけむらひぬむかしの空に咲きのぼるまで
さつき山若葉のみどり匂ふなり心に澄みて啼くほととぎす
春満ちて紅むらさきの花のいろ三つ葉つつじの香にたつ甘き
堰きあへずたぎつ渓水流れては泡だつ水沫《みなわ》うつつたまゆら

むしかりの花の香恋ひて時鳥啼きわたる野の初夏の風
ゆめかへるさつきの原のわらべうた蛇のいちごや姫へびいちご
夏草はしとどに露の宿したるあはれ白玉五位の中将
なつかしきおもかげ見えて高原の青き風道かまつかの花
うつぼぐさ色こそおもひ濃紫夏をみじかく咲きてかこつや
山原にはるかに都恋ふる子の夢に咲きしか黄のみやこ草
蔓夏《つるか》枯草《こさう》なぜかさみしき花の色そのいろとしもなき夢なりし
野うばらの匂ふ夏野よほろほろとこぼす涙か白き花びら
蝶よなれ花に何告ぐ一輪のにが菜声なく茎かたむけて
色そめててがたちどりの花すがたなにいつくしむそのひともとに
いと細き夏野の草のやさしさに遊ぶ虫あり宿る露あり
花や夢風やうたかた丈ひくく軍配蔓《ぐんばいづる》の名に秘むるもの
空よいまはなやぎ焼くるは神の炎《ひ》か晩鐘胸にひびきわたれる
茎しなふ狗尾草《ゑのころぐさ》に蟷螂は遊びのはての力くらべか
秋はまづ梅鉢草の白き花春のおもひを草にうつして
君とゆく花野に呼ぶは小鬼百合鬼も十八をとめさびたる

朝露にいま色そめし吾亦紅まつ間やさしきむぎわらとんぼ
秀枝《ほつえ》高く孤高のすがたほしがらすその嘴《はし》にあるつぶら実ひとつ
やや風も冷えそむるあさ雲海の彼方ただよふ夢の浮橋
どうだんの葉が染めいだす綾錦げに花よりもあでやかにして
黒揚羽忍者のごとくひそやかにまるばだけぶきの花にささやく
肝木《かんぼく》のかざしの花を夢かとも仰げば啼ける郭公のこゑ
はかなくて美しきもの散る秋野こころもともに埋もれてゐむ
錦織《にしごり》の名こそなつかし瑠璃紫紺古りし大津の宮跡おもふ
夕あかね茜もえつつ秋ふかむ山路は草の露かなみだか
胸に染めうつそ身そめて音もなく散るから松の秋冷に佇《た》つ
神無月緑苔《りよくたい》あつく敷きつめて楓もみぢ葉なにはなやぐ
長月の便りはいづれ紅葉信つつじも草もふかしくれなゐ
山の名は赤岳空の晴るる秋朝日を受けて放つ赤光
細く繊き葉末しなひて露の玉そのひと雫光をとどむ
山もみぢしばし訣れの舞ひの袖明日はひとしき落葉の身の
冷えふかき朝《あした》の土に錦かとまがひて霜葉目をおどろかす

冴えわたる冬月空に仰ぎたりげに清しきをあくがれといふ

冬の花香もなく咲けりしんしんと凍てふかき朝の窓の氷《ひ》の花

花ももみぢもなき野の冬の肝木のなごりの朱実あなけざやかに

雪野ときに流砂ともなる冬の景けさあたらしき風の造形

閉ぢこもる冬の宿りの森閑と窓外はいまスノウホワイト

碧緑の天にゆめあり冬樹の秀陽《ほ》に芳ばしき回想の詩

Ⅲ

明らかに目覚めゆくらし新らしき空のはるかにうすきくれなゐ

赤岳は霧氷にけむり山山はただこゑもなく深深と雪

浮雲のうきて流れて消ゆる空仰ぐま白き正月の山

樹液ふかく地根にしづめ冬の樹樹来む春の夢いかに見るらむ

冬枯れの色なき林靄に明けてけさは霧氷のしろがねの花

雲南の紅花油茶林しのべとや炎のいろに花咲き出づる

刺すごとき地表は凍土渓川の岩間をとざす氷結の水

日出づれば心すこしく和み来ぬ林きびしく渇く如月

きはだちて雪を支ふる冬の枝天なる光にはぢらひにつつ

すがれたる木の実着せ綿雪衣なにをはなやぐ青空の下
日溜りにぬくもりて咲く草木瓜《ぼけ》に足とめらるるあざやかに紅
夕べ星の夢見て咲きし花かともみやまかたばみ白土に満つ
いと細き冬樹の枝を荘厳す冬を愛《を》しめる山原の雪
崖《きりぎし》にあやふくなだるる紅の色うつぎの花の光明暗
けふ雪に放たれて遊ぶ牧の牛さすがにやよひ寒き高原
黄色《わうじき》の椿ひとつの花ひらくしづけくものを想ふすがたに
いつか春山蘇り野鶲《のびたき》に初啼きのこゑや光る残雪
春はいま土にも満ちて陽のぬくみすくすくと野のすみれ花咲く
檉柳梅緋《ぎよりうばい》いろ炎《ひ》の色何故の燃焼かこの満満の花
君が愛《め》でしそのつつましき花の名をつばめおもとと知りしかの春
見渡せば風にも春の色見えて真紅にゑまふ石楠花のはな
花満ちて風渉る牧《まき》牛とともに五月を遊ぶしろき山梨
山藤のあまき色香にさそはるる松吹く風や母のよぶこゑ
漲れるさつきの山の若翠《みどり》丁子桜は色濃く咲けり
萌え出でし落葉松の原に雫して緑盞は享く白玉の露

朝光《あさかげ》のかがよふ空を見上ぐればあな泰山木の花白きかな
やまかげにひそけく花の紅匂ふうぐひすかぐらいとしきばかり
うなゐ髪の掌《て》に束ねたる蒲公英《たんぽぽ》か咲けば草丘もゆる陽炎
茎《くく》だちのすがたもすがし苧環《をだまき》の紫碧の花や嫋嫋として
朝つゆにゆらぎて光る千の蘂花びらうすき水無月のはな
紅指して棠梨《ずみ》はやさしき萼もつ綻ぶゆめをうちに満たして
地に低くむらさきうすき色見せてゆかしく匂ふ伊吹麝香草
夏空にうかびてはるか駿河なる富士はも遠く仰ぎ見るもの
白きベル鳴るやと耳を澄ませたり夕空青くはれて巴里祭
いつか花の色うつりゆく文月の紫陽花あはれラピスラズリ
しんしんと無言《しじま》に澄めりこゑもなし魅せられて佇つ肝木の花
九輪草みめうるはしき野の少女郭公は呼ぶ朝け夕けに
緑満つる落葉松《からまつ》林高原はつゆもすがしく風渉るなり
高原の乾ける道に郷愁のまんてま咲きて夏ふかみゆく
咲けばまたその二藍のいろゆゑに思ひかさねて人を恋ふらむ
杣ぞひの渓の水音に目覚めしか小金鈴花のけがれなき花

涼しさよ葉団扇楓緑蔭にしばし真夏の夜の夢語り

草は夜の涙を乾すかおのづからあしたは露のこころを濡らす

高原の秋の陽ざしにおもひ染め蘇芳色こき野薊のはな

風澄めり白樺林にこもり啼く鳥にも樹にも秋はめぐれり

野《の》紺菊《こんぎく》おのづからなるしづけさに秋のおもひを咲き出づるかな

昃日《そくじつ》の花野をなびく風のいろ余波《なごり》の夢のあはれ身にしむ

緑衣をば脱ぎ捨てし汝《な》が秋衣げに色さゆる風もおもひも

コスモスはさみしき花か夏すぎての野分にゆるる夕光の花

かの夏をはなやぎ咲きし牡丹蔓ふけて装ふ冠毛ぞげに

おもむろに季節うつろふ山原は草紅葉してすすき白毛

からまつの散る葉のことばたしかむる秋の訣れの苺みどり葉

弓形《ゆみなり》の枝撓《しな》ふまで実りたりまゆみ襲《がさね》の秋のいろよき

めづらしきけやまうこぎの藍海松茶《あゐみるちゃ》たれか夏野のかたみとなせる

からまつの林けむらふ鬱金《うこん》色ふかく染みつつ潸々と散る

いろはもみぢ手習の子がおもひ唄わらべのごとくふと口遊《くちずさ》む

葉を脱ぎし疎林にあそぶ山の鳥木の実熟れしとささやけるらし

一房の朝鮮五味子《ごみし》つややかに空紺青の晩秋に澄む
降り鎮む雪にゆくへを失ふかあきらかに往きしものの足跡
み山白蝶のふかきねむりをしのばせてめぎ濁りなきくれなゐに染む
声もなく身を凍らせし冬草を夜は皎皎と月照らすらむ
おしなべて霧氷に白き梢なり風さへ凍ると言ひし人はも
この年の終りの錦ちりばめて枯葉流紋凍結の水

Ⅳ

くれなゐの莟さやかに梅の花年たちかへる朝の陽に輝《て》る
冬木立まさやかに雪を枝に支へひたすら春に捧ぐる禱り
山白く雪に凍れる正月の信濃山畑翔ぶ鳥もなし
野の狐林の窠《す》より遊び出づ今宵いづくにか宴あるらし
生きものら声ひそめたる山は今神神降《くだ》る樹氷の讃歌
雪に明け雪に昏れゆく山の家暖炉の薪のくづれては燃ゆ
凍土《いてつち》にほのかに馨り放つ花すがしきひとの思はれぞする
明けの空うつろひて色はなやげり雲一片のうかぶ山並
男の子らは冷えまさりゆく雪山に夢積み重ね雪祭りする

山鳥よながながし尾のしだり尾を雪にさらしつつ何かもとむる
唐椿誰がおもひ花婉然といく重花びら紅かさねたる
一樹には一樹の歴史降る雪にいづれもさまなすやさしさぞよき
逆光にうかぶ山梨花の日の春をこころのゆめに見よとや
沢に鳴る氷は冬の厳しさを雪に語らひ春にとけゆく
春の女神天降り来て枯原に星のおもひをちりばめてゆく
春や来しみ山木の間《あひ》にしろしろと辛夷の花の挿頭《かざし》つけたる
赫《かが》よへる光に稚《をさな》き草木瓜《くさぼけ》の春の山路にともすくれなゐ
こまやかに小鳥は時をとかしゆく晴間の梢に声を交して
芥子菜《ムスタード》あふれ咲きゐしノルマンディー目によみがへる春はひとしく
山並はまだ雪白し高原の陽はかげろひて草野を満たす
みやま桜綻びそめし色見えて五月の山ははなやぎそめぬ
小鳥らは春や来つると呼べるらし春告鳥の遠音愛《かな》しく
めぐりあひし芽吹きの山の翁草言はむ方なし光も花も
山は日毎緑みちゆき莢蒾《がまずみ》のけぶらふ花や白きおもかげ
高原に山の娘の佇てるかとみつ葉つつじのさにづらふ花

池水にいくとせしづき花ひらくねむるはちすの水無月の夢

日のかげる山路ふみゆく足もとにまさやかに咲くくはがたの花

郭公に呼ばれて出づる杣の道延根《のびね》千鳥《ちどり》の花のうすべに

赤腹よ風通しよき太幹の巣にゐてひとり何を聞きゐる

棠梨《ずみ》白く静かに咲けり風もなし光の窓辺にこころはなやぐ

透し百合和毛《にこげ》の莟野をみたす白夜の夏野にひとり見る夢

いばら多く身によろひたる浜なすの何を拒みて咲くやくれなゐ

オホーツクの海波風の吹く渚浜のにが菜の黄が目にしみる

沖の風渡る佐呂間の蝦夷にゆうにしばし蒿雀《あをじ》が来て憩ふなり

名を問へば苔桃といふ湿原にうすべにの花白夜の想ひ

いつよりか棲みつき遊ぶ丹頂よ鶴居の里に夏の静謐

うす紫霧にかくれて咲ける花くしろ花葱霧多布の里

みつがしはみづきし花の北国の釧路の夏をわすれやはする

砂州《さす》に咲く浜防風の香を嗅げばはるけし磯吹く松風の音

山鶯のこゑも聞えず風澄めり夏の訣れの虎杖《いたどり》の花

天津をとめの領布《ひれ》振るすがたあでやかに朝露に咲く苧環《をだまき》の花

いつしかに風にも秋の色見えて姫虎の尾のむらさきなびく
はつ夏の山時鳥の啼くこゑを草にきけとや花ほととぎす
花過ぎし夏野の終りのアンジェリカみ山ししうど山の花火師
夕陽あかき峠をゆきぬ秋の道ひそけく咲きゐしうす雪草よ
紅すこしのこして風の山路ゆく目に草がくれしもつけの花
しとどにも露にぬれたり浮雲は流れて澄めりそば菜むらさき
いづくより来しやさみしき秋風よ蓬蓬と吹く風の芒野
山ぶだういろのあはれに歌暦繰る手にしばし秋風を聴く
芽吹きたる日をば瞼に思ひ出づうつろふ秋のはうちは楓
あざやかに色を染めたる木々の実にまことなるもの見る思ひする
急ぐなよ散るをさだめの色添へてもみぢから松訣れの言葉
霜月の山冷えゆけばあざやかに紅冴ゆる天南星《てんなんしやう》科植物
かの遠き思ひ出の山見ゆるなり朝焼のいろいまなつかしく
おとろへて声啼く虫も去りし野に蟋蟀《こほろぎ》汝は誰が転生
日日にふかむ秋の思ひをうち重ね露も凍れり雨も凍るや
青空の山に澄みゆく美しさ木肌も冴えて山の白樺

ひとつひとついのちの実り色にこめ師走の山は神の季節
都笹のしげりに深き露霜のおきてかがやく高原の冬
立木みな眠りに入りし森林に風倒木が冬物語
おのづから雪も聖夜を樹に描く冬ふかまりぬこの年もまた
一望の雪野にたてば思はるる野付岬の結氷の海

V

君に贈る新らしき年の花暦野山の萌えの満ちくるおもひ
裸木のこずゑに咲ける霧の花すがしく光る正月の山
しんしんと凍《し》み返りつつ四方の山雪積み重ね春を待つ日々
冬椿冴えきはまれる寒気にもおのづからなる色に咲きいづ
朝陽さす庭に色づく沈丁花いづくともなし香にたつを聴く
深雪に埋れし山の雪分けていきづくみどり隈笹の葉の
川沿ひの崖の雫の滴瀝のつららは見する厳冬の景
日溜りにいつかぬくもりゐし汝かヒマラヤ雪の下若きくれなゐ
日々育つ軒の氷柱を見上げをり春やいづくの山を越ゆらむ
曙のうすあかりして裸木の梢明けそむいろのやさしさ

いと小さく名にたがはずよ高原の丘の林の稚子《ちご》百合のはな
花かとも見ほれをりしよ芽の色のさやけき紅《こう》ぞをとめ子に似る
春の野にこころや遊ぶ若菜摘みわらびぜんまいよもぎ草はや
花のれんさやけくゆれて小鳥らの春や来つると啼き交すなり
黄の浪のそよぐを見ればむさし野の山もと明るし山吹の花
露しとどあしたの山のからまつに芽ぶきほつほつ風わたるなり
卯月そら風にも通ふ春のいろひめぎふ蝶の生《あ》れいづる山
ほのかにもずみはいろづく牧原やをちこちの草双葉さみどり
渓水のこぼるるあたり茎立ちもいとすこやかに猩猩袴
花咲きぬと告げくる人よ見にゆけばわれより先に蜜蜂のむれ
白色の花は馨れりむしかりのしづかに咲ける峡のなだりに
水ぬるみ山の池水音たてて岩をうるほし木木目覚めゆく
くさかげにかそけく咲けり菫草君摘みたまふな初恋のゆめ
人去りてうつろふ春や馬酔木《あしび》咲く見るひとなしにいま盛りなり
香にたちて咲く忍冬の花見むと踏み入りし足停むる鈴蘭
木木の朽ちて切られし根株にも草は宿れり雨滴も宿る

落葉松の直立つ大樹緑盈ちみやまつつじの裾に灯ともす
蘇る山の岩かげに冬を避けさやけき花の生きつづけ来し
雲のドラマ空を舞台に自在なり日出づる際の連山の景
たしかにもいのちを色に紅更紗どうだんつつじ枝々に満つ
山萌ゆる木草のいろの濃くうすく露をかたみの葉に宿しつつ
六月の気品すがしきあまどころ山の花嫁白色のベル
文月のあしたの光雲を灼きゆめの密雲割きて山見ゆ
わた帽子うちそろひたる蒲公英の旅のかどでのはなむけのうた
草かげにえびいろがさねものや思ふ風吹けばゆれて花鳴りもせむ
北国の樺の林の風澄めば白鶺鴒《はくせきれい》のしばしをいこふ
山路ゆき茱萸《ぐみ》のあけの実摘みし頃幼くあまく友と別れき
夏満ちてみやまししうど野にゆらぐゆらぐ長穂の花からいと草
ほたるぶくろをとめさびたる夢抱くあしたの野辺の露にいろこく
むらさきの草藤咲けり夏たけてあきつむれとぶ夕ぐれの空
やぶてまり疎林の中に白白と花を飾りてまひるしづけし
吾亦紅色ふかめゆく山原のあしたのつゆに光る蜘蛛の網《ゐ》

野あざみの色ひとしほに深まさり穂芒わたる風秋のこゑ

たち風露《ふうろ》秋野にゆらぐ花すずし風とつゆとのえにしもふかく

草むらに一葉清く立ちあがる冬の花蕨静けき朝

秋あかねあかね染みつつ空をゆく風にさゆらぐさらしな升麻

水底を透して光乱反射山の池水にうつろふ秋の

つゆじもの雫光りて色づけるずみの珠美のつややかに冷ゆ

山ぶだうもみづる一葉一葉《いちえふ》にゆめあり濃きもうすきもこめて

たづねゆく水上の秋渓流に散りかふもみぢ水にさそはる

紅ふかく錦木の葉のいろづきぬ冬山時雨雁のなくころ

身をうすく羊歯声もなし森はいま秋ふかみゆく凋落の前

草の露に秋のかごとを聴けとてか百千《ももち》の草葉つゆに濡れつつ

もみぢ葉は秋を華麗に訣別の舞ひをまふなりいのちひとつに

枯草に小鳥遊べり日のぬくみふと冬近きことを忘れつ

森遠く流るる横雲冬のいろ逆光くろく影をおとせり

底ごもる深閑の野に雪は来て冬に入る山いよいよ昏し

小鳥一羽木の実啄む裸木の林明るみ生きものら棲む

むらがれる山の隈笹風絶えて昨日《きそ》の雪見ゆ凍る日ちかし
つぶら実のをちこちに見ゆ冬の冷え雪よぶ雲のゆき交ひの間に
まこと山に明けて霧氷の結ぶ樹々聖のごとくも心寂《しづ》かなり
あかね空仰げば白き山並よ幸住むか山のあなたに

あとがき

辻井喬

歌人大伴道子は最終歌集『真澄鏡』を昭和五十八年十一月に上梓、翌年の十一月に不帰の客となった。この間十二箇月にも、病床詠は孜々と記され続け、また生涯の最終を飾る詠も遺された。加うるに、生前、一日も座右から離すことのなかった歌帖を披くと、未発表、未収録とおぼしいあまたの作品が発見された。更にこの種のものとして、主宰した歌誌「花影」「紫珠」発表の作品中にも、歌集不載と思われるものが残されていた。

これらはすべて、広い意味での遺詠と考えられるので、このたび、一切を綜合・再編集の上、故人の生誕・逝去の季にちなんで『秋露集』と名づけ、十一月十七日の三回忌を期して上梓のこととした。また加うるに、故人が年々、趣向を凝らして制作頒布していた、「フラワーダイヤリー」にも、十二箇月の花暦にそえて、その時々の心をこめた短歌作品がちりばめられていた。限られた読者以外未見の作と思われるので、この集の巻末にすべて再録した。あるいはこの短歌花暦こそ、故人が最も安らかに、心を四季の山野に遊ばせて歌ったものとも思われる。刊行済の独立歌集の他に、これほど多くの作品が残されていることは、拾遺調査の結果判明したことながら、今更、大伴道子の心を占めていた、歌なるものの力と、彼女の精神に驚きかつ畏れる次第である。

既刊歌集一覧

順序	歌集名	刊行年月	発行所	登載歌数
1	『静夜』	昭和二十八年九月	日本歌人発行所	四四六首
2	『明窓』	昭和三十三年十一月	日本歌人発行所	五三二首
3	『道』	昭和三十七年五月	甲鳥書林	七〇〇首
4	『鈴鏡』	昭和四十年四月	角川書店	六二三首
5	『浅間に近く』	昭和四十三年九月	甲鳥書林	七九四首
6	『野葡萄の紅』	昭和四十五年五月	アポロン社	一〇五首
7	『羅浮仙』	昭和五十年四月	思潮社	五三〇首
8	『たれゆゑに』	昭和五十三年六月	思潮社	五〇三首
9	『蕩漾の海』	昭和五十六年六月	書肆季節社	二四三首
10	『恋百首』	昭和五十六年十月	書肆季節社	一〇〇首
11	『真澄鏡』	昭和五十八年十一月	書肆季節社	三六二首

総歌数　四九三八首

『秋露集』収録内容

(i)「むらさきしきぶ」

歌誌「花影」「紫珠」及び「短歌」「短歌研究」等への発表作品であって、既刊各歌集に未収録のもの。これを発表年月順に配列、全歌採録した。

(ii)「こぼれうめ」
短歌ノート全三冊に記載された作品の中、前記十一歌集及び「むらさきしきぶ」に採録されていないものを、年月順に採録した。

(i)(ii) 計 九二二首

(iii)「道子はなごよみ」
「フラワーダイヤリー」一九八一年版より一九八五年版まで五冊合計 三一一首

(i)(ii)(iii) 合計 一二三三首

右全作品、短歌ノートから主宰誌、あるいは総合誌へ自選発表時に、また発表済作品を歌集へ編入時に、さらに、ノートから歌集へ直接採用の折、その推敲過程において結果的に酷似した類歌が、未抹消のまま残される例が、少からず生れているので、これについては、仔細に吟味の上、残すべきものを残した。

哀傷のしぐれの花か義孝の少将が歌に秋ふかみゆく　「紫珠」昭和六十年一月

右は「遺詠」として発表された「しぐれの花」十首中のものである。「後拾遺集」哀傷の部に、藤原義孝作として所載の「時雨とはちぐさの花ぞ散りまがふ何ふるさとに袖濡らすらむ」は、天延二年、二十一歳を一期として逝いた天才少将義孝が、後の日、賀縁法師の夢枕に立って伝えた極楽浄土における詠と聞くが、故人は、生前にこの稀なる仏縁の作を本歌取りして、ふけてゆく秋と人生を嘆じた。今にして合掌、感服の他はない。

本歌集はゆかりあって、文化出版局局長今井田勲氏の高配を得た。また、本書に収録した全作品の監修に関しては、故人の作を熟知の塚本邦雄氏に一切をお任せした。記して深謝申上げたい。

昭和六十一年十一月

解説

塚本邦雄

歌人大伴道子家集は、生前に十冊、歿後に一冊、計十一冊の上梓を見た。生前の十冊には、序数歌集第一より第九の九冊と、書下し百首歌歌集一冊を含み、歿後の一冊は前記のいずれにも収められなかった作の一切が掲げられている。その全歌数は六千六十六首、女流一代の歌集所載数としては、現代屈指と考えられる。また、第一歌集『静夜』の巻頭作品は昭和六年の「スバル」初出、霊前歌集『秋露集』には五十九年十一月永眠直前の遺詠を含んでいるから、その制作期間は五十四年間に及ぶ。

半世紀を越える作品群は、その初学時代、すなわち吉井勇の薫陶を反映したものから、徐々に、作者自身の独自の調べを得つつある中期歌風に、やがて新古今風象徴技法を体得した最盛期、かつは晩年の作風に、ゆるやかに、きわやかに移ってゆく。ここに約六千首を遠望する時、おのずから、読者の心には、あたかも秋風に靡かう花野のごとく、爽やかに優美な、大伴道子夫人の歌の相が、歴然と浮んで来るだろう。散文詩に、随筆に、古典研究に、あるいは言語芸術以外でも、美術・音楽等のジャンルに、試みて可ならざるなき多才振りを示されたのは周知のことであるが、その美学の核心、根源は、あくまでも、この三十一音律にあったことを今改めて確認する。和歌は作者七十七年の生涯を背光さながらに荘厳したと言ってよかろう。

刊行順	標題	刊行年月	登載歌数	発行所
第一歌集	静夜	一九五三年九月	四四六首	日本歌人発行所

二	明窓	一九五八年十一月	五三二首	日本歌人発行所
三	道	一九六二年五月	七〇〇首	甲鳥書林
四	鈴鏡	一九六五年四月	六二三首	角川書店
五	浅間に近く	一九六八年九月	七九四首	甲鳥書林
六	羅浮仙	一九七五年四月	五三〇首	思潮社
七	たれゆゑに	一九七八年六月	五〇三首	思潮社
第八歌集	蕩漾の海	一九八一年六月	二四三首	書肆季節社
書下し歌集	恋百首	一九八一年十月	一〇〇首	書肆季節社
第九歌集	真澄鏡	一九八三年十一月	三六二首	書肆季節社
遺歌集	秋露集	一九八六年十一月	一二三三首	文化出版局
計十一歌集			計六〇六六首	

第一歌集『静夜』

最若書の「むさし野」一聯が昭和六年、吉井勇主宰の「スバル」発表の作であり、詩人辻井喬の幼姿も、続く「吾子」のくだりに現われ、処女歌集として記念さるべき一冊と思われる。昭和五十五年刊の随筆集『泉のほとりにて』には、当時を回想した一文「夜、静かならず」が見られるが、標題は、そのような環境ゆえになお、「静夜」を希求されたことを推察し、その祈りに似た心境に思いいたるべきだろう。刊行の昭和二十八年まで、約二十年にわたる作が、この処女歌集一巻に含まれているので、鑑賞の上でも、長考を要する箇処があるが、歌風は必ずしも動揺のあとはなく、一貫して清雅かつ沈痛な述志の調べである。昭和二十三年、前川佐美雄主宰「日本歌人」に加わるが、当然のことに、詠風はこの日本浪曼派歌人の志向と齟齬することはなく、その恵まれた資質を伸ばす助けとなった。ことわるまでもなく、標題とは逆の、激動・曲折の二十年であり、作者にとっても、最も感慨の深い歳月であったろう。

君は世の風雲の児よむさし野の露のいのちのわれにふさはず
夜は蜘蛛ひるは蜻蛉のあそぶ家草深くして君住まぬ家
宿題のかたへに蜂の巣を置きて楽しめる子よ明日は十四か
青空に白雲のごとくのこりたるゆめのむくろか今朝見たる月
いのち此処に四十三年哭きぬれて山茶花のはな白き秋なり
馬一駄荷をふり分けてのぼりゆく道に木槿の花をこぼして
怒り得ず言ひ得ず礼を崩さざる子が胸ぬちも燃えてやは居む
沈黙の砂上楼閣の賢夫人秋の野にして涙ながせり
人恋へば秋と丶のひしわが庭に雁来紅も火の色にもゆ
若き日は意地に耐へたり耐へぬまで心渇きて水を恋ひゐし
いち早く空にこぶしの花咲けりまなうらあつき人のまなざし

神などは世になきものと子がわらふ神はあらねど神はあらねど
すでにして過ぎし組織の外に立つこの夕暮のわが言葉なり
女てふ心となりてよらしめよ蔦くれなゐの庭の青石

第二歌集『明窓』

この集では、作者が、言わば実りの季節に入った感ある、大胆で軽妙な技法が随処に現われる。後年「フラワー・ダイヤリー」にちりばめられた植物群が、時をおいてその鮮明な姿を見せ始めるのもこの時期である。あるいはまた、昭和二十九年佐藤春夫作『晶子曼陀羅』が劇となり、翌年、南座でこれを観るという、心に沁む一聯も見られる。その時の南座界隈が、勇の『酒ほがひ』調で歌われているのも記憶に価しよう。晶子もさることながら、岡本かの子の『母子叙情』を思わすような作品の生れているのも、この巻の特徴であろう。母刀自としての温情と、きびしい決意が、巻末に近く、色濃く示されている。

新らしき音をたてよと召されたる楽師のごとくもわがおもふこと
魔術師のごとくおかれしかたはらの黒きレースの薄き手袋
今のこの不協和音がかもし出すえたいの知れぬ家の明るさ
並木茶屋あぢさゐの花さはに植う水色の精の棲める家らし
帚木は幻の木と語りつつある時さびし女のこころ

白がねの穂を光りつつひとむらの荻にながるる冷えし月光《つきかげ》
列なして雁がねわたるわがゆめのかくのごとくも遠き秋空
秋雨の祇園の茶屋にそのかみの雑魚寝《ざこね》を語る妓《こ》の銀の帯
問ひつめられてやや暫くを目路遠き松山ごしの雲に見入りつつ
いく重にもうち重なりて悲しみのふかき翳なす青葉若葉よ
嫣恋の牧場《まきば》に群るる牛の背に戻りをおきて過ぐる夏雲
身にふかく歎きのこゑをしづめつつ花屋にゆけば野の花はなく
ふしぎにも心優しく目ざむればひとり寝床に秋をうたふなり
舞ひ納めうたひ納めむ日は知らず今日の扇は子に与へたり

第三歌集『道』

歌人としての雅名「道子」の『道』であることからも、おのずから、この集に懸けた作者の思惟がひびいて来る。登載歌数も七百首と、序数歌集中でも最も多い。巻頭は昭和三十三年当時の制作であるが、堤操夫人としての立場もいよいよ重く、歌人としての充実と、二者択一を迫られるような緊迫した環境であったろうことが推測される。別人格、大伴道子としての生は、この時期に、ひややかに白熱化していた。

時あって父君故青山芳三氏への追慕の作が隠顕するのも、その当時の、緊張した精神状態の、反面の、祈りとやすらぎを語るものだろう。大正十二年末に逝去された父君が、半世紀を経て面影に立たれることを、かりそめならず思う。血は水よりも濃く、同時に奇であり、複雑を極める。これを清め宥めるのは、ただ詩神と呼ぶ絶対者であることが、『道』一巻のみならず、全作品を通じて、第三者にもひびいて来る。

新らしき紙のはじめに先づ書かむいのちのしるしわれのその名を
海を見し日より魚鱗のよそほひを身につけはじむ愛かも知れず
如月の危期支へもつまなこなり梢は空に春を呼びかく
あかつきの空の高みを鳴きわたる五位鷺のこゑは亡き父のこゑ
美しきもののかがみに秋を置く心の棚に光る月影
わが去りし後の世界は美しき朝ばかりならむと今思ふなり
行きつかば必ず会はむあはぬ日も梨花ほの白く夕べを匂ふ
空を来し風が運べる花の匂ひ家の深みにわが目閉ぢゐる
葉ざくらのかげまさりゆく日となりてもろ手空しく佇つ影法師
起伏多く生きて来しなり山ならばたたなはるかげ美しからむ

第四歌集『鈴鏡』

昭和三十七年四月の作を巻頭とする。二年後の四月二十六日に、夫君堤康次郎氏は七十五歳で逝去、政治・経済両面で、八面六臂の活躍を続け、まさに功成り名を遂げた英雄の蔭で、昭和期に入ってから、よりよき半身として貢献した操夫人の、痛切な鎮魂歌が巻中に鳴りひびく。「蛙鳴く背戸の水田の片ほとり松風きさて君ねむりたまへ」は、その一聯「伊吹の空」にあり、その前後には、この間の経緯が迫真的に作品化されている。ちなみに随筆集『黒い瞳』には、在りし日の康次郎氏の人となり、日常生活等が、淡々たる、あるいは生き生きとした筆致で写されて、短歌ではうかがい得ぬ一面が伝わって来る。

題名『鈴鏡』については跋文にくわしく、村雲尼公門跡ゆかりの、この八色の音色の鈴を持つ鏡は、よほど忘れがたいものであったと思われる。題簽の筆者は新村出博士、「すずかがみ」の訓みも、同博士の示唆であることが、前記『黒い瞳』に記されている。またこの集の後半には、この後、断続的に現われる異国詠、特に欧洲歌枕が、独特の精彩を伴って収めれられていることも記念さるべきか。

ほとばしる噴井《ふくゐ》の石に白き鳥佇《た》てるを見たりかへりみゐたり
草の実を拾ふとき遠き子がゐがほふとよぎるなり目の奥の窓
火のごとくはげしく生きて焦点にひとつの旗のはためくを見き
花のごとく光のごとく火のごとくわれの墓標を過ぐる鳥かげ
子に伝へししろがねの剣《けん》年古《ふ》りて月の夜更にきらめきはじむ
蛙《かはづ》なく背戸の水田の片ほとり松風きさて君ねむりたまへ
りりらると悲喜哀音をねにたちて古墳の鈴鏡《すずかがみ》やさしく鳴れる
牛の鈴を Chillon《シヨン》 の古城の町に見て振りてみたればやさしき音色《ねいろ》

収穫の葡萄をワゴンに載せて売れる老いし商人《あきうど》もしぐれに濡れつ
スウェーデンの学生われに人生は楽しかりしかと唐突にきけり
晩秋の光を落し水冷ゆる運河を急ぐ黒きゴンドラ

第五歌集『浅間に近く』

この集の跋文は軽井沢の未明山荘で記された。その標題の示すように、全巻を統一するのは、浅間嶺を望む澄明な心のあり方であった。扉には詩聖タゴールの「山の中に静寂が立ちのぼる／おのれの高さを究めるために／湖の上で動きがやむ／おのれの深さを沈思するために」なる詩句が掲げられている。火の山浅間、それは作者自身のシンボルでもあった。

いま独り凍れる山を前にして瞋りをともにせむか火の山
栃の木に栃の花咲き秀れたり雨の碓氷をのぼりゆきたり
遠き日に見交せし眸と思ひたりひとりの山の夜を匂ふリラ
一枝を手折れば薫るゆかしさに心冴えゆくむしかりの花
背《せな》寒きおもひに堪へて来し道にきはめて青き瑠璃草のはな
わが歌碑を建てむといひし子よ生きてこころ安らぐ地《くが》はいづこぞ
道の先に何ある美しき一夏のゆめの尽くるところか

大いなる明治も若き大正もなほわが胸に高く薫れり
光の空つきぬけてゆく小鳥らはふり返ることなし春を尽して
心の中を波がうねりてゆく二月手袋を投げむとせしはよべにて
いくつにて在しますかと子が問へり数へがたくもなりしわが年齢《とし》
いのちある限りを悩めときめられしわが一族の運命《さだめ》とおもふ
何を盛る器か清く磨かれて白銀しづけし瞋《いか》りの前に
海の中に架けられし橋渡るとき母なる海の詩《うた》思ひ出づ

第六歌集『羅浮仙』
巻頭歌は昭和四十三年作。この集から、しばらくの間、原則として五句の各句間に、一字の空白を置く表記方法を採用している。つぶさに見れば初句切れ、二句切れ、三句切れ、あるいは四句切れ等、その文体が音読の場合にもより効果的になるように配慮されたとも考えられる。巻中には四十五年十一月二十五日の三島由紀夫自決に際して、おのずと迸り出た一首もあり、関心の深さ、哀惜の尋常ならぬことが推察される。また「地中海船旅」の一聯等、欧洲詠にも、鮮列な感動が躍如としている。

茫洋と過ぎたるを知るいまもなほ変らぬ夏を光るさそり座
青青《せいせい》の心の淵をのぞきたるひとあり秋はいのち窘《くる》しき

かつて秋いのち死なまくおもひしをいま総身に楓のもみぢ
一途なる雪の降りざま人もかくひたすらにものを言ふすべなきか
前生《さきしやう》は何にてありしと花に問ふま冬の土に咲きし水仙
寒椿くれなゐふかき冬にしてわが問ふことのあまりに多き
哭《な》き伏さむ思ひすべなく遡る水蕩漾として蒼き水上
いつか空にわが言葉あふれて雨となり木草の上に降り灑ぐらむ
天高く澄む日の高き深処より駿馬よいまも嘶くきこゆ
電線に碍子光れり熱雷のきらめきて去りし夜の往還
朝のデッキに「雪国」一冊示したるフランスの人あり青き地中海
のこされしショパンのピアノに朝毎に花摘みて置く僧院の尼
昼日照りグエル公園のモザイクのベンチに灼かる身も魂も

第七歌集『たれゆゑに』

標題は『伊勢物語』の「初冠」の段に引かれた源融作、「みちのくのしのぶもぢずりたれゆゑに」にちなんだむねが、跋文に記されている。巻頭は昭和四十三年詠であるが、この集も軽井沢未明山荘詠が間歇的に見られ、かつまた、それにもまして日本国内各地への旅行詠がゆたかに収められている。万葉・新古今歌枕もさることながら、先師吉井勇がかつて隠栖の地、四国物部川の畔、韮生の峡への紀行作が、特別の輝きを持つ。欧洲詠が一巻に、時ならぬ輝きを与えるのも、常のことながら愉しい。句切れ空白一字の表記も前集に準ずるが、これら二歌集を限りとして、従前に復する。

荒磯の春の礁《いくり》の新若布わが掌のうちに波の音する
あきらかに一夜空より使者ありてはだか樹に咲く今朝の氷《ひ》の花
天寿国にみ霊は浄くいますらし曼荼羅図繡帳月満ちてをり
またいつの日にか見るべき蒲生なるきみが菩提寺に咲く紫草《むらさき》を
宮跡は黄瀬《きのせ》に近く雲井・勅旨ゆかしき駅の名をかぞへゆく
物部川水上遠くたづねゆき韮生《にらふ》の峡に飛梅を見る
トスカナの野に柿朱く実りをりポプラの黄葉の散る家の端
グルノーブルの野の花咲けるレストウラン青き影おく庭の菩提樹《チオール》
幹太きチオールの木蔭青年が示す荷風の「フランス物語」
つげぬ間にうつろふ秋か露ふかく言葉ぞわれを散り零れつつ
あきらかに虚の韻あれば秋風の中に放たむ掌の中のこゑ
十三夜の月欄干に仰ぐなりわれには満つることなかりしよ
水浅黄ただに漠《ひろ》しと見し海のふかきかなしみ重ねたる色
たれゆゑにこころしとどにしほるらむけふをち方に菊の香のする

第八歌集『蕩漾の海』　書下し歌集『恋百首』

昭和五十二年半ば以降、約三年の作を集めた本集は、その歌風に一段と洗練の度を加え、意識した新古今調が、巻中に横溢している。現代短歌の象徴技法とは、必ずしも表裏一体となる修辞ではないが、特殊な古典主義的情調は、他の追随を許さない。表記の一字空白も廃し、また一首一首の独立性が際やかになると同時に、従来からその文体の基調となっていた抽象性はいよいよ著しくなり、日常に即した単純な述懐歌はほとんど見られなくなっている。

巻頭歌「牧神の笛」の第一首「生の黄昏」など、ほとんど漢詩七言絶句の起と転の和風訓読を思わせ、かつ、西欧のサンボリスムにも通じようとする。しかも、この冒頭から、数多の欧洲詠がちりばめられ、明らかに文学性に徹しようとしていることが看取できる。また「新古今萱斎院」の一首など、一方で孜々と続けられていた新古今評釈を反映して、この世界への帰依、没入のほどが推察される。すさまじいまでの気魄をこめた隠岐詠もこの巻の白眉とおぼしい。

その新古今世界への憧憬が一方では評釈集『余情妖艶』に、今一方では、書下し歌集『恋百首』に示現されたと見てよかろう。恋題百首の趣向は、新古今集の最大の典拠資料となった「六百番歌合」にちなんだものである。この歌合では、百首歌の前半五十首が四季題で、「元日宴」から「仏明」までに尽され、後半五十首は「初恋」から「寄商人恋」と恋の多種多様な絵模様をくりひろげた。『恋百首』はそれを更に徹底したものであり、文体は、ほしいままに、後鳥羽調・良経調・定家調を試みて目も彩な眺めを呈する。更にこの限定版歌集の特徴は、二色刷・古代裂装の贅を尽したものであり、稀覯本として後の日の話題となろう。

もの思へば七曜にはかに過ぎ易しわが序破急の生の黄昏
天に風渇く如月この街に花ふり零《こぼ》す噴水のあれ
ビストロに入りて飲みたる果実酒のグラスのかげのジュリアン・ソレル
松に降る雪におもへり新古今萱斎院が初春の歌
薄明の光の中にもの想ふ春はあけぼのと言ひける人よ
流れ去りゆき去りしもの翳ろへりみなぎらふ光の海は漾《ただよ》ふ
君を思へば隠岐はもやさし山桜今日盛りなり海士《あま》も知夫里《ちぶり》も
洞窟に海鵜の窠《す》あり入りゆけば飛びたつ青き春の波間へ
翅うすき燈心《とうすみ》蜻蛉《とんぼ》八月の挽歌をわれらながく忘れず
夏枯草《かこさう》のうすきむらさき草がくれひそかなる拒否の姿のごとし
沈黙のふかき淵より響《な》り出づる劉詩昆《りゆうしこん》が弾くいのちのしらべ
水芹《クレツソン》忍ぶる恋のしのぶ草野靄の池に誰か摘むらし
ひそやかに神いますらむ萩散れば想ふ鎌倉の若き右大臣
水桶に挿してあふるる朝市の紫珠《しじゆ》つぶらなり陽月の土佐
どくだみの白き四弁の花ひとつ青色《しやうじき》の瓶に寂寥と在り

第九歌集『真澄鏡』

昭和五十六年から三箇年の作を含むこの集は五十八年十一月二十三日、著者の誕辰の日附で刊行された。跋文には、この年、随筆集『旅とこころ』、辻井喬著『いつもと同じ春』、堤邦子著『パリ。女たちの日々』が上梓されたことにふれ、母子の盛んな文運を自祝する意味の数行が見られる。第四歌集の『鈴鏡』と呼応するかに、ふたたび鏡が選ばれたのは、明鏡によせる著者の思いの深さを示すものであった。

文体はいよいよ鮮麗になりまさり、むしろ前記『鈴鏡』の昭和四十年代よりも若々しく冴えている。詩歌は、その詩魂のありよう次第で、決して老い衰えぬことを、大伴夫人は身を以て示したのだろう。この集の後半には、著者年来の希望の一つであった、後鳥羽院の熊野御幸の跡をたどった連作が収められており、これまた一読粛然とする歌調が漲る。『余情妖艶』の序、及び「後鳥羽院」のくだりを参照しつつ繙読すれば、感動もいやさらにまさろう。生前結尾の一巻として、虚心に享受すべきである。

おもかげをほの見しばかり真澄鏡この世の外の月の光に
如月やほのぼの明けの光さし紫羅欄花《あらせいとう》のむらさきにほふ
蘭麝香曲水《ごくすい》の宴あえかなり衣冠束帯ゆめさめぬ君
おろそかになすな青春　釭《ともしび》のもえつくるまでのいまの驕りを
花さへや昔のひとの袖の色におもひ咲かすや苑の御衣黄《ぎよいくわう》

あぢさゐの青紫《せいし》の花の咲く日なり籠りてパルムの僧院を読む
よきほどに紫蘇の香の立つ夏の饗《あへ》田植草紙は恋の初風
埒《らち》もなく雲超えのぼる夕月夜ほのぼの夢にひとを殺《あや》めき
ペルージアは合歓《ねむ》の盛りに候ふとフランチェスコの絵葉書だより
歌ひとつ書きて眠らむ短夜も長夜もかくてうつし世の外
うつつより幻さみし磯鳴のいつかまた見む夕照の海
ここは北国信太の森にあらねども出会たのしき屈斜路の秋
新古今ゆめにぞ君の朗々と誦《ずん》じたまへり〝露は袖に〟
秘すれば花　美しきもの胸に持《ぢ》しふり返るなき道歩み来ぬ
近露《ちかつゆ》の名もなつかしき幾王子むかしも今も遠し熊野路
のこされし熊野御幸の御懐紙一首を拝す石碑《いしぶみ》のうへ
ちはやふる神の熊野路わたらせしけもの道ゆく荒神のごと
杉の秀は鋭く天を指しながら天が下なるかなしみひそむ
ゴルゴタの丘への道を歩みゆくゴーギャン　または昨日《きぞ》のわが友
滅ぶ日にまして麗し忠度《ただのり》が一巻の歌　いのちの訣れ
ひと問はば某《なにがし》の法師が心よと言ふ外はなし生きて死ぬ身の

遺歌集『秋露集』

前掲の十冊の家集に未収録の短歌作品を可能な限り集め、一巻とした歿後刊行歌集である。内容は三部に分かれ、第一部「むらさきしきぶ」は主宰誌「花影」「紫珠」及び綜合誌に発表済のもの。第二部「こぼれうめ」は短歌ノート全三冊に記されながら、既刊本に収められていないもの。第三部「道子花ごよみ」は昭和五十六年から六十年にわたって、年々、みずから刊行された「フラワーダイヤリー」に添えられた作品、これらの綜合ということになる。跋文は辻井喬氏の手で記された。末尾に見る次の数行は、殊に、遺歌集としての本集にとって、看過を許さぬ切実な思いがこもっている。

哀傷のしぐれの花か義孝の少将が歌に秋ふかみゆく　「紫珠」昭和六十年十月

右は「遺詠」として発表された「しぐれの花」十首中のものである。「後拾遺集」哀傷の部に、藤原義孝作として所載の「時雨とはちぐさの花ぞ散りまがふ何ふるさとに袖濡らすらむ」は、天延二年、二十一歳を一期として逝いた天才少将義孝が、後の日、賀縁法師の夢枕に立って伝えた極楽浄土における詠と聞くが、故人は、生前にこの稀なる仏縁の作を本歌取りして、ふけてゆく秋と人生を嘆じた。今にして合掌、感服の他はない。

掌にとればたちまち消ゆる初恋のはかなさを降る正月の雪
夕星《ゆふづつ》は昏れ迅き冬の高空にふるへやまざる光をともす

ひとり酌む宵の盃新月に献じてぞわが歌はありける

はからざる無言の出会ひひたひたと寄せて返りぬ引汐渚

海もまた悲しみに満つ岩肌に汐波くだけ夢は結ばず

うつらうつら覚めて曙見しは虹この世の外の思ひの空に

見し夢ははかなく消えぬ消えてのち蠟のごとくに黙す海原

十日月淡きを空に見上げたりさみしきものか月を吹く風

限りある夢こそ夢のいのちにてこの世に咲きしたまゆらの花

秀れたる詞の珠玉《たま》を掌のうちに春やしばしのゆめをこそ見め

秋更けぬ思ひは冱えて古き世の御門《みかど》のみ歌に増鏡読む

俊成かそれかあらぬか御手洗《みたらし》の流れに冱ゆる月影のうた

哀傷のしぐれの花か義孝の少将が歌に秋ふかみゆく　辞世

大伴道子短歌集成

定　価　八、五〇〇円
二〇一〇年十一月十七日　発行

著　者　大伴道子
発行者　秋山晃男
発行所　株式会社アルク出版企画
　東京都千代田区神田神保町一—三九 友田三和ビル五階
　電話（〇三）五五七七 - 六一三一
印刷・製本　シナノ書籍印刷

ISBN 978-4-901213-55-4